扬州在北

王顺法 著

图书在版编目（CIP）数据

扬州在北 / 王顺法著. — 南京：江苏凤凰文艺出版社，2019.7
ISBN 978-7-5594-3082-3

Ⅰ.①扬… Ⅱ.①王… Ⅲ.①长篇小说－中国－当代 Ⅳ.①I247.5

中国版本图书馆 CIP 数据核字(2018)第 255329 号

扬州在北

王顺法　著

出 版 人	张在健
责任编辑	万馥蕾　曹　波
装帧设计	私书坊_刘　俊　石晓云
责任印制	刘　巍
出版发行	江苏凤凰文艺出版社
	南京市中央路 165 号，邮编：210009
网　　址	http://www.jswenyi.com
印　　刷	南京海洋广告图文制作有限公司
开　　本	718 毫米×1000 毫米　1/16
印　　张	18.5
字　　数	270 千字
版　　次	2019 年 7 月第 1 版　2019 年 7 月第 1 次印刷
书　　号	ISBN 978-7-5594-3082-3
定　　价	45.00 元

江苏凤凰文艺版图书凡印刷、装订错误可随时向承印厂调换

序

范小青

结识王顺法的时间不算长。和许多几十年相伴前行的文友相比,顺法的出场似乎晚了一点,无论是在文坛上,还是在我们这些人的朋友圈里,他都是后来才到达的。

但是恰恰印证了一句话:后来者居上。

这个后来到达的人和他的作品,已经居上了,已经迅速地深入到大家的心里去了。

在王顺法的第一部长篇小说《天狗》的扉页上,有着他的简介:"江苏宜兴人,15 岁辍学务农,20 岁当大队团支书,32 岁做村主任,34 岁辞职创业至今。"

看起来真是十分的简。

其实一点也不简哦。

短短三十多个字,浓缩了王顺法的半辈子人生。

这个人生不是一帆风顺的,这个人生的坎坎坷坷、跌打滚爬,这个人生的风风雨雨、跌宕起伏,甚至生死的考验,可不像他的"简介"那么地简洁明了。

当农民,农民吃的苦都吃过;做企业,企业受的累都受过;少年时,家庭成分的影响,也都嵌入了人生,刻入了骨髓;下海后,惊涛骇浪的冲击,片刻没有躲过,没有逃离。

经历九九八十一难,事业是成功的,人生是丰富饱满有价值的。在五十上下的壮年时期,也算是功德圆满。有前面的经历和基础垫底,再以他的眼力,以他的能力,以他的耐力等等,相信王顺法完全可以持续地走在企业的发展大路上,甚至会更加地辉煌。

可是谁能想到,人生在这里忽然就拐了个弯。在走着发展企业的康庄大道的同时,王顺法忽然又开始走另一条路,文学之路。他开始写小说了。

一出手就是长篇。厚厚的,几十万字,就这样摆在你面前了。

2016年开始动笔,近三十万字的《天狗》2017年下半年出版,2018年,又有了这部二十多万字的《扬州在北》。

奇怪吧?

也许。

偶然吗?

也许。

也许在某一天,确实是有一个什么偶然的因素触动了他,打动了他,启发了他,改变了他。

是心血来潮? 是忽发奇想?

但是,我们知道,于偶然之中,必然是有着必然的。

这是一颗早在少年时代就已经埋下的种子,这颗种子伴随着主人几十年的经历经验、感受感悟,它,必须要喷薄而出了。

这是从小就曾经尝试后又深埋在心底的梦想,那种情怀,那个愿望,终于发芽了,生长起来,要开花了。

文学,写作,终于在王顺法年过半百的时候,在一个适合写作的时代,梦想照进了现实。

一个文学的灵魂,满血复活了。挡也挡不住,而且,一发而不可收。

《扬州在北》,应该是作者带有自传性质的长篇小说,故事从集体企业改革开始,写出了集体经济中人事复杂关系和老旧的体制对于经济发展的牵制,主人公方旭明是一位农村热血青年,他是要甩开膀子大干一场的,但是人事和体制束缚住了他,绊住他前行的步伐,于是,几乎就是一言不合,立刻辞职,下海单干。人物个性跃然纸上。

这其实和很多同时代人走的是相同的路。异军突起的苏南乡镇企业,为改革开放做出了可贵探索和重要贡献。《扬州在北》正是这一历史的真实写照。主人公方旭明在集体企业被人操纵,他的手脚被捆绑得寸步难行,被逼辞职下海。但是,方旭明跨出的第一步,就已经不一样了。大家都纷纷向着东南方向经济发达地区奔走的时候,他却选择了向北,到苏中、苏北去,到扬州去,选择了当时还相对落后、经济腾飞之前那块苏北的土地。这一选择恰恰正切合了他白手起家、艰苦创业的实际境况,为他提供了大显身手、大展宏图的广阔天地。

方旭明下海单干所经历的种种遭遇、压力、艰难艰辛,正是王顺法自己的亲历,天灾、人祸、商战的激烈争斗,市场交易的潜规则,奔涌的大潮是苦海,也是熔炉;水火有情,他跟方旭明一样在其中吃尽苦头,也让他历练成才成精。我在读这部作品的时候就想,这部小说的写作过程,应该就是作者在一个喧嚣的时代、热闹的环境中,静静回忆自己人生的一次经历并且让它们从记忆中走出来,呈现给大家。

《扬州在北》的一个明显的特点,就是干货甚多,紧贴大地,深深植根,但又没有仅仅纠结和停留在故事之间,更注重的是人。小说刻画了方旭明、秋云和李玲倩三个鲜活的人物。方旭明不是那种知识型风云叱咤、大刀阔斧搞改革的企业家,他是个地道的农民企业家,没什么经营理念,也不懂什么创业之道,但他脚踏实地,坦诚做人,真诚待人,诚实做事。他在市场竞争中是个弱者,但他有坚韧不倒的意志,有永不言败的毅力,有不畏艰难的实干精神。就凭这些,他赢得了人心,尤其得到了秋云与李玲倩两个女人的倾心帮助,也得到了以梁燕和梁华清为代表的当地镇政府的支持。

秋云曾身陷灯红酒绿的娱乐场所,有不堪回首的噩梦,但她出污泥而不染,身有污点,灵魂却纯净高洁。她由监视方旭明的"内鬼"变成倾心爱慕方的恋人,是她本质的善良与纯洁所使,方旭明创业成功有秋云的一半功劳。当她明白自己无法洗去历史污点之后,她忍痛毅然离开了方旭明。李玲倩是大企业家的少妻,她看重的不是丈夫的钱财,而是他的人;老夫少妻的寂寞让她结识了方旭明,但她情感的底线始终掌控在知己大姐这个层面,她不是不懂情,也不是不需要情,她更懂得应该如何做人。她们重情重义,助人、帮人不求回报;她们的感情真挚热辣,却理智、纯洁、感人。这是小说的一大亮点。

作品写人被关系和体制缚住手脚的愤懑和挣扎;写人在爱情生活中的奔放、纠缠、痛苦;写情义,亦写得动情有义;写生意经,更是得心应手。主人公经历的惊险之处、悲伤之处、欢欣喜悦之处,既是人物所经历的,也是作者所体会的,亦能够引发读者共鸣,让我们感同身受。

小说虽然有人物命运和事业的起起落落,但不刻意追求曲折离奇。平实的故事却能够积极引导阅读,这和作者的叙述节奏有很大的关系。《扬州在北》的文字张弛有度,叙述不急不忙。感觉得出作者对于叙述有足够的耐心。

但其实,那不仅仅是耐心,更是初心和爱心,是精心创作,难忘跌打滚爬几十年,将之呕心沥血地书写出来,已经成为他人生的另一个最重要的目的。

厚积而薄发。半辈子的积累和储备,半辈子的深耕细作,让这一次创作激情的爆发,有了强大的动力和持续力,不仅他的作品令人刮目相看,而且我们也能看到,王顺法舒展了人生的另一种张力,呈现了人世的坎坷、人生的悲喜、人性的光辉,给读者带来震撼人心的力量。

目 录
CONTENTS

第 一 章　北上寻路 | 001
第 二 章　书记的小鞋 | 009
第 三 章　扬州在北 | 017
第 四 章　八子兄弟 | 026
第 五 章　初见李姐 | 034
第 六 章　第一笔生意 | 040
第 七 章　一场恶战 | 047
第 八 章　淘汰产品 | 055
第 九 章　希望的开始 | 062
第 十 章　新茶生意 | 070
第十一章　回江南 | 076
第十二章　好爸爸 | 084
第十三章　那天结账 | 092
第十四章　夏夜倾诉 | 098
第十五章　唇枪舌剑 | 106
第十六章　终于签约 | 114
第十七章　内心有愧 | 122
第十八章　笔记本 | 131

第 十 九 章　老二舅子 | 137

第 二 十 章　雨夜绮梦 | 145

第二十一章　莫名挨揍 | 151

第二十二章　坠楼事件 | 159

第二十三章　成功有望 | 168

第二十四章　救心丸 | 173

第二十五章　情止于理 | 180

第二十六章　惊魂之夜 | 186

第二十七章　意料之外 | 193

第二十八章　西瓜的恩情 | 200

第二十九章　汤书记宴请 | 210

第 三 十 章　奇怪的信息 | 219

第三十一章　干净的灵魂 | 225

第三十二章　我的新娘 | 232

第三十三章　享受幸福 | 240

第三十四章　不速之客 | 248

第三十五章　又一个胜仗 | 256

第三十六章　允婚的甜蜜 | 263

第三十七章　一声惊雷 | 269

第三十八章　大江东流 | 275

努力真好——《扬州在北》后记 | 286

第一章　北上寻路

我走进耐火厂会议室,多少有点意外。李小兵和杨德新一反常态先我在会议室坐定,看李小兵两指间夹着的那根香烟,半根已成烟灰,却完好无损地依然连着没抽完的香烟在指间翘着,这证明他们到这儿已有不短的时间。我的出现,对他们来说如同空气,他们都没舍得拿眼睛跟我打个招呼,杨德新脸上只是一怔,立即把他们没说完的话戛然打住。李小兵似乎这时才得空翘起右手那根发黄食指轻轻将烟一敲,那截有一寸多长的烟灰便轻轻落进烟灰缸里,那种老练,那种娴熟,那种优雅,我只怕至死也学不来。

这个会是昨天我提议要开的,我提前一刻钟到达,没想到会落在他们之后。以往李小兵和杨德新不管参加什么会总是姗姗来迟,今天不知何故会先到,更不知他们提前来谈了些什么。

耐火厂是李小兵的地盘。杨德新是李小兵的干亲家,是耐火厂元老级的厂长,他还是退职老书记的远房亲戚。这次村领导班子调整,我由村委会副主任升为村主任;李小兵接老书记的班,由村主任成为我们村的一把手。

常言道上有天堂,下有苏杭,我们苏南长三角在改革开放的大潮中成为奔涌的潮头。但十个指头有长短,荷花出水有高低。我们村靠山区,加上老书记年老体弱、思想跟不上趟,经济工作基本上在原地踏步,成了鱼米之乡罕见的穷村,在全县挂了号。县里把我们村派给了公安局,定为他们的扶贫点。局里把扶贫当作一项重要工作,特派分管纪检工作的张书记到我们村蹲点,村的新领导班子就是在张书记的协调下重新调整的。李小兵负责抓工业,以工养农,以工先导,发展经济;由我负责农、林、副业这一大摊子,以林、副养农,全面发展,脱贫致富,实现小康。李小兵上任后,说工业发展需要招商引资,任务太重,忙不过来了,把耐火厂这个烂摊子推给了我。

耐火厂是我们村里的当家企业,已搞了十多年,有20来个工人,生产耐火器材,搞到去年,全年才25万元产值,除了工人工资,还要养活厂长、副厂长、主办会计、出纳会计、仓库保管、供应科长、销售科长等一帮人。村办企业,端的却是国营企业的架子,不闯市场,不建销售渠道,一副姜太公钓鱼的经营姿态,坐在麻将桌边玩着等生意,能做好企业、做成生意才见鬼呢!

我本不想蹚这潭浑水,厂里的人事也不是我能管得了的!这帮爷们我不是不认识,他们也不会把我这村主任放在眼里,跟他们共事,只能折我的寿。张书记再三做我的工作,要我为全村的父老乡亲着想,我不能驳张书记的面子。想想也是,村里光靠农林的收入怎么能发展经济?怎么能让乡亲们过上好日子?村里全年要多少开支?不说村干部的工资,每年用于计划生育、五保老人、山林防护、烈军属优抚、农田抗旱排涝以及中心工作的花费,没有十几万块钱开不了门啊!

没办法,既然我同意接手了,只能硬着头皮上。我在会议室坐下,张书记赶到了,他是特地赶来为我助阵的。

张书记主持会议,开宗明义地说:"今天这个会,既是李书记跟方主任当着耐火厂的所有管理人员交接,更是研究耐火厂发展的神仙会。大家有主意出主意,有办法拿办法,畅所欲言,献计献策。李书记先做个引导吧!"

李小兵拉了拉嘴角,那笑比哭还难看。他掐灭烟头,坐直了身子,先扫了我一眼,然后开了腔:"我没有什么好说的,耐火厂没搞好,我有责任。今天把千斤重担交给方主任了,厂就在这儿摆着,也没啥好交的。我相信方主任有回天之力,有能力有办法让耐火厂打翻身仗,还是听方主任的吧。"

李小兵又把球踢给了我。我一听李小兵这腔调,心里十分不舒坦,你把这烫手的烂山芋扔给了我,还一副幸灾乐祸的样,真他妈不知他是什么心理。但既然已经站到了台子上,不唱就得说,我不是那种占着茅坑不拉屎的人。

我说:"都是自家人,家丑不可外扬,但自家用不着回避。咱们厂现在有什么?有新技术,有新产品,有稳固的销售渠道,还是有稳定的老客户?没有,什么都没有!只有占满了场地、堆积如山的库存产品。产值不止80万块吧?我看着都心慌。这些都是历年积压下来的滞销品,产值都是报了再报的,可这些古董还能变成活钱吗?"

"哼哼,在方主任眼里,我们这帮人全是饭桶,那就赶我们走吧,这样还可以腾出位子让你可以另请高明呀!"紧贴着李小兵坐着的杨德新,瞪着一对铜铃般的眼珠子,咧着个大嘴开始对我发难。这个厂创办时他就是厂长,不光资格老,还有老书记和李小兵这两个靠山。

我不在乎他说什么,继续我要说的:"今天就是要大家来拿办法的,拿什么办法?现在能做的,也是必须做的,是怎么想办法把库存的旧货变成活钱,再想想怎么去扭亏转盈。"

杨德新偷瞄了李小兵一眼,李小兵回给他一个微笑,杨德新似乎受到了鼓舞,马上又转过脸直盯着我阴阳怪气地继续开炮:"是的,旧货变活钱是好办法,扭亏转盈,谁不想呢?可光耍嘴皮子管什么用!你若有真本事,别在这里唱高调!应该拿出点实际行动来给大家看看,去帮厂里跑些业务回来,就是一万元也行。是骡子是马,拉出去遛一下!"杨德新向我投来的眼神里不仅是蔑视,还有愤恨。

我没有客气,更不会让他给吓着:"我今天就是来宣布办法的。从我开始,从今天起,全厂干部定额包干销售库存积压产品,今年每个人的工资,就从你自己销售的回收款里拿。没有销售,收不回钱,对不起,你自己给自己家里去解释。"

"我的方大主任,今天我可是支部安排来交班的,你也不是来寻事的吧?当着张书记的面,我可把话说清楚,耐火厂的现状不是一天造成的。我当书记才几天?难道你这是想变着法要清算培养我们的老书记?我们做事情要向前看,可不能做过河拆桥这种缺德事呐。"李小兵边说边朝张书记看了下,似乎他才深明大义。

张书记微笑着朝我看了看,然后对李小兵笑道:"研究工作,这跟老书记没有什么关系,今天的议题就是怎么才能让耐火厂走出困境。方主任你继续说。"

我继续说:"张书记说得对,我们今天就是要拿出走出困境的具体办法来。我不是要为难谁,咱们都要对咱们村负责,对村里的父老乡亲负责。我刚才说了,定额包干销售,包括我自己在内,具体定额办公室和财务室三天之内拿出一个方案来。今天开始,耐火厂分工由我来主管。今后怎么干?还不是向江阴、无锡学习!工厂的每个环节都要实行包干责任制!谁要是有魄力,有胆略,也可以将企业整体承包,如果我们的产品确实没有市场,没有销路,耐火业务进行不下去,也可以考虑转产。当然,假如这样,转产的项目尽量要与我们的耐火业务相接近,否则现有的技术人员所学的知识就浪费了。工厂若没有人敢承包经营,那么我们也可以搞股份制,大家来当股东。我们不能就这么坐井观天,要开阔思路,发动大家开动脑筋。人心齐,泰山移,我不信,同样是苏南,同样是鱼米之乡,别人行,我们就不行!"

张书记当即表示支持:"很好,方主任的想法很好。咱们村要脱贫,要发展,也是摸着石头过河,必须去闯。方主任既然已经下达了任务,出了题目,大家就把这些题目好好琢磨琢磨,三个臭皮匠顶个诸葛亮呐,兴许还能想出新的路子。我建议,厂里是不是成立一个小组,就叫它改革小组,先去搞些调查,走访一些企业,然后再拿出咱们厂走出困境的改革方案来。"

我当即表态:"张书记的意见很好,我来当这个改革小组的组长!"

不知是因为我出了题目,还是张书记表态支持我的意见,会上再没有人说话,连杨德新也闭了嘴,他只是不停地拿眼瞅李小兵。李小兵却一直挂着脸,也许他根本就没把今天这会当回事,他压根就没有想过如何让耐火厂走出困境,他根本就不想操这份心。自始至终,他竟连个态度都没有表示。

这个交班神仙会就这么不欢而散。

张书记住在村部,伙食自己料理。白天的事情弄得我心里很不舒服,没想到一心想为村里做点事这么难,我实在憋不下这口气。晚上,我让秀芝炒上两个菜,把张书记叫过来喝两杯。

两人边喝边聊,我始终放不下白天的事:"张书记,看到了吧?个个都是有背景的,都是老油条啊!李小兵自己都弄不住这几个角色,让我去收拾这个烂摊子,却又这也不行,那也不行。"我越想越气。

张书记虽是军人出身,或许他一直是在机关吃技术饭的,性格内向得很,平时不到万不得已不多说话。他慈眉善目,待人真诚,相处一年多,我们之间有了如父子般的情谊。不过,在听我发了一通牢骚后,他向我讲了一番大实话:"小方啊,不是我说你呐,现在是什么大环境?一切以经济建设为中心啊!每个主政领导,如果不懂经济,早晚会吃亏。今天这个场面你尽管做了准备,但毕竟还不懂业务,你说出的办法还只是想法,不是可实际操作的具体方案,所以还是很被动。现在领导管理企业,不能事前把好脉,仅喊两句口号能管用么?光靠发号施令、发下脾气就能把产值搞上去了吗?不行啊,你得学真本事呐……"

张书记说到了这个份上,我没了话。张书记看得很准,是的,管理企业,光凭一股热情,凭一份责任心还不行,还得是内行。凭耐火厂这个现状与这几个老油条的工作姿态,加上我确实从没接触过这个行业,我怎么能拿捏得住?怎么能出业绩?

我心里忽然有一种被李小兵耍了的感觉,很不舒服。

张书记似乎看出了我的心事,他笑了笑,轻声慢语说:"其实也用不着怕,路都是人走出来的,只要敢干敢闯就好。现在是市场决定生产,只有掌握市场,才能掌握生产主动权。要开辟市场,就必须走出去。耐火厂的产品销售市场到底在哪里,需求量有多大,是什么样的规格,质量要求多高,坐在办公室讲的全是空话,能解决问题么?再说这林、副业不也是你分管吗?红茶、绿茶的生产工艺,茶地管理我就不想多说了,自然有一个懂行的班子放在那里,可销售呢?茶叶的价格是由需求决定的,而且时效性强,早春初产的绿茶,一天一个价格。我们茶场又没有冷库,保鲜问题无法解决,产出便立即要售出,唯一的办法,必须有畅通的销路,能做到销大于供才能卖出好价钱。眼看春茶就要开采,不走出去怎么能行?"

秀芝在边上坐着。张书记对我语重心长的教诲,让她也很感激,这从她时不时地点头应着张书记的说话就看得出。

张书记说:"现在苏南的市场基本被别人控制了,那咱可以去开发苏北的市场。别看不起苏北,扬州、南通这些苏中地区正在勃勃兴起,正在谋求发展,无论是耐火产品,还是茶叶,去看看那边的市场情况绝对有好处。你不是要带头搞销售包干吗?别怪杨德新看不起你,你也应该拿出点真本事让他看看。苏北那里我还有些亲戚在领导岗位上,如果需要,我可以带你去走一趟。"

我知道张书记是想帮我,期望我为村里做一些事情。

那一晚秀芝特别精神,尤其听了张书记要带我到苏北去考察的建议,脸上满是喜气,似乎她早就期待这一天。待两人躺进被窝里,她还在不断念叨着:"男人嘛,不敢走出去怎么行?"

其实,即使她不说,我也是准备出门的。我是男人,怎能轻易地被人看不起?但她不断反复地说着这些,为我上课,我就开始反感,随口便甩出了一句:"怎么,巴不得让我快些出门,你好清静是吧?"

秀芝听过后生气了,钻进了边上儿子的被窝,随即顺手关了灯。黑暗中冲我吼了一声:"接着个烂摊子,不出去跑,等死啊?"之后便再没有听到她说一句话。

那晚我基本没睡。

我心里的事太多太多。我前前后后想起了我在村里这十几年的工作,想起了李小兵这个人的品行。我对他太熟悉了,我知道,凭我们两个人的个性,是难以相处、难以共事的。

在这个村里,我从18岁兼职大队的团支部书记开始,干到现在,前后近15年。我之所以能坐上这个位置,与我的苦干奋斗是分不开的。我家庭成分不好,文化程度也就勉强初中毕业,是我好学上进才有了今天。从18岁开始,我就在县报上不断发表通讯报道,其中我为大队书记写的那篇特写《他是那样的人》,曾在县报上登了整一个版面。为此,大队、公社都注意到了我,把我列为重点培养对象,先后3次派我参加了县党校举办的青年干部培训班,我就是这么一步一个脚印硬走出来的。李小兵则不同,他的叔叔是县法院院长,还有个表兄是县供电局局长,4年前他还只是一个乡农机站的普通工作人员,突然就回村里当了村主任,在这一轮调整中又当上了书记。他的升迁,靠的是关系和背景。这人还很有手段,据我所知,村茶场的茶叶,几乎成了他自家的一样,被他开支做人情的不计其数。一个穷村呐,他的胆子就这么大。他的做派我心里是早就有想法的,但他是大当家,我又能拿他怎么样?如果我们两个要公开对抗起来,这村里的父老乡亲还过不过日子?所以我抱定:我虽不赞成你的为人,但为了这个村,我还可以与你共事,竭尽全力把村子建设好。

张书记是个实诚人,带我去苏北见世面,他心中也是早有准备的。

苏北的发展与苏南相比,整体上确实慢了不少。但在扬州、南通等沿江地区,属于苏中板块的几个城市发展速度并不慢,经济发达的个别县,也已开始撤县建市了。就如我与张书记要去的泰东市,张书记早就与我做了介绍:它是扬州地区的一个县级市,沿着长江已建起了一个大型化工区,数千万、上亿产值的企业比比皆是。

他还语重心长地对我说:"小方啊,就村级经济来说,他们不及苏南的局部地区,但他们谦虚好学,思想解放,部分镇办、乡办经济发展速度吓死人呐!我们这个2万多人的乡,去年全年工业产值也就1.3个亿,说起来也算是个'亿元乡'了,但我夫人老家的那个乡镇,去年的工业产值就达5.2个亿!仅其中的一个化工厂销售便达2.1个亿,而另一家玻璃厂产值也达1.8个亿。沿江所建的现代化厂区,那种规模,就是江南的一般乡镇也不可相比啊。去看看,去长长见识总是好事。"

张书记夫人的几个兄妹家的孩子,大多有了出息。张夫人二哥家的大儿子梁华清,当了镇党委书记,连老四兄弟家的小女儿也当了土地管理所所长,都是当地有影响的人物。

我们过去时,张书记早就用电话与那个内侄梁华清联系好。一来岳父母已离世多年,二来工作忙,三来张书记也育有2男2女,家中走不开,夫妇两个,已多年没有到泰东走动了。张书记打电话过来,说是要过来看看,那些晚辈简直不敢相信,苏南人到苏北来考察学习,这不是倒过来了吗?当我们乘坐的班车刚从渡轮上了北岸,华清书记借来的一台价值一百多万的进口"小霸王"已来接我们了。

从早上7点多上车,到华清书记把我们在镇上的宾馆安顿下来,已是午餐时分。我们刚走进宾馆就把我吓掉了魂,这是个乡镇啊,居然有星级酒店!那装修太气派太豪华了,我还从来没见过。午餐,酒桌上菜肴更是高档得惊人。清蒸长江刀鱼、秧草白烧鳜鱼等等,都是苏北名菜。当然,华清书记在桌子上分别向他们镇几套班子的一把手做介绍时,除说了姑父张书记的身份外,还把我介绍成前去考察投资环境的村办企业家,吓得我冒出一身冷汗。

下午,参观了他们几个当家企业,更让我震惊。我们乡里除了党委书记有一辆桑塔纳小车外,政府机关仅有两辆吉普车,而他们仅一个玻璃厂,从进口的到国产的小车就有12辆。他们的产品很多都是自主开发的,享有知识产权,而且大半产品用于出口。在鼓励创汇的政策下,企业完全成了政府的宝贝,企业家更过上了神仙般的日子。

晚上,酒足饭饱之后,住在高档的客房中,张书记问我有什么感想,我感叹不已。出了门才真正知道山外有山,天外有天。我当然没忘自己来做什么,始终在寻找商机。参观他们的玻璃厂时,见着烧玻璃的窑炉,我想到了我们耐火厂可以为他们供应耐火砖;住在这个三星级酒店,发现屋面上盖的是琉璃瓦,这可是我们那里生产的产品;我还注意到他们招待用的绿茶,味道与加工工艺都不及我们茶场……

第二章　书记的小鞋

考察回来,我感觉收获满满的,心中全是对张书记的感激。

这次去扬州,我本来是打算"放血"的。对方毕竟是张书记的至亲,再加上我想拓展村企产品的销售渠道,带些礼品过江是必需的。考虑到自己村里有茶场,扬州又是平原地区,不产茶叶,我便自己花钱到我们茶场买了20斤绿茶。这茶叶虽然只收我80元一斤,但因为是自己茶场产的,从外形到汤色、质量都说得过去,送人也是拿得出手的。我让茶场把茶叶分成25袋,用礼盒包装好后带往江北。这东西实惠,带去江北既做了人情,又为村里茶场作了产品推广,是一举两得的好事。哪知华清书记他们知趣得要命,竟把茶叶以每盒8两作1斤算账,每斤250元,代我卖给了化工厂办公室。厂财务仅要我打了张收条,便硬把6250元现金塞给我,让我十分尴尬。临回来时,他们反为我们每人准备了3套出口的高脚酒杯。这般热情,弄得张书记都不好意思。

在渡口把我们送上班车的时候,华清书记一边用手整理着被江风吹乱了的头发,一边一口一个兄弟地跟我告别,再三关照,有什么需要他帮忙的,尽管开口,他绝对会全力以赴。

本是准备花钱去开疆辟土的,结果除了去时买的车票之外,不仅交了朋友,长了见识,带着礼品回来了,还在茶叶这一项上净赚了几千元。

满载而归啊,至少为村里的茶场开辟了一条销售渠道。可以说,回来时我应该是心花怒放了。到家时,村部的工作人员早已下班,我打算在第二天早上先把这次去江北的收获向李小兵做个汇报,然后和他商量一下,怎么去利用好苏北的关系为村里的经济发展服务。

作为村主任,主抓的是农业。农历三月,秧田要灌水,临去江北前,我特地交代村里负责农机管理的老高,我走后的这几天,必须安排人员赶紧把全村18个圩子的24台水泵维修、试机结束。早上才6点,离村部上班还有个把小时,我便骑着自行车逐个圩子检查泵站机械的保养情况。等到把所有站点检查结束回到村部,已将近9点钟。

村部是座6间两层小楼,离104国道仅20多米。在公路与村部之间的地面上,用混凝土浇着一块两亩多地的水泥场地,它的东西两端各竖了个篮球架,是村里青年们平时收工之余的活动场所。我满身臭汗踩着自行车来到村部的办公楼前时,见乡政府里的那辆老爷吉普车正停在楼前。我知道,那应该是有乡领导到了。我的办公室在二楼,一来是跑了十几个圩子累了,想赶紧坐一坐,歇一下,喝口水解渴解乏;二来担心领导找我有事,怕让领导等得太久,所以,我几乎是气喘吁吁跑上楼的。

在经过李小兵的办公室大门时,见他的门紧闭着,也听不到里面有什么声音,我心中一紧——领导是找我来了,领导应该等急了。

见我上了楼,妇联主任跑出她的办公室,迎着我,悄悄地跟我说:"领导等你好久了。"这让我心里又是一紧。

我进入办公室时,党委副书记周小农正端坐在我的办公桌前看着报纸,手边是妇联主任早已帮他泡好的一杯红茶。

周书记原来是公社的文化站长,那时我不仅是县报的通讯员,还是县里的文艺创作骨干。在周书记当站长的几年时间里,我几乎年年都会帮他争来故事征文、小戏征文的各种奖项。毫不夸张地说,他晋升的业绩中也有我出的力。乡里的文化工作总跑在全县的前头,我没有功劳也有苦劳。所以,周书记心中有数,对我也另眼相待,总把我当小兄弟一样放在心上。村班子调整时,我这个村主任的位置也是有好几双眼睛盯着的,是他硬帮着我争取来的。

出于感激,私下里,我总是叫他"老首长"。这称呼显得亲热,事实上周书记也很受用。不过,周书记什么都好,就是有个毛病——好摆个架子。我是他一手培养的,毫无疑问,他是我的恩人。他仅长我几岁,对我说话的口气却永远如长辈一般,且动不动就是训斥。当然,他也确实是当官的料,知道对下属"打了巴掌须揉三下"的道理,知道要弄得你对他服服帖帖,最后必然还会和我打个招呼:"话虽是重了点,我还不是为了你好么?有本事天天让我表扬,不要让我来严肃批评!"

知道老首长已等了一段时间,进了门,我有些心虚,让领导等我,这起码是不礼貌啊!

"周书记,不好意思啊,我下田头去了。"

我赔着笑,拿起水瓶为他续水,并故意装出低三下四的样子。老首长好这一口,又都知根知底,我没有什么不好意思的。

周书记放下报纸,二郎腿依然跟往常一样跷着,但看我的眼光却冰冷冰冷的,我感觉到马上又要为我"上课",为避免下属看笑话,我立即关上了门,拿了把椅子坐到他的对面,脸上堆满着笑,做足了谦虚的态度,静候他的"开导"。

别看周书记的脸长得方方正正,白白净净,那两道剑眉,却始终给人一种威严感。他先是板着脸端详了我几秒钟,弄得我很尴尬,然后清了下嗓子,连珠炮就上来了。

"不得了哇,方旭明,你不得了!村主任才当了几天?浑身是本事了?翅膀硬了,要飞上天了?出去三天,乡政府两个农业会议无故缺席,你不但连招呼不打一个,而且还不安排人去听一下会议精神回来传达,你的眼睛里还有没有政府?有没有领导?"

我听到这里心也慌了,这怎么可能呢?我临走时,是特地关照李小兵的,我出去这几天,村里的大小工作,包括乡里一些会议,请他帮忙适当做下安排,而且在向他打招呼时,张书记就在他的办公室,张书记甚至还向他说明了我们此去是为村耐火厂和茶场开辟销售渠道。工作做到这份上,还要我怎样?

我竭力向周书记申辩,说明事情的来龙去脉。

周书记听后长叹了口气,稍停了一下,然后继续为我上课:"你是头猪?明知他反感你做他的副手,关键时候他会向着你?昨天的农业会议是党委刘书记做的报告,见你们村一个人都没去参加,特地打了电话给李小兵,询问情况,你知道李小兵怎么回答?他说你不声不响玩失踪了。刘书记听了大发雷霆,已责成纪委来调查你了!今天你不说,谁能知道是这码子事?幸好有张书记作证,我得赶快回去向刘书记说明情况。但是方旭明啊方旭明,李小兵是一心要给你小鞋穿,这次过得了关,下次呢?老子可提醒你,这家伙的心毒得很呢,架子比老子还大,你要不防着他,早晚可是要栽在他手里的,到了那时,你很可能都不知道自己是怎么死的。我今天的话虽是重了点,可都是为了你好……"

没意思了,老子挖空心思想把工作做好,李小兵你这狗日的却在背后捅刀子!

我本想立即去找李小兵理论,但想到了他的后台,想到这人的心黑,想到将来可能还要和这种小人长期共事,我硬是忍住了。

我陷入沉思。我明白,村主任这碗饭是很难吃的了,我考虑是不是可以离开这个地方,另求出路。刚去苏北见了世面,外面处处都在发展,商机无处不在,即便不去外面谋发展,就算我帮秀芝打理理发店,应该也是有饭吃的!只是遗憾自己辛苦了这十几年,从一个普普通通的农村青年,一步步当上个村主任,算是熬出了头,很不容易,可谁知道偏偏让我碰上了李小兵这个灾星?我的心里越想越不是滋味。

虽有出去闯一闯的想法,但也忧虑重重,如果现在真的扔掉这个饭碗,拍拍屁股回家,又不知要招多少人笑话,不到万不得已,我是不应该走这条路的。

万万想不到马上有人支持我离开这个是非之地,她便是秀芝。

当我在中午吃饭时把李小兵背后捅刀子的事情向她说开后,秀芝非常气愤:"树争一张皮,人争一口气!既然他把你往死里整了,你待在村里还有啥意思?出去闯,成功了,争个好前程;不成功,回来给我做下手,夫妻两个做好这个理发店,烫发、盘头、剪发、染发,做好这生意,照样有饭吃!"

下午，我把张书记请到了家里。

有秀芝理解，我打定主意要辞职。张书记待我那么好，至少，场面上我还是要向他说明原委，道个别，也不枉他对我的殷切期望。但让我做梦都没想到的是，张书记在细听了事情的原委之后，竟非常支持我的举动："小方啊，你努力了这么多年，好不容易争到了这个位置，按理说，我应该做好你俩的思想工作，让你们劲往一处使，把村里的经济发展起来，这样，个人、集体两下都好。但情况明摆着，你们两个人，个性都强，要想真正能心平气和地携手开展工作，太难太难了啊！我们交往一年多，你心地善良，为人正派，尤其是在工作上有开拓创新精神，我从内心欣赏你。但现在这个环境，于公于私，我都赞成你辞职下海。将来如能成功，不冲李小兵，就冲生你养你的这块土地，也好回来帮一下村子；如没出成绩，至少你也有了经历，长了见识，对你的长期发展会有帮助……依我看，其他地方也别去瞎闯了，就去扬州吧，在那里，我毕竟多少有些关系，应该还是能帮得上些忙的……"

那天晚上，我几乎没睡。

苦出身啊，多年媳妇熬成婆，往年的一个瘪三小儿，能当上现在的村主任，太不容易啊！33 岁的男人，真的会那么冲动将辛苦了多少年的成果一下扔了，是否也太不珍惜了？可李小兵把我逼到了墙角，除此之外，我还有什么出路？人总要向前走的，我岂能坐以待毙？去外面闯，又怎能漫无目的？就算扬州有熟人、有关系，你又用什么去立足，从哪里入手？从哪个行业开展事业，公司设在哪里？主打业务是什么，人员怎么安排，业务又怎么去开拓？失败了怎么办？辞职书好写，一旦交了，社会影响能不考虑？……

思想斗争了一夜，天亮后，我便起床写好了两份辞职报告，硬着头皮，不顾三七二十一，赶到邮局分别寄给了乡政府、乡党委。

我又返回了扬州，在那里待了三天。这次我没惊动张书记的亲戚，独自了解市场。

这次过江来是经过深思熟虑的。几天考察，给我印象最深的是苏北无论公私盖房，都喜欢用琉璃瓦。我们乡紧邻千年陶都丁蜀镇，每个村里都有陶土矿，开挖的矿泥源源不断地送往镇上的多家陶瓷企业。这些陶瓷企业生产的各式日用陶瓷、建筑陶瓷，远销世界各地。有产品，又有销路，我打算就从建陶产品入手，开发苏北市场。

回来之后，我约了一帮同是由团书记出身，现在都已当了各自村支书记的兄弟们商量。真是活见鬼了，听了我的遭遇，这几位好兄弟，一致赞成我下海创业，且个个为我献计献策。他们也遇有很头痛的问题——他们的陶土都是直接供应给国营建陶企业，与这些国营企业打交道，最麻烦的是货款结算，往往是一拖再拖。因为各矿都在增加产量，形成了陶土供大于求的局面，业务竞争本就激烈，货款拖欠几乎就成了行规。而且欠了你的，还不能和这些厂家论长说短，往往在酒桌上你只要一开口提到货款，他们一句话便戗死你："兄弟呵，我们的行业竞争也很激烈啊！你们不见我们厂的产品已堆成山了？销售压力太大啊！如果你们能以货抵债，老子马上可以答应！甚至不仅所有欠你们单位的货款可以一次性付清，还可以欠一部分货给你们周转！我们怕什么？都是国家的企业，公对公的，反正厂里总要进原料，你们今后用陶土去抵款不就可以了？"

这叫什么？这就叫供应是孙子，销售才是老子啊！

陶瓷厂的当家人说过了这些话后，我的这帮兄弟往往都是哑口无言。人家的话没错，货放着，有本事为他们销货，尽管去拿；自己没本事，供应商只能与企业共患难，看着厂家的脸色吃饭。这次听说我想辞职去江北开办一个大型公司，且以陶瓷产品中的琉璃瓦、地面砖为主打产品，他们似乎找到了救命稻草。都是知根知底的好兄弟，对我还有什么不放心的？哪怕为他们销售10万、20万元，都是为他们积德造福！所以，在我一提出这个想法时，他们不仅全部支持，而且还对我许诺了许多优惠条件：一、只要我需要，可以随时为我铺货，产品全部代销，且要多少便为我铺多少；二、最高可以给我享受百分之二十的销售补贴；三、一年一结算，年终付货款。连平时的销售货款，也可让我做经营其他产品时周转等等。总之，他们也相信，一是苏中、苏北正是大发展的时候，他们当地不产这些建材，我送货上门，没有不喜欢之理，开这个公司是绝对有前途的。二来，有张书记为我编织的关系网，有我"不成功便成仁"的坚定决心,他们没有理由会怀疑我经营失败。当然,对我而言,在这种关键时刻能为我伸出援手,是兄弟们纯洁友谊的充分表现。

有了这班兄弟的支持,我底气十足。

又到扬州。

再次见到华清书记,我明确表态,这次过来,是真想在这里投资,建一家上规模的建材公司,把家乡盛产的琉璃瓦、外墙砖、地面砖,包括紫砂茶具、茶叶等具有地方特色的产品放在这里销售。我过江时,张书记先打了电话,他已把我打算在泰东发展的想法全告诉了华清书记,还说我是他新认的干儿子,请他一定要尽力帮衬我一把。华清书记完全没有半点当官人的架子,从见到我时开始,脸上就没断过笑容。在他的办公室见了面不足5分钟,便向宾馆打了个电话,既为我定了房间,又订了晚上为我接风的酒席。

天还没黑,酒席便开始了。参加接待的,除了华清书记,还有镇招商办主任,有工商及税务所等几个我过来后用得着的机关头头。同时参加的还有担任着土管所长的华清书记的堂妹,她叫梁燕。

其时,他们政府正热火朝天地在搞招商引资,镇里每个办公室都有招商任务。当华清书记向大家介绍,我是从苏南过来投资办公司的时候,梁燕欣喜若狂,近水楼台先得月啊——就凭张书记这层关系,我便属于她的"菜"了!梁燕当场便叫华清书记不要再插手此事,关于我在泰东开办公司的事,从公司的执照办理到地址落实,全由她的土管所配合包了!酒桌上,我见梁燕敬我酒时那种声如洪钟、一口一杯红酒的样子,便知道我是碰上了一个热心人。

果然,后来那两天梁燕就完全放下手头的其他工作,专忙我的事。她用镇里的桑塔纳带着我选公司地址,看周边地区村镇建设、琉璃瓦普遍使用的情况,让我对过来经营心中更有了底。别看梁燕才30岁不到的年纪,工作很是泼辣,做事粗中有细,为把我的公司办好,她甚至连业务怎么开展都为我想好了。

梁燕就嫁在邻大队。她的公公因病走了多年,婆婆是位老师,住在学校。据说,老公因身体有些问题,被当交通局一把手的叔叔安排在局里守传达室。明显的,是养着他,且拿了高工资。他们的婚房虽买在城里,但因在镇上工作,梁燕住在老家上下班方便些,就带着孩子住在了乡下。孩子在镇区上幼儿班,平时由婆婆带,有时母亲也帮带着。但只要没有特殊情况,晚上都由梁燕带回去,陪她睡,第二天早上,在上班前再把孩子交给老人们。

如果说我过江时心里对未来还不踏实的话,这次在泰东,梁燕已给我吃了定心丸。

公司落实的门面房,就是梁燕家的住宅房。它虽只是3间门面,但因单门独户,门前紧贴公路边的场地就有将近两亩。尤其是这门面的地理位置,它不仅距长江才500多米,房子后面还有一条通江的大河。百十吨的船,进闸了便可卸货。从后门下船把货挑到门前场地,也就20多米。陶瓷产品易碎,还重,船运与车运相比,不仅运费便宜不少,破损更减少许多。让我更想不到的是,梁燕竟主动提出全年租金仅1万元!我知道,这都是张书记的面子。

我在江北这几天,能办成这么多的事,是过江时无法想象的。在回江南组织落实货源与梁燕分别时,我看见她眼里竟有一种依依不舍的神色。呵呵,我很欣喜,真是个好妹妹啊!我想,有他们兄妹俩在这里做我坚实的后盾,我岂有创业不成功的道理?

在踏上班车时,我用手拍了一下梁燕的膀子笑道:"梁所,麻烦了!就等着我用船把货放过来吧!"

梁燕忽然满脸嗔怨:"叫我什么?再叫一遍!"

我笑了。

梁燕的面孔长得四四方方的,剪的西装头,人显得精神也干练。身高有近一米七吧,身板又厚又宽,只是胸口平平,而且奇怪的是她竟然还有个喉结,真是像煞了个男人。相处几天下来,她的热情、坦率,让我打心里把她当成了兄弟。现在我忽然见她竟会生出了女人的温柔样,我不禁感到有些滑稽,不过出于礼节,我赶紧笑着打了个招呼:"妹子,你就看我的吧!"

班车前行了百十米,我在车里通过后窗的玻璃看到,梁燕还在目送着我乘坐的班车。

第三章　扬州在北

乡政府还没有对我的辞职信进行批复。既然决定离开,什么批复对于我来说都无所谓。

货多成市啊,既然是代销,既然结算要到年关,我没有理由不多带些货去。

我组织第一批去江北的产品是两个门类:一类陶瓷,另一类是茶叶。茶叶比较单一。扬州地区的人们喜欢喝绿茶,但当地又不产茶,毫无疑问,茶叶是很有市场的。不过,因为需用现金去批发,所以第一批我只带了50斤。而陶瓷产品就不同了,仅琉璃瓦一项,就需由脊、瓦、吻、兽等组件配套使用,加上色泽、品种、规格很多,我必然是要大批量运过江了。

陶林村的支书周德海是我最好的兄弟。丁蜀那个国营地面砖厂欠他村泥料款上百万元,原料还在持续供应,而要货款难如登天,尤其是往年的几十万元欠款,全成了呆滞账。他也真是拼了——经村委、村支部讨论,托我销售的地面砖,不仅答应我有百分之二十的销售提成,还承担了船户的运费。为了赶销售,他竟然一下子安排了4条百十吨的机船,将6个规格、2万多平方米、价值50多万元的地面砖为我装上了船。

我担心琉璃瓦用大船装运破损过大,所以只叫了一条35吨的水泥船,打算分批装运。前几天去江北时也走了几个富裕乡镇,看到他们的乡村建设已大多在使用琉璃瓦,在销售市场上自己心中是有了数的,且这东西不怕雨淋,放在场地上,三五年也不会有什么质量变化,一两艘船过去,也就10多万元货款,我对销售及保管还是很有信心的。但生意刚做,什么品种适合市场,还是有待经营之后才能确定,所以,前期只准备运70吨左右的琉璃瓦过江。后期还要装运什么品种、规格,那便是要看销售下来的结果再说了。

然而,周德海为我配运的地面砖就是两回事了。首先它是纸箱包装,淋不得雨。如果只是千把平方米的量,我还可以放在梁燕的家里,可这4百多吨货物过去,我连堆放的场地都不容易安排啊,即使能堆得下,也需用尼龙薄膜盖好,保管不当,纸箱一旦受潮便影响销售。再说,这个陶瓷厂产品滞销的最大问题是花色品种少,给我的几个品种是否在苏北适销对路?不试销就大批启运,卖不出去怎么办?我觉得心里很悬。可周德海想钱想得眼睛快红了,逮着了个推销产品的机会,有希望能用货物变现,他就再不肯放过我,硬是坚持要为我装4条大船运货过江。在我提出这些担忧之后,他二话没说,竟然马上去买来了两大块油布,把它们放在船上随货带去。这分明是逼着我去干销售了。

"老子的货为你送过江去,用尼龙膜遮盖,一旦时间长了老化了怎么办?让狂风暴雨吹开冲打了怎么办?用油布盖代价是大了点,但省心啊,这下你总不要再有啥顾虑了吧?"

周德海也算是细心的了,方方面面为我考虑着,对我而言,人家已是一种极度的信任,船已装好,至此,我再也说不出什么,有些困难也只能自己去想办法克服了。

回来几天,该准备的都已做了准备。资金上,我不想让秀芝有任何压力,反正货也基本都是欠来的,除刚做的茶叶生意上赚到的几千元钱外,我又私下向周德海借了1万元以备花费。创业了,一切从零做起,必须精打细算。运送琉璃瓦的运费是要我自理的。我与船户约定,结算的运费是35元一吨。但这运费是否合理,船户对货物是否会有歪念,这让我总有些放心不下。于是,这第一趟货我打算亲自随船押送。我要看一下水路上的情况,比如跑一个来回到底要耗时几天,船户的素质到底怎样,运费是否合理。我想,自己在船上跟着走上一趟,一切便心中有数。

第二天一早我便要走了。为了跑市场方便,秀芝还让我把那台红色的"雅马哈80"摩托车随船带去。我家离丁蜀货运码头近10公里,我准备天一亮便开摩托车过去乘船。

过江后便是长期作战,从换洗的衣服,到牙膏牙刷,能准备的,秀芝都帮我做好了准备。晚上10点多,孩子早已入睡,我也累了,秀芝也已忙好。熄灯之后,我真不知道这一下要到什么时候才能回来。前途全押在了江北,一切都充满变数。成功,什么都不必说,但如果失败了呢?万一亏了个倾家荡产,我怎么对得起这个家,对得起秀芝?

心中有事便睡不着。

想着分别了,想着不知什么时候再回来躺在这张床上,我就想给秀芝留一个温存。我知道,她也刚躺下,还没睡着,所以也没吱声,便侧身为她褪了内裤。

要是换作以往,秀芝肯定又要怪怨,要说出门了,不能把精神浪费掉;要说我整天想着那事,总不太规矩。天理良心,我可是个正常男人!就因为这个,我们曾两不相让,也不知闹过了多少次。一气之下,在儿子3岁那年,两人偷偷去民政部门办了离婚手续。回来后,她说再给我一个"重新做人的机会",分床不分户,离婚不离家,就这样过一世。

为了这事,我不止一次要她去看医生,是否是性冷淡,是否是心理问题?

她对我的回复总是三个字:"神经病!"

这么好的一个人,真正离开她,离开孩子,我于心何忍?不就是性冷淡么,这世上得这病的又不是你一个人,在医生面前,有什么张不开口的?我跟她说:"我陪你去看医生,看不好我认命,万一看得好呢?你可是舍了命追我的,全村哪个人不知道我们的婚姻是经过了多少磨难才成的?大风大浪都过来了,为什么要在阴沟里面翻船?夫妻之间的缠绵,更能让彼此相互爱恋,这谁不知道?"

然而,任凭我如何劝说,她永远坚持自己的观点——她没病,是我有病,是我得了好色病,神经病!

我知道她没睡。果然,任我在她身上干完事之后,她默不作声地起身打扫了战场,最后丢下了一句:"出门创业了,尽量把心思放在事业上吧。"说完,自顾睡了。

　　我无语。我真的不知道,老天怎么会这样作弄人。这个好人,这个天底下难得的好女人,这个为了我可以去死,为了这个家从来不歇一下手的女人,她的为人处世为她在全村人面前赢得了尊重。在我的父母面前,她比亲女儿还亲,她更让所有的晚辈敬重得将她视为自己的母亲。她简直征服了整个世界,可就是征服不了身体上一个小毛病。

　　我叹息,我真的很心疼她,但我有时还会故意气她——因为有几个在婚前死命追求她的男人,至今都对她没有死心,这就让我抓了个话柄。虽然我知道他们只能是做梦,秀芝是连正眼也不会看一下他们的。

　　从早上开船离开丁蜀陶瓷建材厂的码头,船尾的两台12匹马力的柴油机,就始终冒着黑烟,隆隆响个不息。

　　船老大是苏北盐城的一对老夫妻,三男两女,都成家了。他们打算用这条船再跑个一两年,等身上有个几万积蓄就把船卖了养老。眼见得满河都是"铁驳子",像他们这种水泥船越来越少。尤其是这种船吨位小,过长江时很容易"吃浪",就安全性来说总让儿女们不放心。但两位老人就是靠这条船让儿女们风风光光成家的,对这船有感情,舍不得现在就卖,便再三与儿女们打招呼,能挣一个是一个,只当父母在船上玩耍罢了,他们就是这样让儿女们放出来的。

　　船老大姓罗,近60岁,因为辛苦,胡子拉碴的,黑黝黝的额头上,皱纹深得快像一条条小河浜了。他很健谈,烟瘾也重。稀奇的是他老伴,也是个"老烟枪",一头枯白的头发蓬松着,脸色蜡黄,哪怕在舱里炒菜,嘴上还始终叼着支香烟,这在苏南女人中是很少见的。罗老大见我惊奇样,叹着气告诉我——弄船这碗饭难吃啊,长江上、太湖里,遇上怪风、大风,弄不好便是船沉人亡,尤其是船上就老夫妻俩,开船了,便是车轮战,守着这两台震天吼的柴油机,一年四季,冷清啊,全凭抽两口烟解闷了。

　　罗老大听说我要长期租用他们的船,这样的客户显然很少,所以夫妻俩很是巴结我。中午时,老伴炒了几个菜,自己划了两碗饭后,便上机掌舵,换下罗老大陪我喝酒。看着河里船来船往,看着岸上的村庄一个个闪去,在隆隆的机声中,在罗老大大着嗓子与我的交流中,酒足饭饱后,我便进了船舱睡下。

或许是累了,或许是机声响得如催眠曲,或许是酒喝得多了些,或许是舱内光线不好,适合睡觉,当罗老大叫醒我时,我发觉机声停了。我急了,忙钻出舱来问他是不是机器坏了,船老大笑眯眯地告诉我:船已经到了江边的闸口,只等明天早上就可出闸过江。

哦,迷迷糊糊的,是酒喝多了。

外面天已暗了下来,从天亮开始出发,十多个小时不熄机赶路,看起来重载的水泥船,行在水面比人走得快不了多少,但百十千米也赶下来了。河道里要过江的船不少啊,有好几十条吧!船上都有电瓶,条条船上的灯都亮着,人声嘈杂,河道快成了街道。这里河面开阔,我们的船靠在别人家船的外档。水面风大了,罗老大担心第二天能否顺利出闸过江,便拿了个手电上岸去江堤上看下情况。他的老婆已在炒菜做晚饭,边用锅铲翻菜,边与邻船上的女人谈着家长里短。一口盐城腔的苏北话我虽不太听懂,但女人们偶尔也冒出了两句我听得明白的——风大,明天重载的小船想过江估计有些吃力。

罗老大回来时,带回半只白斩鸡、几两猪头肉。

中午时,因为他要和老婆轮着掌舵、守机器,才勉强喝了几口。晚上,只要不醉,可以放心喝足。况且,他要讨好我这个往后的大客户,所以很是热情。虽然那女人已炒了鸡蛋、大蒜肉片,还有从商店里买来的平时下酒的油炸花生米,他为表示热情,还是加了菜。

我们村里所处的大山坳中有八个大队,听说在"长毛造反"时人被杀得一个不剩,现在落户的,也都是从各地逃荒过去落脚生根的。比如我家,原就是苏北黄桥的,过江才第四代,在我父辈上还是一口苏北话,只是到了我们这一代才完全说着本地方言了,但我还是或多或少能说几句"半吊子"苏北话。我边喝酒,边用半生不熟的苏北话与罗老大交流。我听着罗老大的感叹:弄船这碗饭也难吃呵,是靠天吃饭。比方说要过长江,风大了,别说他这种才30多吨的水泥船,即使百十吨的"铁驳子"也出不了港。这是出于安全考虑,闸口的管理部门不开闸放行。即使放你出港,那风险也大得了不得,谁敢为挣几个辛苦钱去以命相搏?就像这种天气,在闸口里的内河中似乎风平浪静,但大江里却是恶浪滔滔,暗流涌动,弄不好吃上一个漩涡便是船翻人亡……

我听着听着,心里不免生出寒意,可也有些认为船老大是故弄玄虚,有点吓我的意思,是让我知道船家的苦,今后能在运费上再添加些。心里有了戒备,所以我就基本不再说什么,并强调中午喝多了,晚上只能稍许喝些,陪陪他就是。

哪知第二天早上天才蒙蒙亮,我被舱面上一阵急促的"咚咚"脚步声惊醒了。

罗老大下舱告诉我:"方老板,安心睡吧,我上去问了,风太大,估计我们今天走不成了。"

这下我反而有些急了,风大?风还没有"呜呜"地响啊?虚张声势干什么?别人走了呢?怕是你的船小,抗不住风浪吧?如果是这样,今后我可要为了货物的安全性考虑换船了。换大的,换百十吨的"铁驳子"。

天大亮了,我吃了两碗那女人烧的稀饭后上了岸,爬上江堤。

站在毫无遮掩的大堤上,我这才感到风还真是不小。扬州就在北面,我向对岸一看,那江面是如此开阔。正值春汛,江面水位很高,浑浊的江水从上游涌来急速地奔向下游的那种气势,充满了霸气,它仿佛在告诉我:有本事你出来试试!我这才知道,我们的货船,装载得吃水线以上仅有几寸的船帮露出水面,在这种情形下出港,即使没有一丝风吹,没有浪涛在候着,仅迎着这滚滚急流、满江的漩涡出港横渡过江,也有随时被江水吞没的可能啊!

惶恐至极,我后悔随船而行了。我心中有一种预兆——我过不了这一关。我认为我们这一船货要想平安过江,几乎难于登天。

回到船上,我真想听到船老大说上几句宽心话,当然,他最好是能提议让我乘车先过江去。然而,罗老大似乎一切都无所谓,正在隔壁的那条船上和那家船老大说着笑话。我是男人,不可能把这时心里的真实想法告诉别人,我不可能让罗老大感觉到我有一丝胆怯。我在生产队里也摇船穿过太湖,太湖里的险在于风浪,万不得已时,出湖的人都知道要开顶风船,迎着浪走才有活路。真正翻船了,逃生的最好方式是死抱住大橹不放。可这条船是机桨船,没有大橹。我用心扫了一眼,这才见到罗老大为防止在江中吃浪,不仅已用油布把船舱中的货物盖得严严实实,还在上面将手指般粗的尼龙绳,左左右右,一道一道,密密地扎在水泥船两侧预制的铁钩上。在绳子的上方,还平平稳稳地压着两块宽约尺余、长达6米的跳板。这跳板铺在上面,看似方便在船头、船尾间行走,但并不把它扎在绳子里面,其实目的便是用于逃生自救的。别看船上的人每人都配了救生衣,待真正落水之后,在布满漩涡的长江中有无用处很难说。但一般的漩涡并不太大,有一块跳板让你死抱着,逃生的机会就大多了。

我见到了驾驶舱的救生衣,见到船舱上的跳板,又想到自己的一身好水性,心中就踏实了许多。我想,大家都是为了活命来挣钱的,我如此,罗老大更是如此。他弄船已经数十年,何况这船是他的身家性命,什么时候过江、能不能过江,他再清楚不过。他只要敢出港,便自有他的道理,而我,自然敢于奉陪!

那天从中饭到晚饭,我始终吃得显着很轻松。上船时我已带上6瓶白酒、5斤多的一块猪肉,也算是搭伙吃饭,没有什么客气的。不过,心中毕竟放着心事,饭吃不香,酒也不敢多喝。

那天整整一天没有开闸放出去一条船。傍晚,内河又有一批船涌上来了。弄船的人苏北帮居多,相互之间大多认识,难得一见,都在大声打着招呼。

河面上比昨夜更热闹了,将近10点的时候,依然一片嘈杂。我进舱钻进被子,硬是听着这"叽叽喳喳"声让人生烦。真正入睡,大概已是后半夜了。

我正在梦乡,忽听船上的两台柴油机轰鸣起来。我知道,罗老大说过,一般情况下,过江的最好时间在天亮之后的这个时段。通常,这个时间是每天风最小的时候。机器响,说明天将要放亮,说明船户与放闸人员都已查看了风浪,判断船队可以出港了。我钻出船舱时,见罗老大正在船头打篙,他老婆在把着机桨舵,船正在出闸。

我没用他们吩咐便穿好救生衣,观察着是否要我帮忙。天放亮时,船已驶入长江。

刚进入江中才30多米,那水就深了,竹篙已起不到作用,罗老大马上在跳板上跑向船后。

"方老板坐着别动!"经过我身边的时候,罗老大吼着。他到船艄又向那女人大声吼叫:"下去,下去!"

我知道,他所说的"下去",便是叫女人让舵给他,由他来控制船的行进方向。

驶离闸口百米,我的心便揪起来。江风不小,那浪也不小啊!我眼看着水浪一道道打来,这船几乎已在浪里穿行。尽管舱上扎着油布,可那浪涛一次又一次漫过舱面,我担心啊,像这样的走法,怎么还能坚持到对岸?我们要下货的港口,就在南岸闸口的正对面,如直开过去,那是最近的路,可浪这么大,水流这么急,直开,即等同于送死啊!

"老大,转舵,回头!向上游,迎着急流开!"性命攸关,我不得不干涉了。

出了港,前面便是生死路。我看着这滔滔江水,看着这开阔的江面,看着这一浪一浪打向舱面的江水,扬州在北,在渺渺茫茫的对岸,看似仅10多里距离,但似乎与我们成了两个世界。我忽然之间想到了"黄泉"两个字眼,这浑浊的江水不正是"黄泉"吗?黄泉路上无老少,我才30岁多点,罗老大快60岁了,不正合"老少"两字?"出师未捷身先死",难道这些都应在我的身上了?我看着这滚滚急流,悲从中来。但我不服啊!一切才刚刚开始,我的创业之路才跨出这第一步,就这样死?我死也不服!

"回舵,回舵!罗老大,快,快!"我看着罗老大向下游斜切而行,不行啊,我知道,这样虽然路近了,但风险太大。我是弄过船的,我能不知道吗?

"快坐着,别插嘴!"

罗老大脸色凝重,狠狠地熊了我一句。尔后忽然加大油门,做了个大循环——他果然逆流而上,直往上游开去,我的心这才慢慢放了下来。因是逆流而进,虽还有浪水打上船头,但它进不了舱,用"之"字形的方法过江,罗老大应该比我清楚。

不出我所料,罗老大向上游逆水行船时,已带有向江北的倾斜性。在向上游开了约 40 分钟后,才回舵顺流而下,向三圩港方向斜插。

货船很小,在这茫茫的大江水面,它犹似一片树叶漂在上面。两个以船为生的人,与一个做着创业梦的人,共同经历着生死的关口。生死由它吧,在这种激流中,我想,如果发生不测,即使水性再好,即使能抱住跳板,求生也是徒劳的。人的生死全由大自然掌控,而我们能做的,便是去顺着它,努力去做到最好就可。过江如此,人生也是如此。

第四章　八子兄弟

"到了！到了！"

我们的船刚刚接近三圩港口,北岸江堤上便有几个男人欢呼起来。其中那个虎背熊腰的中年汉子我认得,是那天我在梁燕家看公司场地时,让梁燕叫来做参谋的。他是梁燕的堂兄,叫梁八子,是张书记老二舅子家的儿子。他年长我4岁,因为张书记这层关系,毫无疑问,我们马上成了兄弟。他是个性情中人,我觉得与他很投缘,所以还送了他一把紫砂茶壶。

在外面创业,到哪个地方都有混饭吃的地痞,若没有地方关系,还不让这些人渣折腾个半死？那天梁燕陪我坐着"桑塔纳"走乡镇看市场时就说到了这个事。她家的边上有几个码头,上货、下货,全让几个小混混把持着。那些混混大错误不犯,小错误不断,连派出所也拿他们没办法。他们虚抬上下的力资,抽取部分好处费过着逍遥日子,我的船过来卸货,这段河道里可是他们的地盘,如果没有一个硬角色敢顶上去,即使梁书记过来也是无可奈何的,我总不能天天跟这些人吵架吧？

但八子兄弟不同了,他人规矩,够义气,又是本队人,且家中还有一台手扶拖拉机在码头上进行短途货物运送,加上自己更有十几个本队的社员帮着装卸货,那些混混都敬他是条汉子,大凡八子干的活,从来不用付"抽头"。故那天我们看场地时,梁燕先和我咬了耳朵,然后把八子兄弟叫了过来,场面上是请他来参谋各种货物的堆放位置,实际上就是请他来与我建立感情,让他今后为我压住阵脚的。

"八子哥,方总可是咱姑姑的干儿子,也就是你的兄弟、我的哥哥。出门创业,千难万难,咱们不帮忙,让方哥落魄了回去,在姑姑面前,还不是丢咱梁家人的脸面?我可把话说在这里,方总公司的上下关系处理、业务开展等问题由我解决;船上卸货、装运给客户这些事情由你处理。反正该付的咱们一毫也不差人家的,但不该付的,咱半毛不拔!"梁燕大着嗓子交代着八子。

八子完全晓得梁燕的意思,他笑对我说:"兄弟,你就放十万个心。货来货往,有你八子哥在这里把持着,哪个瘪三敢来放一个臭屁?如有胆大的敢放马过来,老子便把他摁到茅厕里吃屎去!"

过江前我就打了电话给梁燕,梁燕早就安排八子接船了。八子生在江边,也弄过三年船,他对什么天气、什么时候船闸能放船过江一清二楚。今天一早,天刚蒙蒙亮,他踩着自行车到江边看了一下风浪,就知道我的货船要过江来了,便马上回村通知了自己的装卸队在梁燕家里候着,自己又和几个男工赶到江边迎我们来了。

满载着琉璃瓦的货船在八子兄的引导下,安全通闸,进了三圩港的内河。十几分钟后,终于停靠在梁燕家后门口的河岸边。

激流中的一场生死战下来,我似乎丢掉了魂。而罗老大则不同,见刚刚进闸便来了卸货队,早就把在船上的一脸严肃丢个精光。他心花怒放,吩咐女人赶紧把缆绳抛向岸边的卸货工人,然后夫妻俩打横篙、支跳板、解绑绳、掀油布。是的,他们开心,一趟运输,在这十几个卸货工人的手里,不用一天,就可清舱返程,心情怎能不好?而我呢?当我踏上跳板走向堤岸时,依然心有余悸、两腿无力。或许八子兄早就见我的脸色不好,当我踏上跳板走向河岸还未落地时,他就伸手一把扶住了我。

中午梁燕不在家,我依然在船上吃饭。罗老大会做人啊!他见八子兄把上货的事安排得妥妥当当,卸货的工人也将琉璃瓦轻手轻脚地拿放,一看八子便是个拿得起、放得下的人。今后要长期合作,礼多人不怪啊,罗老大硬是把他拉在船上陪我吃饭。八子酒量不行,仅被罗老大逼着喝了一杯酒,也就勉强2两多吧,那脸红得就如关公一般。罗老大年纪虽大了,但到底是老江湖,马屁功夫一流,先把八子说成一枝花,让他笑得眼睛眯成一条缝。说过八子,他又来奉承我,说我在船上过江时指挥得当,保准是一个会做大事的好老板。可这话让我一听就显得那么假,听我的,老子说逆流走的时候,你吼我、熊我的样子不像要吃了我? 不过,他说这些话我对他并不生气是真的,这么大的年纪,还在向老天讨生活,真不容易啊! 天地良心,这一趟船跟下来,他们老夫妻俩挣这点运费,也真让我感到什么叫血汗钱了。

不到天黑,一船货卸空了。

梁燕下班后,是连同她老公姜永强一起骑摩托车回来的。房子出租也是大事,梁燕是聪明人,今后这家里三楼三底便有两户人家生活,作为一家之主又长期不在家,我这个大男人过来她家中住着,她总要避下嫌吧? 所以,她不仅把租房的事先和婆婆、老公打了招呼,今天又特意把老公叫了回来,让他与我签租用协议。

姜永强个子不高,也就 1 米 7 不到,但很粗,那脸上全是浮肉,还挺着个"将军肚"。

其实我真正租用的也就一间侧房,房子进深约 10 米,开间 4 米。我打算用布帘把它隔成前后两截,前部分隔大些,用于接待客人、办公,后截稍短些,能放下一张床,做个卧室;一个人吃饭,就一个独眼煤气灶,放在梁燕家的厨房中,那厨房也就算是共用。要说起来这乡下的一间门面租金上万元也算是天价,姜永强已喜形于色。但对于我来说,划算的不是房子,而是能让我使用近两亩地的场地。也可以说这次合作应该是双赢吧。

晚上,姜永强算为我接风。

梁燕烧了一桌子菜,连同八子兄、罗老大夫妻全叫上了。酒桌上,我出于礼节,克制着自己,反复强调不会喝酒,加上梁燕也为我圆了场,所以仅仅喝了 3 两多。这样一来我每说的一句话,看似不经意随口而出,其实都是三思后才说出的,让大家看到的我始终是那么谦虚,那么有礼貌。可姜永强了不得,或许毕竟他是当家人,尤其我是他老婆家的亲戚,故喝酒时显得威风凛凛,小酒杯硬是杯杯见底。我忍着,是为了礼节,八子兄少喝,那是他酒量小,2 两下肚只顾傻笑了。只有罗老大，年纪虽大，却是好酒量，喝酒竟然完全不落姜永强的下风。喝到后来，姜永强舌头都大了，还在吹牛，可罗老大竟然正当时候。姜永强不服气，还要喝，最后梁燕抢下了他的酒杯。我们本想晚上把合同就签掉的，结果泡了汤。

姜永强醉了。

八子、罗老大都和我打着招呼，上船的上船，回家的回家。

梁燕先把姜永强扶上楼去睡了，然后又回楼下来收拾桌子。她见我已在整理着餐桌，怪不好意思，赶紧劝我放手："哥啊，女人的事，要你个大老爷干？快放下，快放下！"

我只是笑笑，手没歇下来："没事，为了我，你也忙了一个晚上，两个人收拾总比一个人强，时间也不早了，早收拾好了，你也好早些上去陪他。"

我这话明显只是客套话，哪知梁燕听了满脸绯红："哥啊，看你说的，孩子都这么大了，还说那些？"

我看着她害羞的样子也笑了。两人虽说着笑话，手却没停。整理好餐桌，清洗好锅灶。然后，梁燕又把我从船上带来的铺盖铺摊在床上才上楼休息。

梁燕没让我去买新床。他们结婚前，姜永强有一张老式架子床就搁在我租用的这间房里，算借我用。

第一个晚上，可能是我认床吧，也或许是到了一个陌生的地方，从睡下，到第二天天亮后响起梁燕下楼梯的脚步声，我大概总共也没有睡到两个小时的安稳觉。

梁燕在做早饭。我起来与她打过招呼洗漱时，也不知道是什么原因，就见她的眼睛通红，连眼皮也是肿肿的。我出于关心，用眼神告诉了她我的疑问。梁燕肯定知道我的意思，一下子红了脸，偏过头去忙着自己手中的事。既然如此，我也不便多问，便出门看一下场地上堆放的琉璃瓦。我见八子兄弟把各种规格、色泽的产品分别码放得齐齐整整，心中甚是安慰。我又去后门口的河边看了一眼，河边空空荡荡，罗老大昨天卸好货后我便把运费结算给了他，另外又给了一张发货单让他带回去给秀芝，让她再为我发一船琉璃瓦过来。罗老大很得意这样的生意，一早就出港回了江南。

河边静悄悄的,我忽然有了心事——那几条装运地面砖的船怎么还没到?他们的船大,过江也就更安全,按时间算,应该早到了呀?

开店的第一天,做饭的家什虽带来不少,但还是要上街再添一些,这顿早饭我也不客气,只能吃梁燕做的了。她也是特地为了我,煮了一锅现做的汤圆。那汤圆个儿大得6个就装满了一大碗,馅是青菜拌肉,味也好,我一下子吃了8个,肚子都快撑破了。

我与梁燕刚吃过早饭,见一个推着自行车的小姑娘来到门前。她把车停好后,从车的后座上拿下了一个很大的旅行包走向屋来。梁燕见了,马上笑着迎了上去:"秋云来啦!"

小姑娘很兴奋,喜气地边应着梁燕,边瞟了我一眼:"嫂子好,来麻烦你们了。"说完,便把旅行包放在了堂屋一侧的板凳上。

姜永强大概听到了姑娘的说话声,也走下楼来。应该是昨夜喝多了,我见他从楼梯口出来后还用手扶着墙走,眼睛里充满血丝。见状,我忙笑着打招呼:"妹夫啊,你昨天的战斗力可是超强哦,我真羡慕你,海量啊,到底是从大机关出来的,场面经历多了,养成了强大的战斗力。"

"哪里哪里,家宴么,别说哥是第一次来我家吃饭,今后麻烦你的事情还多着呢,我还不应该陪哥喝个痛快?只是哥你没有放开喝,太遗憾。不过,这也不能怪你啊,你人斯文,性情好,哪像我,喝起来了就如个土匪一般,哈哈哈……"

也别说,姜永强不讲我还没往那个方面想,是他自己说了,倒真的提醒了我,这人很有些匪气,不,应该是有些痞气,有点像下三烂的角色,让我感觉他的心里不干净。想到这里,我心里顿生了一阵寒意。

果然,我这想法还没过去,接下来的事情就马上印证了我的猜测。

在与姜永强把租用合同签好后,他当着梁燕的面,大大咧咧地把小姑娘介绍给了我:"哥啊,咱都是男人,你知道的,我长期不在家,这不说你也明白。这丫头是我表妹,叫林秋云,是我二舅舅家的。她娘是从贵州过来的,是个疯子。生下她才几年,就被我那个不争气的舅舅赶回去了,也近10年了吧。我那个舅舅好口酒,她娘走后,表妹也常挨他的揍。不是吗,弄得表妹初中还没毕业,出走了,打工去了,是梁燕千辛万苦寻到了她,又说破嘴皮让她回来的。既然回来了,总要给她找个事做吧?总要让她自食其力吧?总要放在一个能常见得着面的地方关照着她吧?否则万一再开个小差呢?这不,哥你来了,你一个大老爷们儿,生活上总要个人洗洗烧烧吧?仓库总要个人发发货吧?人来客往,总要个人帮着倒口水吧?晚上她也能跟梁燕做个伴,几全齐美的大好事啊,哥必定是支持了吧?哈哈哈……"

姜永强在拍着我的肩膀征求我的意见时,我真想一拳将他打倒。我身高 1 米 85,体重 160 斤,八步连环拳一练便是 3 年,石笋、石锁,至少每天也玩个十几分钟。他以为我斯文,只是没见过我的手脚,老子一旦动起手来,怕你个屁!

姜永强看似在笑着说的,其实每一句话都是在绑架着我,可人家场面上听来句句在理啊,更何况还是"征求意见",让我无可奈何。我见梁燕看我时那脸上全是羞愧,小女孩迎着我的双眼中充满期望,让我还能说些什么呢?我这些想法也只是在心中一闪而过,姜永强话音刚落,我马上响响亮亮答应着:"哦,妹夫,你对我的事业那么支持,太感谢了!你的表妹,可就是我的表妹,一家人,还用商量?就这样办吧!"

姜永强听罢放声大笑:"梁燕,听到了吧?我哥多通情达理?哈哈……"我见着梁燕并没有搭理他,而是别过头,上楼去了。

8 点多,姜永强是坐着梁燕的摩托车走的,他要到镇上乘班车进城。

家里只剩下我和秋云了。

公司还没开张,就安排个眼线在我身边,这算哪门子事?小丫头除了会监视我的一举一动去向那个瘪三主子汇报,还能做什么?

我坐在堂屋的板凳上强忍着这口怒气,告诉自己,事已至此,一切得向前看,千万不能对身边的这个奸细有脸色,只当是花钱养了一条狗吧!不过,养狗是为看门的,况且狗最忠心,我只怕这丫头连狗都不如,到时候还会反过来咬我。哦,只有我自己千万小心了。

"哥啊,第一天上班,要我做些什么?"

我正面向门外想着自己的心事,忽听秋云在叫我。我抬头朝她看了一下,她就在我身边,满脸微笑,紧盯着我的眼睛。梁燕他们夫妻俩在屋时,我原本还没细看这丫头,现在家里就两个人了,且又离得这么近,我必定看清她的脸了。可这一看,哎呀我的娘啊,我真怀疑我见着鬼了!这是乡下,这是农村啊,小丫头那嘴唇上用口红涂成了鸡屁眼似的;金黄的刘海下,一双小眼睛上的眼线如用毛笔涂了墨汁般黑。尤其是她脸上擦的白粉,不知是她不会化妆还是粉的质量差,厚的已堆在上面,薄的却又见着皮肤。像她这种打扮还适合在办公室为客人倒水?老娘啊,别让人家呕吐就算好了。

我心中充满厌恶,但还是硬忍住了。应该没有反映在表情上吧?因为我见秋云的眼睛一直在直勾勾地盯着我,且笑容、眼神始终一成不变。这又让我生怕了——哪有女孩子这样紧盯着人看的?这种眼神加上这化妆真的让我感到了毛骨悚然。我斗不过她,赶紧低下头,心不在焉地应付道:"做什么?我自己也不知道做什么,还有两船货在路上,也不知道什么时候能到……"

真的,说到这里,我是真的不知道自己该做些什么了。

"哥啊,船在路上你担心也没用,公司开办了,办公桌总要买吧?客人来坐的沙发总要买吧?接生意,电话机总要装一台吧?房间里现在还是黑漆漆的水泥墙,白涂料总要刷一下吧?自己都做地面砖生意,我们的办公室可以不铺地面砖,但要显得干净、整洁,塑料地毯不值几个钱,总应该铺上吧?哥啊,咱们开公司了,这个地方的人都挺富裕,总不能不把环境整理一下吧?钱只要用在刀口上,该用的,还是不能省啊……"

这些话是从她口里说出来的?不会吧,她才多大?可事实上就是她说的呀!

也真是活见鬼了,我居然把她的话全听进去了。咋回事?我刚刚见着她还汗毛竖着的,她说过这几句话后,我怎么就不怕见她了呢?

我抬头又看着她的脸,她依旧堆满着笑,睁着的那双小眼睛还是那样看着我,稀奇的是她看我的时候眼睛硬是会一眨不眨。我听了她的话,几乎忘记了她刚刚还占据了我内心的丑恶形象,至少,感到她并没有那么可怕了。我不得不承认,她年纪虽小,却很有主见,她所说的话,无不在理。

我见着身边忽然有个可以商量事情的人了,顿然还对她生出几分尊重,并马上拿出纸笔,请她坐下,把我们要采办的办公用品一一记了下来。小丫头心很细,不仅把办公用的信笺、记账本、进库单、出库单、复写纸等等列了出来,到后来竟连我每天进茅厕必用的手纸都写在了上面。这只丑小鸭,她的细心与干练,让我仅仅与她单独相处个把小时便产生了尊重,而那双永远堆着笑并始终直勾勾地盯着我的小眼睛,也让我对她有了一种莫名的喜欢。

第五章　初见李姐

能花钱买回的东西简单,街上的商场里付了钱就可拿回来,可有的东西不只是花钱的问题,还要打通关节才能成事。我骑着摩托车带着秋云去六圩镇上购买办公及生活用品。在经过土管所的大门时,坐在我"雅马哈"后座上的秋云马上叫我停了下来。"哥啊,装电话机的事咱可不能出面,邮电局的老爷们本就雁过拔毛,你一个外地人,他们还能放过你?咱进所里,让燕嫂出面,把这事塞在她手里,既省钱省工省心,又给我嫂一个面子。这既沾了光还讨了好,可不是大好事一件?"

此时秋云已下了车,她轻声地咬着我的耳朵把话说完,我朝她一看,她还在向我偷偷地笑着。我似乎觉得她那嗤嗤的笑声中有些使坏,可这坏又让我很受用。她那双小眼睛在直勾勾地看着我时,歪着的头尽显调皮,这神态配着她夸张的妆容,显得是如此滑稽,让我也偷着乐了。

"嗯,好一个参谋长,有理,听你的!"我赶紧先表扬一句,然后把摩托车停在土管所门口。秋云听了表扬,雀跃起来,她拉着我的手就喊着:"走!嫂子的办公室在三楼,找她去!"

土管所临街而建,是一幢八间三层的大楼。这房子的底楼,除了其中的一间被土管所做了上楼的楼梯外,其余都已出租给人家做了商铺。如果不是三楼的外墙面上钉着几个烫金的铜字,我还真不知道这是一个镇政府的办公机构。

与秋云刚踏上楼梯,见底层无人,我实在忍受不住了,秋云陪着我进这个机关,在我看来,她的这张大花脸就与小丑无异。或许她已习惯了,一点也无所谓,但我会在意别人看笑话的。秋云出丑不仅仅是丢她一个人的脸,对我而言也不是什么光彩的事。于是,在底层楼梯的转角处,我悄悄拉住了她,从口袋中拿出一块手帕,想帮她把脸上的白粉涂均匀一些。

"哥,我化的妆不好看吗?我也是见吧台上的姐妹们都化妆才用的。歌厅里不论白天黑夜,灯光总是很幽暗,不化一下妆几乎看不清脸。"秋月边温顺地把脸迎向我,边轻声地咕哝着。

哦,我这才知道,秋云是从那个地方出来的。这也难怪了,我见她的皮肤很白,右手食指与中指头上却发黄发焦,我本只是好奇,现在才知道她原来还是个"老烟枪"。小小年纪啊,去这种环境讨生活,能见着几个好人?男人进去有几个不是寻欢的?吧台,能让你去收款?收款的哪一个不是老板的贴心人?花季的少女,进了那种地方,不变才怪。都说常在河边走,不会不湿鞋,这孩子这么单纯,她能没吃过亏?她粗糙的化妆,焦黄的手指,分明告诉着我她复杂的经历。我这才想起姜永强的一些话来:"她娘是从贵州过来的,生下她才几年,就被我那个不争气的舅舅打跑了。也近 10 年了吧?我那个舅舅好口酒,她娘走后,表妹也常挨他的揍。不是吗,表妹初中没毕业,出走了,打工去了,是梁燕千辛万苦寻到了她,又说破嘴皮让她回来了……"

哦,这样说来,姜永强也没说假话,至少说明这小丫头已受到了生活的许多磨难,过早地知道了人间诸多丑恶。至少我知道了梁燕的心地是如此善良,至少我知道了秋云能走出那种地方,要下多大的决心。

相处一天还不到啊,她举手投足之间的每一个动作,她在我面前的所有音容笑貌,让我知道,只要生活给这孩子春天般的阳光,她的心地依然会灿烂芬芳!而那是我该给她的,也是我一定要给她的!

"哥,你哭了吗?哥,你的手在抖?为什么?为我吗?"

秋云的身高不会超过 1 米 6,而我高达 1 米 85,当我低头为她匀妆的时候,我不知道是对她的怜悯,还是回味起姜永强的这番话,让我知道了秋云的不幸而联想起自己苦难的童年,我心中发酸,依稀觉得眼上有些迷糊,手有些发抖。

"泪花……哥……为我流的?……为什么?"

我停住了手,她很沉重,我从见到她的第一眼起,还没见她有过这样的严肃状态。我没有正面回答她提出的问题,只是轻声地对她说:"妹啊,你本就漂亮透啦,今后咱别化妆了,好吗?"

我自己都不知道,早上还提醒自己要把她当作奸细防着的,才过多少时间?怎么会这么快就向她投降了呢?

秋云也没回答,只是抿着嘴,使劲地点了点头,那眼神很干净,哦,应该是很纯洁。我从她看我的眼神里才知道了我对她顿生好感的缘由——她不会害我。我相信我的眼睛,我甚至相信,她跟我也跟对了人。我在冥冥之中有一种感觉,我要罩着她、护着她,而我之所以想这样待她,是我对她陡生了一种责任感。

粉干了,不容易匀了,手绢轻轻一擦便掉下一块,我怕越擦越会出她的洋相,于是,我停下了手,让她去洗手间洗下脸。

我们刚跨进梁燕的办公室,就见她正在与人通着电话。她见我们走进了办公室,边抬手指了一下边上的沙发,示意我们先坐下来,边还是拿着话筒眉飞色舞地与对方交流。

"对对,绝对的!我还能骗姐你吗?什么?哈哈哈……姐啊,这可是你对我的指示,我还敢不去执行?……是吗?……是吗?……好的,等你,不见不散。"

梁燕放下话筒,先朝我笑了一笑,尔后长长地吁了口气,又拿起桌子上的专用杯喝了口水,这才缓过神来。她边拿杯子为我们泡茶,边笑对我说:"哥啊,先是求爷爷、叫姥姥,总算把邮电局为你装电话机的事摆平了。局长答应我,把线路费、安装费全免,只是收200元话机款,算是做一下形式。一下子省了4千多块啊!为什么会那么高的姿态?还不是他自家马上要造房,到时怕我为难他?且答应今天早上就安排人去安装好话机。"

说到这里,她转身对秋云说:"妹啊,上街来有事的吗?不过,最好你把其他的事放一下,先回去迎接这些安装话机的老爷。俗话说,阎王好见小鬼难搪,局长这边虽安排好了,可去那里的几个安装工都不是省油的灯,过去后,茶水自不必说,给他们每人安排一包中华香烟外,你还要给他们50元钞票,让他们中午自己去小饭店里吃口饭。"

梁燕回头瞄了我一眼后,继续交代秋云:"你哥暂时还不能回去,我刚刚打的电话,就是想帮哥把从江南带来的50斤茶叶先消化掉。马上有一个大主儿到来,哥要与我一起陪这个祖宗到城里吃饭。"

此时秋云已站起身抢过梁燕手中的杯子,为我抓茶叶,冲水泡茶。听过梁燕的话,小丫头兴奋得叫了起来:"真的呀?我们上楼本就是冲装话机的事来的,没想到嫂子不仅把这件事想到,还办好了。今天电话机能装好,还能在生意上弄个开门红,哥啊,见着了吗,嫂子几乎就是个半仙啊。你这下该知道我为什么这么佩服燕嫂子了吧!"

秋云这孩子兴奋得过了头,说话声音太大了。我忙低声提醒她:"两边办公室都有人,声音小点,让人家听到影响不好。"小丫头听了向我们笑着伸了下舌头,做了个鬼脸,马上也放低了声音:"妈呀,看,我是为哥高兴得过头了。"梁燕笑着顺手爱抚了一下秋云的头发:"没事,我的手下没有一个不听我话的,他们每个人私下里要我帮的忙,我没有不尽力的。都是兄弟姐妹,在一起便是一家人,偶尔有来客声音大一点也没有啥关系。"

秋云刚走,梁燕便关上了办公室的门来到我坐的沙发边,低头告诉我一些情况:"哥啊,我们这里虽不产茶,但茶叶的市场行情可不是不知道哇,现在离谷雨还有多少天?眼看新茶就要上市,你手中的茶叶再不快些出手可要变成垃圾啦。谁喜欢喝陈茶呢?妹子我刚刚为你约了个厉害角色,身家可是几千万啊!"

说到这里,梁燕又朝房门方向看了一眼,见没有什么动静,低着头咬着我的耳朵:"哥,这个人你可千万要拿得住她,这人手眼可是通天的。他男人就是大化工厂赫赫有名的当家人张天宝。张天宝多大?63岁了啊,孙子都要读初中了,硬是离了婚……"梁燕正说得带劲,忽听走廊有脚步声,马上放下话头,坐到了自己的位置上,假装面对着我交流。听到敲门声,高声喊了一声:"请进!"

随着房门吱嘎一声打开,就见门口站着一个十分优雅的女人。她应该在40岁上下年纪吧,乌黑的头发烫着个大波浪,端正的脸上显着微笑,戴着一副宽边眼镜,让人明显地感到她的高贵却又不失亲切。当房门打开的那个瞬间,梁燕好像没有发觉这人能过来似的,马上站起迎接:"哎呀,我的姐啊,你可真如一阵风哟,说过来就来了,有好吃的总要带上我。姐啊,你可真比我的亲姐还要亲啊!"说完,便马上迎上去给了来人一个拥抱,还飞快地左右来回亲了一下。

眼前梁燕的举止,我总觉得有些做戏的成分。毫无疑问,这个女人便是梁燕刚刚跟我说过的那个人了。虽然她还没来得及向我介绍清楚,可从梁燕对她的态度上一看便知是这个人。只是我弄不懂,梁燕到了这个位置,毕竟也算镇里一个条线上的一把手了,还需用这种阿谀奉迎的态度去对待一个镇办企业负责人的女人?如果仅仅是想帮我把茶叶生意做好,至多热情接待就够了,至于那么亲热?然而,当两人拥抱后分开时,两人的模样让我不得不惊讶起来,我如果不知道梁燕的性别,必定会误认为她们是一对情人——梁燕从长相到个性,是个标准的汉子,而来人娇小优雅的仪容,分明是个可人的女子。她们见面的这番表演,至少让我当时的感觉,这两人是多么般配啊!

因为她的身份放在那儿,在来人还在与梁燕寒暄时,我已经站起来了。至少她应该知道这是我对她礼节性的问候。我微笑着迎向她,点头示意。

"这就是方总吧?苏南经济这么发达,到处都是挣大钱的机会,你放着捷径不走,却能到我们苏中这个小城市来投资,这可是为苏中人民扶贫来了呀,哦,真让人感动。"

来人在慢慢走向我的过程中,语音的节奏把握得恰到好处,语言自如轻松幽默,显露出天才的外交家风采。眼见着她徐徐将右手伸出,我赶紧快步上前,伸出双手迎接:"方旭明。今后还请您多多关照。"

"李玲倩。玻璃厂的一个小财务而已,如果需要,必然全力以赴。"

来人同样自报家门,神态自若,微笑中透着亲切,谦虚地回应着我。尤其是见我双手接住她伸来的右手时,她那只本在扶住左肩上挎包带的左手马上也合在我的手背之上。我们虽彼此握着手,但眼睛始终都在含笑注视着对方。她的手柔软而光滑的感觉,马上通过我的手把信息传进了我的脑子。哦,我知道了,这绝不是一个一般的女人。

"哥啊,隆重介绍:李姐,我的伯乐,又是良师益友。"梁燕继而把我介绍给李玲倩,"方哥,帅哥一个!我姑姑的干儿子,辞职下海来此创业。我的哥便是姐你的弟,之后大家便是家人,照顾好他,姐呵,你可责无旁贷了呐!"梁燕声音洪亮,言语之中,不乏夸张,说完便是放声大笑。

"这还用说?接了你的电话,我不就立马来了?"李玲倩始终没有放开捧着我的双手,眼睛也含着笑始终没离开过我的脸。她应着梁燕,而话却一直是面对着我说的,"初次见面,什么也别说,如果看得起我,姐今天为弟安排了接风酒,大家可得尽情地喝个痛快,不醉不归!"

李玲倩的小车是进口的日本丰田。我们一行三人坐着她的车进城。

天地良心,我虽也算个江南的村领导,还真从未坐过小轿车。村里也有一辆桑塔纳轿车,不过是辆二手货,那也是李小兵用银行的贷款买的。说起来是招商引资的专用车,其实就是李小兵的专车。这狗日的霸道得很,车买回一年多,连屁股都没让我搁过。不过,那桑塔纳毕竟是二手货,又是出了车祸后大修过的,我总觉得发动机的声音比拖拉机的响声小不了多少。可眼前坐在李玲倩的小车中,发动机静得就像没有声音似的。而且里面应该喷过香水,那味儿让人很舒服,我犹如喝了些酒一般,有些微醺。

"五泰国际大酒店"是这座小城唯一的五星级酒店。它由一位福建老板投资而建,开业才三个月。那装修的考究几乎与宫殿一样,以至于自我踏进酒店的第一步开始,身子似乎便要飘起来。在这么奢华的酒店被那个女人请进来接风,我算什么神,值得她这么排场地待我?不要忘了,我可是要求人家办事的,能花别人家的钱吗,可自己腰包中有几个子能吃得消这么大个花销?

我与其说是昏了,还不如说是慌了。我上街时是准备与秋云买家具的,出门时大约也估算了一下,带个2千元也差不离了,我腰里的口袋中也就这几个子,真的,我心里有些惶恐不安。

第六章　第一笔生意

这酒店是化工厂的定点单位,所有结算也都须由李玲倩经办。酒店的大堂经理是个女的,刚见我们一行人跨进大门,便马上低三下四地迎了上来:"李总好,您所订的客房已准备好,是808房间。来,由我带您过去。"

女经理约30岁出头,短发、职业装,不仅形象极佳,人也干练,接待我们显得非常热情。不过我总感觉她的热情是一种职业习惯,比如她的笑容,总显得有些勉强,就是皮笑肉不笑的那种。不过,李玲倩见着这女经理的样,也回应了相同的微笑,脸上见不着一丁点我们在车上放松交流的神态,且连一句客套话都没有,只是礼节性地点了下头,便跟着女经理走向一侧的电梯。她的高跟鞋后跟很硬,以至于每走一步,鞋跟落在大堂如镜面一样锃锃发亮的花岗岩地砖上所发出的哒哒声响,让整个大堂都有回声。她走路的姿态与衣着打扮,显尽高贵,明显压着大堂经理的风头。

哦,顾客就是上帝,这个大堂经理见着我这种人进店或许还可以高高在上,见着李玲倩,我想,她也算是真的见着了上帝。

三个人吃饭,酒店中餐厅里的桌子都太大,考虑到这次聚餐的私密性,李玲倩定了一个客房。这是个豪华套间。

因为事先打过电话,工作人员在客房里已摆放了一张小方桌,三套餐具、一个冷菜拼盘都已放在桌上,三瓶干红已打开了两瓶。环顾了一下这房间,我有些迷惘——吃饭不在餐厅,竟在客房里用餐,这也真让我长了见识。

房里放着一张双人大床,其他陈设也非常考究。我见一边的卫生间还被分成了两个部分:一个放着洗脸盆、抽水马桶,另一个里面放着个小船样的大浴缸!哎哟,我的娘啊,莫非这就是传说中有钱人洗"鸳鸯浴"用的?且这两个卫生间虽与床隔开着,但都是用透明玻璃隔断的,人在里边洗澡,床上的人可以一目了然,真是奇了怪了,我不知道,这隔与不隔有什么区别。

大堂经理引领我们进了客房,打过招呼就退了出去。

我正在四处打量之际,梁燕已在为李玲倩挂包、脱去风衣。她边脱边在和李玲倩说着笑话:"客大欺店,这就叫客大欺店啊,看看李姐的出场,啧、啧,硬生生地抖着威风啊!这大堂经理也是见惯大场面的人,你看看,见着我姐时的这副奴才相,这说明服务行业这碗饭也真不好吃。另外只能讲我李姐生来就是命好,否则谁还有这与生俱来的大气场?一个字——服,妹子是真个是服!"

梁燕习惯于大嗓门,那话让我也不得不回头打量她们。

房里的空调早就打开。李玲倩进门时外穿的是一件厚实的黑线方格毛料风衣,待梁燕为她脱下外套,里面只是一件单薄的粉色羊毛衫了。她的体型令我很惊讶,那一对乳房鼓得如小山一样夸张,尤其与那个细腰几乎不成比例。李玲倩,这个年纪的人身材怎么还会保养得这么好?我暗忖着。

"看看,又在取笑你姐不成?"李玲倩笑应着梁燕时,满面春风。

我总觉得她们的笑声中有些异样,有些冲着我来的味道。或许是我少见多怪吧,我感觉很不自在。还好,正在我尴尬的时候,服务生用手推的餐车送来了订好的热菜。近10个盘子,放满了整个餐桌。

"这50元算是小费。吃好了我自会通知你们总台来收拾餐具,中途不要来打扰我们用餐。"李玲倩语音不高,但听得出其中有命令的口吻。50元小费?看她出手的大方,钱好像是偷来的一般。看来这顿饭我确实请不起,也只能顺其自然,吃她的请了。

小费快抵上一天的工资,服务生很满足,乐死了,很顺从地低头连说两声:"是,是。"缓缓地侧身退出门去,临跨出房间时,并不忘记把房门带上。

"空调开着,快把西装脱下,否则回去时容易感冒。"李玲倩关切地提醒我。

我回过神来,的确,感觉室内外的温差很大。我刚把西装脱下,李玲倩顺手接过,还适当整理了一下,为我挂上衣架。

那天,我穿的是一套藏青色西装,贴身还穿着一件睡觉穿的背心;白衬衣外面,是一件鸡心领的淡灰色羊毛衫。室内温度明显高了,我觉得仅脱一件西装还不舒服,便又把羊毛衫脱了。李玲倩又马上接在手里,这让我很不好意思。梁燕已告诉了我,今天我们与李玲倩交流,目的性很强,说穿了,就是要巴结她,让她能把我那50斤茶叶帮忙处理掉。当然,如果可能,尽量还能得一个好价格。看梁燕对她的讨好样,显然已在为我行动了。商场就是战场,看来梁燕比我明白得多。但现在拍马屁的应该是我,怎么能反过来接受她的服务?我见她又接了我的衣服,连忙道:"姐,麻烦你,太不好意思了。"

说这句话时,我见李玲倩没有回话,而是把目光盯在我的衬衣上。

"平时早上起来有一个习惯,打两路拳,玩十几分钟石锁,就弄成了那样……"我憨笑着,看了下自己鼓着的胸肌,打破尴尬。

"真好,这身材我还真没见过。"说着,李玲倩便把我的羊毛衫挂上衣架,又朝我莞尔一笑。

大家围着桌子坐了下来。

我冲她们笑了:"这叫穷也有穷的好处,小时候家中实在穷,从来吃不饱肚子。说出来你们别见笑,19岁的下半年我还不满一米六,村上人都以为我就这个样了,哪知道20岁这年硬是长高了。说句实在话,连我自己都没想到。"说到这里,我也不好意思,嘿嘿地笑了起来。

李玲倩举起了酒杯,我们也跟着端起了杯子。李玲倩笑着对梁燕道:"有道是有缘千里来相会吧。弟能在苏南放着好好的干部不做,过来投资,且还能让我认作兄弟,这不是缘分?过江了,以后事业在此,这里便是你的第二故乡。承蒙兄弟你看得起,我与梁燕也就都是你的亲人。今天做姐的为你接风,来,这杯酒如梁燕所讲,为方弟在苏中的事业发达,为我们兄弟姐妹的缘分,干杯!"说罢便举起杯来,仰脖一干而尽。

我们刚喝尽杯中的酒,还没放下杯子,沙发上梁燕的小包里响起了"滴滴""滴滴"的声音。那是她的传呼机响了。梁燕赶紧从包里拿出机子看了一下,而后又放回包中,抱怨道:"真是的,吃一顿饭也不会安稳!你看,短消息来了,下午要回去参加镇招商工作会议。"

"这么扫兴?你就不能请个假?况且现在为兄弟接风,你不就是正在开展着招商引资工作?叫我看,打个电话过去,打个招呼得了。"李玲倩一边为我们继续倒酒,一边向梁燕提着建议。

"不能啊,姐,在政府吃饭也不是易事。今天我是要汇报工作进展的。哦,对了,我早上电话里跟你说的,方哥带来的50斤茶叶能收下吗?他的公司能做成一笔生意,也算我招商引资工作见了成绩,下午我在书记面前汇报时脸上也有些光彩。"梁燕笑眯眯地盯着李玲倩。

"不给你面子可以,我还会不给方弟面子吗?过来时,我就让采购部的老李去拿了。管它质量如何,就放在销售部的办公室里用吧。反正作为礼品把它送给东北的那些客户,不花钱的东西,想必也不会有人挑肥拣瘦的。"

李玲倩说这话时轻描淡写,可把梁燕激动死了,她站起身朝我急切地说道:"弟啊,开门红呐!公司还没挂牌呢,一笔生意就成交了,快,你敬李姐酒呀!"

我真的很感动,我更知道这个社会人际关系的重要性。我做了什么生意?还不是靠梁燕厚着脸皮求人家的?连我自己都没想到,眼看新茶就要上市,带来的茶叶马上就变成陈茶,是梁燕帮我首先想到的,且硬是帮我推销了出去。我是欠着梁燕天大的人情了。当然,我也感动李玲倩的关照,她又为何要帮我?人家可至今没有得到我半分钱的好处,甚至连茶都没喝我一口啊,我凭什么让人家这么帮我?从为我接风,到为我把茶叶处理掉,这可都是人情债啊。

我站了起来,我感动了,或者说是冲动了,我端着酒杯发自内心地对她们说:

"李姐、燕妹,说句实在话,从江南过来时,我心里真没底啊,毕竟人生地不熟,创业哪能这么容易?谁不想成功?谁又能随随便便就会成功?这两天的经历,从燕妹帮我落实装电话机,再到李姐收下我的茶叶,还为我接风……除了感动,我还能说什么?我只能连干三杯,以表感激之情……"

我感到有些哽咽,便赶紧仰口就是一杯下肚,然后又抓起酒瓶,自斟自饮了两杯。

我的举动让梁燕目瞪口呆,要知道,那是容量近4两酒的高脚杯啊!在喝第二杯的时候,我见梁燕欲言又止。我观察后发觉,李玲倩知道梁燕想阻止我喝,但她用目光制止了。

三杯,将近一瓶酒。

李玲倩带头鼓掌:"好一条汉子,不仅酒是海量,心里也那么敞亮!梁燕啊,你没看错人,让我认识了这么个好兄弟。来,就算是为了友情吧,三个人再干一杯!"这次,是李玲倩带头将酒杯见了底。

梁燕在开第三瓶红酒了。

河豚鱼的皮上有刺,李玲倩用筷子将一条鱼的皮层由里向外翻卷好后,放在我面前的餐盘中。"弟啊,初吃不习惯,但这可是好东西。俗话说'拼死吃河豚',说的就是这道菜。这鱼虽有剧毒,但鲜美无比。吃此鱼尤以鱼皮为佳,按照我们这里的风俗习惯,这皮是要让给珍贵的客人享用的。今天为你接风,我和梁燕是主,你是客,所以必须让你吃了。来,酒已连干下好几杯,赶快把这鱼皮吃了,也好垫一下肚子。"

"李姐说的是呀,哥啊,你酒喝得猛,快吃些菜垫一下肚吧。"

梁燕的口气有些担心,我也觉得可能是喝得快了些,这进口的红酒我也没注意它的酒精度,头似乎有些重,所以也没客气,用筷子夹起鱼皮送进口中。人人都说河豚鱼的肉鲜美可口,可我吃在嘴里一点也没这种感觉,反而觉得这皮有些刺嘴,所以也没多嚼、多品,便一口咽进肚里。

因为要参加会议,怕酒上脸,梁燕没敢放开喝。倒是李玲倩酒喝得不少,看得出,她是酒场老手,喝了这么多酒,脸上却几乎没有什么喝酒的痕迹。饭局结束,考虑到安全,李玲倩是不会送梁燕回去了,梁燕是坐着酒店的接待车回去参加会议的。

服务生在收拾桌子时,我见到了4只空瓶子。他出门的时候,李玲倩又给了他一张票子。我没见着票子的金额,只见到服务生喜得嘴巴全咧开了。

我的头很重,以至于我要去卫生间小便时,两条腿走路好像也不听使唤。我后来想过,应该是李玲倩搀着我进去方便的。

……

我是让一阵哗哗的流水声闹醒的。水声很响,我又口渴,于是睁开眼睛想找水喝。我抬头首先看到的是衣架上挂着我的衬衣,还有连着皮带的西裤,而我身上还盖着雪白的被子。我有些纳闷:我家的被子都是秀芝陪嫁过来的,不是大红,便是大绿,什么时候家中新添了白被子?

水声哗哗,怎么回事?我向床的一侧看去,忽然觉得眼前有些发花。

秀芝洗澡时从来就当着我面的。她习惯在床边用个大木盆站着洗淋浴。

我忽然间吓得魂不附体——我发现床对面的沙发上竟放着一件粉色的羊毛衫,这……我醒了,想起来了,这不是李玲倩的衣服吗?我虽不知道自己是怎么躺在床上的,但酒前这件衣服我是看得很仔细。我记得非常清楚,李玲倩穿着这身衣服那身子的玲珑样,我还知道当初看这两个用玻璃隔断的卫生间时,心里曾好笑过,好笑如有人在里边洗澡,还不被床上的人看个一清二楚?现在里面洗澡的毫无疑问是李玲倩了,可我为什么就看不清她的身子?这玻璃不是全透明的么?我不知道自己怎么了,好像要想努力去看清正在洗澡人的一切。但定过神后才知道,这玻璃后边本还有一层白纱帘,洗澡的人把它给拉上了。

躁动中我有些明白过来,我细想起来,我应该是大醉了。我想起梁燕是怎么打着招呼离开的,我想起了服务生收拾餐桌后退出房门时拿着小费喜笑颜开的情景,我还想起自己为什么喝了那么多的酒——不就是为感谢李玲倩对我的关心吗?看她对我投来的所有眼神中,都是如此温馨,她是真的把我当兄弟了。为我接风、茶叶生意、料理我休息,就是亲姐能做到这样也不易啊!见我醉得不省人事,料理好后,她趁个空隙洗个澡又怎样?长我近10岁,分明是个姐姐,自己脑子里竟会对她想入非非,方旭明啊方旭明,对这样好的女人竟还会往那一面去想,你还是人吗?

  我羞愧于自己的胡思乱想,自责着。我估计她也应该快洗好该出来穿衣了,我不能让她感到尴尬,马上装睡。不,也不能说是装睡,心里不朝那里想了,酒又实在喝太多,刚闭上眼,很快,我又进入了梦乡。

第七章 一场恶战

一下子过来20多个地痞,这是连八子也没有想到的。

4条满载着地面砖的"铁驳子"终于进了三圩港。这几条铁船的主人是4个亲兄弟,也是我们当地的船家。他们本应早就过江来了,谁知船开到半程时,年近70岁的老母在公路上出了车祸,生命垂危。兄弟们接到消息,立即把船停在路途中的一个码头,奔回家中侍候老母。还好,老人经医院3天3夜的抢救之后,居然醒过来了。现在母亲虽然脱离了生命危险,但身上有多处骨折,接下来还有几次大手术要做。这群兄弟都是孝子,本是要在床前服侍老娘的,只是船上的货装着,不可能不考虑客户的感受,所以,趁老太太动手术的准备阶段,连夜开船将货送过江来。他们上岸后就对我再三请求:必须尽快卸货,能让他们早点回去服侍老娘。

400多吨货啊!卸力以每吨10元结算也要近4千元力资。我早就闻知,这群痞子平时便是靠河道吃饭的,虽然他们也知道我有八子护着,但生意大了,平时八子小敲小打,他们可以让他一马,这次可不同了,生意大,油水就足,他们是无论如何要来分一份的。

他们的头儿是本村的,名叫史金刚,绰号"九指头"。他的手下见一下子有几条大船进了闸,问清了情况后,便马上向他做了汇报。"九指头"立马找到了正在帮我安排卸货的八子:"八子兄弟,大家是要吃饭的,我今日给足兄弟你的面子,先来打个招呼,尽一个礼。本乡本土的,平时哥们都敬你是条汉子,处处让着你,你干的活,咱可从没抽过提成。但这次不同,我们都知道,这江南来的方老板生意做得大,是个油水足的货色。上一船你安排卸货,一来量也小些,二来总也要给你个面子,兄弟们可谁也没放一个屁吧,可今儿任何人不能吃独食!要么由我安排队伍帮卸货,拿'抽头',要么让他交几千元兄弟们的保护费。当然,这钱也有兄弟你的一份,这总可以了吧?我可不想你我兄弟之间为这事一下子撕破脸皮!"

史金刚父母死得早,姐弟3人,两个姐姐,一个嫁在江南,一个嫁去上海,剩下他一个,至今光棍,平时就靠"混社会"过日子。他虽力气没有八子大,但知道他底细的人,都会因他的狠劲心头发寒。

10多年前的一个年关,他欠人家饭店2千多元用餐费没付,眼见着一年就将结束,饭店的老板知道这个人不是好对付的,自己是男人,开口要钱总显得有些尴尬,便叫老婆拿个账本上门结款。这女人到了史金刚家里心就凉了半截——单门独户的两间平房,一间是堂屋,一间后面是灶,前面是房,中间只用几张石棉瓦隔着,算是道墙了。堂屋里的一张八仙桌,台面木板上的收缩缝快要有半寸宽了;几张板凳也是长的长、短的短,高低不一。家中除了靠墙边有上百只空酒瓶外,几乎没有什么值钱的东西。

那女人见史金刚正独自坐在桌子一边,面前一碗白酒,就着桌上一把带壳的花生,已喝得脸像关公,便赔着笑脸拿着账本轻声慢语与他结算。史金刚翘着一头黄毛,三角脸上的眼睛血红,他大着舌头问着女人:"别废话连篇!今天就是来要钱的,对吗?"女人看着苗头不对,双眼满是惊恐,不曾回话,只是轻轻地点了点头。史金刚摇摇晃晃地站了起来,含含糊糊地说着:"钱……有……我拿给你……"然后扶着墙去了后边灶房。

那女人本以为史金刚多少会拿一点钱出来应付一下,哪知他进了灶房竟拿来了一把菜刀!女人见着刀心就更慌了,连忙退向门口,她见史金刚扶着八仙桌在叫她:"来,来呀……来看看老子给你的钱!"女人还以为史金刚真会付钱,刚向里面走过几步,就见史金刚右手扬起菜刀剁向平放在桌子上的左手,只听得桌子啪一声响,眼见着史金刚左手上的小手指就有近 2 公分长的一截掉在桌上,吓得那女人魂飞魄散,一声尖叫后跌跌撞撞冲出大门。

从此之后,"九指头"的绰号和他的狠劲便传遍了三圩镇。正正经经的人是绕着他走路,而那些小痞子却奉他为英雄。这么多年下来,虽也拘留过几次,但罪都不至于判刑。真是叫大错不犯,小错不断。现在镇里搞开发,开发区又恰好在本村的地块上,港里的几个小码头装卸货物便成了他的金饭碗,这次见八子兄来横插一杠帮我挡着,他岂能罢手?所以一声招呼,三圩镇的小混混全都过来了!

八子兄知道这该是一场恶仗了。

跟着他卸货的十几个人中,仅有半数男人,他们不是来拼命的,而是跟着八子来挣钱养家糊口的。眼见着过来的混混们捋了袖子的手臂上不是绣着青龙,便是文着个"忍"字,还有的几个脸上亮着一道道伤疤,八子手下就再没有一个吭声的。

"上酒!"

河岸边,"九指头"嗓子一吼,一个小痞子便立即从梁燕家拿出大小板凳各一张。"九指头"坐在一张小板凳上,一手从口袋里摸出一把炒熟的带壳花生,一手从另一个小痞子手里接过一瓶劣质白酒,跷着个二郎腿,打开酒瓶先仰了一口,然后把酒放在面前的大板凳上。手里剥了几节花生,将花生米扔进嘴里,一边嚼,一边得意地朝我冷笑着:"姓方的,出门在外,少栽刺多种花,懂吗?这里可不是在你家里,更不是在你们村的耐火厂里,能让你吆五喝六!到了这里,咱们今后是少不了合作,时间长着呢,请你放老实些,如能按老规矩办,每吨付兄弟们 15 元生活费,款清,咱就撤兵,否则,嘿嘿,兄弟们可有的就是时间,看谁磨得过谁!"

耐火厂?他知道我在耐火厂里发生的事?我听到"九指头"这番言语不禁心生纳闷,看来这人是对我有所了解,正所谓是来者不善了。

"俗话说,'没有金刚钻,不揽瓷器活'。姓方的呀,出来混,就先必须把自己放在盘秤上称一下,有几斤几两,凭你也能闯世界?哼,买不起镜子,也不撒泡尿照一下,看看自己到底是什么东西!"

"九指头"满是得意地为我上着课,教育着我。每说完一句,便丢两颗花生米在嘴里咀嚼着,样子便如太上皇一般。我怒火中烧,几次想发作,可他的话虽全是挖苦讽刺,其实一部分也是实情,我初来乍到,不说别的,至少是少惹是非,至少尽量不连累八子兄他们。

我心中满是矛盾。

此时,站在岸边的我已让五六个痞子紧紧围住,动弹不得。还有几个痞子索性躺在了跳板上,连船老大也上不了岸。船老大在船上焦急地大叫:"方老板,货送来了,我们可不管你们有什么矛盾,你是知道我们要急着赶回去为老娘动手术的,如再不抓紧卸货,也别见怪,我们只能开船走人了!"

听着这话,我心急如焚,这就叫"货到地头死"啊!我见八子兄也被七八个痞子围着动不了身,心里估摸着,也只有付钱一条路了。我向八子叫了一声:"兄长……"我的眼神无奈,我的语气无力,八子见着了,也听着了,更似乎明白了我的意思,他向我高声大喊:"方兄弟,万万使不得!这些东西吃人都不吐骨头,有了开头,往后你还有活路?千万不能啊!"

八子兄已和痞子们吵得嗓子都要哑了,他朝我呼喊中充满焦虑,就怕我松口付钱。我看着这群痞子,如果是在家乡,我早就下手了!虽然我也只能打他们三五个,而今天面对这么一群流氓,我若先动手,是必吃下风的。尤其是一旦开战,不是我一个人吃亏,八子兄是绝对会为我拼命的,他们人多势众,我若先动了手,他们还能罢手?我必然也把八子兄也拉下水了。

实在咽不下这口气啊!我一腔气愤,可就是一筹莫展。

我心乱极了。正在这时,秋云钻进围着我的痞子圈子,咬了一下我的耳朵:"哥,别慌,我打电话让嫂子报了警,马上就会来警察的!"

听过此话,我心头稍有些松了。邪不压正,天下自有公理!这些混混之所以围住我,让我动弹不得,不就是怕我打电话报警吗?可我自己却把这事忘了。关键时候,也真是亏了秋云。我朝她感激地点了下头,还禁不住微笑了一下。

可这些痞子贼精,有几个家伙见我听了秋云的话后神态变了,似乎看出了些苗头,他们便迁怒于秋云了。当她又想钻出这个人圈时,其中的一个痞子拦住她,并叉开双手从她身后拦腰抱住,且用手死捏着秋云的胸脯!秋云一边死命挣扎,一边大骂了一声"流氓"后,低头对着那地痞的手就是一口。地痞痛得杀猪般嚎叫起来,但秋云依然不松口。边上的一个流氓急了,他一把揪住秋云的头发往后死拉,秋云一下子松了口,并发出了"啊"的一声惨叫。那流氓并未松手,而是将秋云顺势向河里摔去。

我再也忍不住了!

其实就在地痞抓着秋云的胸口时,我已开始出击!先是在混乱中用重拳打倒了两个地痞。我把包围圈撕开了个口子,见"九指头"就在离我两三米远的地方正安然自得地享受着酒食,我更是怒火中烧:你们敢欺负一个女孩,便是十足的流氓!既是如此,老子还放了你们不成?擒贼先擒王,老子一不做二不休,一定要打倒"九指头"!于是挺身上前,飞起右脚,用力踢向正坐在小板凳上逍遥的"九指头"!

我的几个击打动作是一气呵成的,"九指头"遭击时毫无防备,受此重击,痛得忍不住一声狂嚎!而此时,我听见了秋云的惨叫,抬头一看,竟见秋云已被地痞扔下了河里,且已随即沉入了水中。我急了——那货船离岸仅五六米,百十吨的重载船能靠河岸这么近,可见此河有多深!而秋云落水后一旦滑入船底,岂能还有生机?我没再多想,便纵身向河中跃去。但就在我起身的当口,只觉后脑勺被什么东西啪地一击,头皮上马上隐隐作痛。然而我已顾不了许多,入水后没来得吸一口气便潜入水中。

我下水时便已对救起秋云的方法有数了,入水后第一步是先潜游至船底边往岸边方向搜摸,我要先切断她的下滑通道!果然,当我从船底边顺着往岸边搜摸时,在离船底部一米多远的地方就摸着了秋云的身子。好险啊!如果我出手不快,哪怕晚个几秒钟,秋云便有滑入船底的可能!

我是在太湖边上长大的,救人的招数自小就知道。我避开了秋云的身子,以免让她的手抓着我。我抓着她的一条腿,向岸边划去。

我钻出水面时,离岸还有两米多,但水还有到我脖子的深度,不过,我已能立在水中探头呼吸了。我一边死命地甩了一下头上的水,一边赶紧用双手把秋云托出水面。此时,我先是在耳朵里听到了尖叫着的警笛声,我知道,那该是警察来了。当我睁开眼向岸上看时,只见船老大、八子,还有几个警察、卸货工人一齐在岸上看着我。在我把秋云托出水面的时候,八子兄弟也已跳下河来,与我一起把秋云递上了岸。

我的头刚甩过水,眼睛怎么又被水蒙上了?我伸手就想抹一把脸,只听边上的八子兄大声吼着:"兄弟别动!"我不知道他叫我是什么意思,只是觉得八子兄在我头上拔着什么。

"玻璃、酒瓶玻璃,是这些狗日的用酒瓶砸你的!"八子气愤地吼着。

哦,我知道了,我入水前,后脑勺上的一击是地痞从背后用酒瓶偷袭的。怪不得觉着头上隐隐生痛,那是头皮让酒瓶玻璃给划开了,且还有碎玻璃插在伤口里,难怪我把头甩过了水却还有东西在往我的脸上淋下来,原来那是从伤口中流出的血。

我是让警车送去镇卫生院的。清创,上药,缝了12针才完事。

梁燕叫了一辆玻璃厂的面包车送我回家,路上,我见陪在身边的梁燕泪就没断过。下了车,最让我感到欣喜的是秋云过来搀扶我进屋。秋云没事,让我心安许多。不过秋云也和梁燕一样,泪流满面,嘴中始终在喃喃着:"哥是为我受伤的……哥是为我受伤的……"

秋云幸好是我救得快了些,只是呛了几口水。从我把她托出水面时她能胡乱挣扎我就知道她没有大碍了。这孩子为我受了这么大的惊吓,我对她真是有一种说不出的歉意。我的头上扎满了白色的绷带,这让秋云怀疑我不知受了多大的伤,至少连续问了三四次:"哥,总没事吧?"我笑了:"有事我还不住院?皮外伤,小意思,养养就好。"

从后边的船上到门口的场地,卸货的工人来来往往,地面砖正一箱箱、一担担运到门前的场地上来。

警察来了,地痞都跑了,"九指头"被抓了起来。听梁燕说,这次他涉及对投资商敲诈勒索等罪名,估计不是拘留几天能解决的事了。八子兄在混混们逃跑之后一分钟也没耽误,立即安排自己的人马开始卸货。

我被梁燕、秋云搀扶着到了房里,八子兄进房看我时让我吓了一跳——他的一只右眼乌青、左边半个脸肿得不行!我急了:"哥啊,你咋弄成这样了?"

八子兄笑得合不拢嘴:"弟啊,打虎亲兄弟呐!见你出手了,我还不动手?虽然他们仗着人多,我吃了下风,毕竟也有几个让我打了好几拳。不过,兄弟呐,你可是战功卓著啊!"

八子兄受伤的脸笑起来就像京剧的小丑一样滑稽,可我不知道他说的话是什么意思,只见他先是神秘地向大家做了个鬼脸,然后突然将右手伸在我的面前,抓着的拳头手心向上,慢慢地松开五指。我起初不知道他是什么意思,但当他五指完全松开时,可把大家吓了一大跳——这不是一颗人的门牙吗?

"知道吗?兄弟啊,你知道'九指头'在这里威风了多少年?他可做梦也没想到会有今天哟,这颗门牙便是你把它踢下来的!今天这仗精彩哟,尤其是你闪电般地击倒了两个地痞之后,小流氓们都是识货的,知道你绝对是个人物,我亲眼看见的——有几个地痞本来也想动手的,但被你打出的这几拳吓晕了哟,哈哈……痛快,痛快啊!我看这些狗日的今后还敢不敢来捣乱!"

这是我过江后最艰难的一天,从八子、到秋云、梁燕,包括两个船老大以及这十几个卸货的工人,都不容易,他们对我这一份真心太难得了。下午4点左右,我给了梁燕400元钱,让她帮我上街买些菜,简简单单,弄两桌饭请一下大家,也算表达一下我的心意。工人们听说我还提供晚餐,主动提出连夜卸货。八子见手下这么给面子,马上在梁燕家的前后拉上了电灯便于夜间作业。我知道这些工人都是为我考虑,白天的场面大家见着了,怕是夜长梦多,抓走的只是一个"九指头",还有其他的痞子呢?真的就能放弃我这块肥肉?大家是为我好,只是不说穿罢了。

晚饭前,我把梁燕、八子叫到我房里,说出了我的想法:"燕妹,八子兄,为人处世,也不是争一日之高低。我过江创业,是来挣钱的,不是来寻对头的。今天我们兄弟俩、秋云都受了伤,'九指头'也已吃了我的苦头,不是我怕事,但如果他真的为了今天的事进了局子蹲个一年半载,这仇便结得太深了,我们何不让八子哥做个顺水人情,今后在这地方上说话嗓子还可大一些?"

"哥啊,有些事你别想简单了,你以为'九指头'就会进去?你太小看他们了,这些人在这里闹的可不是一场两场的,为什么敢如此放肆?还不是背后有人罩着?鱼有鱼道,虾有虾路,今天不过是碰上哥你了,换作其他人根本奈何不了他们,你知道为啥吗?"

梁燕说的这番话是最明白不过了,混社会的地痞几乎都有一定的背景,这在各地没有两样,这我还不清楚?但梁燕的意思,"九指头"碰了我们,是碰错了人,这话我就不太懂了。就在我感到费解的时候,八子笑了起来:"弟啊,你知道吗?你是什么人?场面上是来投资的,那是光彩的话,实际上是什么人物?你是我姑姑的干儿子啊!为难了你,我那个当党委书记的兄弟能下得了台?哈哈,妹子我说的是吗?"

梁燕也笑了:"别看我八子哥人粗,可是玲珑心,一点就明。不是吗?我接到秋云的电话后,我是让我华清哥哥报的警,他是报警吗?是命令,官大一级压死人啊,派出所所长求他的事可多着呢,嘿嘿……"

哦,原来是这样,我也只能是苦笑了。

"我们不惹事,但也不怕事!这次不拘留'九指头'几天,派出所所长也下不了台。只是我们也别穷追猛打,只要这些痞子不要再来找我们的麻烦,我们何必自寻对头冤家?我本是要和方哥说这事的,既然方哥高风亮节,这事就由我去处理。我们既要争面子,又不能留后患,这可都是为方哥你在这里的长期发展着想啊。"

梁燕的话句句在理,我始终在微笑着点头,但我听过这些大实话,心中总感到有一种无形的压力,它好重好重,重得我对创业的前途很是怀疑。

第八章　淘汰产品

三天带加两个夜班,地面砖终于卸好,我心中也算松了口气。400多吨货啊,毕竟场地有限,那地面砖被码放得将近一丈高了。

地面砖全是纸箱包装,受不得雨淋日晒。经营这种建材的老板,大多把这个产品堆放在室内让顾客选购。而我没有这个条件,必须露天堆放,怎么办?也全仗八子兄,他先是从砖厂买来一车红砖,把它一块块齐整地铺在地面上,然后把每个花色的地面砖一截一截分开堆放在红砖上。砖堆放好了,八子兄又带着工人把从江南带来的油布将砖箱层层叠叠覆盖好,然后又是用尼龙绳一道一道扎紧,算是把防雨抗风工作做到位了。我看着这大山般的一堆地面砖,心中不免生毛——销售还不知山高山低,这么多地面砖,牛年马月能卖空啊。

我心里怪怨着周德海为我出了这样的难题,他是不顾我的死活了!但货都堆在了面前,叫我还有什么办法?也只能面对现实了。

我的头上扎满绷带,不适合抛头露面,办公室的布置、装修,都只能托秋云去做。当我把3千元现金放在她的手中让她去操办这些事情时,她朝我投来惊讶的神色,很有些怀疑我为什么这么信任她的意思,我微笑着向她坚定地点了下头。

不到一个星期,从白涂料刷墙,到仿木板的塑料地毯铺设;从办公桌椅、沙发的购置,至厢房中卧室与办公区的布帘隔断;从圆珠笔、现金登记本等办公用品采购,到油盐柴米等日常生活用品,小丫头竟然都置办得让人非常满意。

这天早上,梁燕上班去了。开业工作基本完成,我们也坐了下来算是正式办公。我与秋云的办公桌是临窗对面放着的。

"哥啊,'泰东市建筑陶瓷有限公司'的牌子明天就到,公司也就算正式开张了,我们仓库压的货多,看起来规模也不小,客人来时,你在这里,我肯定只能做些服务类工作,谈生意是你的事。但如果你不在,我守着门面,那我就势必要与客人谈生意。可你知道,货场上仅琉璃瓦的配件就有百十个品种,你现在可要教我一样一样认识,且把进货价格及销售的大致价格告诉我,也能让我做到心中有数啊。"

秋云的讲话很是有理,我也真为她有这样的主人翁思想而欣慰,我马上拿起纸笔站了起来:"走,妹子,去场地,让哥一样一样告诉你。"

晚上下了一夜雨,地上有些湿。我们到了门口的货场上,我刚想从屋檐下摆放的琉璃瓦样品说起,忽听秋云尖叫了起来:"哥啊,快看!"

我见秋云正低头看着堆放着地面砖的场地。我顺着砖堆往下一看,直吓得浑身发抖——原来这场地是用别处运来的沙土填筑起来的,回填后,也只是由拖拉机来来回回压实,土质本就不密,怎么能接受得了4百多吨地砖的重压?初始两天或许下沉不明显,昨晚一场雨后,那土质就起软,整个砖堆本是置于八五红砖之上码放着的,应该还高出地面几公分,可现在呢?它竟一下子下沉10多公分了,也就是说,现在的地面砖已堆在了一个水池中!这还能不让我心慌么?

现在也不用说底部的纸箱已湿,难以销售了,让我最担心的是一旦砖堆倒塌,地面砖必然大批受损,到了那时,我还不要跳江?要知道,这4船地面砖如果有了闪失,我就是倾家荡产,也还不了它三分之一的债务啊!

我恨自己。当时出门时,自己也明明知道这东西不能露天堆放,更知道梁燕家里没有可以让我堆放的场所,怎么就会经不住周德海的一番漂亮话呢?我是自己找死了!我寻思着:周德海啊周德海,你不是帮忙,你是把我往火海里推了。

我愣愣地站在场地上,脑海中一片空白。

秋云又绕着砖堆转了两圈,仔仔细细地再次检查后,她回到了我的身边说着宽心话:"还好,哥啊,一是砖堆是整体下沉,并没发现它有散开倒塌的迹象;二来沉降已到了一定的位置,应该不会再降了;三来是这里的土质,因为沙性重,渗水快,陷落的砖堆下并没积水,看来暂时无碍。只是无论如何,我们真的要赶紧抓销售了。"

秋云的话虽让我有些宽心,但我心知肚明,2万多平方米呐,一户农户装修房子能用多少量?何况这里的建材门市从各个镇区街道,到各个要道路口,真是四处开花,几乎多得像茅厕一样,竞争这般激烈,我在这里的门市做零售,也不知要到猴年马月才能将它们销掉了。

我心事重重,坐在椅子上让秋云为我头上的伤口换药。我心里空落落的。我不知是自己在想着什么,是在后悔这次出来创业,还是见着眼前秋云晃动的身子在想着秀芝?

我现在心中充斥着无助,是想用秀芝的肩膀靠一靠,还是什么?

秋云为我换好药后,她并没离开。

"明天我就跑生意去,跑批发部!"我坚定地说。

"你伤成这样能去跑?开什么玩笑,你对这里有几个村子、几个镇区熟悉?每个村镇的大小路怎么走?你是一无所知啊。哥,吃过饭,你把样品为我准备好,把地面砖的品种及批发的价格分别写好给我。你守店,我去跑。"

就那么个小小的女孩,可眼里全是坚定。她不由我不置可否,说完,便去准备午饭。我愣了一下,也没有再争,走到门前,把上船时破了的、散了箱的地砖拿出了十几块,用水笔一一在背后标明了规格、价格,然后又用一根绳子把砖绑在了"雅马哈80"的后座上。

梁燕下班后,在做晚饭时还没见秋云回来,便想帮我们把晚饭也一起做了,我赶紧阻止,笑道:"哪里一定要她回来才做?粳米稀饭,萝卜干作小菜,这也要你帮忙?太小看我了吧?"我当着她的面淘米煮粥,又把买来的五香萝卜干切碎,用作料下锅炒了一下。梁燕笑道:"哥啊,真看不出,你还会下厨?"

"这样的小玩意你还大惊小怪?过几天看哥做一桌菜给你尝一下。我的拿手菜有冷拌腰花、板栗煨鸡、糖醋排骨、葱香爆鱼……"我正在厨房对着梁燕报着菜名,听到门口响起了我那辆"雅马哈80"发动机的声音,知道是秋云回来了。我急于听到批发商们对地面砖的订购情况,马上打住话头,到门口迎着秋云。

秋云把摩托车熄了火,用脚踢出它的支架,把车歇在房前的廊道里。

"辛苦了,秋云。市场的反应怎么样?"我关切地问道。

秋云犹如没听到我说话一样,更当我这个大活人不存在似的,一声不吭,边摘头盔边进了门。她到了办公室,先把头盔放在办公桌上,拿起早上泡在专用杯里的茶,猛喝一气,然后是仰坐在办公背椅上,看着头顶的楼面长长地叹着气。

我的问话梁燕也听到了,但没听到秋云回话,梁燕也走出厨房穿过堂屋来到办公室一探究竟。我们见秋云失魂落魄的样子,都不知发生了什么事,我与梁燕面面相觑。还是梁燕先打破僵局:"说呀,秋云,怎么了?是谁欺负你了?"梁燕语气缓和,轻声问着秋云。秋云忽然伏在办公桌上呜咽起来。我急了:"妹子,是不是去外面吃了亏?放心,有哥在,走!哥去为你讨说法!"

秋云突然站了起来,一边流着泪,一边用手拍着桌子对我吼道:"讨说法?快去向你的那个提供地面砖的朋友讨说法吧!什么狗屁朋友?那是算计你啊!哥,运费付了多少钱?上力付了多少钱?你可给他坑惨了啊,哥!"说完,还哭出声来了。

我和梁燕都是一头雾水,实在不明白她的意思。

"不问不知道,一问吓死人啊,我今天至少跑了20多个陶瓷批发部,当我拿着样品报着价格询问他们时,人家几乎全把我当作了神经病!知道吗?我们送出的几个花色品种,本就是市场上不待见的;我们仅有一个300乘300的规格,这是市场淘汰了的。人家现在至少是用400乘400的规格,一般使用的都是600乘600的规格了,而要求高的,都是800乘800的。我们的地面砖不仅平整度差,缩比也大小不一,关键还有色差!更要命的是数量最多的那个品种,不是釉面,而是同质的,是专供化工企业的用砖……批发商们的意见几乎一致:像我们这种产品,别说已是市场淘汰了的产品,就说质量上的变形度,也是标准的次品……"

秋云还在说着,我的耳朵似乎聋了,我的头也大了!

难怪周德海死往我怀里塞货,原来这产品就是生产企业的淘汰品,且还是次品！生产企业用它抵债,弄了个好价格,见我像傻子一样清了他们的仓库,牙齿也要笑得掉了。过江时我是在周德海村子里做全了法律手续的,欠条打着,收的货是打过折的,不能退,违约的话,他们就可起诉我。难怪秋云要哭,她是为我急。我不知是累了还是慌了,就觉得眼前一阵发黑,不是梁燕在一边扶得快,我必定是要一头栽在地上。

她们把我扶到床边,让我躺了下来,开导着我。

天黑之后,我让梁燕上楼陪女儿休息去了。秋云为我打来稀饭。我摇着头,胃里不舒服,不想吃。我甚至连爬起来脱衣服的力气都没有,是秋云把我搀起身脱了衣裤的。她还端来一盆水,为我擦了脸,洗了脚。按理说我是无论如何不能接受她这种服务的,人家还是个小姑娘,是来做财务,来挣些小工资的,不是来做佣人的,这道理我知道,但身子不争气,人就是站不起来。

事情出了,总要解决。我头脑中想过了一千种以上的办法,最后只剩下一种,就是亏本出手,把它当次品处理。但有一点我很清楚,那就是我这次创业基本定型,恐怕是栽了,失败了。

这些想法只是在我心中,我没有说出半个字。秋云在我房里待到 10 点还没上楼,我催过多次,她总说还要再陪我一会。她在楼上的房间虽不和梁燕靠在一起,但开门、关门梁燕总会知道的,一个女孩子家,半夜还待在一个单身男人的身边,传到外面,影响总不好。我催促着她,催她上楼,告诉她,梁燕在楼上,不要让她有想法。女孩子啊,名声要紧。

我见她站起了身,该是要上楼了,我便拉灭了卧室里的灯。卧室与办公区只有一道布帘隔着,虽然我把卧室的灯熄了,但布帘那边的灯亮着,卧室里依然有着光线,不过不是直射着罢了。我见秋云恋恋不舍地退去,掀开布帘钻了出去。

秋云走了,我要把思绪理一下,准备在我头上的伤口拆线后自己亲自去跑销售。横竖是一刀,即使只有处理到一大半资金,亏也就是十几万块钱,是见到底的。如果我能渡过难关,这些血的教训,能让我更加努力地去开展业务,说不定还有东山再起的机会呢?

"哐!"我听到了关门声。

秋云上楼去了,可这丫头忘了关掉办公室的灯。我苦笑了一下,也难为她了,这姑娘心地善良,又是那么聪慧,我也算是找到一个好帮手。从这点上说,我真的为自己能在江北面碰上这么一群好人而感到欣慰,八子、梁书记、秋云、梁燕、李玲倩,可都是个个真心帮我的人啊,我知足了。

我挣扎着身子起来关灯。

我正起床,忽见秋云又进了房,钻进了我的卧室。"怎么了?为什么还不上楼?"我压低声音问着。

"你心里有事……哥,一个人挺冷清的,我还想多陪你一会……"

光线虽暗淡了些,但我还是见着了她的脸上全是少女的羞涩。她去关门,她话里的意思,她的脸色,再也明白不过。我本想立即拒绝,我也应该立即拒绝,然而我没有开口。我将已半挣扎坐起的身子重新躺进被子,我觉得将要发生什么,或许,我很期待,虽然又那么害怕。

坐在床头,她用手轻抚着我的前额:"我想好了,有一条路可以走。"她停顿了一下。我木然地望着她,到现在她还在关注着我的生意,然而,能想的办法我都想了,除了亏本甩卖,还能有其他途径翻身?

"我想去找装修房子的包工头。一般装修的户主,进材方面都会征求他们的意见。求着他们,再给他们些提成,或许走货慢些,但至少不会亏本……"秋云几乎是喃喃自语。

"哪能这么容易?我刚到这里,认识几个人?又怎么能知道谁家要装修?谁去装修?"

"哥,有人会知道的,我也会知道的……"秋云声音很低。她又压下了头,咬着我的耳朵,声音更轻:"别怕,哥,是你救了我的命,妹会陪着你闯难关的……"

我意识到秋云对我的真诚,或许她感受到我是个可以信任和依靠的人,她已经有了她的想法,何况,她曾经在那种地方待过。但我很冷静,她还是个天真的小姑娘,我得对她负责,只要她真心实意踏踏实实帮我做事,这就够了,我会改变她的人生……

我坦然地说:"快上楼去,妹,我知道你的好意,我心领了,我是有家室的人,绝对不能做这种不负责任的事。我是来创业的,你是来帮我的,咱们之间一旦有了这种关系,我还能安心做事业？我只能求你理解。我喜欢你,喜欢你的真诚坦率,喜欢你的聪明能干,只要你真心帮我,什么都有了。"我怕她不好意思,我把声音压到最小,咬着她的耳朵,"妹,谢谢你,我认你是我的好妹子……来日方长啊……"

秋云一下站了起来,甜甜地笑道:"这可是你说的,哥,可不许骗人！"然后便是笑容满面地掀开布帘钻出了我的卧室。

第九章　希望的开始

天刚亮,我还没起床,秋云已到了我床前:"哥啊,稀饭煮在锅里,你晚些起来自己盛着吃吧。我要趁包工头还没上班时赶到他们家中,否则根本见不着他们的人影。提成什么的,只能在包工头家中私下说,否则,一旦让用户知道,大家不好过日子。"

秋云说过,我连连点头。我虽不知道她的提议效果究竟如何,不过事已至此,多一条路总比少一条路好,现在只能是把死马当作活马医了。不过让一个小女孩这么操心我的事,我心中真有一种说不出的味道。

9点多,秋云骑着摩托车回来了。她习惯于这个时间为我清创换药。

"去得正是时候,一个包工头算是讲定。通过他,还知道了另外几个装修小包工头家的住址。生意能不能成,总是要谈起来再说。一个一个地去见面。先把提成讲好了,再由包工头带着业主来选花色品种,生意也就好谈多了。饭也只能一口一口地去吃,能做成一笔,就会减少些库存。只要我们把利看淡些,脚头跑勤些,待人好一些,哥啊,别急,我相信总会有希望的。"

她双手在为我的伤口换药。靠得近,秋云身上的汗水味与少女特有的体香,还有她对我如此关切的言行,让我有些发晕。

秋云在说这一番话的时候,有一种淡淡的忧伤。我不知她是在看我头上的伤口时生出的心痛,还是对我前途的担忧。

我才来江北多久?她何必要这样待我?我可是一个堂堂八尺的汉子,却要让一个小女孩怜悯,我的内心羞愧得真是无法形容。然而,我现在还能靠谁?华清书记、梁燕、八子,他们能给我做的都做了,甚至不该为我做的也做了,不是吗,没有梁燕,没有她介绍李玲倩让我认识,那50斤绿茶能变成现金?进价才40多元一斤,卖的是每斤120元,顺便带过江来的副产品,居然也让我净赚了4000元,而且还是别人请的饭,这么大的忙别人都帮了,你方旭明还要怎样?一切都要依赖人,让别人来照顾你,你又有什么资格?你还不是厚着脸皮仗着张书记的面子才捞着这些好处?人家帮忙帮一次也就是一次,帮两次是两次,他们不欠你的,还能永远来帮你吗?你给别人什么了?尤其是李玲倩,帮了这么大的忙,这个情怎么去还?

"哥,在想些什么?心事别太重哦,日子总会好起来的。明天早上我还得起早,多跑一个包工头总是多一线希望。"秋云上好药了,在为我重新扎着绷带,"哥啊,医生说拆线的日子是后天,我看伤口恢复得不错,应该没事。后天,我带你去医院。"

秋云的话如此暖心,我心中的感动油然而生。她真把我当哥了,我真的感恩。

远离家乡,远离父母,虽然从法律上说我与秀芝是办了离婚证的,但为了孩子,大家约定离婚不离家,我挣的钱依然全交给了她,她也依然在照顾着我的父母、孩子。从洗衣做饭,到送孩子上学,还要撑着理发店的门面做着生意,包括每月让我交一次"公粮",一心一意在尽着做媳妇、母亲、老婆的责任。现在离开了家,离开了她,我居然还会在这里得到这么一份温馨,我虽不知前方的路会是怎样,但眼前我知道,秋云给我这份情的珍贵。

我始终没有回应她一句话。

拆线那一天上午,我们刚从医院回来不到10分钟,就见大门口来了一辆摩托车。我与秋云都马上从办公室里迎了出来。开摩托车的是个胖子,四方大脸,皮肤白白净净的。后座上坐的那个人皮肤黑得几乎冒油。一黑一白,两人反差这么大,一看便知道两个人身份的差异。

"哥,生意来了。在这一个客户面前,你尽量少说话,由我来对付。"秋云悄声和我打着招呼。

摩托车上的两人刚下车,那个"黑太岁"便对着我们走廊里样板柜上的地面砖张口大呼着:"张校长,见着么,全城里建材门市的地面砖,就数这里的花色最齐全了。当然,关键是质量,正宗的宜兴货啊!为啥'陶都'两字名扬四方?还不就是他们产的东西质量过硬?你看,这个底色,一看便是火功到了,切割机上去可也要火星直冒呐!哪像南方佛山的、晋江的,切上去就像切豆腐一般!啧啧,好东西,真是好东西。你看这仿木地板的颜色贴房间好吧?看这酱红色的贴堂房不错吧?绝对不见脏啊。"

"黑太岁"约50岁出头,身高一米六左右,张着一口稀疏的黄牙,吐着白沫,连珠炮般地轰向被他称为校长的人。那个校长用手抹着被他喷得满脸的吐沫,笑道:"'黑皮'啊,你这张嘴呀,死人也让你说得活过来哟,还说什么!质量上,你们搞贴砖装修的是内行,既然你说好了,那就用他们的货吧。不过,从三楼三底的正房,到走廊与厢房,我估算了一下,也近300个平方米,量大,价格上可要他们优惠一些。"

"这是什么话?都是沾亲带故的,我带来的生意,凭我这个面子还得不到最低价,这给别人知道了还不笑掉大牙?不过,张校长啊,自古'好货不便宜,便宜没好货',哪家做生意的不赚钱?关键是良心问题。亲朋来了,给个优惠价,不也算是为他们做了义务宣传?"

那时,我听了秋云的话,回到了办公室。门外依然是"黑太岁"的声音,不过,这时他应该在向着秋云说话了:"这位姑娘啊,看来你就是营业员了吧?我可告诉你,虽然张校长气度大,也是有钱的大人物,但你得知道,我可是你们房东真正的至亲,既然是我带来的客人,价格上必须是绝对优惠的!"

我在收张校长付的货款时,先看了秋云开过来的价格单,也真是吓了一跳——这笔业务的利润至少在30%以上啊!

1.8万多元货款,我估计要给"黑太岁"2000元以上的提成了。不过,这不用我过问,生意上的事是秋云上门去和包工头谈的,看这个"黑太岁"把我们的产品说成了一枝花,提成应该就不会少,否则别人能为我们这么卖力?

因为装修材料的销售涉及多退少补等售后服务,不到装修结束是不会进行最终结算的,所以,张校长付了大部分货款,还有2千多元只是暂时打了张欠条。不过,有了这样的开头,我已欣喜之极,看来只要努力,我们不说能挣多少,至少可以做到少赔或者不赔。

货是让八子兄开车送去的,一共送了3车才装完。

吃晚饭的时候,我发觉秋云脸色不好,且不说话。我以为她身体又不舒服,便关切地问了一声:"妹子,怎么啦?"

秋云没有回应,就如没有听到我的说话一样,脸上没有任何表情。我疑惑起来,这才想起我是让生意惊喜得过了头,始终没有把秋云这一天的情绪放在心上。我隐约记得自那个"黑太岁"上门之后秋云便没有过笑脸。接待那两位客人时,她的脸上也完全冷若冰霜。按理说接到这么一笔生意她应该开心才对呀?这完全是她努力后的回报,毫无疑问应该有成就感,但她丝毫不见笑意,这不就反常了吗?看她的脸色,也不像是冲我来的,应该是冲客户去的,这就怪了,还有哪个老板恨客户的?还是去拉生意时吃过客户的亏?这也不像呀,我见她每次早上去包工头家回来后都没什么不愉快的呀?

小姑娘容易情绪化,该是这样了。

发货装车,我和秋云都是帮工人搬货的,两人都出了一身汗。晚饭之后,我在后房冲了个澡,然后拿出了所有的开支账单,伏在办公桌上结算着,我要算一下公司从开办到现在到底投入了多少钱。茶叶生意、地砖生意都上来了,能开始挣钱了,但门面开着,从秋云的工资到对土管所的上交,以及伙食、水电、房租,这可全是成本,一个阶段结一次账,到了年底是挣了还是亏了,心中便一清二楚。

我在那张办公桌坐着时,是背对着房门的,我正在结算,听见背后"吱嘎"一声的开门响,回头一看,是秋云进来了。

"我把这阶段的总开支清理一下,也让自己有个数。"我边说边继续用计算器算着账目。秋云心里不开心,我话说多了她不回应就会让大家显得尴尬。

她也刚洗过澡,身上有沐浴露的香味。我说过话了,她还是没有回应,只是把身子像个小孩子一样,完全趴在了我的背上。过了许久,她又双手环抱着我,咬着我的耳朵:"你说的来日方长,方长是什么时候?"

我被她压着,干不成事了。

"妹子,别闹小孩子脾气,哥有事在做着呢。"

"我虚岁20了,哥,我是大人了……我一点都不开心……"

秋云的声音中充满忧伤,让我顿生怜悯。我知道她不开心,我也知道她是从什么环境中出来的,按我平常对生活的认识,是无论如何不想与这种女孩交往的。但相处下来,我反觉得她不仅比普通女孩懂事得多,心地更是纯洁得一如白玉,让我敬重。我站了起来:"送你个小礼物,给我个小惊喜,好吗?"

"这话怎讲?"她疑惑地抬头看着我。

"明天下午准你一个假,去把头发染成黑色。"我笑眯眯地说。

"哥喜欢黑色么?我的头发本就很黑呀,还黑得发亮呢。只是见姐妹们都染着黄色,我才去凑热闹的。那染了黄色的头发再染黑色是染不上去的,我已染了几个月,下面的黑发已长起来了,要不,我明天去剪个男式西装,不就把黄毛全去掉了?"秋云的忧郁一扫而光,欣喜地说着她的打算。

"真听话,真是个好孩子。"我刮着她的鼻子,寻着开心,被秋云扳开了手。她把我推回背椅坐下,然后面对着我,坐在我的一条大腿上:"哥,老实说,你有过几个女人?"她轻声笑问。

"一个,还是别人做介绍的。先订婚,两年之后才结的婚……"

我是故意告诉她的。

秋云站了起来:"我不相信。"

"不说这个话题了,上楼睡觉去。"

我叫秋云离开时,她没有半点耽搁,不过,出门时她有一种莫名的遗憾神情。

第二天下午,秋云果真去剪了个西式头,像煞了个男孩。吃晚饭时,我本想与她开些玩笑的,但见她又是满脸的凝重,吓得我不敢多言。

半个多月过去,生意慢慢有了起色。来公司看琉璃瓦的客户每天都有,不过以询价的居多,成交的只有一笔3千多元的小生意。倒是地面砖生意又成交了几笔,总共做了近5万多元生意了,这让我的心情一天天见好起来。

尝到了跑小包工头的甜头,秋云也越来越有劲,几乎每天一早就骑着摩托车出去,9点左右回来,正好赶着做饭。

这天上午,我在办公室又听着那辆"雅马哈80"电动机的声响。知道秋云回来了,便和往常一样,礼节性地出门迎接。但我见秋云从摩托车上下来后,走路一拐一拐的,心里就纳闷这丫头不知是怎么回事。还没让我发问,当她进屋脱下了头盔时,我不禁大吃一惊——秋月的半个脸都淤青了!

"回来时摔了一跤,伤得不轻。不过,也别大惊小怪,我已顺便去医院看了,骨头没碍事,皮外伤,已配了药回来。哥,放心,我养几天就好了。只是可能要在床上躺几天,做饭什么的,也只能辛苦你了。"

秋云绝对伤得不轻,否则凭她的个性是不会说要卧床的。我赶紧搀扶着她:"妹啊,你吃辛吃苦受这番罪,还不全是为了我?没有你东奔西走,哪里会来一分钱业务?什么也别说,好好养伤,由哥服侍你。"我先是把她搀扶上了楼,又把个大浴盆拿到了她房间,并烧了8瓶热水,又提了一桶冷水一齐放在她房中。

"先洗个澡,然后我再来收拾。"我见她坐在床沿都在咬着嘴唇忍着,又急又心痛,但我能做的只能这样了。

"麻烦哥了。不过,哥啊,楼上不是楼下,你尽量少来走动,否则把闲话传到城里我那个表兄那里,必定会生是非的。哥的心我还不知么?但我更怕哥惹祸呐。放心,除了做饭,其他一切我都能自理,只是千万别上楼来。"

在这个时候秋云还在为我着想,我的眼睛湿了,假借答应着她的话,马上掉过头,步下楼来。

那天晚上梁燕破天荒进了我的房里。

梁燕看似个哥们性格,其实心很细。姜永强把我当贼一样防着,她心里一目了然。作为镇里一个条线的一把手,那个位置也不是轻易得来的,尤其是李玲倩的老公还在市里帮着忙,她不排除就是下一届的副镇长人选,所以,她在男女相处时的举止特别谨慎。平时下班回来后除了在下边的厨房忙,从来就没有下过楼。

我对秋云改变了看法,梁燕的警惕性却仍然特别高。姜永强把秋云拉来当会计,梁燕事先根本不知道,为了这事,夫妻俩还闹了半夜。梁燕为防嫌疑,坚持让婆婆回来一起住。但姜永强怕娘年纪大,警惕性不高,不会及时察觉问题,一定要让秋云过来。是梁燕实在拗不过他了才让秋云过来的。梁燕时刻提防着秋云。

"哥啊,平时我少下楼,这你懂的,怕总有一双眼睛在盯着我。可现在这个人伤得不轻啊。今天我看过了,整个背上,还有一条大腿都淤青着,虽说没伤着骨头,但不卧床养个几天是不行的。咱们兄妹之间什么客气话也别说,分工一下:你把每天要洗的衣服都给我洗,晚饭也由我来做,倒是中午这一餐,只能辛苦你烧着端上楼去了。"

我听过此话忙笑着道:"别、别、别,妹啊,城中那个醋坛子可是'千里眼',还是各自顾着为好。衣我自己洗,饭也我自己做,只是晚餐,你回来了,我上楼就不方便,能麻烦你代劳一下端上去,我就感激不尽了。"

梁燕苦笑着:"哥啊,知道我的苦衷就好。你看,城里的那个他有个人样吗?分明是个渣子啊,我能怎样?离婚?别说有了孩子,就是为着前途也只能忍呐。人活在世上不就是为着一张脸皮?庆幸的是他长年在外,我虽守着活寡,却也图个清静,算是认命了吧。"

梁燕在我的房里也就几分钟时间。出房时,我总觉得她还有些什么东西想告诉我,但最终还是没说出口。

实事求是地说,在秋云养伤的那几天时间里,我是把她当作妹妹一样侍候着的。

可以说,我每天为她做的中、晚两餐的菜,基本上不同样。连梁燕晚上回来吃我烧的菜时也总会惊呼:"妈呀,我哥要是去五星级酒店上班也该是大厨的料哟!啧、啧,这手艺,要吓死人哦!"我仅把鱼一种食材就做出了红烧、清蒸、白煨,油炸松鼠鱼、鱼头汤、鱼汤馄饨等花式。她们根本不知道秀芝在开理发店前承包过3年饭店,店里忙时,我在村里下班后也会帮着烧几个菜。什么都是学的,关键你要用心,我现在能做出这些菜,就是那几年向秀芝学来的。

说到底,年轻真是本钱,伤成这样,仅在楼上躺了7天,秋云便能下来正常上班了。我不知道她身上的伤究竟怎么样了,只知道她脸上消了肿的皮肤更红润了。

那天中午,我在卧室午休,还没入睡,就瞄见秋云掀着布帘进了里间,我便装睡。我先是感觉到她坐在了我床头,后来,又感觉到她在轻抚着我的头发。我还听到她说了这么一句:"哥啊……有你真好……"

尽管声音很小,我却听得清清楚楚。

第十章　新茶生意

接到李玲倩打来的电话,我是根本无法想到的,就像上一次她把我一个人留在酒店自己走了一样。

上次在酒店,和她们喝了那么多的酒,实在是我自讨苦吃。其实,我的酒量并不大,最多也就白酒半斤。苏南人喝酒一般都是 40 度左右,如果换作 50 度以上的,大概我连 4 两都够呛。那天的 4 瓶干红我一个人就喝掉了两瓶。进口的东西,瓶子上贴的标签全是英文,我哪里知道酒精的度数。只是觉得这外国的玩意喝到嘴里就是苦涩一点,本以为这东西与在家喝惯的浓红茶没有什么大的区别,谁知它的后劲就那么强,会把我喝得烂醉如泥。

记得那天当我再度醒来时,窗外天色早已发黑。灯光下,就见床头柜上不仅放着李玲倩为我泡的一杯浓茶,让我醒酒,还留下了一张酒店的早餐券、一张写着"兄弟,账已结算,好好休息。来日方长,后会有期"的字条,而人早就走得没影儿了。

回来后,那 50 斤茶叶的货款,既不是叫我去厂里结的,也不是她安排人送来的,而是托梁燕带回来的。她甚至知道我的公司执照还在走程序,向我要正式发票很不容易,只是让我开了张收据,入账时,发票由她另外想办法解决。

"知道我是谁吗?兄弟……"那声音亲切、柔和。

我心里一动,这声音我能听不出来?"姐好,我还没来得及说谢你呢!"

"呵呵,还能记着姐,不错,不错!听着,我给你打这个电话任何人都不得告诉,连梁燕都不能让她知道,懂吗?"

我看了一眼隔着堂屋正在对面厨房里做中午饭的秋云,压低了声音:"哎,姐总是为我着想的,我知道。我身边没人。"

"有一宗生意让你做。现在是9点15分,你马上在公司门口的公路上搭乘班车进城,老地方,我还是订了那个房间。见面细谈。"

……

又一单生意。上次她让我挣了4000元。

这个世道,与单位做生意,赚的钱能一个人花么?我从保险箱里取出了1万元放进包里。这一次,我打算不仅要自己付酒店的开支,还打算把上一次的利润分一部分给她。我想,即使这次把带上的1万元全用掉,李姐心中也是会有数的。何况她在电话里已明确得很,"有一宗生意让你做……"这不表明着又要让我赚钱了?商场就是战场,在这门市上做的农户生意,往往为了几块钱也要争高下,与大企业合作,尤其是与有李姐罩着的企业交往,不仅生意自己能跑上门来,价格、货款回笼也高枕无忧。天底下有这种好事轮着了我,可千万不能自己贱骨头,不争气。与李姐这样的财神相遇,是我前生修来的福气,我必须全力以赴拍好马屁。

我临走时也只交代秋云进城有些事要办。商场上的秘密,多一个人知道对谁都不好。况且李姐已提到这个问题,我从保护李姐出发也必须这样做。

当我进入"五泰国际"时,酒店大堂里的时钟已指向11点半了。

酒、菜全已备好,只等我入席。李玲倩的外套挂在衣架上,她身穿一件紧身的绛红毛线衣端坐在桌边,单手托腮凝望着刚进门的我,并未吱声。灯光下,黑得发亮的头发,与那条松垮着系在脖子上的黑色围巾,拥着那张白雪似的脸颊。不施粉黛,那浓眉,那肤色,那张瓜子脸,说是绝代佳人一点也不为过。紧抿的嘴唇似乎不用启动,就让我知道她已在对我热切交流。因为从那副宽幅金丝眼镜后向我投来的眼神里,浸透关爱、亲切,传递给我无数的问候。我忽然间从中读懂了一组词:大度、从容、端庄、母爱……

窗帘拉着,是遮光布的那种。整个房里也就亮着一盏床头灯,灯光也是被她调过的,房内光线半明半暗,让人有一种神秘的感觉。

空调开着,我赶紧脱下西装。李玲倩微笑着站起,为我接着,把它挂上衣架,和她的外套一起。

"姐啊,我该为你服务的,反过来了?就不说是送生意给我做了,年纪比我大,是我姐,也应该是我为你服务才对啊。"我笑道。

朱唇轻启:"别假客气,快坐下吧。千金难买一个'愿'字,为你做些事,也是姐心甘情愿的。来吧,上次你喝得多了些,今天你只喝一瓶,姐也是一瓶,陪你喝。"

李玲倩这笑容,这打扮,这肤色,怎么看也就是30岁不到。两人干了一杯后,我笑着说:"姐,你不会瞒着年龄吧?你至多也就与我差不多,弄得不好,还要让我叫你妹妹吧?"

"呵呵,看你这张嘴甜的。不过,姐爱听。"

她轻叹了一口气:"唉,22岁结的婚,28岁离了的,孩子已上大一,就是跟张总结婚也近10年了,时间好快啊。"

李玲倩感叹着。

她与我碰了下杯,干了。我赶紧也干,又为她续上。

"今天早上坐在办公室,没事,就想找个人说说话,找谁?我平时有知心话也只是和梁燕说说,这几天,她在镇里连续开会,我不想打扰她,便只有找兄弟你了。你是外地人,没人知道我们的关系,心地又善良,姐与你说话,不用藏着掖着,所以就打了你的电话,总不怪怨姐吧?"

两杯酒下去,李玲倩的脸色绯红,她微笑着时,脸上有一对浅浅的酒窝,一如少女般清纯。我随口奉承道:"姐……你真的好美……"

"我是做梦也不会想到嫁给刘松林的。我们是同学,又在同村。还在高一时,他就趁我家没人,假意向我请教作业,在我的家中强行脱下了我的裤子……说什么呢?哪一个女孩不要脸面?能把这哑巴亏说得出口?有了一次,就有二次。高中毕业后,他老子是革委会主任,家中吃香得很,让人来说亲时,我父母来征求我的意见,人都是他的了,能不顺坡下驴?哪知这个畜生,婚前他还不止碰了我一个,居然还碰过一个叫明霞的姑娘。我们成家后,明霞也成家了,嫁的是个当兵的,就在我们村西头。她老公长期在部队,又让刘松林钻了空子,半夜里,不止一次去硬钻了别人的被窝。碰的是军婚啊,结果是在孩子3岁那年,他进去了,判了12年。离婚的时候他求我原谅他……让我说什么?是这个畜生耽误了我的青春啊……"

李玲倩泪水涟涟与我碰了杯,一口干了。我陪着她干,并拿出手绢放在她的面前。

"张天宝是个好人啊,虽然多少人骂他'老不正经',但我知道他是个真君子。大化工厂是他从一块白地上建起来的,由小到大,近15年时间,发展得这么快,容易么?他是看我离了婚,带着个孩子不容易才安排我进厂的。给我安排了一个财务会计的职务,每到年底还发一个不小的红包。人心换人心啊,天地良心,头一次上床,是我主动的。这也叫机缘巧合吧。那天,外地有客人来了,我也在场陪着吃饭。他喝醉了,在送他去房间休息的时候,我看他待我这么好,又如此辛苦,主动给了他。他也是个有担当的男人啊,是帮两个孩子成了家之后,顶着众人的恶骂净身出户,离了婚,然后再同我结的婚,我们也算是名正言顺的了。他说离婚的最大原因是那个前妻太强势了。老张常跟我说,他'在外是皇帝,在家是鼻涕',为什么一直没离婚?一切为孩子。孩子成家了,他也安心了。他把所有的财产给了前妻、儿子,离婚时还向前妻磕了一个长头,感谢她把儿女培养成人的恩德。世上这样有情义的男人又有几个?让我碰上了,你说这不是我的福气吗?"

李玲倩依然在流泪:"按理说我真该高兴啊,是他给了我一个安逸的家,又把我的这个'拖油瓶'儿子培养成了大学生,还为他在城里准备了新房子……可好事不会全轮着我啊,老张为了这个企业,劳累过度,肝上有毛病好几年了,却还在硬撑着。63岁的人,看起来快像73岁了……我们本就相差21岁,现在外面走在一起,有人甚至会说我是他的孙女,更就别说夫妻之亲了……可我不能没良心啊,不论什么时候,我永远不会抛弃他、背叛他……只是我心里总堵得慌……"

我不知道还能说些什么,每家都有一本难念的经。看起来在人前光彩亮丽,背后却是说不尽的辛酸。我知道她之所以不让我告诉任何人我与她约会的消息,防的就是能淹死人的谣言。但我不知道她约我的真实目的,是只想找一个人倾诉,还是想找一份感情的寄托,还是有其他我无法知道的东西?她的每一句话委婉得不能再委婉,柔软得不能再柔软,我忽然心中有了把她与秀芝一比的念头,在李玲倩身上我真正领略了柔情似水的含义。秀芝是一道烈焰,是一股风暴,在她的面前没有任何艰难险阻,一切都能克服。我做丈夫的,只要顺从,便可置身于她的保护之下。然而,对于一个雄心勃勃的男人来说,这可能么?我们往往总拿对方说话的口吻说事,争的是哪一个人说话的嗓门子大,其实是没有一个人不是恶言相向,恨不得仅用一句话便在一场争执中击败对方。我们也就是在这样的情况下去离的婚,都以为这样就可把对方打垮,打得学会顺从。然而,几年过去了,我们还没有一个为之去改变什么。

两瓶酒基本见底,我的心绪乱了,一个女人向一个男人倾诉自己感情上的痛苦,她想得到什么呢?我不由自主地站了起来,绕过桌子,想给她一点慰藉,我弓下身子想拥抱她。

不料她突然猛地抱住我,在我肩上狠狠地咬了一口。我痛得忍不住"哎呀"叫了一声。

我醒了,彻底醒了!是痛醒的。

她自己好像也受了惊吓,不知道自己为什么会咬我咬得那么狠。她大概过了好一会才平复过来。

"我是姐啊!不是说好的吗,假如让姐沉入情感的漩涡,你还会有我这个姐吗……"

她还是原来那么温柔,依然含情脉脉,依然笑容可掬。她应该没醉,她的酒量比我好。

哦,我理解错了,原来她仅仅需要一个能听她倾诉的知己……这是个谜一样的女人,我酒多了,无法知道她的真实内心。

"姐酒喝多了,今晚不回去了,住在这里。酒店的大堂经理为你备好了小车,由司机送你回去。弟啊,从此我们就是亲人,彼此温暖,彼此照顾。我为你在厂里留下了400斤中档绿茶的进货计划,赶紧回江南进货,顺带看一下弟妹。生意虽然不大,但至少能为你把房租、上交等解决了。姐是一介女流,能帮的一定帮,帮不了的,你也只能多多包涵。"

不知是感动还是不服气,我竟流了泪。

我本想把那1万块钱一下子给了她的,又怕反而为此伤了感情。我不知道是把她当亲人看待还是当商人看待。亲人吗?这关系从何说起?商人吗?只有我得到了商业利益,而她却一无所获。

分别时,她伸手抚摸着我被她咬过的肩膀反复说着:"抱歉,抱歉……谢谢,谢谢……"

第十一章　回江南

乘班车回到家里,已是下午 4 点。匆匆回来的,我没为父母、孩子带回任何东西。秀芝每天在这个时候都会去接放学的儿子。我开了理发店的门,把拎包放进房里的衣柜后,便去小村的老房子里看望父母。

出去了一个多月,没有再见过父母。辞职的时候,我没有把这消息透露给他们,是兄长们转告的。父亲听了坚决反对,即使是临行前的那天下午,他仍然追到了我的家里:"小四啊,你才 30 岁出头,能当上村长,还有什么不知足的? 在这个村里,你是千人之上,仅一人之下,还要怎样? 说不定过几年就是你当书记呢? 你做事做人那么能干,说不定今后当个副乡长呢? 一锄头能挖个金娃娃? 万一创业失败了呢? 有道是'双亲在,不远游',我 50 岁生下的你,83 岁了,就是在家陪我,还能有几天时间?"

我算是五兄弟中最有出息的一个孩子,三个兄长,一个弟弟,都是老实巴交的种田人。明摆着,我在村里这个位置上,多多少少能照应些他们。人走茶凉,今后他们为某些事吃些亏,也就只能放在肚里。

父亲老了,额头上的皱纹一道叠着一道,满脸的老年斑。80 岁过后,明显真叫一天不如一天了。正如他自己所说,人就是一盏油灯,年纪到了,油没了,还能不熄火? 那几天,他说吃东西下咽时不舒服,脸色就更难看。我见着父亲求我的样子,真不知道说什么好。

父母的工作最终还是秀芝做通的。

老两口最喜欢的媳妇就是秀芝,说话句句在理,做事件件拿得起。做姑娘时,她便是"铁姑娘"队长,4个哥哥,竟有3个当了兵,入了党,除了老四还在部队外,老大是乡农技站站长,老三当着乡工业公司副总经理,这种背景的媳妇本就让人刮目相看,何况是秀芝把我的父母完全当作自己的父母一样待着。别说逢年过节,即使是平时,给人理发收了些钱,常常也是10元、8元塞进老人的口袋让他们买些菜吃。年关时,该是给他们的油、粮、钱,总是妯娌几个中第一个送去。若是二老平时不舒服什么的,也只有她会马上放下手中的事,陪他们进医院。坦率地说,我为什么离了婚还没离家,在这一点上考虑最多,总感欠着她的。待丈夫的忠,待公婆的孝,待孩子的好,包括待左邻右舍的友善,天地良心,全村的女人中不会找出第二个人了。如果某一天我敢离开这个家,没有人会为我说一句公道话,我只有永远不回故土耳根才能清净。

我没进家门便开口先叫:"爸、妈,人呢!"

父亲是在房里看着电视,听见喊声,赶紧走出来迎我。一个多月没见,他似乎又老了不少,脸色更不好看了,笑着的脸上没有一些肉,真叫是"皮笑肉不笑"了。看他瘦成那样也就是我做儿子的,让别人见着真是要生怕的。

就像父亲自己所说,灯油要尽了。见此状我就顿生了一种悲伤的情绪。我真的很心酸,为我的老父亲。

"小四回来了,孩子他娘呵,天天念叨着的,还不快出来见见?"父亲向堂屋后的灶房呼叫着。声音虽没气力,但充满喜悦。

娘是从灶窝里急急忙忙跑出来的。她本就木讷寡言,到了我面前也只是捏着我的手:"小四……四儿……"手战栗着,眼里泛着泪花。

儿行千里母担忧啊,在最最牵挂着我的亲人面前,我心中愧疚至极。因为我在外面从来就没想过她,真的,一丝都没有。我忽然间感到双腿无力,不由自主地瘫了下去,自然而然地跪在了娘的面前。

我呜咽起来。

父母受惊吓了,他们不明白我为什么会这样,但断定我在外面吃了苦,断定我受了罪,断定我被人欺负了。父亲拼命拉起了我,对的,似乎拼着命,似乎是用最后的力气在说话:"是男人吗?想吓死你娘?杀头不过头点地,吃了亏不过是让你长记性!年轻轻的,失败了又怎么样?哪里跌倒从哪里爬起!看你个尻样,还是个当过村主任的人么!"

父亲是永远的男人,自己的身架子快撑不住了,丢给儿子的话还是掷地有声。我无言以对,只是站起身子拥着母亲,用手抚摸着她枯草般的白发,心痛万分。娘也老了,都已风烛残年,时日无多,不能在他们面前尽孝,我充满内疚。

"去了怎么样?人生地不熟,让人欺负了吗?生意能做便做,做不下就回来。不当干部,咱有手有脚有力气,还能饿死吗?秀芝不是说了吗,真正在江北做不好,回来替她做下手,理发不也是生意吗?"母亲嚅动着嘴唇劝着我,担心我是失败了,想不开。

"不要瞒我们了,全村都传遍了,说是你在江北做人不规矩,搭上了女房东,杨德新的舅子打抱不平,派人过去把你揍得头上开了花。不过,说你在外边吃了亏我信,说我儿子做人不规矩我不信!自己养的娃会不知道么?没有任何背景能当上村主任,不规矩的人行吗?你大哥、二哥知道底细,说你是在耐火厂得罪过杨德新,还知道了他这个舅子是你开公司的地头一只虎,是借机报复你了。四儿啊,在家千般好,出门万事难,但只要咱行得正,坐得直,只顾埋头做自己的事,心就不亏,做事就顺。他不就是仗着是李小兵这个干亲家么?不就是想搬弄是非,让你家庭不和,让你在那里立不住脚,办不成大事,丢脸出丑滚回家吗?可男子汉大丈夫,怕什么?邪不压正,难道苏北就没有法律了?既然出去了,不蒸馒头'争'口气,四儿啊,你就办成些大事让那些生着狗眼的人看看,你方旭明就是一条响当当的汉子!"

父亲说这番话一字一顿,几乎用尽了精力,那是一个父亲用生命在为他小儿子的人生路吹着最后的冲锋号啊!

我心痛万分,在眼泪横流中从地上爬起身来。我这才明白那天与"九指头"开战时他说"这里可不是你家里,更不是你的耐火厂里,能让你吆五喝六"这话的含义。我心中愤恨难平:我斗不过你们,离开你们好了吗?可你们还要算计我,背后捅刀。老子就偏不信,就要做一番大事让你们看看。一如老父所言所盼,证明老子方旭明就是一条响当当的汉子!

可我嘴上不能这样说,不能让父母再为我担惊受怕。

"爸、妈,听外面那闲话干什么?我规矩不规矩全村人哪一个不知道?我能吃什么亏?那里有张书记的亲戚照应着,没人敢欺负。且告诉你们一个大好消息:我的公司生意上来了。地面砖已做了10多万生意,琉璃瓦也做了5万多,当然,最好的是茶叶生意,这次回来又要拿500斤新绿茶,一斤就算赚100块,也就是5万。不出门不知道,外面这钱可真的有得赚啊!"

平时我在父母面前从来实话实说,可今天我见父母的样子,总感觉不好,我不想让他们为我担心,报喜不报忧,赶紧说夸张些,哄他们开心。我又从西装里摸出2000元钱塞在娘的手里:"外面的钱虽好挣,可就是不能好好侍候你们了。这些钱你们留着,想吃什么就买什么,只是不要与秀芝说起。丈人、丈母娘那里不给,一碗水端不平,又是矛盾。"我轻声关照着。

"也就你不会光明正大,要你2000元干什么?不要说正是做生意垫本的时候,要给也要两边老人一个样。秀芝是你说的那样人?这几天陪我去医院还不都是她花的钱?小四啊小四,发第二船琉璃瓦时,是老大与秀芝同去为你发货的,船老大说了,你的房东男人确实是长年在外,那女人又是干部,你可给我收紧些骨头,如果真的犯贱,做出对不起秀芝的事,那叫作孽!像这样的老婆让你娶着,是咱方家人前世积的德修来的,要珍惜。"

换作平时,我早就溜了,可现在父亲说的我虽没听进去,但既没顶嘴,也没溜走,老老实实接受"上课"。我看着父亲的身体一天不如一天,心想着:老爸啊,只要你认为骂儿子几声会开心些,你就尽管骂吧。

母亲最终收了我1000块钱,要我把另外1000块送给丈母娘,也让秀芝脸上光彩一下。回到店里,秀芝也接着儿子回来了。

秀芝才 30 岁,都说小别胜新婚,按理说夫妻之间多时不在一起,见了面亲热一下是自然不过的,但我却一点没有这个兴趣。听秀芝说过父亲的身体恐怕有问题后,我就更没有心情办事了。虽然说体检报告还没出来,病情还没确诊,但父亲的毛病总让我心里像有块石头压着,开心不起来。

我不知是否自己已有与秀芝分手的打算,当秀芝问我在那边的生意状况时,我还故意把情况说得严重了些。那晚,秀芝也睡得不踏实。

第二天一早,我便借了台"幸福125"摩托车进城去进货。

当地的茶叶叶片厚、茶汁足,泡过 6 开还有香味,但价格高,品相也不好,真是叫"中吃不中看"。而从南方过来的茶叶,却恰恰相反,品相很好,但"中看不中吃",两开水冲过,第 3 开便如白开水了,没有了半点茶的味道,但价格出奇地低。生意场上没办法,我按着李玲倩的要求,在批发市场,以中档的价格买了 400 斤茶叶,然后又配好相应的包装,还花了 30 多元买了台封口机。用板车把货拉到车站,打了行李,让去泰东的班车带过江去。我又电话告知秋云,让她接货。

中午,我在城里的小吃店里吃了碗面,下午又去了那个地砖厂。我让他们的质量坑死了,我要去看看,我提货的那个规格与这几个花色品种厂里到底还在不在生产,如果停产了,我后续的销售绝对又是个问题,剩到最后的部分,必然如卖"零头布"一样半送半卖给人,这样不要又让我损失一大块?

我走遍了地砖厂所有的仓库,里面果真再也没有这个规格的地砖。我急了,马上追到了周德海家里。这家伙正在午睡,见我气急败坏的样子,他也惊呆了。

我把事情全部说开了,最后又发了一通牢骚:"好兄弟,你真是杀人不用刀啊,算你狠!你把我们所有的兄弟叫来,让他们来评评理,你做得出这种事情,是帮我的忙呢,还是想把我摁在河里淹死?反正我货场上的地砖一块还没销售,都堆放着的,即使你拿着我的欠条去打官司,我也会请律师去法庭辨明是非。你去打开所有的纸箱看一看,有几块地砖的平整度是合格的,我还要反诉地砖厂以次充好坑蒙消费者!我一定要他们给我个说法。运费虽是你花的,但上力费多少?我又担了多少心?你们快把这些开支赔了,然后再去把这些次品自己运回来处理,否则老子也只能横下来干了!"

说完,我开着摩托车回了家。

商场就是战场。我见着厂家这么算计人,也只能如此了。我是以攻为守,我料定周德海不敢与地砖厂闹僵,因为他们村里的陶土质量差,也只有地砖厂能用,得罪了地砖厂,他们村里矿上的工人去喝西北风?我故意说一块地砖也没销,还说要与地砖厂去闹,周德海便睡不着觉了。

果然,我回来还没有半个小时,周德海就带着他们的村主任追过来求我。考虑到毕竟是兄弟一场,我最后还是接下了货,但价格一律以6折结算。这样,从最坏处打算,这生意估计我也不至于亏本。而周德海的村子里,虽亏了不少,但为地砖厂清了仓库做了贡献,他们之间的关系就更加密切,业务也更好开展。而他们村里也多回笼了30多万资金,村里用钱也就宽了许多。不过,他们也要我明确表态,吃亏也罢,占了便宜也罢,这件事就到此为止,只等我销了地砖后去结账付款。

一下子又少付了10多万元货款,如能销空场地库存,那可就是多赚了10万多元啊!而且双方最后还能握手言和,我真的要好好感谢秋云,如果没有她把这些产品的准确信息反馈给我,我还不是硬吃个哑巴亏?我心想着,这个丫头,能遇着她,也真是我的福气。

我打算乘第二天早上的班车回泰东。由大哥用摩托车把我送去离家30多里的车站乘车。

秀芝晚上做了6个菜。

我们结婚之后过的日子,夫妻俩一直很节俭,晚上除了我用一把花生米下3两劣质白酒之外,从来是腌菜就着稀饭。

儿子就坐在我的身边,他见着满桌的菜,快抵着过年了,掩饰不住兴奋,马上拿着筷子向红烧排骨夹去,但就要夹住一块排骨时,他忽然停住了手,缩回了筷子,稚嫩的脸上全是惊恐,他先看了看秀芝,又看了看我,语无伦次:"妈……爸爸……我又做坏事了吧?"

见此,我心痛到了极点。我坚决要离婚,我一定要离婚,而且一定要离开这个家!

我们性格上的不适,从生下儿子就显露出来了。我们的恋爱是秀芝追的我。后来我才知道,她之所以会冲破重重阻力与我在一起,硬是因为在自己家里用自杀、私奔的话顶上去吓坏了全家。她是全家最小的一个孩子,又是唯独的一个女孩,说是父母的掌上明珠,实在是恰如其分。更兼她聪明伶俐,又知书达理,18岁就当上"铁姑娘"队长,这能力也绝不是开玩笑的。乌龟山脚的20多亩"农科田"就是她带着30多个姑娘平整出来的。当19岁的那年家里人知道她在与我谈恋爱时,几乎全要发疯了!在他们眼里,我是真正的一堆牛屎,秀芝这枝鲜花给了我,是真正糟蹋了。

先是劝,后是压,最后是骂,全家行动。万不得已的时候,她私下里很平静地跟她娘说:"娘啊,旭明的长相且不说,结婚是去过日子的,看到他的为人吗?有一丝油腔滑调吗?看到他的工作能力吗?一个团支书,总能得县里的'新长征突击手',这容易吗?知道他的才气吗?与我一样的初中生,文章能登上县报,全乡有几个这样的男孩?我的眼睛真是瞎了?我找的人是要和我过一辈子的,我能胡来么?实话告诉你,我已是他的人了!娘,你知道的,别说我心中除了方旭明不可能再放得下任何人,仅让他得了我身子这一点,我就更不会找第二个人!今天跟你直说了,叫父兄们再也不要逼我,否则,一是我空手跑到他家去过日子,还一条路——一瓶'乐果'农药结束一切!你信不信?"

就那么一番话,全家吓得魂飞魄散,家里人个个知道她的脾气,再没有人敢放一个屁。当她把全家投降的消息告诉我时,我也很惊喜。只不过她有一点说过了头,所谓已是我的人,那是鬼话,我们两人约会,她至多让我亲一下,即使是订了婚也是如此。一直到了结婚前两个月左右,她到我家里商量婚事的时候,才有了第一次。

"现在没关系了,即使怀孕,到结婚时也看不出,否则,像我们这样的家庭,挺着个大肚子过来还不让全村人看笑话?"完事之后,她说着之所以一直不让我做这事的道理。

她说的确实没错,全是道理,那时我还不知道这"道理"的厉害,直到结婚之后我才吃够了这"讲道理人"的苦头。

从儿子生下,分家了,生活中的一切便由她讲"道理",哪怕夫妻之间缠绵的时候我说漏了嘴,说村里某个女人那个奶子好大哟,只不过是一句笑话啊,一通"做人要规矩"的道理上来了;隔壁开饭店的刘四毛,摸了服务员的屁股,结果被那姑娘甩了个耳刮子,晚上,我又把这笑话讲给她听,她的道理又上来了:"背后嚼人家的舌头光彩吗?"夫妻之间过生活时,我想换一种方式,她又开始了:"我是你的老婆,不是婊子,规矩的男人,心是放在事业上的!"

她的话全是道理,我偏就不服,从此针尖对麦芒,再无相让,直至两人私下去民政办了离婚证,用这办法教训对方,然而还是没有谁征服得了谁。我的儿子从睁开眼的第一天就看我们吵,能开始说话后,先是吓得哭,后来见惯了,我们吵架时,他便总是躲在一个角落里发抖。儿子见着我们谁都害怕,或许就是这样的环境,让孩子幼小的心灵蒙着了阴影,以至于他与伙伴们也很少说话。玩,也是一个人默默玩自己的游戏。

吃饭的时候,大人不动筷子孩子不能动筷,这是秀芝为他自小立的规矩。现在见我们没动筷,他差点动了,便吓成这样,我心痛啊!

"宝贝,要吃便吃,尽管吃,妈妈是做给你吃的,尽管吃!"我吼了起来,但只是对着儿子,我不想看对方的脸,我心生着恨——不就是你把我的儿子吓成这样的吗?

"不是给我吃的,是妈给爸做的。爸不在家,我每天吃一个鸡蛋,妈妈每顿只吃咸菜……妈说爸做生意时要用钱……妈说……爸回来了……要烧好菜……我就有好菜吃了……"

我忽然之间不知道说什么好,我抬头看着饭桌对面的秀芝,今日的她很反常,脸上有一种羞涩。她已为我倒上了一杯酒,也已抓着筷子,她等待我先动筷。

我不知道出于什么原因,看过她向我投来的目光,听过儿子说的话,我心里很酸……

第十二章　好爸爸

从班车下来,已是下午 2 点多钟。

400 斤茶叶,先入内包装过秤,再用封口机烫口,然后再入铁盒,最后才将它置入礼盒。两双手,忙了近 15 个小时才将茶叶分装结束。

东方已鱼肚白,我和秋云是又饿又累。

见秋云在打哈欠,我便叫她先在我的床上眯下眼。因为昨晚已和八子说好,由他用拖拉机在今天早上帮我把茶叶送去化工厂,等下八子过来时,秋云还要带着收据跟车去李玲倩处结账。我估摸着她也睡不到 1 个小时,只能让她在楼下暂先眯一会,待我去烧些稀饭,让她吃了好跟八子一起走。

在我进房唤秋云吃早饭时,卧室里并没见着她。正在纳闷,就见她从堂屋走进了办公室。她已上楼梳洗打扮了一下。到底是小女孩,不用任何化妆,一套米黄色的西装,一双黑色的平跟球鞋,很是协调,浑身上下都充满青春的活力。

"刚才还见你累得慌,想让你眯一会的,怎么,瞌睡虫一下子跑光啦?"我见她笑容可掬,便逗着她开心。

"待会去李姐那儿结算,人家大厂,我不适当打扮一下,可不是丢哥的脸?做了这么一笔好生意,我也要分享一下哥的快乐呀。"

"结账回来,奖你明天休息一天,哥陪你进城,为你买两身夏装。我要把妹子打扮得像明星一般！"

"挣钱不易，门面开着，开支大着呢，我可不要哥去破费。如说哥真的要送我一件礼品，那必须是我最想念的一件。"她依然像个孩子一样。

"说，哪一件？你就是要水中的月亮，哥也一定给你捞来！"我不想扫小丫头的兴，她太辛苦了。

"嘻嘻……这可是你早就答应的——那个'来日方长'呢？今晚？"她嬉皮笑脸的。

我故意大着声音对她说道："吃早饭！忙了一夜，终于可以送货了！"

这个时候，我怕梁燕马上就要下楼，让她见着两人总是不声不响的不可能没有想法。秋云听懂了我的意思，马上边开房门边应着："马上可以装车，我又可跟着八子哥去兜风喽！"

也真叫是多留了一个心眼好，偏就被我猜中了——秋云刚把房门打开，就见着梁燕走下楼来。楼梯在对面厨房的那间后房，下了楼梯便就进了堂屋。秋云回头向房里的我做了个鬼脸。

秋云被我狠狠地瞪了一眼。

恰好此时，八子的手扶拖拉机也"轰隆隆"响着到了门口。

八子他们走后，我始终心神不宁。我越来越担心秋云。我是个成年人，秋云还是个孩子，抛开秀芝不说，就算我可以另外找人结婚，也绝不会把秋云作为选择对象。两人相差13岁的年纪，况且我已有了孩子，即使秋云同意，她的家人也不可能赞成。让一个才20虚岁的小女孩去做一个8岁男孩的后妈，哪一个父母舍得？尤其我还是她的老板，两人之间更要注意行为举止，一旦有了长短，没有人会怪怨女孩，我必定要遭受社会舆论的谴责。到了那时，我还能在三圩镇立足？秋云被姜永强视为心腹，就算我与秋云保持现在这种关系，凭我在社会上阅人的经历来看，姜永强也不会对我善罢甘休。我的离婚状况一般人是根本不知道的，假如让姜永强了解了真相，他也断断不可能放心地让我住在他家。现在我便是站在十字路口，要么规规矩矩做人，与秋云工作归工作，生活归生活，保持一定距离，让人抓不住话柄；要么只有拍拍屁股滚蛋，既在经济上蒙受损失，又在人格上低人三分。

我在这一个早上一直是萎靡不振的状态，即使在午饭前秋云拿着一张10万元的现金支票，欣喜若狂地在我眼前晃悠时，我依然如此。

我知道应该怎么去做了，但又实在不忍心一下子将秋云击倒，事情也只能一步一步地来啊！我强装笑脸接过支票，还假意地把她表扬了一番："不错，不错，见得了大场面的人了哇！表扬，立了大功一件，必须表扬！妹子呀，晚上加菜！庆功！"

"知道吗，哥，怎么会想到哦，我是带着一本空白收据去的，你不是要我把结算价格放在1斤200元左右么？我估摸着李玲倩总要讨价还价，便随意打开了一包茶叶，让她随便给个价，这样，低于每斤200元，我可以争；高过这价，我还可以假意客气一下。反正这笔生意也是她关照着你才能做成的，就看她如何定价。呵呵，果然这样，也是这茶叶品相好，李玲倩摸不着头，私下便问我每斤250元怎样。这个时候我还不快些假意客气？我赶紧说：'李会计啊，我一个小姑娘还懂茶叶？就是方总也没说什么价格呀，这茶叶是他们村子里自己茶场生产的，价格高些低些无所谓，也就是他一直做村主任的，算是为村里做些好事罢了。'李玲倩朝我一笑，点了下头，我也就不客气了，收据上便开了10万元。按制度，支付货款，先是要仓库保管员在收据上签收，再由经办人签字，还要大老板最后审批，可她把最后一关为我省了，告诉我，那事由她去帮着办。在把支票给我时，还叫我向你打个招呼，说价格大概偏低些，也是为着今后可以长期合作考虑。哥，怎么样，小妹总没丢你的脸吧！"

秋云一脸得意，绘声绘色，尽显着女孩的纯真。那种可爱劲，让我马上萌发了有一种相拥的冲动，但随即理智占了上风，我冷静了下来，只报以微笑、点头以示赞许。

秋云是玲珑心，一眼就看出了我的勉强，她关切地问我："哥呀，心事那么重，怎么啦？"

叫我说什么好？我又从何说起？

我本想把那些打算慢慢地化为行动，适度地降低对她的热情，也让她有一个心理的过渡期,能让她知难而退,最后达成恢复双方只有雇佣关系,至多是只有兄妹情分的。但就现在看来,凭我的功夫还真达不到这个表演能力,也只能略显直接地告诉她了。能不能接受,就只能听天由命。

"妹呵,你待我的好我会不知道吗?但我想,我到苏北来创业,都是在梁燕他们的帮助下才站住脚,假如咱们俩发展成这种关系,让梁燕知道了,如果你是梁燕会怎么去想?我是个成年人,考虑事情,不得不从别人的角度去想一下,不可能一味地凭着自己的情绪去做事。人非草木,即便有那一天,也必须等,等你长大,等瓜熟蒂落。同时也要看适应,看缘分。现在急功近利,不顾社会影响,别人不说,仅一个姜永强知道了,便再也不可能容得下我在这里经营,那你让我去哪里?我的事业呢?我连生根的地方都没有了,还谈发展?如果真正到了身败名裂的那一天,我还不一头扎进长江?"

我的语气平缓,完全是用商量的口吻。

秋云的神色先是生气,后是惊讶,接着是羞愧,最后是心痛。她本是立在我身边,本应该想是等我用肢体语言表态的,听过这些,她坐在了自己的办公椅上,眼望着窗外,沉思着什么。我也坐在了办公椅上,坐在她的对面。该说的已说得很清楚,我只想看她是如何理解,如何接受。我盯着她的面孔观察,她脸上全是凝重。她半伏在办公桌上,一对玲珑的乳房半裸托出衬衣领口挂在台面,我现在见着,如像见了两颗地雷,无论如何不敢去触动,生怕它马上就将爆炸,将我送进地狱。

大概有 10 分钟时间,我们之间没有再说一句话。我看她虽一直在侧脸向窗外看着,但看到她的眼角滚出了泪珠,我就知道她的内心有多纠结。

"哥啊,细想了一下,还真是如此,我把事情想得太过简单了。我一直没敢告诉你,表兄让我来的意思就是防着你和嫂子的。他心机重,一旦知道了我们的事,说不定还真会讹你哦。为哥着想,我也不能只顾自己……"

她的脸上全是愁容,更有愧色,像煞了一个做错事的孩子。"哥呵,我知道了,以后我会有分寸的……"

事情能这样告一段落,我不禁长长地吁了口气。

日子要过,工作要继续,手里的事情,第一件便是要对李玲倩有个交代。做生意,哪怕她是我的亲姐,挣的钱也不能是我一个人花。这次的茶叶每斤进价才100元,除去成本,净利已是6万元,至少给她个1万吧?和她直接说回扣就显得俗了,只能讲是做兄弟的给姐买化妆品的钱。也只有这样,她既能收下,又能开心,这也就算是生意经了吧。

那天晚上,想着白天发生的许多事,我到了12点还没睡着。后来也是迷迷糊糊的,真正睡着,大概已是凌晨1点多了。

突然间,一声尖叫传遍整座房子!那尖叫声凄厉得揪心,似乎是从地狱里发出来的一般!它不但让我惊醒,还让我根根汗毛都竖了起来。我顿时坐起身子,不知道屋子里发生了什么。随着这一声惨叫之后,便是孩子的哭喊声,然后就听到楼上一阵急促的脚步声,再就是一阵擂鼓般的敲门声。

"秋云,秋云!快开门,快开门!"这是梁燕的呼喊声,显得如此急切。

我这才知道,是楼上发生大事了。

我来不及再穿上一件衣服,连鞋子也没顾得上穿,只是顺手打了床头的电灯开关,赤着脚,跳下床后便冲出房门。尔后又穿过堂屋,跑向楼梯。

梁燕家的楼上3间房,厨房顶上这一间便是秋云的房间;我租用的这一间楼上所处的位置,便是梁燕的主房;中间这一间房子成了过道,设计的时候大概是想把它当客厅用的,现在空着。

这时的楼上,灯已全被梁燕打开。见我上了楼,身穿着睡衣的梁燕一边继续在擂着秋云的房门,一边向我高喊着:"哥啊,秋云叫的,是秋云叫的!"

此时秋云的房间里反倒没有了声音。梁燕房里,她的女儿小青在死命哭叫着:"妈妈,妈妈!"

我心中忽然有一种不祥的预兆,我总感觉着要出大事,而这事必定是由我引起的。我也慌了,于是大着嗓子对着房门向里面喊着:"秋云,快开门,否则我要踢开它了!"

大概秋云就已站在了房门口,见我们大声呼喊也吓昏了头,只是听我说要踢门才清醒了,"吱嘎"一声,半开了房门。"我……我……做了个噩梦……"秋云颤抖着,把半个身子露在门缝处,惊恐地向我们说着。

"死丫头呐,我们全让你吓死了啊!梦着什么让你这么害怕?现在半夜了,什么也不用说了。快去睡,明天由嫂子帮你招下魂吧。小青也吓坏了,还在哭喊呢,我先进房了。"

梁燕又回头把我上下打量了一眼,一下子涨红了脸:"哥啊,你……也下楼去睡吧。"说完,马上进了自己的房,陪女儿去了。

我不知道梁燕那半句话的意思,也弄不清她突然脸红的原因,便看了一下自己的身体,不觉也红起脸来——我下身仅穿了个裤头,那东西像旗杆一样立着。我马上转身下楼,边走边抛下一句:"一个梦就吓成这样,还是3岁呐?快去睡觉!"

第二天,秋云没有下楼,我端上去的中饭她也没吃,只是躺在床上叹着气。我知道,这是个坎,必须让她自己迈过去。

晚上九点多,我正在房里看着电视,梁燕进了房。电视在办公室的一边,我是半躺在三人沙发上看的。见梁燕进门,我赶紧放下双腿坐了起来。

"哥啊,刚才我为秋云招了魂,虽说是迷信,但做了总让人放心些。不过,苗头不对哇,这丫头总是像被什么勾了魂似的,平时在楼上,嫂子长嫂子短的,叽喳不歇,今天却三拳也打不出一个冷屁。与她说话,爱答不理,你说怪吗?你知道的,我住在她的对面房间,半夜里她上下楼梯我也不会知道,况且还要照应着小青。依我看,问题不是这么简单啊,她必定心中藏着什么事,否则咋能这样?哥啊,后面就是河……在这个阶段,白天也好,黑夜也罢,也只好拜托你辛苦些了。这孩子自小没娘,又摊上个不争气的爷,唉!命苦啊,能帮她一下,就帮她一下吧。观察一个阶段,真正不行,我再想办法为她换一个环境。可眼前也就只能是我们多操些心了。"

听过梁燕这么一说,我心中也就毛了。白天我能盯着,晚上怎么办?上楼去陪着她?她上下楼梯我怎么知道?我能每个晚上一分钟不睡?

哪知梁燕刚上楼还不满半个小时,秋云竟然也到了我的房间。

"哥啊,我想去江堤上走走。我心累,走走也许会好些。"她说话时有气无力,那样子我似乎还没见过。但她能告诉我她想去散步,意思便是让我去陪着,说明她心事虽重,但至少还没有想不开,甚至还给了我再做些工作的机会。我什么话也没说,穿上衣服,带着手电,开了后门,带着她踏上河堤,向闸口方向走去。

在走往江边的路上,她没说话,我也没说话。心病需要心药治,她给了我这个机会,我便要尝试一下。

那天月色很好,堤岸上是拖拉机跑的道,路面铺着石子,不用打手电也不会碰着磕着。10分钟不到,已到了江边,两人坐在江堤上,看着大江宽阔的水面,秋云终于开口说话:"哥啊,我想与你商量个事。"

"讲,有什么要我参谋的。"

还在汛期,水面很高,江面上夜航的船不少,灯火点点,不时也有一阵阵汽笛鸣响。马达声由近而远,由远而近,始终不绝于耳。

"哥啊,我想死。我想安安静静地走,我还想当着你的面走,就在现在。我轻轻地入江,然后任由江水带着,从从容容,光明磊落地走。能够这样走,哪怕走的时候你不抱一下我,不吻一下我就上路,我也无憾,因为哥你看到了,看到了我的结果。"

她说得很平静,那语气平静得我无法相信这是一个花季少女所说的话。我与她所有的交流中,始终没有说出过一个字——爱。因为我认为自己没有这个准备,没有准备便没有这个权利。我永远只会说喜欢,而无法说出"爱"这一个字,只因这个字太重太重。

两情相悦,两下喜欢,都是人,都有七情六欲。而那一个字便是为一个能相守一生的人才会说的。比如秀芝,我们两人至今从没有说过那个字,我始终认为就是在一起过日子。婚前是我不敢说,她高大上,我配不上;结婚了,过平常日子了,说了就太假。后来两人闹矛盾了,我才知道,也真那么一回事,两人之间没有到这个点上,即使结了婚,说散也就散了。

秋云的话让我知道,她到了那个点了,她很想对我说那个字,但没有我的表态,她的尊严让她永远也不会说出口。不过,我知道了,这虽只是一个字,但她为这份情可以用生命付出。

我知道了。

"我说过,即使能在一起,也要经得起一个字——等!否则是什么结果?我不告诉你了吗?小小年纪,动不动便是这种想法,还有谁敢和你相处?哥的为人,便是说到就要做到。"我看着江面,似乎自言自语。

"来日方长?"秋云忽地站起,瞬间兴奋。

我没有回答,依然面对长江坐着。月光下,看似水面平静,实是暗流涌动,处处漩涡。我的生活,我的事业,哪一样不是如这月下的大江?明天到底是个什么样,谁能告诉我呢?

秋云见我没吱声,马上又消失了那份兴奋,又想靠着我的身边坐下来。我站了起来,拍了拍屁股上的灰尘,然后把手电递给了她。

"再重复一遍这四个字。"

我要让她一下子丢掉失望,又要时刻以清醒的头脑面对这个世界,谈何容易!但为她刚才这一番真情的倾诉,也为我自己对她的喜欢,为今后人生中有了对她接纳的些许打算,我半开玩笑半当真地跟她说着。

"来日方长!"

她绕到了我的身后,一个突然袭击,窜上我的后背,两手环搂着我的脖子,双腿夹着我的腰部。我用双手抄起了她的大腿,就像背着一个孩子,往回走着。

她再也没说话,一直很乖地伏在我的背上,一动不动。大概是将要走到梁燕家后门的时候,她轻轻地在我耳边冒出了一句不伦不类的话:"好爸爸……"

第十三章　那天结账

　　我无论如何想不到会出现这种情况,怎么可能呢? 自从那晚在江边听了秋云的这番话回来后,我竟会走了魂似的,总觉得亏欠了秋云很多很多,尽想她。

　　茶饭不思,想入非非。没有人知道我在想什么,秋云就更不会知道。因为两人要怎么样去保持距离,过分亲热了又会有什么后遗症等这可全是我对她说的。我还曾对她煞有介事地说过,我是大人,她还是个孩子,至少我说过"来日方长"。

　　怪谁呢? 谁都不能怪。我在家的那晚,其实还是在与秀芝斗气。她那天晚饭时为我烧了那么多好菜,还为我倒酒,满脸羞涩的表情,告诉着我是为了什么。

　　从来没有这么长时间的分离过。我不在家,她也真正体会到了孤独,我回来了,她是渴望着亲热的。儿子结结巴巴地怎么说的?"妈说……爸回来了……要烧好菜……我就有好菜吃了……"由此可见,她也在思念,也在改变。不过,凭她的个性是绝不会主动的,更不用说她会自我检讨夫妻之间长期冷战中自己的责任。

　　我后来确实也回忆过,如果那晚我要了秀芝的话,她会从心底里开心的。哪怕嘴上不说,至少,她在肢体上会迎合我,在办完事之后不会为我"上课"——那是我最为反感、最觉无趣的事。

　　假如那晚我会和秀芝温存一番,能交一次"公粮",也不至于我会在那个阶段沉浸在性幻想里几乎不能自拔。

也许就是天意吧。那晚也真巧了,儿子因为先伸筷子而被吓成那样,又听到关于老父亲得病的消息。这两件事出了,我实在没有了那个心情。我想,即使我走了之后,秀芝也是会体谅。当然,对于我来说,场面上说得过去,大道理上也说得过去,而只有我自己内心知道,迫切地想与秋云共床同眠,应该也与那天我和秀芝没有温存有关。

秋云到底还是个孩子,我就那么三言两语,就让她前几天罩在脸上的愁云惨雾一消而空,连走路也很带劲。我真的无法相信,我的话就对她这么管用,一句话可以置她于死地,又一句话能是灵丹妙药,让她起死回生。洗衣、做饭、跑业务、熟悉产品,即使有一些空闲,也在清扫场地,擦着桌子、沙发。

我应该是得病了,这大概真是与我的长期性压抑有关,也有与李玲倩亲近、与秋云接触相处的原因。

秋云不知道,她甚至还会边干活时边哼着当时最流行的歌曲——"这一张旧船票,什么时候能登上你的客船……"

这天早饭后,我在办公室里,梁燕见秋云又在哼着那歌儿整理锅台。临上班前,她悄悄地溜进了我的办公室,神神秘秘地问我:"哥啊,正在厨房里忙着的这一位,不会是犯神经病了吧?怎么会这样,一会阴天下雨,一会阳光灿烂,你是否给她灌了什么迷魂汤?"

"小女孩不就是那样,否则还能有'青春期、叛逆期'这些词?你就把她当作天气,一切都无所谓。阴天也罢,下雨也罢,我们都要过日子。"

梁燕上班去了,办公室仅有我与秋云两人,她竟还关了房门。且关门时还装着个做贼的样,先把头向开着的大门处探了探,关上门后,又朝开着的窗子向货场张望了一下,然后朝我扬眉一笑,再做个鬼脸,方在我对面的办公椅上坐下,然后便用手撑着个下巴,嬉皮笑脸地端详着我。

"大白天的,公司关着门是做生意吗?客人来了,是我们见着客户,还是客户见着我们?"我见了她的滑稽样,便知道她又有什么让人听不得的话要说。

"大门开着,窗户开着,客人到了我们货场,我就会听到脚步声,这还能耽误你方总的大买卖?"她开始油腔滑调。

"说吧,别装正经,说完了好开门等业务。"话是这么说,可我的心很慌乱,还在期待着什么。

"哥啊,你知道吗,梁燕嫂子腋窝里的体毛好重哦。"她站了起来,还把头伸向我这边半个桌子。悄悄地向我说过了这句上不了场面的话,然后便睁着眼睛盯着我不放,观察着我的反应。

"你啊、你啊,如果是个男孩,你还不是个小流氓?能说得出这种不知羞的话,也真是亏了你了。"真的,她说这句话的意思,我还真是丈二和尚摸不着头脑。

"她还有个喉结,像男人一样的。她还没胸,洗澡时我看过,胸口平平,你想,她像女人吗?"

话说到这里我才知道,这鬼东西在厨房刷锅时,见梁燕进了我的房间,她是为我打"预防针"了。

"就你像个女人,就你最吸引男人,这好了吧?她是你嫂子啊,亏你说得出口?"我听着这话也觉得脸红了。

小丫头鬼得很,知道我明白她的意思了,便"嘻嘻"地笑个不停。

"这叫什么?这就叫篱笆扎得紧,野狗钻不进。管她是哪个,别碰我的份!"她又洋洋得意地坐在了位置上。我正想再说她几声,门外忽然响起了摩托车声。我站起身朝窗外看去,见是那个"黑太岁"与白皮肤校长又来了,且是各自开着摩托车来的。我连忙低声向秋云喝道:"快开门,那个来做我们地砖生意的黑脸包工头又过来了。"

秋云听我说完,马上放下脸来,边站起身,边开门,一边还低声交代着我:"哥,你到卧室里歇着,他们不走,你不许出来!"说罢,便迎出门去。

这单生意本就是她联系来的,我以为涉及他们之间的业务提成,多一个人在现场,说这些东西时便多少有些忌讳,便识趣地钻过布帘,半靠在床上休息。

门窗全开着,听得到他们说话。

"姑娘啊,咖啡色的还差2箱,天蓝色的还差4箱。这次张校长家里的装修就算结束了。来,你把这两个品种发给我们,让我们把地砖绑在摩托车的后座上,然后就可以把总账结算一下了!"

这个大嗓门说的话,里面有明显的讨好成分,应该是"黑太岁"。我思量着,今天他至少也要拿个2千多提成。这么高的价格,没有他做内应,还指望能成交?合作就要讲究个诚信,今天他拿了好处,回头就更有劲。如果按现在这个势头下去,用不了一年,也就能把这堆地砖消化掉。这个"黑太岁"人虽长得不齐整,但拉生意的本领是一流的。听他第一次上门来时在那个张校长面前说的话,简直就是经营的天才啊。像这样的包工头,我们手里只要抓住三五个,这一堆地砖就不愁销不出去。这次合作过后,如果他有时间,真应该请他来聚一聚。与他保持良好的关系,对我今后在琉璃瓦市场的开发,也是至关重要的一环。

很快,仅10多分钟后,3人就一齐进了办公室。就听见秋云用计算器正在边报边算:"第一批是18320元,后又补货3次,总计是26385元,许校长你已付货款2万元,还欠我们6385元。"

"385元还收?张校长做了你们这么多的生意,我做主,再付6000元,把零头抹掉!"这声音带有命令色彩,俨然他成了这里的老大角色。这话绝对是让张校长很受用的,因为我听到校长愉快的"呵呵、呵呵"的笑声。

我心里也好笑,这个"黑太岁"也真是太会做戏,校长已成了他刀板上的肉,才去了385元零头,却还能让校长认为得到了天大的面子,也算是真够水平的了。

"抱歉,我不是老板,我只是个打工的。正因为是张校长,是县里的名人,我们老板已特地给了他最优惠的价格。大家也都知道,我们老板是梁书记的兄弟,和县里教育局周局长也是铁哥们,昨晚3人还在一起喝酒。少收许校长385元货款是小事,但该让的价已让了,该收的收不到,这要让方老板知道,把事情传到那两位耳朵里总不太好听。这样吧,张校长实在不肯付,没关系,这钱就由我这个小伙计用工资抵上,也省得你们这些大场面上的人弄得不愉快。"

秋云不得了哇!这说话的口气看似平静,却不把这个校长吓死?我什么时候又成了县教育局周局长的铁哥们?还昨天一起吃了晚饭?这鬼话讲得没有半点破绽,服了!

果然,校长马上入套:"什么话?这是什么话?你们老板已给了我最低的价格,我还不领这个情?少付了这385元钱,还要在场面上混么?拿去!点一下,这是6400元,不用找了。只是麻烦你在方老板面前为我打个招呼,请他在方便的时候去我们学校喝酒。"接着便是"哗哗"的点钞声。

秋云啊秋云,你还有这么大的能耐啊!

当我听到两辆摩托车的排气声渐渐消失后,马上钻出了布帘,见秋云正在记账。我本就念着她的心更加迷糊,真有立即上去亲她一口的冲动。这笔生意做得如此完美,就秋云的性格而言,她完全应该是要手舞足蹈了,然而很反常,此时我不仅没有见到她的脸上有半点喜气,反是怒目横眉,时不时地还咬得牙齿"咯咯"地响,低头自顾在做着手中的账目。

我实在弄不懂她黑着脸的原因,可更让我弄不明白的是当我提出在适当的时候,要请她把"黑太岁"介绍我认识,让我请他吃一次饭,今后想与他好好合作时,她初时只是停下了手中的笔,双眼圆睁紧盯着我,可就在突然之间,竟然会忽地立起身子,把手中的账本连同圆珠笔一下子高高扬起,然后"哗"的一声摔在桌面上,随即转身跑出了房门。

我惊得一下立在那里,一动不动。我有哪一句话得罪了她?我又有哪一个过分动作?如此莫名其妙的发作,是给我看什么?只要脑子正常的人是不可能会有这种举动的吧?别忘了,我是老板,今天的事是纯粹为了工作,摆得上台面。说到天边去,也是你秋云失礼,不,不是失礼,是失态,是你犯神经病了!

咦,这不应证了梁燕早上对她的分析么?

我心里冷了,头脑也随之清静了下来。

好险啊,这几天,我竟然对她那晚在江边说的话产生了那么多的感动。一个小女孩,沉浸在对我的深情之中,可以为我去死。且她是那么聪明伶俐,身子、脸蛋又是让我这样入迷,我之所以有敢动她身子的念头了,是我在心理上做好了准备,准备接受她此后与我在一起生活。对了,那天晚上我不是对她说得很明白了吗?要她先做足了当后妈的准备,这不就是告诉了她这层意思? 她如果心里不愿意,这几天能有这种天使般的快乐?

亏我今天还有了几次想主动亲热的念头,妈呀,现在想着心里都发毛!

我就立在办公室的一侧,想着心事,我不想追着她去问什么原因。一味地惯着她,即使由梁燕为她调换一下环境,对她没有半点好处。这种个性的人,不知道自己的长与短,无论走到哪里,早晚都会吃亏。她虽小我10多岁,我可以宝贝着她,可以惯她一时,但也不可能惯她一生。偶尔发点小脾气是一回事,动不动发神经,把家里弄一个天翻地覆,这就是另一回事了。

见识了,认识了。你年纪小,还是个孩子,还承受不了做我这个二婚男人伴侣的分量。算了,算了吧。

算了,不敢了。碰了这次壁,长一个记性。

我心灰意冷,为她整理散落了一桌子的账页。

第十四章　夏夜倾诉

那天早上 9 点多,电话铃声响起,我抓起话筒,习惯性地先打个招呼:"您好,这里是泰东市建筑陶瓷公司,我是经理方旭明。请问,有什么需要为您服务!"

"弟,你只管听,不用说,别让人知道是我打的电话。"我抬头看了一下对面坐着的秋云,她正紧盯着我,立即回了一句:"哟,严总好,难得您还能想起我。说吧,有什么生意关照我?"

"这就对了,我弟真聪明。你看一下,方便的话,现在来扬州一下。我们在扬州买的房子正在装修,老张要我在这儿把几天关。有个朋友是个税务局长,昨天,知道我在扬州,她邀请我去做客。到了他们大院,见到他们办公楼的一侧在新造一栋大楼,恰巧让我见着了竖着的施工牌上一张效果图,看起来这屋面可要用不少琉璃瓦。我很兴奋,跟朋友说了,生意给谁也一样做,给我弟做吧!朋友很爽气,一口答应,只是要你马上过来,先把图纸吃透,然后把需要用的瓦片,还有什么叫龙呀、吻呀的东西做个统计,然后再报价、签约。"

"一定,一定。谢谢严总的关照,我马上过去,尽力做好这个工程,坚决不丢您严总的脸。"

我看了秋云一眼,没说话。电话里已讲得明白不过,她一字不落在听着,用不着我多说。

我开了保险箱,点了2万现金,又拿了一套内衣,把这些一齐放进了手提包。身上换了一套藏青西装,一双栗色皮鞋。临出门的时候我和秋云不冷不热地打了个招呼:"严总,泰东四建的,扬州有个工程让我去看一下。"

就在我跨出房门时,她忽然涨红了脸,嚅动嘴唇:"我……我错了……几时回来?"她仰着脸,期望我给个答案。

我夺门而出,这便是态度!

走到了场地上,我料定她在后面看着我,还是忍不住丢下一句:"两至三天吧,看好门面!"说完,便头也不回地向公路走去。

……

李玲倩在车站接我上了她的小车时,已是下午两点。

"也真是机会啊,偏就让我撞见了,那大楼面积还不小,用瓦量想必不少。真是巧了,林局长是请我过去吃饭的,我怎么会知道能顺带着帮弟做笔生意?林局的老公是扬州一名响当当的企业家,与老张亲如兄弟,夫妻俩每年都去三圩看我们,我与林局便也成了好姊妹。"

李玲倩很兴奋,看得出,她一直是真心地帮着我。

"什么也别说,急急忙忙赶来的,先找个小饭店吃饭,别饿着肚皮,然后我带你先去工地的外围看一下。那工程牌就立在大路边,你看一下效果图后,对工程量,使用产品的品种、色泽、规格便心中有了数,待明天上午我带你去和她见面时,你不就胸有成竹了?"

李玲倩见我只顾听她说话,只是不断点头,朝我笑着问:"在想些什么,不开心呀?"

"姐啊,看你如少女般的肤色,再看你衣着打扮得如此协调,老实说,我见着你心里都不踏实。"我与她打趣。

"嗯,这话姐听得舒心,也算姐没白疼你,知道讨姐的好。看来姐还要为弟多做努力,这样的话,就可多听一些方弟的赞美,天天有个好心情,今年18岁,明年16岁。"说罢,咯咯地笑了起来。

我见她正笑得开心,马上想到了一件事,便立即把放在包里的2万块钱拿了出来。她让我赚了这么多,总欠着人家的情不好,一次性给她两万,哪怕只收1万,也算尽了礼。反正我衣袋里还有2000多零钱,这次来的费用也应该差不多了。

"姐,这2万是小弟给你的美容费,愿姐永远是18岁!"说完,我便把钱塞进了车子副驾前的文件箱里。

李玲倩没有回话,也没有朝我看,我见她的脸反而放了下来。她眼睛始终看着前方,从方向盘上腾出的右手,轻轻搭在我的肩膀上。过了好大一会才说了一句话:"有弟你在身边,日子真好。"

那个税务局,其实是扬州市郊区西北的一个分局,它离开主城区有30多公里。为不影响李玲倩太多的时间,我并没进饭店吃饭,只是在副食店里买了两个面包便赶路。半个多小时过去,车子在接近一个大镇区的时候,李玲倩把车速减了下来。

"方弟,你不要下车。我的车昨天来过,他们局里的人认得,偷偷摸摸地,总不好意思。我把车窗玻璃降下一半,你就在车里先看一下,心中大约有个数就好。"她又用手指了一下,"看,就在前边30多米的地方,那个牌子,见到了吗?"

李玲倩低声招呼着我,她的车速只有十几码,与人走路差不多速度。临近牌子,她开得更慢。我从降下玻璃的车窗口把施工牌看了一眼,心中马上便有了个大概。过了牌子才10多米,我轻声对她说:"回城,姐,要记的都在我心中了。"

李玲倩住的是"京津国际大酒店",在闹市区。

返城后,我在车辆离开这家酒店还有200多米远的地方,见到一家旅店,便马上叫李玲倩停车。

"姐啊,停车吧,做生意的人,出门不讲究。在姐面前,我也无须打肿脸充胖子,晚上住宿,有张床能睡就好。这里离你住的酒店也不远,明天出城,你开车来接我也方便,我就住在这里吧。"

李玲倩初听我叫停车时,还不知道是怎么回事。当听我把情况说明后,马上拉起了油门:"你还把我当姐?这种话亏你也说得出口。姐弟之间是亲人,亲人便是有福同享。房间我早就为你安排了,806室,我的隔壁。姐在企业里大权没有,不过,适当报销些车旅费还是能做主的。况且那房间也不是为你专订,是我们企业为工作方便长包的。你就安心地住下吧。"

我没有再争执,因为我知道她的意思。过分回避,明显就生分了,今后人家还能关照?可从心底里说,我真不想受她的特别关照,这样总让我感到没有尊严。不能与她公平地交流,不能让我们之间成为单纯朋友的交往,真的,我很郁闷。

"拿去,你是我的弟弟,希望今后再也不要有第二次。"她把车子熄火后,下车时,把车子文件箱里我放进去的2万元现金塞在我手里。

"为什么?你明知道这样是会让我心里不安的。"

我觉得脸都丢尽了。哪怕是收1万元,我心里还好受些。是我的理由还不光彩吗?继续这样,我感到窝囊,我甚至觉得这笔琉璃瓦生意都不想做。我不否认,我骨子里敬她,也喜欢她。然而她总这么跟我公事公办,既没有感情关系,又没有生意上的关系,这算什么?我这是吃的什么饭?我还算是男人?我真受不了,我都找不到自己有一丝做男人的尊严了。

"万事开头难啊,创业才刚刚开始,正是需要资金的时候,我能好意思用你的钱去美容?不要说我也是苦过来的人,虽然现在条件好了,但从来就没用过高档的化妆品。你别以为我的皮肤细嫩完全是保养出来的,其实是我皮肤本就细腻,加上我长期在办公室工作,阳光晒得少,如此而已。男人都爱面子,我不知道?但弟啊,那东西是虚的,过日子才是真的。假如你经过努力,将来能在扬州做出一番事业来,这便是为姐脸上贴了金,我就知足了。到了那时,只要方弟能够记得,在你成功的路上,曾经有那么一个老姐搀扶过你,我还有什么比这更高兴的事呢?"

她和颜悦色,声音轻轻的,让我再也说不出什么话来。

"晚上我请你,但不在大酒店,找个小饭店,来一份炒螺蛳,一份花生米,两人喝啤酒!"我必须挣个面子。

"咯、咯……"她又如银铃般地笑了起来,"不去是小狗,不醉不归!"

……

我们选择的这家餐馆是座两层小楼,门前街道,后窗临河。出门时已华灯初上,待我们找到这家餐馆,坐在二楼临窗的小桌边时,河对岸的街道上已是灯火通明。

这家餐馆的特点是整洁,门窗的布置,店内的摆设都有老店的味道。尤其是我们选的楼上那间餐室,位置更好,不仅临窗近水,更兼是店中一角,尤显安静。这餐馆、位置都是李玲倩选的,待落座之后,她长长地吁了口气,笑道:"本姐的工作顺利完成,但请方总开始点菜,用大餐慰劳本姐!"她咧开了嘴,露着两排雪一样白的牙齿朝我"哈哈哈"地笑了起来。我是第一次见她那么放松的神态,那么幽默的表情。受她的感染,我也不禁心情轻松了许多。在陪着她笑的同时,开始拿起菜单点起菜。

说是用花生米下酒也只是玩笑,招待这个我公司的功臣,不可能不点几个像样的菜。到了扬州,不吃"大煮干丝"就算白来一趟。在江北,其他地方饭店做的这道菜,都是用千张仿制的,哪怕味道到了,食材始终不行,吃在嘴里毛毛的,韧韧的,哪有正宗的这样爽口?这道菜是用新鲜的专用豆干由厨师用刀劈出来的,它细如发丝,很显刀功。这干丝下口不仅光滑细腻,还柔软无比,口感极好。因为它在烹饪时,还习惯用几只河虾在里面作调味之用,做出的汤更是鲜美可口。

想想也是,豆腐干哪里没有?这东西价格也不高,不论是在江南,还是在江北,这菜也是老百姓的家常菜。然而扬州人就是有过人之处啊,硬是将它做成了绝世美食,甚至还成了扬州的一张名片。

"大煮干丝"是白汤的,又是高汤,不仅是菜,又当汤用,两种吃法。虽然只有两个人,我依然叫了个"大份"。鱼,点的是香炸松鼠爆鱼,这道菜的特点是脆、香。一道蔬菜,是炒南瓜藤,另外便是一盘爆炒螺蛳。

两个人,四个菜,下酒下饭,足够了。我又叫服务员上了一箱青岛啤酒,吃不了可以退掉。

"乡下人,来的便是个实在。四个菜,有扬州特色,也有城里特色,更有乡土特色。难得让弟做回小东,小气不得,炒螺蛳的侍候!"我小小地幽默了一下。

李玲倩用大拇指朝我翘了一下,笑用日本人的腔调:"吆西,大大的好!"然后又是一阵银铃般的笑声。

天热起来了,室内有些闷热,我脱下衬衣放在一侧的空椅上,只穿着背心。李玲倩见了我的一身肌肉,打趣道:"健美比赛呐?还没开吃,就亮个相,是让姐吃菜呢,还是欣赏节目?"

上来的第一道菜便是爆炒螺蛳。

我先开了两瓶啤酒,每人一瓶。没有用杯子,就势向服务员要了两个碗。我站起身,为李玲倩先倒上满满的一碗,自己也满上。

"姐啊,乡下人,连冬天也吃这道菜。干河了,拎个小竹篮去拾螺蛳,否则,就用个螺蛳网去推。这便是乡下人实打实的生活。弟今天借你给我这个机会,菜,点乡下菜,话,说实诚话。既然认可我这个兄弟,等一下酒喝多了,说话不用标点符号了,或是不中听了,还请多多包涵!来,啤酒么,把它当茶喝的,小弟先干为敬!"我仰了头,一口气干下一碗。

我知道李玲倩的酒量,也不让她,就着螺蛳,喝着啤酒。她也不拒绝,有敬必干。每人2瓶之后,她打开了话匣子。

"弟的意思我还不明白么?姐比你年长许多,也难得有这种机会。在当今这个功利社会,能遇见一个真正可以打开话匣子说话的有几人?毫无疑问,我喜欢弟你,不喜欢能这样卖力地为你做事?我甚至可以说对你是一见钟情。当那天我们在梁燕的办公室里初遇时,你便如道闪电,一下子击中了我的内心。容貌自不必说,帅哥一个。但真正让我动心的,是你身上的一股英气,一股净气,那是一个大男人的气概,又不失大男孩的阳光。你不浮夸,踏实,一看便知道,能担当,是个靠得住的人。说句实话,弟不要见笑,姐长这么大,第一次遇上一个真正让我动心的人啊。"

李玲倩说着便又是泪水涟涟,一滴一滴尽落在酒碗。端起后与我碰了一下,又一口喝尽。

"但可不能有那档子事啊……自从前夫强占了我做姑娘的身子,我见男人就怕了。那个不成人的东西,结婚后,一夜5次还干过,干得我第二天下不了地,以至于我后来见到他要碰我,便像感觉上刑场。他把我当什么?只当玩具,玩腻了,换新鲜,哪里还有个'情'字?第二个男人便是老张,人家待我好啊,从工作,到工资。离婚后的几年我搬回娘家住,后来又单租了房子过,孩子犯一场感冒要用多少钱?身边的男人有一群,都对我亮着绿眼。我明白得很,拖着一个'油瓶',又有几个男人会真心待我?还不是看上了我的身子?让他们得手了呢?我真是把男人当贼一样防着啊……"

"姐……别说了……"

我心痛了,怎么就说到那些事上了呢?自揭伤疤?我可不是想知道她的历史,我只是想能有一个与她平等交流的机会,可以向她走近,能让我关心她就好。她为我做了多少事?如果我什么也不能为她做,我能心安?

"要说就说个痛快吧,找着个机会也不容易。倾诉也是种享受,弟呵,你就耐着性子,让我再唠叨一会吧。"

她似乎知道我的想法,先堵了我的嘴。她开始自斟自饮。

"那个时候老张是什么?他是我们市里的大英雄,是报上说的'改革开放的排头兵'。我算什么?我只是荒原的一棵小草,花已开过,早谢了,秆子也枯了,就是人家所谓的'残花败柳'了。能傍上英雄,让他吃上一口,那也是荣誉啊。那天他也是酒后迷花,真叫天意了,当我扶着他进入房间后,他竟要了我。可他醒来之后呢?竟自打了三个耳光。多么要面子的人啊!后来几年,生活上更照顾我了,但再也没碰过我一次身子。这样也好,盯着我的这些苍蝇,见老张这么关照我,都心知肚明,便再也不敢打我的主意。后来他离了婚,我俩结婚了,在一起了,我过上好日子了,可天晓得,真是'有所得,必有所失',老张的身体却垮了……"

李玲倩哽咽着,我摸出了手绢递了过去。

"知道为什么在扬州买房么?他认为自己来日不多,是要走的人了。他去了,我在厂里肯定也待不下去,他为我的'拖油瓶'儿子着想……为我们娘俩今后的生活做着准备……弟啊,你说,这些东西我不说谁能知道?很多伤心的东西说不出口啊……哪一个女人不向往美好?我见着你动了心,分别之后,半夜里曾翻来覆去,总睡不好。恋着你,觉得对老张亏心,可又忍不住想为你做些什么……弟呵,我欠老张的太多,不把他侍候好,背地里做对不起他的事,我心不安……弟啊,你就饶了我吧……我也不是什么神仙,有时尽量离我远些……我怕有时会把持不住……让我能有始有终地守着老张,图个报恩。安安心心地念着你,图个美好……把我当作亲人……除此之外,我还图个什么呢……"

李玲倩的话很是矛盾,陆陆续续地说着,后来又掩面痛哭……

第十五章　唇枪舌剑

按理说,凭李玲倩与林局长的关系,他们局里自造大楼使用的琉璃瓦业务必定是我的了。然而,天有不测风云,而我反是"半路里杀出的程咬金",弄得林局长下不了台。

怎么说呢?基建是分配给副局长高德生去抓的,大楼的整体建设原则上是双包给了本地的一家建筑公司,但屋面瓦属于甲方供材,由税务局采购,这笔业务便成了一部分关系户的重要目标。从用地所在村的书记,到负责土地审批的局长,甚至还有一个主抓税务工作的副市长都出了面,各自为经营陶瓷的亲戚打着招呼。高副局长左右为难,最终决定了由当地村书记的亲戚供货。哪知道早上去林局办公室汇报情况,做梦也没有想到林局已把业务给了我,直吓得高副局长浑身发抖。

"林局啊,您知道的,抓基建难啊!不说别的,我们这次征用他们8亩6分7厘土地,其中有一半是农户的自留地,你1分他2分,涉及农户21家,如果这次没有村书记协调,我们要么接受他们的漫天要价,要么停工。考虑到情况的复杂性,我是硬着头皮连副市长也顶了,把这笔生意给了书记亲戚。我这可是平衡关系的无奈之举,现在你把业务给了江南人,这、这,你叫我如何是好?"

高副局长这么一说,林局也愣了,她不知道这笔生意还有这么多的纠缠在里面。考虑一番之后,便想用公事公办的方式来解决问题。她跟高副局长道:"高局啊,凡事总有个原则,我为什么把这笔业务答应给江南人?是因为我们需要的这款瓦就是他们厂里生产的,来人就是该国营厂的销售科副科长。知道吗,天安门城楼的翻修还用了他们的产品。我们为什么不直接从生产厂家购货,偏偏还要经过经销商的手转着弯采购?生意人,无利不起早,至少要赚些差价吧?国家的钱也是钱,能节约的一定要节约。这样吧,俗话说'货比三家不吃亏',你定的那家报价单送过来了没有?"

"报价单昨天送来的,在这里呢。"高副局长马上从口袋里拿出一张折叠好的纸条递给了林局,林局看都没看,就把它压在了一本笔记本下,说道:"高局,我看还是这样好:现在9点,就放在10点左右吧,麻烦你通知那个已递交报价单的经销商过来一下,也通知建筑公司的项目经理过来。我呢,把江南瓦厂的销售人员也请过来,另叫王、张两位副局长也一起参加,我们就在会议室集中,开个座谈会,把有些问题放在桌面,一来看看供货单位分别报的价,另外也要看一下他们的服务,再听听他们对货款支付有什么要求,然后由我们几个共同把关办好这件事,你看行吗?"

林局的话上纲上线了,高副局长担心她已怀疑自己从中得了什么好处,听了这么个方案,连连称是,马上出去通知那个销售商。

李玲倩昨晚虽因激动酒喝多了些,但今天的安排没有忘记,一早便敲响了我的房门,约好了10点左右到林局的办公室,打算帮我把生意落实下来。

这段路昨天跑过,过早去了影响别人工作,我们约定9点半出发。林局打过来那个电话,说明她那里早上发生的情况时,正好是我们将要出发的时候。

"弟啊,林局的话不错,一定要敢于竞争,还要善于竞争。她刚才说了,唯一能帮上忙的,便是将对方的报价单私下先给你看一下,让你报价时,心理上也好有个准备。当然,关键是服务,你既要说得出,也要做得到!赚多赚少是一回事,有赚就好,主要是把这个工程能做出一个样板来。林局说了,扬州地区有不少分局都在准备建新楼。他们的建好了,兄弟单位来取经时,还能不推荐你的产品?"

开车去工地的路上,李玲倩一直在提醒着我。

昨晚李玲倩的一番肺腑之言,让我对她又多了一分敬重,她现在说的,也句句在理。这是我在扬州市场承揽的第一个琉璃瓦屋面工程,我不但要能做成生意,还要保证做出特色,做出水平,做出一流的工程。好在我来江北后对琉璃瓦挂盖的施工方案、使用量的计算方式、施工工价、与施工队伍合作等环节的专业知识有了充分了解。我相信,凭我在陶都宜兴的人脉关系以及我提货的价格,还有能提供的专业服务,一定是不会让林局失望的。

会议室里,税务局正副局长4人都来听取情况说明了。他们穿着制服,我一眼便知道了他们的身份。项目经理过来时,还带过来一个施工员,这从他们头上戴着的安全帽便估计得差不多了。另外还有一个50岁挂零一点的,是个一米九左右的大汉,那眉毛长得又浓又长,竟然还有些翻翘。他黑油油的皮肤,四方脸上布满疙瘩,这大概是年轻时,青春痘没治好留下的记号。本就稀疏的几根头发,理得顺顺溜溜,全部梳向了后脑勺,并用定型发水定了型,服服帖帖地反包着后脑瓜子。

我注意到了,当我和李玲倩在会议室的圆桌和那大汉对面坐下,对先到的他微笑着点头示意友好时,他向我们扫来的目光很不礼貌,其中有蔑视,也有恨意,似乎我欠了他八辈子债似的。这时我才真正体会到商场就是战场这句话的含义。不用说,我也猜个八九不离十,他便应该是那个供应商。

还没开战,便闻着了硝烟味。他以为用这样的方式便能给我个下马威,那也真是想得太简单了。不要说我心里本就要展示一下我的口才,让李玲倩知道,她处的朋友也非等闲之辈,能为她在林局面前长一下脸,就凭我想在扬州站稳脚跟,做出一番事业,我也会毫不手软,调动我的一切智慧来战胜他!

因为不是局里的正常会议,林局以座谈会的形式主持,这样既随和,又显亲切。

"各位,很不容易啊,都那么看得起我们。方总是陶瓷厂家的代表,商总是我们当地陶瓷产品的销售大王,还有为我们承建大楼的建筑公司代表。很感谢,大家能坐在一起,为我们的新大楼建设献计献策,为此,我代表建设单位,对你们的到来表示热烈的欢迎!"话音刚落,几个副局长带头鼓掌,我与李玲倩相视一笑,也礼节性地拍了几下手。不过,那个商经理真有意思,似乎林局便是单欢迎他似的,掌声既响又急还长,大家停手了,他一个人还坚持拍了好几下。

"两位供货方代表呐,今天我们也不是现场决定用谁、不用谁提供的产品,我为什么要叫上几个副局长全部过来?为什么要让施工方也派代表过来?这不仅仅是为了省钱的问题,当然,价格上能得到一定的让利,我们是求之不得的,但关键是我们如何能解决建好这个工程的问题。我们新大楼建筑的特色是民族风格,既有江南园林的味道,又带有北方园林的意境,两下兼顾。据我所知,与我们合作的建筑公司,尚没有承建过类似风格的重大项目,这就需要供货方解决一个在技术上配合的问题。不能材料来了,就像一个裁缝,拿到了一匹好布,随便开刀就剪。总之,集思广益吧,现在大家就围绕这些,随便谈谈。"

后来我也想过,那个高德生肯定或多或少得了些商经理的好处,至少吃过他几顿酒,否则不会刚听过林局发表完意见,就迫不及待地跳了出来:"商总,你先说!你可是这方圆数十里有名的陶瓷大王!客大欺店,不仅能到厂家吃到底价,又能在资金上做统筹安排,来来来,就先谈谈你对林局要求的看法吧。"

这就叫不打自招了。

高德生说的话中透着巴结,又透着紧张,你一个堂堂的税务局副局长,要见着一个陶瓷供应商低三下四?这不是笑话了?

首先是林局听了很不舒服,便用眼光扫了另外两位副局一下,从这两位副局投向林局的眼神来分析,看得出,他们对高德生也很反感。这些细节让我见着了,心中很激动,在桌下用手无意识间拍了一下边上李玲倩的大腿。估计她应该也注意到了,朝我露出了会心一笑。

"这个嘛,啊,首先,我要表示自豪,啊,是自豪的。在我们村子的土地上,啊,建了那么气派的一幢大楼,啊,书记要我支持税务局的建设工作,像这种标志性的工程,像这种明星工程,就造在我们的地盘之上,啊,荣幸!啊,荣幸之至。我一定听书记的话,按照税务局高局长的指示精神,啊,把琉璃瓦供应这项工作,啊,抓紧,抓好落实。啊,下面,啊,我就林局长提出的这几个问题,啊,一一做好汇报。啊,我商某人言出必行,啊,是骡子是马,啊,不拉出来遛遛是不行的,啊。"

说到这里,商经理先从衬衣口袋中拿出了一副折叠眼镜,打开之后,戴在了油光锃亮的前额下。又把头上下摆动了一下,大概是调试一下戴着的眼镜角度。右手打开面前的一本笔记本,左手又顺了一下头上向后反梳的几根头发。看得出,这是他平时生活中的习惯动作。

这个时候我已分析了他的开场白。很明显,他的"报告"中多少个"啊"字,便是资格的象征。可见这人是个绝对的老江湖。他把"书记""地方"等等夹杂在发言里,说穿了,就是给林局施压。什么"抓紧、抓好"等话,言外之意,就是业务已经是铁板一块,没有人动得了他的。

"嗯,嗯。"商经理先清了下嗓子。

"这个,啊,第一部分,关于价格问题,我已于昨天,把报价单交给了高局,想必各位领导都已知道了。啊,说什么呢,不就是支持税务大楼的建设么?责无旁贷呐!啊,生在这块地方了,就爱这里的一切!爱,啊,商人无利不起早,但要看对象。啊,我报的价,是微利微利再微利了。"

"我先插一句,商经理的意思,你报的价格是不可能再让利的了?对吗?"林局打断了他的话,问了那么一句。

"不错,价格是不能再降了!啊,生意人,利息钱总要挣吧?啊,总不能让我的一家老小去喝西北风吧?关键是服务!啊,下边,我就谈谈我是准备为该工程怎样做好服务工作的,啊,领导们听了,啊,就知道我的心有多少实诚了,啊。"

"其一,这批瓦,是翠绿的,是特殊的,走遍天下的生产厂,啊,不付50%的预付款,人家是不会生产的!啊,现在,我通过关系,只要付30%就可以,啊,也就是说,税务局只要付30%的预付款给我,啊,马上可以生产!这其二,啊,厂家是永远不会欠账的,但我欠!我垫资!啊,在供货齐全后,啊,盖好屋面之前,先付一半给我就行,其余的货款,啊,完工后两个月之内结清!啊,可以了吧?其三,关于技术问题,我已从厂家拿来了一个施工流程说明图!啊,一切问题不就解决了么?啊!"

商经理说完,还把两手向大家一摊。意思很明确,不仅表示把问题回答了,也完全解决了,更是表示税务局就只能这么办了。

林局朝我轻轻点了下头,我就知道我要开战了。不过,李玲倩为帮我争这笔生意,已帮我升了"官",而且是个国营厂管销售的"副科长",她封官容易,我做官难,说话便要顺着这个"官"职去说了。

"各位领导,各位前辈,感谢大家给我这么一个机会与大家一起交流。关于这批翠绿琉璃瓦的生产一事,这位前辈说的一点不错,换在平时,因色彩特殊,我们企业至少要收取70%以上的定金才可生产。他现在能通过协商,只要先付30%的定金,那可真是天大的面子了!可见这位前辈在业界的声誉是达到了一个高度。尤其是货款的结算,在厂家提货,更如他所说的一样,必须是带款提货,分文不欠!现在这位前辈能垫资50%为贵单位服务,一是真有实力,二是出于信任,不容易,真的不容易!更为难得的是他还会从厂家弄来了一套施工流程图,也真是尽到一个生意人的责任了。"

我的这一番话惊得李玲倩、林局不知所措,纷纷用惊讶的目光看着我,她们不知道我葫芦里卖的是什么药。倒是那个商经理,听了这番话,那种得意,那种自豪,全显在了脸上。他伸了个懒腰,又用手顺了一下头发,还不忘向我投来赞许的目光,似乎还有鼓励我继续吹捧他的意思。

"不过,作为厂家,非常希望能看到自己的企业有一个真正的样板工程出现在这里。扬州,千年古城啊,它影响的是一个国家。从贵单位施工牌上的效果图来看,这座建筑也真叫美轮美奂了。就在昨天,我特地向厂领导做了汇报,厂领导们很是重视,立即开了一个碰头会。经过商量,一致认为,只要贵单位有诚意合作,我们完全有理由相信,可以配合你们把它打造出一个精品工程来!而关于如何合作的问题,我们也将体现出高风亮节——首先,价格以成本价结算;其次,不用一分钱预付定金;第三,如果屋面盖好以后,达不到设计的效果,我们分文不收!"

在场所有的人惊呆了!他们几乎没有一个人相信我的话。那个商经理翻着白眼问我:"商人无利不起早,啊,你们图的是什么?"

"我们图的是金字招牌,我们相信的是人间自有真情在!当该工程完美地出现在世人面前时,税务局不可能会欠我们半分钱的,这便叫信任!其次,当今后人们从这里走过,见着这个美丽的建筑,知道它是在我们厂全力配合下完成的,能由衷地赞美,我们便会感到无比地骄傲!当然,关键是这个建筑成了我们产品的形象代言工程,今后扬州的琉璃瓦市场还不都是我们的了?"

正在大家还在将信将疑时,我又抛出了一个"炸弹":"然而,让我们最担心的,是施工队伍的技术问题。最好的布,没有好裁缝做不出好衣服。而你们盖瓦采取的是用水泥砂浆软铺的方式进行安装施工,如果不是一流的施工队伍,很难达到预期效果。即使有好手艺的瓦工上阵,毕竟这是个另类的瓦工活,有它独特的技术含量,上去了也做不出满意的活来啊!那位前辈仅拿出一本施工流程图给了施工队就认为可以万事大吉,可能吗?大家试想,买新汽车时,随车都有一本使用说明书,但哪一个没有经过专业培训、没有取得了驾驶执照的人敢开车上路?当然,不怕死的尽管上,无非是车毁人亡!而这个工程的盖瓦施工和开车并没有区别。贸然施工,质量必然没有保障,且施工人员因不熟悉相关技巧,耗时耗工,力气没少花,却又干不好活,也做不到工程量,实在是吃力不讨好。到了那时,从厂家,到业主,包括施工单位自己,真叫是三败俱伤了!"

我的话说到这里,所有的人又沉静了。后来还是林局先打破沉默:"那依你说又该怎么办?"

"如果贵单位信任我们,货,由我们供应,结算,还是如我刚表态的一样结算!但必须由我们调一支一流的施工队过来参与施工。那支队伍曾参与过故宫翻修、岳阳楼改造等重大工程建设。他们过来了,质量还愁没有保证?施工单位也请放心,施工费也不会超过你们的预算,只要把招投标时屋面瓦施工工资这一块单独划给我们就行。因为我们是陶瓷生产企业,没有施工资质,依照多少年来我们的常规合作方式,过来的施工队,纳入你们的公司管理。当然,我们也不会亏待你们公司,在最后结算的时候,施工费总额的6%将作为管理费返还给你们。怎么样?这就叫三赢了吧?"

林局长眉开眼笑了!那个项目经理本就正为盖瓦的事犯愁,现在也舒展了眉头。

"价格!价格呢?不要藏着掖着!你所谓的成本价到底是多少?不要到后来

比我们商经理的出价还高吧!"

高副局长极力在为商经理鸣不平。商经理头上早就冒虚汗了,听了这话,似乎还有些希望,也站了起来:"对!对!报价单拿出来,比一比!老子就是死,啊,啊,也要死个明白!"

林局没吱声,从笔记本的夹页中拿出了两张报价单,把它们放在了高副局长面前,便起身走出了会议室。

我又悄悄地拍了一下李玲倩的大腿,对她微微一笑,轻轻地说了声:"姐,咱也走吧。"

我们随林局一起,向她的办公室走去。

第十六章　终于签约

因为林局说他们还要开个碰头会,为了避嫌,我和李玲倩便坐进了小车,等候他们的落实结果。

生意能不能成我心中还能没数?我对林局满是感激。他们要拿我的报价单去比较,这价格还用说吗?当会议前林局把那个商经理的报价单先让我看的那一会我就知道,有一个天大的漏洞让我找着了!

报价单上,不知是商经理对这种产品真的是一窍不通,让厂家的供销人员算计了,还是他故意来算计税务局:你税务局不是要报琉璃瓦采购价格吗?因为该工程用的品种是筒瓦,规格是三号,众所周知,这筒瓦有上、下瓦之分,故在商经理提供的报价单上,就报了上瓦与下瓦这两个品种的价格。

其实,只有内行人才会知道,所谓供应屋面琉璃瓦,它是从脊瓦、正吻、翘角、垂兽,到花檐、滴水、档沟、过桥,是合着上瓦、下瓦的一个整体,缺一而不可分。因为税务局新大楼屋面设计为尖山式歇山顶,食堂被设计为圆山式硬山顶,仅仅脊瓦就有正脊、戗脊、垂脊、围脊之分,更不用说还有其他的规格型号了。我见了林局递给我的那张姓商的报价单,二话不说,随手便用林局办公桌上的空白信笺,写下了我的报价单。不过,品种写的也还就是这两个品种,而价格却下浮了10%。当时林局见了还愣了一下,用怀疑的目光打量了我一番。她见我脸上充满自信,这才朝我点头笑了笑。在她看来,瓦价一下子低了10%,那可是了不得的事。如果能与我成交,不仅能为单位节约了一笔资金,关键是杜绝了高副局长谋私利的念头,当然,对好朋友也有了交代。所以,在去会议室前她当着我的面,把两张报价单夹在一起时,我对这笔业务的成败便心中有数了。

后来林局告诉了我们碰头会的情况。

我们两家供应商撤离后,税务局的几个领导与建筑单位的代表又赶紧碰了下头。

林局就刚才座谈会上出现的情况征求大家的意见。王副局长心直口快:"眼睛又没瞎!白纸黑字,价格标着,听那个姓商的说了吗?他的报价是铁的,一分也不肯让,还说是'微利微利再微利',他真的以为我们就这么好哄的!"

"你听听他的一个个'啊'字!还以为自己是市长来为我们做报告了,老子听着听着就要吐!今天幸好是林局在,否则我把桌子都掀翻了!把自己当作什么人?不就是依仗着小舅子是个村书记么?怎么的?想翻天?由得了你这个小瘪三来充老子?"

高副局长见张、王两个副局长都动了怒,很明显,从某种角度上说,便是发泄对他的不满。为撇清嫌疑,他马上迎着这话说了上去:"这狗日的,原来是来蒙我们的了!林局说得好啊,货比三家不吃亏。林局,定了吧,直接与厂家签!工程时间紧,反正连预付款都不要,现在就与厂家签!"

项目经理也发言了:"真人面前不说假话,我早就把盖瓦的事和我们老总通过气。虽然这盖瓦技术也不是江南人说的那么神秘,但我们的队伍不熟悉这个盖瓦方式倒是真的。我们也始终担心因屋面盖得不好而影响整个建筑效果。既然厂方能提供熟练的施工队伍,施工费也没超出我们的预期,另外还能返给我们6%的管理费,于情于理,于三方都是大好事一件。林局啊,麻烦你为我们打个招呼,盖瓦的这一块事情,也就请厂家为我们做下安排吧。"

"你们见着的,那都是面上的,还有许多面上见不着的事情。比方说,瓦送来了,施工了,上下屋面,上车下车,能没有一张破损么?这个又有谁去承担?还有,工程结束了,那瓦肯定不是余便是缺,我们可不是做生意的,这瓦偏偏又是定做的,一旦余下,去卖给谁?这可都是钱啊!再有一个,没有义务就没有权利,我们在所用的产品进场之后,如果一分钱货款都不给人家,到时候向他们提出些方方面面的要求时,好意思开口吗?"

林局的补充也很有道理,她担心我们生意上对他们没有半点要求,反而太过,总不放心,不踏实。

"这样吧,林局,价格,我们接受了,便宜10%也不容易。预付款及后续供货的付款方式,便与姓商的一样,没有偏心,好了吧?另外,为解决你刚才所提出的问题,我建议,一次性包死,以施工结束后实际完成的施工量,按平方米结算!少了,由他们补,余了,也与我们无关,我们乐得一身轻松可好?"高副局长这些话是有些巴结林局的样子,但很中林局的意。散会的时候,林局对他说道:"好吧,反正此事由你具体负责,一切由你看着办。别人礼貌、规矩,我们更要对别人尊重。千万别做亏心事啊!"

林局不愧为一个真正的当家人,做事料前料后,她担心高副局长对我今后过来开展工作时使小心眼,连这样的漏洞都帮我堵上了。

如果说这个世上有真正的"马屁精",就非高副局长莫属,而且他还应该是"马屁精"队伍中的冠军人物。

在小车里等候消息,李玲倩感到闷热,空调始终开着。将近11点半的时候,就见高副局长快步来到了我们车边,他见我们前后排坐着,便打开了副驾驶一边的车门钻了进来,把手向前一挥大着嗓子说道:"清明大酒店,出发!"

我知道,应该是林局安排他接待我们的。自己不出面,是在开支上避嫌。生意或许已差不多成了,否则,本就拍板答应了的事情,让我两手空空回去,她好意思?至少,李玲倩可是她的多年好友,分别了,林局总应该出来打个招呼吧?

"方总啊,在刚刚结束的碰头会上,可是我一锤子定音的!林局的意思我还不明白么?一把手啊,作为她的工作搭档,如果不能领会领导的意图,这还了得?定金不付,货送来了货款也不给一毛,这可有违合作常规,有欺客之意了啊!经营不需成本？就我单位来说,资金根本不是什么问题,关键就是做好服务！所以,在座谈会上,我硬是顶着巨大的压力,为你们争取到了与商经理提出的一样条件——预付定金30%！另外,就我个人的看法,其实你们把价格优惠了这么多,大可不必,至少可以在某些方面提些条件,比如,在接下来进行签约的时候,你们完全可以主张货到工地后,应该把货款付到60%；在施工结束验收合格后,必须在3天之内付清剩余的全部货款！"

"清明大酒店"是该镇的一家最好的酒店。才3个人,高副局长还是点了满桌子的菜。我寻思,这吃得了吗？真是浪费啊,我感叹着,好客也不需这么破费吧！

"来、来、来,方弟啊,听高局这么一说,不仅是生意成了,而且条件还不错哦。虽然是一笔小生意,你做与不做也无所谓,但生意再小,也是生意。至少,高局的这番心意我们领了。高局啊,我们不喝酒,只能以茶代酒,都是朋友,也不用站起来了,来,为你的仗义,我们姐弟俩同敬你了。"

李玲倩的客套非常到位,不愧是见过大世面的人。她的话音量不高,随和中充满自信、热情,且并没有半点作为供应商阿谀奉承的意思。短短几句话,显露的不仅仅是不亢不卑,还有一种人格上的高贵。

高副局长虽喝的是白酒,但这家伙绝对是个明白人,待我们敬过之后,他放下酒杯侧着身子带着疑惑的目光向我发问道:"方总啊,你姐是？"

见着李玲倩的豪车,见着她的高雅打扮,他一看便知李玲倩不是一个寻常角色。

"哦,我姐么,只是一个企业的总会计师。不过,他们的企业有些规模,去年的产值接近3个亿。"

我也学着李玲倩的本事了,把她显赫的背景轻描淡写地说了出来。这种不动声色,在谈判场合上,无疑将会给予对手巨大的心理压力,且更具杀伤力。

"请问,这家企业在哪儿？叫什么名字？"听我那么一说,高副局长愣了神,但他始终将信将疑。

"呵呵,企业离这里不远,就在泰东。它的名字叫'江苏宁中化工集团'。"李玲倩像话家常一样,轻轻介绍着。

高副局长眼睛绿了,刚才做报告似的气派已荡然无存。

"集团的大当家,便是我姐夫,他可是省长的好兄弟。因为有几只他们自己企业开发的产品填补了国内空白,产品远销欧美地区,也影响着国际市场嘛,省委挺重视他们的。所以,省领导不仅经常下企业调研,也常常到我姐家中去做客。"

我见着高副局长那种屄样,一看便是个欺软怕硬溜须拍马之徒,便故意又放了一把火。

"乖乖,有道是真人不露相呐!座谈会上,夫人您虽没有片言只语,但这气场,乖乖!说什么呢,都说是物以类聚,人以群分,看看我们林局身边人的档次,也难怪她要坐头把交椅啊!"

我们的一席话虽有些夸张成分,但基本属实。对高副局长来说,他对此深信不疑,且已把我们当作有通天本事的人了。然而,李玲倩还没有放过他,又不动声色地抛出了一句不明不白的话:"林姐才比我大12天,也是42岁。这次,应该是在下半年吧,税务总局的党校有一期中青年干部培训班,全省系统里也仅有她一个人去参加。她呀,估计在这里也待不长哦。高副局长是聪明人,不要我说,'和为贵'总是知道的哟。"说罢,还给他投过去一道意味深长的目光,这目光中既有肯定,又有期待,还有些赞许。

高副局长坐不住了,他端着酒杯站了起来,那样子似有些心慌意乱。"跟着蜜蜂飞,到了哪里都是鲜花;跟着苍蝇转,转着的也都是大粪。有道是背靠大树好乘凉,今天能和两位坐在一起,既是缘分,又是我姓高的福气。还说什么呢,夫人呐,如果看得起我,您就放心,您兄弟这笔业务,我一定竭尽全力配合完成好。只求您在适当的时候,在林局面前为我透个气,我高某人站队绝对是准确的,她给我交代的每一个任务,我都会不折不扣去完成!来,我是酒,一口干尽,你们杯中是茶,随便喝一口!"刚说完,一仰脖子,酒杯见了底。

下午,签好合同回到宾馆已接近6点了。合同上乙方是税务局,林局已签过字,盖过章了。签约时,甲方作为供货方,我强调,为了服务方便,用"泰东市建筑陶瓷公司"的名义和他们签约。因为出来时我没带公章,所以把经他们签字盖章后的合同带了回来,待我回公司盖好章后回寄两份给他们。另外,我还带回了一套图纸。回去后,我要把这个工程实际的琉璃瓦用量及配套件全部计算出来,还要和过江来的施工队伍对着图纸一一说明施工的要点。

合同虽签了,预付款也马上会进入我的账户,我心中用狂喜来形容一点也不为过。琉璃瓦从产品供应,到整个施工工艺,这水也太深太深了,不是专吃这一碗饭的人,几乎就是瞎子,根本就弄不清商家会从中赚多少钱。比方说,那个商经理偶尔才来江南购买一批园林用的琉璃瓦,不仅要先支付预付款,还要带款提货,更要让销售科的"剥皮"高手们宰上一刀。而我恰恰相反,琉璃瓦是由两个开办着陶土矿的兄弟村书记为我用泥款从厂里抵来的。那两个书记都是我的哥们,既要为保住他们自己的利益要和厂方讨价还价,争取到了最低的价格,还要给我20%的销售奖励,就更别说什么预付款、带款提货。而我提的货,反倒是可以到了年关与他们结算。

之所以说这个行业"水深",因为通常一般客户只注意瓦的价格,他们忽略了仿古建筑所用的屋面瓦,其实不仅仅是用瓦那么简单,它还由大量的配套件构成。懂行的人都知道,瓦这一块的利润,属于"啃骨头"生意,而配件因为品种繁多,价格本就浮动很大,客户根本就弄不清其中的门道,属于"无底洞"生意,也叫"吃肉"生意。当我发现商经理的报价单仅写着瓦的单价时,这个漏洞我就发现了。我打算在瓦产品上可以不赚或少赚,但生意成了,只要配套件上能给我随意开价,我也必将在整笔生意上获取暴利。

饭后的合同细节,是我与高副局长之间进行商讨的。果然,签约时,那高副局长本就已对我满是马屁样了,在我写下了其他产品的价格时,他竟什么也没问。合同拟好,他便作为需方代表在上面签了字。随即又拿着它去给林局审核、盖章。过程流畅得出乎了我的想象。

商场便是战场,我的得意只能深埋于心,表面上绝不能露出一丝痕迹。即使在李玲倩面前,我也保持着克制。我担心一旦让她知道了我获取暴利的真相,如她在与林局的交往中不慎透露出蛛丝马迹,那我的麻烦就来了。

为了表示感谢,两人约好的,晚上庆功,由我再次邀请李玲倩出来"螺蛳下酒"。不过,李玲倩认为我把产品的价格报得低了,在这笔生意上挣不到什么钱,担心我开支过大,提出由我请客,由她买单的主意,我当即一口答应。这样也好,不让她知道这笔生意的获利情况,今后,在她与林局的交往中,很可能还会为我获取一些其他的帮助。

我心中有些纳闷,自己怎么会是这样想的,是否太商人气了?为什么在李玲倩面前还不说真话?但我还真不知道这生意的最终结果是亏是赚,在没有完工、没有结清账目之前,我能乐观什么?

老地方,老位置,还是点的这几个菜。

李玲倩跟着我用吮吸螺蛳的方式下啤酒,这其实完全是寻找一下乐趣,两人花不了100块钱,谁请客都无所谓,我让她买单,也是图她一个开心。两人边喝边说些笑话,很快,已各3瓶啤酒喝下了肚皮。

"健康真好啊!弟,见着你的青春阳光,想着家里身体一天不如一天的老张,心里就有一种说不出的味道。钱多了,身体没了,有啥用呢?几年之后他要是走了,说句实在话,我真想削发出家去。"李玲倩叹着气,喝的是闷酒了。

"姐夫走了,你还有儿子。即使再过10年,凭姐的保养,风采依然不减。到了那时,你手里也更宽裕了,找一个差不多的做伴,还不是享受人生吗?"

"弟啊,别人能这么想,我敢这样想吗?已是二婚的人了,咱乡下人,不说从一而终,也总不会去三婚四婚吧?真的会好意思拿着老张用命换来的钱去寻自己的开心?别说在孩子面前讲不过去,就是我自己心里的坎也迈不过去啊……"

本来说是吃"庆功宴"的,谁知却吃得伤心起来。每人4瓶之后,我下楼结了账,回到楼上后,连主食也没要,便搀扶着李玲倩下了楼。

天渐热起来了。夜街上,灯红酒绿,凉风习习。这家餐馆离"京津国际大酒店"约有2里路,我们两人并排着缓步向酒店走去。李玲倩总喜欢想着那些不着边际的东西,心里郁闷,我多劝也无益。而对于我来说,也有心事。合同签了,我必须抓紧回去落实,心里恨不得立刻就走,只是没有夜间班车,只能明天走了。回去后先需在泰东自己的公司里把合同盖好公章寄给林局,还要把有些杂务交代给秋云去处理后,自己才能赶回江南。

刚想到江南,我忽然间想起了父亲,想起了临走时秀芝说话的意思。父亲的毛病不容乐观,是她告诉我的,且说第二天就可拿到化验报告。我也真是他娘的混蛋透顶了!为什么就不能见了报告再走?如果父亲得的是绝症,凭他已干瘪的身子,还能挺几天?如果已经倒下了呢?我明知他的身体已不行了,却不能在老人家身边尽孝,我还有半点人性么?我亏心啊!冥冥之中,我有一种预感,父亲在家已经快顶不住了,我似乎看到他正在病床上挣扎着,努力睁着双眼,无神地看着扬州方向,我似乎在微风吹过的夜街上空,听到了来自父亲无力的召唤:"四儿,我要走了,我要走了……"

我已控制不住自己的情绪,蹲在了人行道上,默默地,任凭泪流。当李玲倩忽然发现我情绪异常时,马上意识到了什么,她弯腰低头,一边轻拍着我的后背,一边急切地问道:"怎么啦?弟,到底怎么啦?"

我立起身子,已经泪流满面。

第十七章　内心有愧

　　从班车上下来快是吃晚饭时间了。我并没回家,而是一手提着两箱麦香型酸牛奶,一手拿着装着图纸的尼龙袋,直奔村子里父母的住所。父亲咽喉不舒服,带些牛奶给他喝,润下喉咙也好。走进村口时,我心急火燎,满脑子全是父亲正在等着我回家才能闭上眼睛的景象。

　　西山的太阳还很毒,大概家里闷热,我还未走进父母的居所,就见到了父亲。他正面对村口,躺在一张竹制的躺椅上,在门口的那一棵大樟树下纳凉。

　　"小四回来了!你只顾低头走路,其实,你一进村口我就见着。我早就觉得你要回来看我了。"

　　父亲的说话有气无力,但脸上显示出有了一种安慰。身体虽没有我想象中的那样差,不过,看得出,也是来日无多了。

　　"又接了笔大业务。爸,你看,这图上画的、用的可都是琉璃瓦。"我赶紧先向老父亲报喜,把图纸在他面前闪了一下。果然,父亲脸上有了些笑意:"有生意就好啊,在家就是当干部的,到底有能力。"

　　父亲身体全垮了。说这些话时,按他的个性来说,是要张着大嗓门说的。而现在说话,几乎是勉勉强强挣扎着用嗓子喊出来的。那凄楚状,让我心头不禁发酸。我强忍着才没掉下泪水。

母亲在厨房做晚饭,听见我们父子的说话声,很快就来到门前迎我。

我先搀着父亲进了屋。父亲已瘦得皮包骨头,我不搀扶他,凭他自己的气力已难进门。我心里很纠结,在老人面前是不可能问病情的,但从他的现状看得出,也就快着床了。一旦着床,便永远也下不得地了。

我把父亲搀扶在上座位置。母亲做的是稀饭,小菜是咸菜,我陪着父母喝了两碗。

母亲收拾好桌子后,也过来坐着。"小四啊,你在扬州,生意上我们也帮不上忙,但有一点,生活上还是要对你交代的。秀芝这丫头,那是你前世修来的福气,也是我们的福气。她能进我们方家的门,我们老两口胜似得了个元宝啊。娘生下你们兄弟5人,没有一个女儿。但自从秀芝过门,我们就情同骨肉,真是贴心贴肺,与女儿可没有两样啊!你不在家,你爸身体不行,她每天早晚要过来两次。送药、送菜,说宽心窝的话。天地良心,世上有几个亲闺女能这么孝顺?你在外面能不能挣到钱我们问不了,但要是在外面忘了秀芝,我们就是拼了老命也不会放过你!"

"你娘说得不错。小四啊,说来说去,媳妇是外人,儿子是亲生,我们还会不私心向着你吗?不希望你过得好?可小四啊,秀芝真是个旺夫发家的好女人呐。你看,从农活上说,种秧苗又快又好,田里的农活你有几件比得过她?从针线上说,你儿子的衣服大半是她自己缝制的,快抵得上半个裁缝了吧?从厨艺上说,烧的菜,哪一个比饭店大厨弄的差?就说去学理发吧,别人学个两年也不一定能开得了店,你看她,学了不足一年,烫发、染发、剪头、盘头,甚至为别人家满月的孩子剃胎头,仅用一把剃刀呐,也不见一点血痕,名气大得吓人呵!"

父亲稍停了一下,喘了口气,继续说道:"我和你娘为什么和你说这些?别以为你们不说我们便不知道,你儿子那边我们一哄,孩子便说真话了。看你做老子的,夫妻吵架,把孩子都吓成这样,好意思吗?我问你,她即使比你要强,为来为去,可还不是为了这个家?你在屋里低个头又怎么了?打仗吵架,乡下夫妻是常事。吵过后你服个软,向她赔个礼,不就什么问题都解决了?男子汉大丈夫,能屈能伸,才算是个有本事的人。硬,也只能是在外面,待自家女人,还不能谦让着些?小四啊,你也见着了我的身子,快待秀芝好一些,就让我吃颗安心丸走吧……"

娘只收了一箱酸牛奶。当我带着图纸和剩下的一箱酸牛奶到家的时候,天已暗了下来。

店里的灯亮着,秀芝还在做生意。除手里正在为一个本村的女人剪头外,还有一个隔壁开补胎店的王小荣也在等着她理发。秀芝见我回家了,好像很意外,一边为那女人剪着头,一边笑着和我打招呼:"哎唷,我家方总回来了。今天烫了两个头,又有几个染的、剪的,从吃过饭到现在,屁股还没搁一下。"

然后,她马上又回头朝一边坐着的王小荣笑着说道:"王哥啊,旭明回来了,我总要去烧几个菜,让他喝口酒。你也就耽搁一晚,明天抽空再来剪吧。不过,也别走,待我手里的活做完,去做几个菜后,让旭明陪你一起喝一口。"

"别、别、别,有道是小别胜新婚,我可是近半百的人了,不敢坏了你们年轻人的好事。明天再来,明天再来。"王小荣边和我们打着趣,边走出了店门。

家中平时很少为儿子买零食。我进门时,儿子正在一边玩"奥特曼"超人玩具,见我手里拿回了一箱酸牛奶,兴奋地向我跑来:"爸爸回来了,我爸回来了!"他抱住我的大腿后,两眼紧盯着酸牛奶不放。但他知道家中的习惯,成箱的买回来,必是准备作为礼品送人的,所以他不敢开口问我要,只是用不舍的目光先看着酸牛奶,然后轻声问我:"爸爸,又买牛奶送人吗?"

我见着孩子仰头向我发问,从他的眼神看到了对酸牛奶热切的欲望,这让我深感内疚。我赶紧把图纸放进房间,马上跑出来打开了装着酸奶的纸箱,抽出了两罐酸奶塞在他的手里:"宝贝,爸爸就是买回来给你喝的,去喝吧,喝完这箱,爸爸再为你去买!"

儿子拿着两罐酸奶,先是用疑惑的目光看了下我,以为我是哄他的,他又朝秀芝看了一眼,轻轻地问了一句:"妈妈,真的吗?这一箱都是给我吃的?"秀芝含着笑先是看了我一下,然而又朝儿子轻轻点了下头。

儿子的兴奋反而马上退了下来,他一手抱着我的大腿,一手抓着酸奶,仰着面,带着商量的口吻和我说道:"爸爸,我不要一个人喝,让妈妈也喝,你也喝,咱们一家人都喝,好吗?"

如此懂事的儿子,才多大? 连喝几罐酸奶也想着一家人,这顿时让我感动不已。孩子一直是由秀芝管教的,那么懂事,毫无疑问,是秀芝的功劳,我心中不由自主地又生出了一缕对她的敬重。

是的,我对秀芝确实敬重。我们之间以前的所有不快,所有争论,应该是对事不对人。说句实话,在旁人看来,她的身上几乎集中了中国农村劳动妇女所有的优点,所以也让全村人尊重。然而,我相信她的家人也知道,她的个性强得让人生畏,就像她能冲破重重阻力嫁给我一样,该和家人说的,已全都说过:还反对吗? 还施压吗? 那好吧,一锤子买卖——不是私奔,便是喝农药!

就凭她这轻描淡写一句话,全家立马投降。因为她的家人完全知道她的个性,要么不说,说了便能做到。

乡下人有句俗语——穿破丈夫三条裙,还不知丈夫安的什么心。我在恋爱期间根本见不着她的一点强势,到她生了儿子以后就逐渐吃上她的苦头了。

那时,我们已经与父母分开单过。在儿子办满月酒的时候,因为家底实在太薄,家里共办6桌酒席,我只是在采办食材时将一个荤菜调整为一个蔬菜,省了十几元钱,她就把"小气鬼"的帽子给我罩了好几年。与她争么? 这个事又怎能放在场面上说? 而正是经常为这种鸡毛蒜皮的小事去较真、去争吵,几年后,终于令我心灰意冷。

所有的争论,永远是我没有道理,那我还去争个什么?

或许是离开了,或许怕失去了便知道珍惜了吧。至少,她现在对我的态度有了明显转变,而她在我父母处获得的好评,让我在人格上又增加了对她的敬重。不过,就我的内心深处来说,作为夫妻相处,我始终还对她保持着抵触情绪。

我心中不知为什么,总有一种排斥她为我服务的想法,总不想太麻烦于她,可能就是担心在某一天离开她时欠她的太多。在她又为我煎了鸡蛋、炒了花生米、爆了咸肉片,还为我倒上了酒之后,我的这种想法更加强烈。我知道,别小看这几个菜,从前,也只有要紧的客人来了才会端上桌子。她可能不会知道,我自从去了江北,午餐便没断过荤腥,更不用说与李玲倩两人在一起时的用餐了。

我喝着酒,吃着菜。她端着碗吃饭,时而看着我喝酒,时而看看孩子用吸管喝奶,脸上的笑容里充盈着幸福。她甚至不吃菜,只是勉强夹几颗花生米下饭。我实在受不了她待我这样好,先是为儿子大筷夹上肉片、鸡蛋,又为她连夹了几筷菜。在我为她夹菜时,她没有说话,只是微笑着紧盯着我,眼里全是感激。她做的菜,我只是为她夹一下而已,她便能生出感动,让我真不知道如何是好,我真觉得心亏。知道了她的好,但我更知道自己,不论她待我如何好,我再无可能和她去民政科重新登记与她在法律上成为夫妻,哪怕同居一辈子。

不去登记,只因怕了,只因准备随时离开。真的,我怕了,再在一起,双方只有伤害,从肉体,到精神。

我是在把图纸中所用的屋面瓦、配套件全部计算出来后才休息的。初弄这东西的人,看着图纸你会是一头雾水,几乎无从下手,而我也是从过江之后,扎在古建书籍里花了很多时间才把计算方式弄清的。第二天要去落实货源,还要落实施工队伍,手头没有这些具体数据是不行的。

半夜,儿子早就睡了。秀芝已为我准备了洗澡水。在我洗了澡上床的时候,大概已是凌晨一点多了。秀芝没睡,还在等我。

久病床前无孝子啊!这一次过去之后又不知道是什么时候回来了。父亲的毛病明摆着,吃过了晚饭秀芝便告诉我了——医生说的,父亲得的是食道癌,晚期,至多也就两三个月。我虽早已猜想可能就会是这个结果,但还是没有料到竟会成真。我忍不住一阵抽泣。秀芝一而再,再而三地劝着我:"83岁,也算高寿了,江北的事业刚刚开始,是万万放不得手的。反正家里有我,到了最后关头通知你回来送他一程就好。"

我应该就是处于对她的感激与同情中完成的。或许久疏此事,她也盼望已久,我发现她竟然高潮迭起。我很怀疑,这样的情况她能是性冷淡么?事后我也分析过,其实,她平时很可能就根本没那个毛病,只不过是用性来惩罚我,她是把性作为武器使用,只为让我臣服。事后每当我想到这些的时候,我总会为她倔强的个性感到悲哀。多好的一个人啊,就让这个给毁了。

那晚我抑制不住冲动,而秀芝不仅没有拒绝,反而很配合。在清晨,她还破天荒地对我含情脉脉地看了又看,还让我再眯一会,恢复一下体力。十多分钟后,她又来到床前,先用热水烫了把毛巾,拧干了拿给我,让我在床上先擦了个脸。接着,又端来一碗放着红糖的荷包蛋,把它放在床头柜上。

"趁热全吃了,别给我与孩子再留。"她始终朝我微笑着。轻声交代后,便去开店门了。

我无语。

我之所以这么冲动,她是根本不会想到的,其实,我禁不住想到了秋云,我把她当作了秋云,我觉得有点对不住她。

……

国营跃进建陶厂生产的琉璃瓦,用的是西山矿陶土。

西山村书记刘彼岸也是我的铁哥们,跃进厂欠他们的原料款已达两百多万,这是几任领导剩给他的烂摊子。我过江时他再三关照过,有了用瓦的工程,千万不能忘了他。当我在早上把供货单放在他的面前时,他的眼睛都红了。要知道,提货价将近15万,在把返给我20%的销售提成去掉后,村里还可得到12万多的流动资金呐!村里的领导班子都明白,那些老欠款几乎全成死账,跃进厂的领导很明确,两个单位合作了也将近20年,这些老账不是不付,而是没钱。现在能用现金支付当年的原料款已经不易。当然,要动那笔老欠款也可以,不过,只能是用货抵债。而我需提的这批工程用瓦,总算让他们能把死账又盘活了一些。

订货单给了刘彼岸,他是拍着胸脯向我保证了几次后才走的。我看见他出了办公室的门后,先钻进了村部边的副食店里拿了几条香烟放在包里,而后骑着他那辆"幸福250"摩托车,拧着油门,排气管冒着白烟,一阵风儿似的飞进城去。摩托车上两个排气管发出的隆隆声响,让大半个村子都能听着。

瓦落实了,还有一件事我很纠结,这便是盖瓦班子的组建问题。

这盖瓦的活,虽没有我在江北座谈会上讲的那么神秘,但必须有一定的施工经验倒是真的。我们村子因为离这些建陶厂才十几里路,很多瓦工都外出盖过。这活完全可以以老带新,即使只有两个熟练工,也可带上七八个新手。别看是新手,毕竟都是瓦工,也就那么几个技术要点,三天下来,就都成大师傅。何况还有两个老手始终在把着关,施工质量肯定不成问题。出门的人,不仅工资高,还供吃、供住,来往的路上还给工钱,所以拉一支队伍也很简单,关键是我要选一个能拿得起、放得下的人去带队,这个人选问题让我头痛。

我家的几个兄弟都在企业,有固定工作,让他们去一个人帮助负责工程是不太可能的。倒是秀芝的二哥,本可以考虑,他既是瓦工,还常常带人出去为别人盖瓦。然而,这个人一是好酒,喝醉了,哭、唱、笑、闹一起来;二是好托大,虽能做点小事,但犹如能造出飞机一般,就他最强,眼睛里没有一个人。别说是我,就连秀芝的其他几个哥哥都看不起他。那工地可不是可以随便说话的地方,我如果让他去了,还真怕他成事不足,败事有余。而假如不让他去,另找一个靠得住的人过去,把这种挣钱的好机会让给别人,让他知道,又必然对我们恨之入骨。自己能无事去寻出一个冤家对头来?所以,为这事我心里很是矛盾。

或许秀芝知道我的想法。因为我回来时,曾向她提过这个工程由我承包施工的事,当时她没吱声。待我们吃晚饭时,天晓得,她家老二竟然带着一块咸肉到我家要生意来了!

"妹夫啊,你知道的,我平时无非爱说两句大话,爱弄口小酒,其他呢?我的长处有几人知道?你做妹夫的也可以去四处打听打听,带队施工的活,你二哥大小也干过不少于10个工程了吧,我孙某人是没有盖瓦技术,还没有领导能力?你二哥我至今没有成就一番大业,不过是没有机会显身手罢了,如果有背景,给一个副乡长位置我坐着,我也保证把工作做得顺风顺水。妹夫啊,你现在正是用人之际,若看得起我,做哥哥的必然全力以赴。"

老二是我四个舅子中个子最小的一个,身高至多一米六五,体重勉强100斤。黄黄的头发,也不知道是什么时候洗过头的,那头发打着粘,一簇簇立着。他本已在家是喝过的,但带着礼过来了,我自己在喝,不叫他再来一杯我也不好意思。他坐在我的侧面,手里端着酒杯,嘴里嚼着花生米,吹牛时尖下巴一翘一翘的,吐沫四射,弄得我那他对面吃饭的儿子一直在抹脸。

"常说肥水不流外人田,他毕竟是我二哥,能关照时总要关照些,否则我回娘家也不好做人呐!"老二回去之后,秀芝为他打着招呼。

"怕的是他败我的事啊!"我始终对让这个人去带队不放心。

秀芝听后叹了口气,说道:"其实我也不想多管闲事,但总不能为这事把我娘家人得罪了吧?说起来总是我的亲哥,如果你的兄弟能去一个也就罢了,若叫了其他人去,钱给别人挣,这让我的脸往哪儿搁?我就知道你对他有想法,早上特地先去给了信,也警告了他:如果这次他不像个人样,在工地坏了你的事,今后便再也不会给他机会了。"

我听了她的话没吱声。说什么呢,我走之后,父亲还全要托她照应着的。总是欠着她的,让她二哥去,也就算作是还债吧。

第二天早上,我忽然想起一件事来,8点不到,我到了村部,走进了"扶贫办"张书记的办公室。张书记一个星期回一次城里的家,工作忙时,个把月才回家一趟。

"扶贫办"在二楼,一间屋,进深8米。前5米办公,中间一道腰墙,后边是卧室。

"耐火厂看是要垮了。"张书记好像知道我要来似的,我刚在他办公桌的对面坐下,他便将一杯红茶端在我的面前。

见面的第一句话便说起了耐火厂。张书记是一个很内向的人,话很少,但讲一句是一句,现在既然他把耐火厂的事说了出来,可见是有些征询我意见的那层意思。

"离开村里了,我还去管这些闲事?我走了,李小兵与杨德新还得了?他们是干亲家,杨德新当厂长,这耐火厂还不早就成了他们的私有财产?这两个人是合穿着一条裤子的人,品行怎样你不是不知道,依我看,他们是必定要把集体的墙脚挖空了!"

也是张书记说到这个话茬我才讲这番话的,虽是气话,但也是实话,这两个人的私欲之重是全村上下共知的。但人家有背景,坐在那个位置了,平头老百姓又能拿他们怎样?

"哦,我有数了。"

张书记也坐了下来,马上结束了这个话题。"小方,过江之后一切还顺利吗?有难处可一定要对我讲。初次下海,总有些不习惯,慢慢适应就好。"他停了一下,没让我回话又微笑着接了下去,"出去闯,定会有艰难困苦,但不经历风雨见不着彩虹,努力总有回报。要知道,你的家人都在看着你,我在看着你,更有全村的父老乡亲在看着你。你的能力,你的品质都摆在那里,是金子总会发光,相信你,一定不会让关心你的人失望。"

张书记长我 19 岁,本就是上下辈的年龄,我在江北受到那么多人的帮助,还不是因为他的关系?到他办公室来我本是想表示一番感谢的,而话已至此,他面向着我的那张和蔼的脸,一如父亲对子女,端详着我的目光中充满慈爱、期望,让我感动得一时语塞,只得顺从地连连点头。

第十八章 笔记本

　　回来5天之后,刘彼岸施出浑身解数,总算为我把生产瓦的事情落实了。生产的档期安排也比较理想,第一船货可以在半个月之后发往扬州。厂里的生产也不可能今天订货明天便为你生产,全国各地都有工地,着急要供货的也不止你一家,故我在扬州签下合同时,在上面注明:自收到订金之后,保证在30天之内货到工地,开始盖瓦施工。两天前的早上,我打过电话安排秋云让她去银行查询了订金情况,下午,又与她通话时,知道了税务局的瓦款定金10万已进了账。我算了下时间,我们还可以提前10天左右开始施工,林局应该满意了。

　　二舅子带队的事也算定了。我虽不满意这个人选,可为了这件事,我也不可能与秀芝翻脸。好在于他这人虽然让人生厌,但那张嘴也真是能说会道,组织能力也确实有一些,仅用了两天时间,8个小工,6个大工,一支施工队伍也就让他敲定了。只等我通知,随时可以把队伍拉出去。这也多多少少让我感到有些安慰。

　　我见家里的工作安排得差不多了,久病床前无孝子啊!我带着礼品分别上门与另4个兄弟一一打了招呼。摊子在江北,回来已经多天,我要紧去那里守摊子,也只能请他们辛苦些,多照应一下老父亲。

　　向父母辞行时,我在父亲的枕头下面偷偷地放了2千元钱。我不敢在老人的房里多待,倒不是怕他们唠叨,只是看着父亲消瘦的模样总止不住心酸。

我乘的是早上八点半的班车。

三哥用摩托车送我到车站时才7点多。他回去之后,我在候车室里感到闷热,有些受不了,看看时间尚早,便跑出车站逛起了街。在一家鞋店里,我买了一双塑料拖鞋。夏天到了,这些东西总要买的。忽然,我被一双女款皮凉鞋吸引了目光。那双凉鞋中跟,是栗色的,款式新,样子好。见到了这双鞋,我便想起了一个人来,她的码数我知道,是37的。一问价格,要120元一双,我虽觉得价格过高了些,但最终还是掏出钞票把它买了下来。

进入公司时,已是下午4点多了。大门开着,我的那辆红色"雅马哈80"停歇在走廊里,一看便知道秋云今天出过门。

秋云正赤着脚低着头用拖把擦着塑料地毯。或许是我脚步轻了些,以至于我走到了面前时她才发觉。她先是吓了一跳,然后惊喜地叫了起来:"哎呀!我哥回来了?哟,不过,哥啊,地毯刚开始拖,湿的。你先在堂屋坐一下,我抓紧拖好,用吊扇扇一下,干了再进来。"说罢,又低着头使劲干了起来。

我站在房门口,没说话,双眼紧盯着秋云,心中有些慌乱,有些想拥她入怀的念头。我不知道再三提醒自己要警惕的事,为什么会在这个时候又忘记了。

好在秋云并没注意我的眼神,只顾着手里干活。我这才渐渐有了些意识,不禁为刚才的冲动脸红心跳。恰好想知道这几天是否做了些生意,我便把手里提着、背上背着的大包小包放在了堂屋的八仙桌上,在门前的场地上查看了一下堆放着的产品。

琉璃瓦是露天堆放的,不见有动过的迹象。地面砖被油布层层叠叠覆盖着,更看不到有没有减少。当我见到地面砖的底部又有些下沉时,心里不禁又上来了愁绪。虽然自己没有垫资,虽然也确实是拿了处理价,但如山那么一大堆地面砖立在面前,我真不知道到底能在什么时候将它们销售一空。而现在可以确定,紧贴地面的那一层砖箱早已受潮腐烂。看起来似乎只是纸箱受损,与里面的产品无关,但从客户的心态来说,既然是花钱买货,谁不希望自己所购的产品它的包装也能是崭新的?

我的心情沉重起来。到了现在这一步,显然,这种顾虑也没有任何积极意义了,而眼前能做的,除了推销,还是推销。

夏天到了,扬州属于近海地区,台风每年都会光顾几次,可想而知,这砖堆的保护可就是重中之重,如果捆绑砖堆的绳子不扎结实,一旦让台风掀起油布,那后果就不敢想象。想到这里,我便绕着砖堆转着圈子,将绑着砖堆的绳子一道一道检查。

"哥,回来,回来!"秋云在门口招呼我进屋。看她一脸神秘的样子,应该找我有事。

我进入堂屋,一边拿着我的大包小包进房,一边问她:"大呼小叫的,有什么高兴事?"

显然,我说话的口气与上次和她分手时的态度有了很大转变,已将她那次"发神经"的事抛在脑后。在那件事情过后,我在离开这里的这个阶段中也仔细想过,不管她有多么神经质,只要我不去主动惹她,她对我而言只有帮助没有危害。非但如此,在关键时刻,也只有她会把我的事真正放在心上。就说门口的这堆地面砖,多少也已捞回了几万块本钱,如果没有她拼命地想方设法跑装修的包工头,我估计自己连一块砖也不会出手。所以,现在我待她的好,念她的好,没有半点虚情假意。

"赶快交代,回去之后想过我没有?有没有带些好东西回来送给我?"她紧跟在我的身后,连珠炮般地发问。

"我为什么要想你?我又为什么要带好东西给你?我惦记着一条小狗倒是真的。"我笑眯眯地把包拿进卧室,秋云也跟了进去。我抬头一看,秋云已把我床上的床单换成了篾席,所有的洗换衣服,也都洗得干干净净,整整齐齐地折叠好码放在一边,就连枕头她也从集市上买回了草席做的枕壳为我换好了。

此情此景,不禁让我心中又是一动。

我从包里拿出了装着那双女款凉鞋的纸盒塞在她手中:"你的尺码我知道,选的款色却不知道你喜欢不喜欢。男人买东西与女人不同,喜欢了,不问三七二十一,就买了。"

"老天！真的呀？我也就是说着玩的。正是用钱的时候,买这些东西干什么？又不是没得穿。"她一脸惊讶,感觉很意外。

"打开,试穿一下。如果不喜欢这个色泽、款式,我与店老板说好的,回去时可以调换。"

我坐上了我的办公椅,窗明几净,又看着她一脸的激动,刚才在场地上的忧虑一扫而空,心情很快又愉悦起来。

秋云没有打开纸盒,只是把它轻轻地放在她的办公桌一头。她从抽屉中拿出了一本粉红色塑料封面的笔记本,把它双手捂在胸口,微笑着,紧盯着我的脸:"我就知道,我做的一切都如此值得。"她的微笑中有兴奋,也有羞涩,更有一种释怀的表情掺和其中。我不知道她为何这样,但已明白她想告诉我些什么,而且绝对又是好的消息。

她先是回身把门关上,还打上保险;而后又把窗子关上了。

"青天白日,又有什么见不得人的事？"我微笑道。

此时,秀芝说过的话突然响在我耳边:休想她离开方家、离开儿子。自己谈的,自己追的,在嫁出门的时候就打定主意的,一定要与我相爱到老。如果有那么一天我嫌弃她了,那是老天瞎了眼,只怪她的命,但无论如何,她也要在方家终老,不让别人去看笑话。

这些,都是她当初在跟家里抗争的时期和我说过不下 10 次的话,我也是再三保证了的。即使我们分开,她不会离开方家一步,我也不会赶她走,休想！

我有些恍惚。

"看一下,这是什么。"

秋云在我的面前摊开了笔记本,让我看见了本子上的几行娟秀记录。她应该知道,我一旦看过笔记本上的内容,必然会为此狂喜的,事实也是如此——当我见着了笔记本上的内容时,我顿感到这个小女孩无比圣洁,一如贞德,圣洁得我需仰望。她是把心给了我。这个曾让我认为是奸细、地雷的小丫头,不,是女人,为了我,可以去做一切只要是她认为对我有帮助的事。

哦,秋云,其实你不要这样,如是因我对你在某些方面关照了一些,想以身相报的话,我自认为我的思想还不至于那么脏,是不会接受的。我是个相对谨慎的人,道德、舆论,那是不得不考虑的啊,但当我见着这笔记本上的内容时,所有顾虑顿时荡然无存。

我冲动了。我搂住了她。

"大圩化工厂办公楼、车间装修预订地面砖情况如下——花式品种:6个;总量:15130平方米(其中红色同质砖为12200平方米左右);联系人:邱江(包工头);大哥大号码:9626469;付款方式:先付定金25000元(已收),其余带款提货;服务:多退少补;使用时间:9月下旬左右;业务提成:8%……"

价格基本与给那个校长的持平,去掉提成,应该已是在厂内批发价的基础上加上了运费、卸力之后还有20%以上的利润。而我实际的提货价是打了几折的,秋云不会知道,但我心知肚明。如果这笔生意成功了,我不仅基本上可以捞回了地面砖的所有本钱,还已有了一块不薄的利润。剩下的部分,更是每卖掉一块都是净利,哪怕我半价处理,这笔生意也都让我心满意足。

"我只跑到他家去了一次,而他已过来两次。昨天在付订金的时候,我胸口怦怦直跳,真吓坏了……"秋云的脸色绯红,连脖子也红了。

"能不吓坏么,这么大一笔生意,还付了订金,肯定是激动了啊!"我非常兴奋。

"哥啊,哪里。生意当然是让我激动,这么大一笔生意能成,还能不开心么?我是经人介绍后一早赶上了门去的。他是个大包工头,都买了'桑塔纳'了,手里还有个砖头似的大哥大,可气派了。那天早上我上门时,邱总很是特别,大概因为家里有人在吧,他对我爱理不搭的,架子特大。咱是求人啊,没办法,热脸贴他的冷屁股,我硬着头皮,把你的名片发给了他,打了招呼回来了。哪知就在这天下午,他就打电话说要过来考察。我在办公室接待他的时候,他谦虚得一塌糊涂,对我是一口一个小妹。我觉得也太搞笑了吧,他也快有60岁了,与我外公年龄差不多大,怎就对我会这么热情呢?后来才慢慢知道,他是想和我'交朋友',还提出晚上开车过来接我,要带我去县城'逍遥宫'舞厅的包间去玩耍……"

"你去了?"我警觉起来。

"呵呵,哪能呢!"秋云刮了一下我的鼻子,"那人的口中烟味特重,好臭哦。前额的皱纹像水沟一样深,剪的那个平头,稀疏的几根白发里,头皮屑都翘着一层,满脸的老年斑。这形象让我见着都恶心,我还敢去?但他的'桑塔纳'在大门口停着,'大哥大'在我对面的桌子上立着,那人来头可大了,咱总不能和生意过不去吧。我便绕着生意和他说笑,还半开玩笑半作真之间,流露出对他的欣赏,捧着他,让他得意,让他感到只要生意能成,一起喝个茶,不是没希望。那人一听便来了劲,竟然连着来了3个下午,来喝茶,来聊天。这不,昨天硬是把定金付了,说是先把生意定下来,让我也吃一颗定心丸。然后邀请我抽个适当的时间,给他表示一下对我们合作的祝贺。我收了钱之后,慢慢告诉他,老板今天要过来了,有些东西大家放在心里,感情是要慢慢培养的……"

"这不是忽悠他嘛!都是大场面上混的人,他明显是动了你的念头,得不到手,他能甘心?你这是玩火了。"我听着这话,真为她的大胆捏了把汗。

"我一个小姑娘,怕他个屁啊!有的东西他能摆得上桌面说吗?而我问心无愧,可以讲给大家听,也可以一五一十讲给他家里人听!生意上的合作你情我愿,你规规矩矩为我拉生意,我清清楚楚给你付提成。一旦他翻下脸来不认人,他私下坑客户、勾引小姑娘,有哪一件不丢他的脸?他敢撕破脸吗?"

她说这话时相当平静,好像已抓住了对方的软肋,而我总有些为她担忧。她应该是知道我想法的,见着我的忧愁样,打趣地跟我说道:"也就在当时,真怕他动手动脚。像这种老色鬼,生意又捏在手里,真正让他揩了些油,我连申冤的地方都没有啊。"

"揩油?怎么个叫'揩油'?"那时我也真不知道这是什么意思。

她笑了,羞答答的。

大门口"嘀、嘀"响了两下摩托车的喇叭声。我吓得大惊失色——梁燕下班回来了!

第十九章　老二舅子

午饭时分,二舅子一行15个人,包了一辆面包车过江来了。

因为场面上是由我二舅子承包施工,实际上是为我干活,所以,从出门坐车开始,一行人的所有开支全由我承担。这一群人,要过接近两个月的工地生活,他们从做饭用的煤气罐、灶,到每个人的碗、筷、面盆、毛巾等日用品以及换洗衣服,大包小包,连人带这些宝贝物件,硬是塞了满满一车。过了江,面包车刚从渡船爬上渡口的公路,立刻被站在那里等候多时的我看到了。

我早就算了一本账,税务大楼工程从围墙、食堂到大楼,实际盖瓦近3600平方米。我以每平方米58元的施工费与建筑公司结算,施工费总额为20万元多一点,除去返还给建筑公司的管理费,我还能拿到19万元上下。从苏南过来15个人,大、小工工资,包括伙食费、车旅费,还有我二舅子的管理工资,整个工程干完,总开支完全可以控制在10万元以内,我仅这一块上就要赚10万元上下。在与业主及建筑公司谈到我们盖瓦部分施工费的时候,我不仅再三强调这盖瓦难度,又把工人工资说成了天价,明明大工每人只要120元工资一天,我报的是每人每天必须有300元才能请到一流师傅,也就是这样才争到了这个满意施工价。一旦我这支队伍里的人在工地上稍不留神露了马脚,这不仅仅是拆穿西洋景的问题,关键是业主对我们盖瓦人员的技术要起疑心。而要杜绝这种情况发生,势必要在进场之前开一个会,让队伍能统一思想,免得到了工地上捅出乱子。

都是一清早出的门,午饭时间到了,万事待吃了饭再讲。

出门在外,大家知道规矩,包工头只能顾大家吃饱肚皮。过江来的 15 个人,连同司机,加上秋云和我便是 18 个,按理说要两张八仙桌才能坐得下,可梁燕家中也就一张桌子,小工很识趣,都是夹了些菜在饭碗里,四散在门边、屋角,用几张小板凳搁下屁股扒着饭。

饭菜很简单,秋云也只烧了一荤一素一汤。不过,都是用脸盆装的,量到了。饭管饱。

饭后,我先把我的老二舅子拉到一边打了招呼。我跟他说,必须把一些要求事先向大家讲一下,别到惹祸了再后悔莫及。二舅子连连称是。他回到了八仙桌的上座,开始主持会议。

"这个、这个同志们呐,出门了,都是求财来的。俗话说,蛇无头而不行,这个、这个,我作为方总的全权代表,工地上盖瓦工程的现场指挥,有些问题,这个、这个还是要交代清楚的。第一个问题,是个关键的问题,这个、这个,就是在工地对我孙某人的称呼问题。关于称呼问题,那是一门大学问,须切记、切记。在家里,我可以让大家找乐子,但出门了,可要摆足架子!试想,如果我们这么一支队伍,这个、这个没有一个坚强的领导班子能行吗?没有一个领导核心能行吗?没有铁的纪律能行吗?这个、这个,大工班长严九平,小工班长严强,作为我的左膀右臂,作为三人领导小组成员,受我的直接指挥!这个、这个,工地上的任何事情,均无小事,不论任何人,没有我的指示,不得与江北的人说一句话!不用我讲,大家知道,什么叫话多必失?这个、这个,凡事,有我孙指挥撑着,见了我,抬头便是干干脆脆响响亮亮的一句'孙指挥'!同志们,可千万不要小看这一声称呼,这个、这个,这叫硬是竖我们自己的威风哇,我的同志哥们!"

也别说,我听着老二舅子的一番话,感觉挺有道理。别看他摆足了个臭架子,口沫子满天流星般的飞,像煞官样,但每一句话,都是实实在在的。至少,这种管理也能让工地上业主的分管人员、建筑公司的现场管理人员都把我们当回事。

"方总,出门在外,我就不叫你妹夫了,来、来、来,我们现在请方总再做个补充发言,大家欢迎!"老二舅子说完,带头鼓掌。

也真活见鬼了,那十几个人居然把他讲的话当回事,竟能没有一个人笑话,全都郑重其事地拍起手来。我本来觉得好笑,见他们这个样子,怕挫伤了他们的积极性,硬是忍着没有笑出声来。

"都是乡里乡亲,有的话放在私下说好。大家想想,这个工程我已用了多少钱? 现在这个社会,挣的钱能一个人花么? 所以,有一点要向大家交代清楚:当工地上有人问你们干一天得多少工资时,记得一定要说是大工的日工资是300元。"

我的话还没讲完,我的老二舅子马上站了起来:"听到没有? 当别人问起我们大工的日工资是多少,你们怎么回答?"

"300元!"下面异口同声。

"声音大一点! 再重复一次:当别人问你们大工的日工资是多少时,你们怎么回答?"我的老二舅子厉声再问。

"300元!"

这一次连司机也帮叫了起来。天晓得,这十几个人的小队伍竟完全军事化了。

我的老二舅子摆的这个阵势我是第一次见着,我也不得不对这个让我平时十分讨厌的家伙刮目相看了。

不过,刚让我赞赏了不满5分钟,他马上又让我反感起来。

会议一结束,他站了起来,当着大家的面,装模作样地向我说道:"方总啊,走,到你的办公室里去,还有些重要工作,我俩得再仔细研究一下。"

我随他进了办公室,我坐在自己的办公椅上。秋云正在厨房收拾锅碗瓢盆,我的老二舅子关上了门后便坐在了她的位置。我不知他葫芦里卖的什么药,郑重其事等着他开口。但这家伙顿时一反常态,没有了刚在堂屋里的半点正经,带着一副猥琐状,低头坏笑道:"呵呵,高,妹夫你实在高! 金屋藏娇哟,啧啧! 看你那个女秘书,细皮白肉,嫩得快化水了哟,一盘好菜,绝对的美味佳肴呐! 看她那两个奶子,要多挺有多挺,再看她那个小腰,要多细有多细啊! 尤物,绝对的尤物! 哪个男人见着她不要酥了骨头？每天两人在一个办公室里待着,孤男寡女,还不是干柴烈火？男人么,哪个不爱这一口？祝贺,这个、这个必须祝贺哟!"

他的两只眼睛本就小,满脸嬉笑,又把脸上的皮层抬到了眼角,眼睛便挤成了一条缝,嘴也拉大了,从被烟熏黑的两排牙齿中冲出口臭、烟臭,加上那种猥琐状,顿时让我生出厌恶。我冷冷地说:"你以为每个人就都与你一样？二哥,我可告诉你,我家有背景么？我又是怎么在30岁挂零就当上村主任的？我出来是挣钱的,是出来创业的,而不是来找麻烦、寻死路的。我可告诉你,箩筐外的米屑不要管箩筐里的米,没事生事,对大家都没好处!我的事,我自己会处理,就不用你来操这个闲心了!"

明显的,这家伙始终是个扶不起的阿斗啊,让他过来管理施工,我心中开始有些后悔了。这些捕风捉影的东西,假如让他回去一作宣传,我还能安稳得下来？就是与秋云的事,最终如果能成,也需要时间,需要让父亲安安静静上路了,需要让事业有些起色了,更需要双方有一定的磨合才能确定。我总不会再去离第二次婚吧？而我的老二舅子刚才的一番话,他的心思,便是有坏我大事的苗头,我不禁对他警觉起来。

"哪里、哪里!妹夫啊,我也只是那么说说而已。你是什么人？一般的人,秀芝能看得上吗？哥也是臭一张嘴,不当之处,妹夫你就只当我放屁!男人么,长期在外面,偶尔有些风流事也在所难免,只要顾家就好!刚才是我嚼着舌头来了,妹夫,你可是大人有大量,宰相肚里好撑船哟,包涵,多多包涵!"

这人能见风使舵,这下我才稍觉宽了些心。

……

我也是硬挤在面包车里过去的。

到税务局工地,已是下午3点多了。装运琉璃瓦的船只也已到了离开工地半里左右的码头。

产品及施工队伍能提前进场,从业主方的高副局长,到建筑公司的项目经理,他们都很满意。工地上早已为我们过来的施工队搭起了4间简易房。都是男工,3

间的地面上用水泥砖打了底,又在上面铺了一层木工板,打了通铺。还有1间,泥工们用砖头支着木板,在上面放上了煤气灶、锅碗瓢盆。这间房子便成了厨房,又兼做食堂。

队伍刚安顿好,工地的项目经理便派人过来催促着"厂方代表"去签订施工合同。

签约时,又冒出了一个问题:铺盖瓦片是用水泥砂浆衬底的,建筑公司对铺盖琉璃瓦到底要用多少水泥、石砂摸不着底。他们怕亏本,打算把这一块造预算时的开支也划出来,打包在盖瓦的施工合同中一起承包给我们。因为在场面上我只是个"介绍人",我的老二舅子才是真正做主的,就在对方刚刚提出这个问题时,我的这位"牛"舅子看了一下他们标出的价格之后,马上就神吹起来。

"按理说,我们不论走到世界的任何地方,都不可能把砂浆也总包在盖瓦里面的。因为在实际的施工过程中,砂浆用量往往远远超过了理论用量。但谁叫我们是一心想要和建筑公司搞好关系,决心与贵公司携手并肩打造出一个精品工程来呢!罢了,罢了!为了友好合作,我作为现场指挥就吃些小亏吧,就签下这份显失公平的合同了!不过,麻烦在这合同上标上一句:'除安全帽外,其他安全设施均由建筑公司提供。'大家跟着我出来是求财的,安全为了生产,生产必须安全……"

一通很有水平的即兴发言,没用稿子,且抑扬顿挫,很见功夫。美中不足的是我那老二舅子永远吐沫飞溅。但此事毕竟让建筑公司吃了颗定心丸,对方并没有对这些小细节产生反感,倒是报之以感激的态度签好了合同。

突然之间又加上了承包砂浆料,我很生气,像这种重大事情竟不和我商量一下,大笔一挥,就把合同签了,这还了得?这个人是虚荣心极度膨胀!

回到他的住所,我把其他人赶了出去,关起了门,开始斥问:"你还胆大包天了不成?来的时候怎么说的?我再三关照你,好好带队,重大事情一定要和我协商,由我拍板!你倒好,别人的烫手山芋拿着吃不住,你却爽爽快快接下来了,工程结束,亏了怎么办?你明知我就那么一点小家底,赚得起,亏不起,你是想把我置于死地吗?"

"你呀、你呀！亏你还做过领导,有道是'将在外君命有所不受'！又有'时不可失,机不再来'的道理,你是我的亲妹夫,我还能把你往火坑里推么？他们是摸不着砂浆用料的底才把这业务强塞给我们的,但我知道呀！当我见着每平方米开给我们18元9角的时候,我快高兴得心都要跳出来了！成本是多少？造预算的人,是把施工时瓦隙灌足了砂浆来计算的,实际施工是个屁啊！拌砂浆、运砂浆都是人工,都需要开支,我们就是从节约工时上入手也不可能做到这点,每平方米砂浆料绝对用不了10元成本。这么多平方米呐,能赚多少？我的好妹夫哟,这个挣钱的好机会我能错失么？我还不趁这个机会多弄些油水可不要让祖宗骂死？而我最需要,也是最重要的,就是趁他们在没有防备之际,按我的意愿加了那句安全责任的话。那是什么意思？那可是我们关键时候救命的稻草啊！挣钱是小事,怕出人命,都是为你干活的,我们不找一个大个子垫背,你一生都完了啊！你看,你看,我在不经意之间就转嫁了风险,妹夫呵,这就叫经验！你还嫩着哟,哈哈哈……"

我的老二舅子眉飞色舞报告着得意的成果。毫无疑问,这家伙确是内行,也干得漂亮,既增加了利润,又保障了安全。但我见着他得意忘形的样子,担心他居功自傲坏了大事,心里灵机一动,当头向他泼了一盆冷水。

"二哥啊,外面的钱你以为真的这么好挣？你只看见了表面上的东西,可实质呢？你以为这工程我就是很轻松地接着的？那是和某些领导私下达成了约定——产值的25%要'进贡'的！除此之外,催款的费用呢？合作上的麻烦呢？你能知道这里的水有多深多浅？"

我也是连珠炮似的打过去,效果很好,当场便把他吓得目瞪口呆。

"呀呀呀！我怎么就没想到呢？智者千虑,终有一失。事情出了,可我这个责任还是要担的。放心,我在保证施工质量的情况下,在这个问题上,我一定会做好收支平衡工作的！"

我的老二舅子手捋着黄发,嘴还在挺着。我心中有数,赶紧见好就收。毕竟他在现场,且又立下大功,我马上又安抚了他一下,装模作样道:"算了算了,虽然说是多一事不如少一事,但不论怎样,你的出发点还是好的。我明天就要回公司了,为了后面你在这里工作的顺利进行,今晚我已约了高副局长与建筑公司的项目经理,还有个工程监理,大家在这条街上的'听风酒店'聚一次,增进一下友谊。包间我已托高副局长定了。晚上你可是主角,代表着厂方,方方面面要显示出大气来。"

一是有酒喝了,二来又要让他出风头,这下又把我的老二舅子弄得眼睛发着绿光,拍起了胸脯:"妹夫放心,撑场子的事情就包在我身上! 他娘的,保证让他们竖起耳朵听我上课!"

晚上也就5个人。太阳还没落山,我与我的老二舅子刚到酒店,高副局长早已把菜点好了。他是美食家,又是"当方土地",哪家菜适口,哪家饭店与他有交情,也只有他自己清楚。我委托他帮我落实饭店、点菜,既让他做了人情,又让他能吃到满足自己胃口的菜肴,这也算是把马屁拍到位了。

项目经理周永贵与监理刘俊晚到了一步。

工地上其实工人还没下班,因为他们知道高副局长在等着,所以这两人衣服都没有来得及换,是急急忙忙赶过来的。招待这些人,菜由他们自己点,酒也不能太差,两瓶茅台,我是从副食店里买着带过来的。

这酒贵哦,买酒时我算了一下账:我是滴酒不沾,只用茶水陪他们,另外4个人,平均每人半斤应该也差不多了。哪知我的老二舅子是个酒葫芦,难得喝上茅台,酒桌上根本不为我着想,热菜才上来半成,他2两一杯,已分别敬了那3个人一次,且杯杯见底,6两酒没了。好在监理刘俊与周永贵不善饮,每人只能勉强弄个半杯应付一下,这才让我稍微放心些。请人吃饭,缺酒,这还不让人看笑话?

应该说高副局长也是个喝酒的人,但明显的,酒量在我的老二舅子面前是落下风的。我老二舅子6两下肚时,他才喝了一杯。不过,这人才,见我老二舅子3杯干了,认为有机可乘,便开始反过来敬酒,且弄了个好事成双。这下好,他仅喝了6两,我的老二舅子硬是干掉了5杯。此时,一只酒瓶空了,另一只酒瓶里大约还有2两,我以为要出洋相了,酒不够啊! 好在高副局长也喝到位了,不敢再喝,在我为他续酒时,他拼命抵挡着。

此时,我的老二舅子站了起来,拿过我手中的酒瓶。他高声说道:"我本是不喝酒的,大家知道,喝酒误事啊！作为一个每年在世界各地搞古建工程的现场指挥,什么场面没见过？开年时,我在非洲的刚果(金)做工程,那是让人用手枪顶着脑门干活的！还敢喝酒么？上个月,在巴西,那些小工都是土著人,有的女小工连衣服都不穿,晃着两个大奶子在干活,我不喝酒,下面都已撑破裤子了,一旦喝了酒,冲动了呢？她们的男人可是个个佩刀的,削掉了我的脑袋倒不怕事,反正只是一个疤的问题,万一把我下面的命根子一刀削掉了呢？我不成了太监？还是个男人么？敢喝酒么？现在,回到了祖国,又碰上了高局长这样的英明领导,我不喝,怎么能对得起我与扬州人民的缘分。高局长,酒,还只有2两,我们把它匀了,为表示对你的敬意,你可以不喝,但我一定要为你续上,你实在喝不了,由我代你喝！我这个人别的没有,但有一腔热血！在把酒喝下前,我先表个态:这次如不把这个工程弄成个样板,我孙总指挥就誓不为人！"

我那个老二舅子的一番话,一会让他们奇,一会让他们笑。他的表现让人感觉一会儿像是真的,一会儿又像是做戏,那脸却又显得格外认真,让谁也弄不明白他的话到底是真是假。就这样,一番慷慨激昂的致酒辞后,高副局长一感动,竟然真的接受了他的酒,且两人碰杯之后都干掉了。

见此情景,我很纳闷:我那个老二舅子分明是在胡说八道,可这些人又怎么就会这么轻易地相信他了呢？当然,我也为我的这个老二舅子可惜了,这人真的是可以去当演员的,他确实有一定的表演天赋。

第二十章　雨夜绮梦

第二天上午回到公司,我内心的喜悦无以言表。

因为我在场面上只是为盖瓦的事牵线搭桥而已,且又自称业务繁忙,既然那么忙,还能有理由一直待在工地?其实我完全有时间可以在那里亲自抓工程,这样既节约了管理成本,还能及时掌握工地用瓦需要添补的情况,以便向厂家落实生产。但牛皮吹在那里,就只能眼睁睁地看着,由我的老二舅子在工地让一群人叫着"孙指挥",留下了个开支的黑洞,乘车回来了。

不过,有些事也很难说。俗话讲"祸兮福所倚,福兮祸所伏",任何事物都有它的两面性。打个比方,老二舅子本是我一万个不情愿请过来搞管理的,他几乎就是秀芝硬塞给我的"礼物"。仅凭这一点以及他平时的为人处世方式,就让我心里非常排斥。然而,也就是他的到来,即将为我挣来一笔意外之财——在承包砂浆料的供应过程中,我又可以增加近4万元的利润。虽然老二舅子被我不动声色地一吓,摸不着底了,但我心中明白得很,又吃上了一块肥肉。

因为屋面瓦属于甲方供材,并不在建筑公司的预算之列,且又有6%的管理费,我与建筑公司,实际上两家在这一块已形成了利益共同体。我把产值做得越大,他们的收益也就跟着越大,所以,在我与业主方签约每平方米的供瓦单价时,他们只知道我与商经理报的产品单件价格,而现在要以实际使用后每平方米的综合材料开支结算了,业主对这些专业知识一无所知,放着个大漏洞给我钻,我怎么有不钻之理?

首先,因为屋面做了防水,琉璃瓦仅是起到装饰作用,现在承包给我,是以实际施工后屋面的丈量平方米结算了,签约时,我是硬争着连同破损在内,按每平方米需要用瓦50片签订的。而在实际施工中,我完全可以把瓦的用量控制在每平方米40片以内,仅这一块,材料便少用了20%,利润又要增加多少了呢?

当时业主心中也并没有底,故现场咨询了一下那个项目经理周永贵。周永贵此时在利益上我们是合穿着一条裤子,还用说吗?不用我教他,回答得又快又好:"要!怕是每平方米实用50片都不够吧,这盖房子是万古千年的事,把瓦盖密一些总没亏吃。"

听听,这话说得多有水平?他完全是在配合我挣钱呐!

其次,那些脊、吻、兽、翘等琉璃瓦配套件的规格、型号,他们又像个"文盲"遇上了我这个"博士",被我三言两语弄了个七荤八素,让我把型号、规格变小了一个档次落实在合同上。你可千万别小看就低这么一个档次,提货价格可少了近半啊!

回来后,我用计算器算了不止10遍,从供材的瓦片获利至施工费上的差额获益,再加上砂浆上节约的好处,每平方米的综合利润至少也得120元!3600多平方米啊,我能挣多少钱?税务局大楼,是一碗真正的红烧肉让我吃着了,我胸中的小心肝乐得不行,快要开心死了!

这让我马上联想到了辞职下海时遭受的屈辱,对那两个混账东西生起恨来。

杨德新,你这个狗日的!你不是笑老子1万元业务都跑不到么?老子仅用几个月时间,挣的钱快抵你们这个破厂两年产值了!看你那个奸臣相,还敢笑我吗?就让你去眼红死吧!不过放心,老子可没你那么势利,你眼红之后挺尸了,老子照样送花圈!

李小兵,你不是给老子穿小鞋么?谢谢,老子要送你100个感谢!不是你使阴招逼我出来,老子哪里知道外面的天是这么大?

李小兵啊李小兵,看你那辆二手桑塔纳还能抖着几年威风!现在风水轮着我了,我要让你看看我方某人的为人!你不是"普桑"么?还是二手的!老子结了账,先买辆豪华型桑塔纳,且买回来先借给你去风光三天可好?老子可不会像你那么小气!王八蛋啊,老子大小还是个村主任,车子是公家的,都是为了工作,你凭什么让老子连屁股也不能去搁一下?现在呢?砖头瓦片要翻身了!谢谢,谢谢你成全我了!

到了下午3点多钟,我依然沉浸在兴奋之中。

"哥啊,你是犯了'神经病'啦?一会儿好像偷着乐,一会儿好像又要去杀人的样。我就不明白,是啥事把你弄成这样的呢?"

秋云坐在对面。我回来之后,只是和她打了个招呼,然后便是一直捧个计算器算账。大概我抑制不住兴奋,心情全写在脸上,秋云忍不住在盘问我。

也好,我终于可以清醒地享受这种喜悦了。不过,毕竟还只是看到了希望而已,一切还充满着不确定因素,所以,我只是说了个大概。

"怎么会不开心?地面砖由你给我吃了定心丸,眼见着9月份可以走了大半的货,小山可以移去大半座,我心上压着的石头也就一半落了地;严总为我又介绍一笔琉璃瓦供货业务,不去问赚钱多少,生意活起来了,人的心态就不同,因为感到有了奔头,身上就有使不完的劲!"

我只说是有了生意,但没有透露半点有关利润的信息。

"是吗?哥可是难得这么开心,咱还不赶紧小庆一番?也好让妹子沾些你的喜气。"

"一言为定!快乐是要分享的。这两笔生意对我们来说是极大的鼓励,就算是预祝成功吧!我这就去三圩街上买些菜回来秀一下我的厨艺。晚上叫梁燕也别另外做饭了,难得一乐,让她娘俩和我们一起吃。这阶段都是你做给我吃的,今天哥必须为你们服务一下!"说完,我便起身走出房间,把停在堂屋中的摩托车推了出去。

就在我将那辆"雅马哈80"发动了准备开走时,秋云在后边喊着:"等一等,一起去!待我关上门一起去!庆功了,我也不客气,带我上街,让我也狠狠地宰你一刀,买些我喜欢吃的菜才能放过你!"看她的一副雀跃的样,我也笑了,于是带着她一齐去三圩镇上。

在菜场买好鱼、肉和蔬菜，我被秋云牵着手拉到了一个卤菜店里，买了一盘"油炸凤爪"。秋云兴奋地说："这菜可是这店的招牌菜，味道好得很，就是用它消闲也是好东西。我们三圩镇的'吃货'都知道这个店，别人家里办喜事，也都过来买着回去做冷盘。今天是'庆功宴'，这个菜我可是要点的了！"

从卤菜店里打道回府时，秋云一脸得意。

回来后，哪知我正在灶上掌勺大显身手的时候，电话铃响了，秋云去接了个电话，马上来到厨房向我汇报："'火头军'啊，燕嫂子来了电话，说她娘生了病，已被她爸送去城里的医院，且住院了。她刚下班，现在正叫了一辆化工厂的小车要往城里去，还说是今晚肯定回不来了，叫我们早点关门，别等她了。"

"这算哪门子事？8个菜啊，5个烧好了，我们俩吃得了？"我正在烧香醋鲤鱼，歇不得手。

"红烧肉别做了，把生肉用盐腌一下就坏不了。连同两个蔬菜，放着明天吃。我们两个人，5个菜，已是绰绰有余。这个鱼做好了就放手吧，可以开吃了！"秋云咋呼着向堂屋端菜。

过江来后，虽与秋云单独吃饭已有过无数次，都很简单，基本上是一荤一素两个菜，偶尔加个汤，就更别说喝酒了。今天上街，我准备4个人吃的菜，3个人喝的酒。在副食店里，我本只打算买6瓶啤酒，秋云见了笑道："这么小气啊，1人2瓶？那东西当茶喝的，3个大人，连1箱都喝不掉还叫庆功？庆功宴、庆功宴，不就是图个热闹？不放开喝，热闹个屁啊！"

我这才想起，她是从"那个"地方出来的人，没有不会喝酒的。就是梁燕，大场面上的人，也是有酒量的，便赶紧带了一大箱回来。

不过，那晚因为梁燕没回来，我们俩仅喝了6瓶啤酒，而我只喝了2瓶。倒是秋云，好像抓着了个机会，一口气喝了4瓶。

天将黑的时候，外面下起雨来，还打了两个霹雳。昨天电视里的天气预报，今天白天阴到多云，傍晚起，有雷阵雨，短时间阵风七到八级，雨量中等，真的很准。

她本还要喝的，是我阻止了她。

"真小气,哥啊!怎不让我喝个痛快呢?"她一直在咕哝。

天完全黑了,外面在下着雨。

喝过之后,我见她喝多了,便自己起身收拾桌子。她也没客气,大概真的喝多了,先是说要在桌子上伏一会,定下神再上楼。但当我在厨房洗刷干净出来时,她依然没上楼,还趴伏在桌子上,半醒不醒的。由此看来,她的酒量并不太好,只是敢喝罢了。我把她扶上了楼,让她躺在床上先眯一会。然后又拿上去6瓶开水,放在楼上的卫生间里。夏天,有6瓶水放在盆中洗个澡够了。

外面的雨好像没停。我先在办公室里又将税务大楼的整个生意细算了几次,且把每一项成本全列在记事本上,把各项开支也都估足,结果始终是一个结果——大利!

我洗了澡睡下的时候,已将近10点。霹雳竟一个接着一个,就像打在后门的河里一样。后窗虽拉着窗帘,闪电依然把黑夜变成了白昼似的,比太阳都耀眼。这光线强得竟会穿过窗帘,将卧室里也照射得如开了电灯一般亮堂。

忽然,我以为见了鬼了,在又一道闪电亮起时,竟有一个女人站在我的床边!

这不是秋云么?还赤着脚!

"哥,梁燕不在,雷吓死我了,我怕……"秋云语无伦次,一下子扑在床上。随着又一声炸雷声起,她紧紧拥着我。

我还是推开了她说:"你怕就睡在这儿吧,我到外面办公室沙发上睡。"

说完,我为她盖上薄被,拿着枕头和毛巾被出了卧室,把床让给她。

躺在沙发,我没有一点睡意。我是个正当年的男人,有这么个年轻女孩主动投我怀抱,我不可能不想那事。然而我没有动作,我始终没有再进我的卧室,尽管很想,但还是克制了自己。她白天说起那么一句将喝啤酒说是"那东西当茶喝的"话,也帮我止步于此,不敢碰她。

我是见过世面的,从那个地方出来的,一般情况下就不应该叫作"女孩",是叫"女人"了。她那么随便的一句话,就不得不让我考虑到她经历的复杂性。即使她现在待我好,好得连心也可以掏出来了,然而,这样的女人,她的想法充满了许多变数,让我生畏。

迷迷糊糊，我睡着了。不，没睡，我去了一个地方，与秋云。

——在一个烟雨二月，在一座古桥上，她踏上了青石的条石台阶。

这条石已让万千人踏过百年，踏过千年，许仙走过，小青来过，白娘子也留下了一行足印。微风吹着，她身穿鹅黄风衣，那一把纸伞撑在头顶，是浅红的那种。雨随风行，那横风将雨丝打湿了她的衣裤。

鞋里有积水吗？她在等着谁？是等我吗？否则我会恰好路过？我舍不得她浑身打湿，我心痛她在寒风里受冻，我想用我的伞，为她挡一下从侧面打来的雨。于是，我急急地跟上去，可还就离开她那么几个台阶，我的脚便好似粘在了青石板上，就是无法走到她的身边。

对面桥沿有一棵杏树，正花发满枝。那枝长啊！那枝已伸至桥顶的上方，几乎就要碰到行人的头发。她的脚下已有一层散落的花瓣，那花瓣也如她持的花伞一色，是浅红的色泽。我始终怀疑它是不是由我的心上淌下的鲜血染红的。那雨水夹着花瓣，从青石条上滑落桥下，杏花便纷纷扬扬洒在水面。

月牙形桥洞下方一端的河面上，一个头戴斗笠的美男子，手中正摇一支长橹，将一只精致的乌篷船由远而近摇来。是接她么？哦，应该是了——就在船头将要进入桥洞的那个瞬间，就见她轻轻一跃，像一朵杏花在风中一飘，便了无声息地落在船头。那树上的杏花也就在这个时辰里，像相约好似的，全都纷纷下坠。乌篷船便让杏花厚厚覆盖，穿过桥洞，在河面点点雨滴溅起的轻烟中，她就随那只小船，远去，远去……

有一只孤雁，从我头顶飞过，跟着船的方向，在风雨里扇动一对翅膀。我心急了，我想叫住那只孤雁，把我也带过去，去追她，能追上她，让我能踏上那只披着杏花的乌篷船，跟着她走，随着船行，伴她去远方。可当我竭尽全力张大着嘴呼喊的时候，奇怪，我的嗓子竟叫不出声来。我急得直哭，可哭也没有声音，只觉两行眼泪落了下来，从我的脸上滑落。这泪鲜红如血，吓得我不禁直打寒战。

这寒战让我从梦境中跌回现实。我醒了。

此时天已大亮。我坐了起来，房门已经开了，秋云已不在房间里。

第二十一章　莫名挨揍

我睡迟了,醒也迟了。

也就是刚醒吧,一阵急促的电话铃响了起来,这铃声显得特别刺耳。大清早的,我业务上的客户不多,谁这么早打来电话?夏天,天亮得早,也就才5点左右,上班时间至少也要七点半,是哪个人不识趣影响人休息?

房里没人,我没穿上衣,只是穿了个裤头便去接听电话。

"老四吗?老四吗?是老四吗?"电话是大哥从江南打来的。这声音急切得让人心颤。我知道必有大事了。大哥向来沉着,从来没有用这种口气说过话,那种急,似乎天都要翻了!我可以肯定,大哥在那头是慌了。他的语速极快,快得语无伦次。

"是的,大哥,我是老四,别急,别急,慢慢讲!"我努力想自己不受他的影响,还想宽他的心,至少要让他说明有什么急事。但我还是控制不住,回话也很急促。我想是被大哥的语气吓昏了头,也慌了。

"赶快回来,马上回来,立刻回来!什么都别问,你应该知道的!快,快!"

电话挂了。

我知道的?我知道的便应该是老父亲快走了。

是父亲要走了么?是父亲要看我这个四儿一眼才肯走么?还是父亲有事要交

代,或者是不是父亲已经上路了?

对了,父亲必是已上路了,否则大哥能这么急? 83岁的父亲走了,长兄要马上组织兄弟挨户上长辈的大门去磕头报信,这是乡下人的规矩。他的四儿在外,如不参加报丧,那是我的不孝,是对长辈的不尊。对长辈不尊也罢,对父亲不孝,这是天大的罪孽,我怎么能承受得起? 人说养儿防老,父亲的病我不是不知道,就是在家陪着,也就两个月好了吧,半年好了吧,让我给他看一眼再上路,让我向他磕个头告个别再走,这是做儿子的本分,否则还要养儿育女做什么?

我陷入深深的自责之中。

我一边急着收拾要顺带回去的资料,一边忙着穿衣服、鞋子。

秋云开了门,端着稀饭送进房来。大概是稀饭盛得满了,心思在碗上,怕端不稳,稀饭会溢出,故她进门时,并没看我的脸色。而我第一眼瞄着她时,见她满脸羞涩,边把稀饭放在我的办公桌上,边轻声道:"哥,吃早饭喽。"但当她见我如此慌张地收罗着东西,眼泪还在止不住地掉下来时,也就慌了。

"哥,这、这怎么回事?"

"父亲……"我哽咽着。她知道我父亲的情况,我跟她说起过。

"来得及,来得及的。从市里去杭州的第一趟车是在七点半左右到达渡口,还有一个多小时才会过来。先吃早饭,然后我用摩托车送你去渡口候车!"

我在喝稀饭时,眼泪滑落在碗里。秋云在稀饭里放了两个荷包蛋,上面还撒了红糖,但我口中依然尝到了稀饭里泪水的咸味。这早饭显然是秋云的心意,而此时的我已心慌意乱,无暇顾及。

在班车上,我心里恨起来。我恨秀芝,说好的,有事要通知我。父亲这病,医生说过的,不进食,也就差不多了,你为什么不早点告诉我? 我也可以早点回来守他几天,尽一下孝道。你明知这是我的一块心病,就是故意不告诉我,你的心真狠! 好吧,好吧,我也不想怪你,两人毕竟是离过婚了,父亲的墓碑上也不会刻上你的名字,怪你什么? 不过,你是他老人家孙子的娘啊! 你我也夫妻一场,又是答应过我了的,从这些事情上去说,你不早点通知我,至少也太过分了。真的,实在是太过分了!

　　下午3点多,班车经过我家理发店门口时,我见店门口黑压压地聚着有一二百人。怎么回事?难道还要在我家店里为父亲办丧事?我的老房子空着,挺大,就父母住,在那里办事地方宽绰,方便,怎么就会想到店里来办?我家亲戚多,丧饭流水席,一次便是二三十桌,这里连做大锅饭的灶台也放不下来啊。

　　我胡思乱想着,带着行李,挤出了车门。

　　哪知车门外震天般地响着:"回来了,回来了! 打,打! 死人为大,先揍这个狗日的! 叫他抵命,叫他抵命!"

　　我下地还没一秒钟,一群人忽然像苍蝇一样"哗啦"一下拥了过来,将我围住,然后便是拳头如雨点般地落在我的头上、身上。

　　我被彻底打蒙了。

　　"拼了! 打,叫你们打! 派出所马上来警察! 方旭明没杀人,即使犯法也轮不着你们来要他的命! 哥哥们,给我打啊! 快为我把旭明救出来啊……"

　　这是秀芝的声音,是如此心酸、凄厉。几乎就是临死前的惨叫。

　　紧急着,已倒在地上的我,听到了兄长、弟弟的叫喊声:"拼了! 拼啊! 救兄弟啊……打啊……"

　　混乱中,我好像只听到了一阵尖利的警笛声响,其余的就不知道了。

　　……

　　在医院里,当我醒了之后,感觉眼皮很重,睁不开,就听到边上一片叽叽喳喳。

　　"大哥,你看、你看,这个电话打的,老四硬是被白挨了一顿拳脚。没有秀芝死拼着,兄弟们死顶着,老四还有命么?"这是我三哥的声音。

　　"全亏派出所来得及时,大家打红眼了,否则还不要出人命? 活该抓了好几个! 不抓,这些人还得了? 法治社会,这些狗日的胆子也太大了!"听得出,这是我三舅子在说话。

　　"我哪里知道会出这么个事情? 谁能料到他们见着老四就下手? 看他们一早就挤在理发店围着秀芝闹事,我是担心秀芝吃亏才打的电话啊!"大哥在争辩着。

秀芝在哭:"你怎么可以回来呢,回来不是明显要吃'眼前亏'嘛!那些人听说乔丁山摔死了,见了你还能放过你吗?天大的事由我在家顶着,我一个女人家,打伤打残了无所谓,而你是当家人,倒了,叫我们娘俩怎么办呢……呜……"

我强睁着眼睛,有了一条缝。见儿子泪汪汪的,靠在他娘身上紧盯着我。病房里挤满了我的亲人。几乎所有兄弟、嫂子、舅子、弟弟、弟媳、侄儿、侄女都来了。

"爸爸活过来了,我爸爸活了!爸爸……"儿子马上扑在了我身上。

"到底是咋回事?不是父亲……什么乔丁山摔死了?乔丁山是谁啊?"

"醒了,醒了,终于醒了!"大家都松了口气。秀芝听到我问话,马上擦了把泪水告诉我:"乔丁山是隔壁村的,你不认识。他近50岁了,是个老瓦工,让二哥带着去盖瓦的。摔的就是他。"

"什么?摔人了?我怎么不知道?工地那边有事,二哥必定会先告诉我呀!我还蒙在鼓里,他们就能知道消息?这算是哪档子事?"

我也真的弄不清了,工地上我的老二舅子在那里负责,人命关天,出了天大的事,不向我汇报,这不是笑话了?

"不可能,绝不可能,出了这种大事,二哥在工地的,会不打电话给我?"我始终不信。

"是乔丁山的表弟在昨天傍晚用公用电话打回来的。他也在工地,是小工。说是乔丁山从4楼的屋面失足摔下来了,还说摔下来后就断了气,工地上的人正送他去抢救。乔丁山一家慌了,兵分两路,一路今天一早包了辆面包车赶去扬州,还有一群人便围住我讨要说法。我也说了,既然是去抢救,谁知道到底死了还是只受了些伤?谁知这群人里面夹杂着几个混混,竟鼓动着一批人动起手来了。"秀芝见我醒了,赶紧说明情况。

我听过之后再也躺不住了。

我是被他们打晕的,医生要先安排我去做脑部检查,我哪里还顾得了!"快,快先扶我去打个长途电话!不弄清情况还不要把我急死?让我与项目部通个电话,乔丁山到底是死是活,我总要有个数吧?"

"老四说得对,医院门口便有公用电话,我先背你过去,打个电话过去,弄清情况,咱也好有个准备。伤了一切好说,如是死了,可就无太平日子了。"大哥边说边来背我。大家又拥着我去打电话。

我与崔永贵的电话足足通了有15分钟,后来他还叫我的老二舅子接了电话。

和扬州方面通过电话后,我不急了。因为我基本弄清了情况,不仅乔丁山问题不大,而且该事故不用我担责。

首先是他们告诉我,经医院检查,乔丁山仅仅只是右大腿骨裂,面部皮外伤。二是谢天谢地,我那个老二舅子确实刁钻,施工合同上强调的那一句"除安全帽外,其他安全设施均由建筑公司提供",便把一切责任推给了建筑公司。事故出了之后,起初,建筑公司的领导嘴还很硬,说我们厂家的瓦工施工是双包的,安全上出了问题,承包人必须承担全部责任。但我的老二舅子不愧为久经沙场,他把那支小队伍召集齐整,高声宣布:"既然你们建筑公司不肯担责,不准备把乔丁山送去医院,那我们就带着合同、扛着乔丁山去向市政府讨要说法!是死是活,你们建筑公司不管,我们打工的更不可能去管,就让市政府去擦这个屁股!"

我的老二舅子这一阴招很有效果,建筑公司一下子尿了。因为这个工程他们要报"省优"工程,但安全工作没做好,可以一票否决。事情处理不好,不仅责任跑不掉,而且争取"省优"的事也必定黄了。我的老二舅子还在现场高叫着:"怕个屁啊,你们是穿鞋的,我们是赤脚的,看看到底谁闹得过谁!"那个崔经理见我们的人横下心来,吓怕了,这才赶紧送乔丁山去医院救治。

说起来也许没人会相信,也真叫是天意,乔丁山摔落屋面的地方,恰好是个臭水坑。它大概距墙仅5尺左右,在脚手架外。那坑中的水也就一米多深,但淤泥却达1米深浅。乔丁山掉下屋面时,先是跌在3层的脚手架上,它是一层由毛竹片编的脚手板,很有弹性,然后由它将乔丁山弹了出去。如果建筑公司在脚手架外侧扎好了安全网也就没事,偏偏鬼使神差,那一截就是少了一丈多安全网,这才导致出了大事。当大家将乔丁山从臭水坑的淤泥中像拔萝卜一样拔出时,乔丁山不知是震昏了,还是吓昏了,除浑身湿透、一身淤泥外,身子完全软了!在建筑公司把他送进医院去抢救时,他的表弟以为他没有救了,立马去电话亭向家中报告了情况。

我那个老二舅子再三宽我的心:这次他已捏住了建筑公司的"命根子",乔丁山只是骨裂,打上石膏,回来养几个月就好。但这个安全事故,他可要用它好好做文章,今后催要施工费、货款、验收、量方等,他动不动便可以把它作为武器使用。我的老二舅子还说这叫危机公关,要把坏事变成好事,是一门艺术。当他听说我回来了吃了一顿冤枉拳头,他在电话那头拍着胸脯叫着:"好!好!这就叫严重后果,绝对是造成了严重后果!看看,安全问题是多么重要,我的直接领导竟然为此问题受了牵连、受到伤害,他们公司可还不要为此担责?我现在就为他们去上课!"

我把电话的内容向大家说了,大伙儿这才放下了心。

经过检查,我基本属于皮外伤,不一定要住院。考虑到在家养伤方便,我就租了辆车,和秀芝他们一起,回到店里。

回家之后,我赶紧先向秀芝打听父亲的病况。她说是变化不大,父亲还是在熬着。反正她每天早、晚各一次,去看望,暂时无碍。我这才稍觉宽了些心。兄弟们在房里与我告别时,我再三关照,千万不可在父母面前泄露了我挨揍的消息。在这个时候,在父亲面前,只能报喜不可报忧。那些麻烦事一旦让老人知道,还不是催他早点上路?

天黑下来的时候,秀芝在料理着晚饭。

我被打得不轻,躺在床上,浑身酸痛。儿子也懂事了,守在我身边。他在轻轻地抚摸着我浮肿的脸,眼神里全是心疼,这让我心中也有了些安慰。这可都是秀芝教育得好,真的,我很欣慰。

我那个老二舅子能将被动化为主动,将不利化为有利,实在不容易。他虽生就了一副让人厌恶的相貌,但关键时刻拿得起,放得下,这不由得让我长长地吁了口气。难得。换作是我在工地也不一定能做到这样。都是在保护自己的利益,建筑公司这么容易对付?如果不是我的老二舅子堵死了他们幻想的大门,这些人会轻易厌下来?哦,也别讲,没有秀芝将他塞给我,实事求是地说,如这种危机让我去化解,我是必定要落下风的。因为我不仅缺乏在外带队伍的经验,更没有他这种痞气,这种让规矩人见了心里都会不舒服的长相、言行、德性,在他这个位置上成了杀伤力极大的武器,而今他能为我所用,我是仗了秀芝,是秀芝的人事安排举措让我逢凶化吉。

说到秀芝,讲一句掏心窝子里的话,我今天见着了她那种在危难关头舍了命来护我的样子,以及听了我在医院刚醒过来时她的一席话,我就有着一种莫名的内疚。我知道,我是对她亏心的。她是把心全交给了我,全交给了这个家。唯独让我不服气的是她还死撑着脸,摆一个老师的样子,这让我始终非常抵触。而其他呢?或许在任何一点上我都挑不出她的半处毛病。你说她性格犟,可在我躺在医院听她说的那些话,有哪一句不是软得让人感动、让人生怜?危难关头,她待我何止情深义重,完全是把我的生与死都和她维系在一起啊!

第二天早上,乔丁山的老婆、儿子带着礼品来看我了。

除了赔礼道歉,他们还再三哀求,希望能得到我的谅解。一是昨天派出所把乔丁山老婆的两个毒打我的远房侄子抓了,还可能要做拘留处理。他们来求我,是希望我在派出所来调查情况时,为这两个侄子说几句原谅的话,说是他们冲动了。还有就是在扬州解决问题时,千万不能把乔丁山喝了酒上工的事说出来。他儿子昨天去扬州看了,乔丁山伤得并不重。回来时,据说是我的老二舅子警告了他如果回来之后不向我赔礼,施工牌上可是明写着的,"严禁酒后参加施工生产,违者将严肃处理",假如关于打我的事得不到妥善解决,作为现场指挥,如有人把乔丁山在工地上因醉酒受伤的真相说了出来,他是不会帮忙的,乔丁山是必定要倒霉了。不用说误工费、营养费、护理费,弄得不好,医疗费也要自己掏腰包。怪谁?只怪乔丁山自己嘴犯贱!喝了酒可以登高作业吗?这种歪风邪气不杀,他这个现场指挥官合格么?

母子两个再三打着招呼,这个事故只怪乔丁山不争气。只要医疗费不要自己花钱,这就万分满足了。工地上供住、供吃、工资又高,今后还希望我的老二舅子出门时常带着他。千千万万,要我不能记恨。

临走时,乔丁山的老婆、儿子还告诉了我一个秘密:说是来上门闹事的这回事,是听了某些人挑拨的。那挑拨的人是谁?他儿子虽没有直说是谁,但我在他吞吞吐吐的言语中,知道了是李小兵搞的鬼。这一点没让我奇怪。李小兵向来对我恨之入骨,我在苏北把生意做好做大,对他是最大的打击,他绝不会放过这样打击我的机会,他巴不得事情闹大,闹得我收不了场才痛快。但他没想到事情会是这样,这就用不着我去找他算账,让他自己去找没趣吧。

最后,我表态可以原谅他们,母子两个千恩万谢。

回来后的第4天下午,我觉得身子松了许多,脸已消肿,就是还有些青紫。我心里惦记着父亲,忍不住了,去副食店里买了两包饼干跑到了父母那里。

父亲躺在堂屋里的背椅上,一台老式的"菊花"牌台扇在嗡嗡作响地吹着。见我进了门,先是很开心:"四儿回来了。来看看就得了,还带这些东西干什么?上次还塞在这里2000块钱,那钱这么容易挣?生意刚开始做,本钱最要紧呐,快拿回去,你有这份孝心我就知足了。"父亲的声音有气无力。

忽然,父亲大概发现了我脸上的伤痕,马上挣扎着想站起来,被我按住了。父亲道:"怎么回事?受伤了,被人打了吗?重不重?为的什么……"

父亲的发问,把从房里去取了钱出来的母亲也弄急了:"四儿,怎么回事?快说,可别把我们急死啊!"

我赶紧笑着道:"呵呵,没事,昨天回来,上班车时,那车子的台阶让我踏空了,失足摔了一跤,就弄成这个样子,让乘客们都笑了。小菜一碟,担心什么。"

"你呀,你呀,唉,30好几的人了,怎么做事就还这么毛糙呢!你在外面,我看不着,躺在床上也好,躺在背椅上也好,时不时地想着你,就怕四儿你在外有些什么闪失……"父亲听了我说的话,看似放心了些,但我知道,这份担忧始终压在他心上。

那天我陪着父亲吃了晚饭才回去。

临走时,不管娘如何把那2000块钱硬塞还给我,我不仅坚决不收,还告诉她:"娘啊!你还想不想我在外面能安心地做生意?别说我生意做得真的非常好,就是只挣了几个小钱,也应该趁你们都健在让儿子孝敬一下。如果不收,是要让四儿磕着头求你们……"

我哽咽了。

第二十二章　坠楼事件

我再也待不住了。

把家里的事情安顿好后,我第二天一早就进了城,乘班车直接到了扬州。下车后打车直奔工地。

我的脸上还留着淤青,秀芝本是要我养几天再走的,可不当家不知柴米贵,我还等得了?老二舅子的话我终究是半信半疑。这个人的话,从来就水分大,谁知道他的话是真是假?如果我不到工地弄清情况,怎么可能把事情早点做个彻底了结?

我回去之后吃的这一顿拳脚也让我长了记性,工程结束前,如果工伤事故得不到彻底解决,乔丁山回去之后,就是不来动手,只要他拿起法律的武器,跑到我们当地的劳动管理部门讨要说法,这些单位也会根据"谁用工,谁负责"的用工政策让我落个下风。所以,这次我来扬州,不把事情彻底解决,夜里绝对睡不稳觉。

我是刚到了项目部门口就让周永贵发现的。他马上迎了上来,并把我引进办公室。我的老二舅子是紧跟着我进去的。周永贵本被他纠缠了好几天,怕得要命,现在又见到我脸上青一块、紫一块,心就更慌了。

盖瓦的工人本是闹罢工的,是林局、高副局长做了保证圆了场,工人们这才开始继续盖瓦。

还没落座,我的老二舅子如高音喇叭的嗓子又响了起来。

"为什么不能实事求是呢,因为安全措施不到位,工地上出现了重大安全事故,使工人从四楼屋面摔下来了!啧啧,这样的情况,为什么不去向安全管理部门汇报,一定要藏着、掖着、瞒着?毫无疑问,这个、这个,这种情况应该登报,应该让扬州市所有在建工程的领导们都知道安全工作的重要性!要通过此事举一反三,严格落实建筑工地安全施工的各项规定,采取一切必要措施,让工人的人身安全得到充分保障!用实际行动,积极响应扬州市委、市政府一而再,再而三地提出的有关安全工作的各项指示,切实把工人的安全保障工作放在心上。但是,你看,你看,现在我的手下落残了,我的领导又为此受到了人身攻击!事情竟会弄到了这一步,这不是与市委、市政府的号召背道而驰又是什么?这个、这个,你们弄虚作假大概是习惯了,你们是与全社会大力弘扬实事求是的精神明目张胆地对抗!这种见不得阳光的社会丑恶现象,真让百姓心寒,让人心寒啊!"

我还没开口,我的老二舅子已为周永贵上了一堂严肃的安全工作教育课。此时,周永贵已听得头上冷汗直冒,他嘴唇嚅动:"是的是的,问题很严重,的确很严重……我们领导已责成我来严肃处理这个问题……首先,安全员已重新作了调整;其次,又对整个工程的安全设施检查了几遍……"

"打住,打住!周永贵同志,这些问题你赶快在你的领导面前说,这个、这个,可以去汇报,可以去检讨!而对我们来说,只要问你要个说法!乔丁山可是我队伍里的一级大师傅,现在残了,该如何向他交代?我的直接领导又受此连累,你们又打算如何补偿?痛痛快快地,赶快说出你们的具体打算。问题的解决如果能让当事人满意,也能让我们做领导的基本接受,那我们就配合你们,努力做到大事化小,小事化了,保证不留下任何后遗症!这个、这个,但是,嘿嘿嘿……"

说到这里,我的老二舅子用狡诈的小眼睛紧盯着周永贵不放,但下文便不说了。

听了这个半截子带有威胁性的话,周永贵更慌了:"这个、这个、这个……"

真是活见鬼了,似乎我的老二舅子说话装大的毛病传染给了周永贵,他也在念着"这个、这个"。

其实,看到这个情况,我心中已有了八成数,他不是装大,是心虚得很。建筑公司确实已被我们逼进了墙角,只要见好就收,我不仅在解决坠楼事件上能占得便宜,还会给今后结算时留下方便,由此双方还会增进友谊。

"谁也不想在工地上出现事故,但出了,总要面对。谢天谢地,好在老天帮忙,乔师傅的伤,也仅仅只是骨裂而已,现在公司……"

周永贵正说得顺溜,我的老二舅子用手指在敲着办公桌。

"暂停,暂停!这个话让我怎么就听得这么不舒服?好像你们很轻松似的!伤没落在你的身上,很开心?什么叫作'仅仅'?又是什么叫作'而已'?请你对伤者尊重些好不好?我是个土包子,有一说一,别把老子弄得毛了,今天我就去扯三丈白洋布做个大横幅,带着工人去市政府门口讨要说法!"

项目部办公室离拌砂浆的地方仅有10多米,我的老二舅子那嗓门是扯开了叫的,不比高音喇叭差。他的破嗓门一吼,我们盖瓦队中在地面上拌砂浆的、搬瓦的小工,都以为要打架了,马上急急忙忙丢了手中活计围过来准备支援。谁知这一阵脚步声太急促了,让建筑公司的工人也以为是来寻他们的头儿动手的,这还了得?他们可是人多势众,哪能让自家领导吃眼前亏?不仅一下子围上来20多名工人,连几个办公室的技术员、施工员、仓库保管员都加入了进来。有个别员工手里还抓着1米多长的钢钎,那样子是准备拼命了。他们一下子把我方的几个工人围在办公室门口,似乎就等着开战。

我的老二舅子见了这个情形,让他又抓着了话茬,越发来劲:"哟哟,好阵势,赶快开打!那个抓钢钎的小伙子,来来来,快来打我!把我们全打死了,也省得你们建筑公司支付人工工资!"

"我日你祖宗!是哪个叫你们过来的?我们只是在商量解决问题的方案,你们倒好,忙帮不上,还来倒插一杠,竟连钢钎都操上了!你们是想把老子逼死不成?滚,快滚!都是些成事不足败事有余的货色,老子今天要扣你们每人半天工资!"

周永贵一通大骂,他们的工人一下子都没了影。我们的工人知道了情况,也都悄悄地干活去了。

"周总，你也别发火，我完全理解你的心情。这个工程别说你们是要申报'省优'的，即使不去申报'优质工程'，工地出现这些事故，传到社会上，对你们公司的声誉也绝对是会有负面影响的。我们今天既然能坐下来谈，本着将心比心的态度，你也就实实在在，把你们公司对这个事故处理的初步意见说出来，让我们心中有个数。只要在场面上说得过去，让我们能将伤者好好安顿，不留下后遗症，大致就相安无事。"我这话完全是带着商量的口吻和他说的。毕竟还要合作，把事情闹僵对我也没有什么好处。所以，周永贵应该感觉到我的态度很诚恳。

"方总，你既然把话说到了这个份上，看得出，你不仅是办大事的人，也是个可以深交的朋友。明人面前不说假话，公司里的有关领导在事故发生后，就已过来开了一个现场办公会，虽然会议的重点是强调安全生产的重要性，检讨安全工作的失误，但也基本对这个事故处理有了指导性的意见：第一，关于伤者，除根据实际情况，实报实销医疗费、营养费、护理费，以及根据伤残等级，依照国家有关部门的赔偿标准执行之外，打算再从人道主义出发，给予一些带有照顾性质的补助；其次，关于你因此次事故受牵累而受的伤害，我公司委托我除了表示亲切问候，医疗费、营养费、护理费也一样支付，并另外再适当做些安慰性补贴。总之，我们还是要消除误会、隔阂，紧密合作，一切向前看。把争优、创优工作紧抓不放……"

通过交流，我完全清楚了建筑公司的底牌，那便是息事宁人。我也想赶快让事情有个了结。所以，在第二天上午，我便带着乔丁山的表弟和我的老二舅子，一起赶到了乔丁山就医的医院里。

临去医院时，乔丁山的表弟已让我的老二舅子骂了个狗血喷头："你这个狗日的，反了不成？这个、这个，就这么不把我这个现场孙指挥放在眼里？不相信我善于处理重大问题的智慧与能力？你这么一个电话打回江南，叫方总便为此吃了天大的冤，还造成你们自己的亲属进了局子，这叫什么？这叫搬起石头砸自己的脚呐，我的同志哥！这叫成事不足败事有余！乔丁山瞒着大家，临上工时喝了半斤，这又叫什么？这叫自作自受！这叫自取灭亡！这个、这个，还叫什么来着？老子一下子还真他娘的想不起来了!"

稍停,我的老二舅子又抓着头上的几根黄毛继续发威:"总之,现在去医院,你不仅要做好乔丁山的工作,签好承诺书,全权委托方总解决问题;还必须为他担保,保证问题的一次性解决。娘的,为了此事,我与方总已花了九牛二虎之力!能为他报销医药费、住院费、误工费、营养费、护理费,真是天大的功劳了!他必须付两条香烟钱给我!300块也好,50块也罢,这是个态度问题!否则,大家可都是知情的,如果有人把他喝酒上工的事捅了出来,那他连医药费也要自理!到了那时,怪老子屌毛事!"

我的老二舅子这一番话是"上纲上线"的,且又说得理直气壮,直把乔丁山的表弟吓得心里发毛,身子还有些打战,头在不住地点着。

果然,在医院的病房里,我并没多说,只是和乔丁山说了些宽心话后便走出了病房。从来发言热烈的我那个老二舅子,进了房间,见了躺在床上的乔丁山,破天荒地竟一言不发,只是对乔丁山一阵冷笑。而他见我出了房门,马上也跟了出来,并带上了房门,只剩下乔丁山的表弟待在里面。从那病房门上的玻璃窗向里观看,只见乔丁山的表弟正拿着我们预先打印好的解决问题的承诺书,与乔丁山又是耳语,又是在点头协商。不到10分钟,不仅两人分别在承诺书的当事人、担保人一栏里签了名字,还各自用大拇指在我们事先准备的印泥上摁了再摁,然后在承诺书上按上了又大又红的手印。

从医院回到工地,我与周永贵单独做了协商。我们一致同意医院的意见,让乔丁山尽早出院,回家休养。

在双方签下解决问题的协议书后,建筑公司还不那么放心,他们把当地司法办的人也请来了,让司法人员在我们双方所签的协议书上盖了公章,做了见证。

乔丁山是在受伤后第五天的早上由建筑公司派专车送回去的。他的医药费、住院费、误工费、营养费、护理费,全由我与建筑公司结算支付。不过,由我和我的老二舅子为他争取到的2万元"照顾性"补贴,是不会给他的了,我打算把它作为在该工程上的服务费用列支。

而我所得的另一部分,是因挨了揍而由建筑公司承担的1万元医药费及"精神抚慰金"。这笔钱也算叫"因祸得福"吧,不过,这钱也不是好挣的,我养了一个多月时间,脸上才消了青紫。

乔丁山被送回去了,我的心里一块石头落了地。当天晚上,我与我的老二舅子找了个小饭店,两人小聚一下。平心而论,不共事不知情,屋面施工也快结束,从工地的队伍管理,到屋面上的施工质量,以及解决问题时的红、白脸配合,我的老二舅子也真算是个人物了。

几个菜上齐,半斤酒喝下去后,我的老二舅子开始摆起了功劳。

"妹夫啊,我知道你对我是一直有看法的,总以为我只能满嘴放空炮,办事不牢靠。而事实呢,看到了吗?你知道在外面吃饭有多难?你知道那些大、小工又为何都愿跟着我出门混?那是因为到了外面我总能罩着他们,护着他们。打个比方,就说乔丁山受伤这个事吧,如果不是当初签施工合同时,我硬是不动声色地加入一条有关安全保障条文的话,你这次能脱得了干系?而出了事之后,我如果不用罢工、闹政府这些下三烂手段与建筑公司斗智斗勇,他们又岂是好捏的软柿子?就能随我们摆布?更难对付的是乔丁山,其实他也就背着我们咪了一小口,就被我大做特做文章,吓得他们兄弟俩乖乖就范!不容易哦,真不容易哦!这个、这个,妹夫啊,出门在外,咱不想害别人,但求自保,太不容易了哦。"

一口酒,一口菜,我的老二舅子打开了话匣子,就合不上嘴。我喝着茶,吃着菜,安心做着他的听客。而这次听他"上课",我还真的不那么反感。

"妹夫啊,哥是真的给你掏心窝子说了啊!在外面挣钱,逢人只说三分话,未可全抛一片心,千万要防人算计哟!咱们出门,大钱赚得起,小钱亏不起,看人可要准啊!像二哥我看人,那是见了面就能把他要拉什么屎都算得准的……"

我的老二舅子醉了。我见他那倦意,听着他的所谓"掏心窝子"的话,心中忽然有了一丝怜悯,一丝尊重。我脑海中回顾了自他来扬州工地之后所做的一切,实事求是地说,他确实是努力做好了本分工作,也没有任何一个人能代替得了他的工作。可以说,很出色。至少在我的亲兄弟中没有一个人能比得了他,也没有一个能有他这种随机应变的能力。这真是叫人不可貌相呐,仅看他的外表,他的油嘴滑舌样,绝对是被人看低三分的,但工程快完工了,他的工作可说是完美无缺。

此刻,我承认,已把平时对他的鄙视全丢了,因为他的作为值得我敬重。

"妹夫啊,你出门挣钱不易,我多体谅你啊!能承揽一个工程,你要费了多少心思?太不容易了啊。你让我来做这个现场指挥,我能不尽心尽力?我是废寝忘食,挖空心思地为你干事了啊。我生怕在工地上为你留下一丝麻烦,别说不敢多讲一句话,就是放个屁,我都是夹紧屁眼的。这是什么?亲人呐。我就那么一个妹子,为你好,便是待秀芝好,我不努力为你做好事情,还配做一个好兄长?哦,当然,或许在工作中还有诸多不尽如人意之处,人非圣贤,我还要努力而为之……"

我的老二舅子这一番话让我听得很感动,而且越来越感动。我真后悔,为什么以前就会戴着有色眼镜去看他?甚至快把他看扁了。我真的应该反思,至少在他今后的生活中,我也应该多多关心他、敬重他。

我的老二舅子是个值得敬重的人。在酒足饭饱跨出小饭店的大门之际,我心里下了结论。

回走时,老二舅子酒喝多了,走得不稳,是我搀扶着走的。当经过一家门面装修得非常豪华的洗浴中心门口时,一阵风吹来,我的老二舅子有些醒了。他停下了脚步:"妹夫啊,工地上可是日日忙得不可开交呐,我这双脚,你嫂子知道,脚趾上的灰趾甲又厚又黑,平时在家都是你嫂子帮修的,出来这么长时间,这趾甲长得快,都长进肉里去了,连走一步路都扎心的疼。都说扬州三把刀,最有名的便是修脚刀。只能说在工地我也有些苦劳,你就陪哥进去泡个澡、修下脚,也就算哥向你讨个奖励吧。"

老二舅子这个要求还叫奖励?这理应是我该做的。我父亲便是灰指甲,常听娘说,这东西不及时修,是会往肉里长的,且真是会痛得钻心。现在他提出这个要求,明显的,是我平时关心不够。我赶紧应承:"哎、哎,哥啊,也难得在一起,我们进去泡个澡,放松一下,你也正好修一下脚,这样也有利于在工地开展工作。"

大概我平时很少有这种关心话对他说,我刚讲完这句话,他便轻点着头,微笑着,向我投来赞许的目光。

洗浴中心生意很好。我们来晚了,双人间、三人间都没有了。我们被分别安排在三楼的单间里。

从底楼的大池子泡了澡后,我回到了三楼的包间。刚进了门,后边便紧跟着进来一个女孩。

"老板,怎么样,要不要来个全套的?"那姑娘说这话时门都没关,好像一切都无所谓。大约20岁的年纪,一头短发,化着个浓妆,短衬衣,低领口。女孩还在我面前撩起了她的超短裙,露出了下身的丁字裤,然后还给了我一个媚笑,压低声音:"今天给你做次新郎,绝对让你终生难忘!怎样?100块,免包厢费、还免浴资。很划算的。"

"哦,小妹妹,对不起,钱嘛,倒无所谓,不过,中午我就来过,再做,伤身。明天过来,一定找你。"

与这些女子打交道,不把门一下子堵死,她们便是死缠烂打。果然,我的话还没说完,她招呼也没打一个,转眼就没了影。

大约过了两三分钟,又有一个30多岁的女人推门进了房。她手里捧着个小木箱,轻声地自我介绍着:"18号,正规按摩。有普通的,45分钟,50块,免包厢费、免浴资。也有70元的,含精油开背、踩背。先生您看?"

我本想拒绝,但考虑到浴资、包厢便要30元,人家还要为你服务45分钟,且看那女人又充满期望,人也齐整,反正要等我老二舅子修脚,心想,也就做一个吧。于是,点了下头,要了个普通的。

那女子没有半点偷懒样,手里很有劲,硬是把我的身子骨按得咔叭直响。45分钟过去,她已满头大汗,我也确实轻松不少。因为思量我老二舅子修脚可能费时要长,我便关了灯,闭了眼小歇一下。

大概这几天也忙累了,又把乔丁山的麻烦事情解决了,悬着的心放了下来,我竟然一下子睡着了。

老二舅子叫醒我回去时,已是后半夜,浴室里已没有几个人。

我去前台结账,一看这账单傻了眼——我的老二舅子不仅擦了背、修了脚、做了按摩,还做了两个全套。

两个啊!

我的老二舅子酒早已醒了,见我用异样的眼光打量着他,他还振振有词:"什么意思?我这还不是全为了陪你嘛!"

当他伸过头来,看过结算单上我的消费仅仅 50 元时,便一下子尴尬起来。他涨红着脸,嘴始终还是不肯饶人,且理由也很充分:"还不是离家时间长了,男人嘛,饿慌了的……"

第二十三章　成功有望

在回三圩的班车上,我想着昨晚老二舅子的事越想越生气。如果说他是因为喝醉了,偶尔有这么一次,尚能让人接受些。而他呢?酒完全醒着的,竟然还要了两次"全套服务",在妹夫面前,他还像个做哥哥的人?我并不是心痛这几个钱,我只是恨他的无聊,恨他的品质低下。

我始终没忘记他在回去路上的那种亢奋样。

"嘿嘿、嘿嘿,钱呵,还真是个好东西!我也近50岁的人了,长的又不招人待见,却在一个多小时里,真刀真枪,做了两次新郎……"

听听,我幸好鼻子有孔,否则还不被他气死?做了这些事,他还好意思总结着说给妹夫听,好像还挺光彩,那种猥琐状,令我是如此厌恶,也让我一下子把刚刚对他有过的一丝好感全丢到了九霄云外。以至于从跨出浴室的大门,到我去旅社他去工棚两人分开时,他向我打招呼告别我都没有回应,甚至在早上乘班车回来时,我都没去工地向他打声招呼。

快了,反正也用不了几天屋面就可盖好,这10多个人便也可以撤回去。如果以后还会再有什么工程要我承包施工,带队的人必不能再用这种人。出门在外,这种人如果出了事就是天大的事。用他,只是早些晚些,我是吃不了也要兜着走的。

唉,老二舅子,我是要防着你了。

秋云又做了一笔2万多元的地面砖生意。刚进办公室,她便笑吟吟地把钱捧给了我。

"哥啊,昨天,那个付了定金的大包工头正好路过这里,又特地进来跟我打了招呼。至多也就再过半个月吧,他们就要用车来装砖回去使用了。看看,这就叫'眼怕手不怕',看起来门口的地面砖堆成个小山包似的,可一旦人家来买了,大、小客户每天用车来拉,也就用不了多久便卖光了。以我看呀,不到年底,哥哎,地面砖就要清场喽。"

清纯的女孩就是招人喜欢。刚回公司,秋云的笑脸、递过来的现金、马上又要大批发货的消息,再加上擦掉了乔丁山事件的屁股,还有税务大楼即将完成施工、整个工程可观的收益,都让我很快就丢掉了对老二舅子的不快,心情一下子大好起来。

"表扬,奖励!"屁股刚搁上办公椅,我立即给了她热情鼓励。

好多天没有在一起吃饭了,我知道的,秋云一个人时非常节约,一般是不会轻易去买荤菜吃的。因为她独自守店时从来就没有报销过一分钱伙食费。

"又要奖励了,这次奖个什么呢?"小丫头笑靥如花。

"奖个大餐呀,三圩街上早市还没散呢,现在去还来得及。走!上街去,挑你最喜欢的菜买,让哥做几个拿手的让你饱饱口福!"

"哟,哥啊,你不说我倒忘了,早上燕嫂子上班时说过的,讲是我那个宝贝表兄今天要回来。你知道的,这人不似嫂子,心眼特小,今天回来夫妻亲热只是过场,了解你、防着你那是真的。上次开张时,是他家招待你的,今天既是这样,哥啊,我建议多买几个菜,中午咱俩将就些,晚上邀他一家三口聚一下,也算是还他一个人情,讨他一个欢喜。吃晚饭时,你平时怎样与燕嫂子说话的,还是怎样和她讲话。尽量自然些,让他知道你是正派的人,省得他在外面疑神疑鬼。"

"也只有你最知道他的为人。不错,妹子,好主意。至少咱少欠人家的情心里也会安定些。就这样,一切由妹做主!"

"还有,哥,今晚也请八子哥一起来喝一口。这次发了2万多元地面砖,你不在家,装车、卸车都是八子哥帮的忙。虽然也请了个装卸工来搭了把手,付了工资,但八子哥自己装车费可分文没收。你回来了,让他来喝上一口,添筷不添菜,也算是咱的一番心意。"

秋云不说,我还真的忘了,也是近阶段太忙,已多时没与八子兄聚了,借这个机会热闹一下,也好在他面前打个招呼,表示感谢。另外,与姜永强在一起喝酒,由八子兄压场,至少他说话不会太随便,不会弄得大家为了一两句话不舒服。

"妹子不提醒,我还差点忘了。真是这样,八子兄是个热心人,他也抵了我们公司的半个员工了。我不在公司时生意上大多是由他在忙里忙外帮衬着你,不谢谢人家哪能过意?请!买了菜回来,我就先去他拉货的小码头上打个招呼,到傍晚他收工时,再去请他一次。人家厚待着我们,那是情谊;我请他来坐一下、喝一口,也算表了下心意。"

那天晚上我虽然多喝了些,但讲话格外注意分寸。在八子兄的面前,我可以随便说说心里话,但姜永强在场是须留神的。我除了说了些客套话之外,便是恭维话一大堆。都说礼多人不怪,好菜给他吃,好酒请他喝,再有舒心的话说给他听,姜永强果真眉开眼笑。从他喝得舌头大了的情况来看,这次回来应该比较满意。至少,我与梁燕是清清白白的,这在从我讲话的硬气里他也应该是感觉到了。我敬梁燕的酒时所说的感谢话,全发自内心,比如说关于扬州税务大楼工程的承接,如果不是由梁燕的引荐让我认识了李玲倩,我上哪里去找着这种生意? 就是装一台电话机,也是由梁燕为我托人办的,就不要说还为我省了好几千块钱了。

让姜永强彻底放下心来的是我对他说的一番感激话。当然,那话也确实是有感而发。我告诉他:"我能在三圩镇这块地上站得住脚,能把地面砖这块心病去掉,那可是全是仗着秋云姑娘,秋云怎么会来帮我的? 还不是妹夫你推荐来的。秋云可是个会经营的人才啊,又是那么善良、聪慧! 就凭这荐人之功,我便要敬妹夫你两杯……"

第二天早上,等他们夫妻俩走了之后,我还特地问了秋云,昨晚喝酒,我是否说了些什么过头话。秋云坐在我的对面,那两只眼睛睁得很大,笑眯眯地道:"哥啊,到底是领导出身,昨晚你说的那些话绝对是滴水不漏呐,你见我那个宝贝表兄的样子吗?他让你恭维得心花怒放了啊!关键是你说的好听话都有出处,让他摸不着头脑,还以为真是夸他,快让他得意死了。"

"妹啊,我应该是叫真夸他了,我也正是因为真夸才让他会这么开心的。这人是个人精,如果是虚情假意,他马上就会察觉,这样我不就弄巧成拙?而我的夸,事事都有佐证,这才让他知道我的真情实意。我过江来是求财的,让房东把我当作贼一样防着,累心。这下好了,大家能轻松一下,妹啊,你可又是大功一件呐。"

这话我也是发自内心。没有秋云的提醒,我根本顾不上这些。就是八子兄昨晚过来喝酒,也是小丫头做的最好安排。天地良心,要我单独和姜永强在一起喝酒,能和他说什么心里话?没有共同语言,又能用什么去交流?也只有八子兄,他知道我的情况,时不时地和姜永强说些家长里短打发时光,否则仅凭我与姜永强对着喝,是绝对不会有昨晚那种融洽气氛的。

这天下午,秋云又接到了那个叫邱江的电话,说是让她去他的工地现场看一下工程进展情况。本来邱江是要用"桑塔纳"轿车来接她的,秋云接电话时也是神采飞扬。但当她听到对方说了一句话时,她的脸一下子就红了,马上婉言谢绝:"不不不,哪能这么麻烦你邱总,给我们生意做,已是够关心了,我已非常感激,还敢劳你大驾亲自过来接我?反正才10多公里路,摩托车过去,也就一二十分钟,我这就过去,去见识一下你邱总的大场面。"

秋云放下电话,微笑里带着羞涩,轻轻地对我说:"哥啊,听到了吗?标准的色狼啊,连'心肝宝贝'都叫上了,不吓死人?明显的,听这说话的声音,他应该是用'大哥大'在床上打的,说明他还在午休,而且从中听得出,舌头大了,中午酒肯定喝了不少,正在想入非非呢,我一个人还敢过去?不过也别怕,他也吃不了人。走!随他去怎么想,都是尽做些春秋梦而已。生意不做白不做,哥,咱们两个人去,一来生意究竟多大,看了现场,你心中也好有个数,二来也不至于得罪他,不让他断了那个念想,日后的生意也好做些。"

秋云的想法我是知道的,她是为了我好,但我总有些担心,她是在高空上走钢丝,风险太大。一个单纯的小女孩,能斗得过这么一个挖空心思算计她的老男人?我真的怕秋云会因此吃亏。为了我的生意把她的清白都搭了进去,如果这事真的发生了,即使生意做成,那我的良心又如何得以安宁?

去邱老板的工地时,秋云说是她认识路,执意要开车。我坐在后边,起初我是双手反着,扶着后边的货架坐的。开出几里路,没有熟人了,秋云在叫着:"哥啊,搂着我,这样也安全些。"

她的心思我还不知道?为了不扫她的兴,我就不得不搂着她的腰了。

摩托车在乡间小道快速行进,路面高低不平,有些颠簸,我的心在狂跳,我相信,秋云在我的紧搂之中,绝对也感受到了我的冲动。我们再也没有多说一句话,只是都在享受着这份感觉,直至工地。

大概是酒真的喝多了,当我们在工地的办公室里打听邱老板时,他的手下都说老板睡得正香,且千万不能去打扰他。如要交流,也须待他醒了之后。

从工地的现场来看,邱总的话不假,工程的主体建设就将结束,就快要用砖铺贴地面了。在项目部的办公室里,我把施工图看了又看,地面砖的用量确实很大。我心里粗算了一下,他报过去的使用量基本属实,这真让我惊呆了。

从邱总的工地上回去之后,我心中的喜悦始终溢于言表。税务大楼即将完工,我心中有数,仅这一个工程的利润可就是我在村里 20 年的村主任工资,而这批地面砖出手之后,我又将获得多少收益?

我成功了,我成功了啊!

半夜,我进入梦乡。

电话铃声骤然响起。

是那阵急促的电话铃声,打破了我此生最美最美的梦。

第二十四章　救心丸

没有谁会知道我接到电话的时候是什么心情,我甚至不敢再等班车,就让秋云立即骑上摩托车,送我到三圩镇上打了辆"面的",直奔扬州的税务大楼工地。

严九强打电话来的时候,我正在想入非非,那个电话是大晴天里的一声霹雳,把我一下子从无比幸福的港湾,送进了一场噩梦之中——严九强慌里慌张打来电话向我汇报:我的老二舅子被公安局逮捕法办了!

我在严九强来电时也连问了几声:"为的什么？总有个数吧？是杀了人,还是强奸了幼女？"如果不是这些杀头的罪,即使判个10年、20年,他的儿子毕竟还有个老子。而如果要是枪毙了,那就什么都完了！虽然说是一人做事一人当,他是个成年人,杀人越货,我是管不了的。但无论怎么说,他是跟我出来做工程的,人出来了,捧个骨灰盒子回去,不说别人,如果我的丈人、丈母娘听到消息,他们的身体都不硬朗,还不要跟着他一起向天堂出发？真要如此,沉重的罪孽还不要把我压死？

"面的"的油门踩到了底,速度才到了60多码。

租了这个车,说是"专车",其实并不会比班车快多少,就是我急死了也没有用,只能在心中求菩萨保佑——首先是期望这台"老爷"面包车,千万不能在半路上抛锚,能把我顺顺当当送到工地;其次是求菩萨保佑我那个"半仙"老二舅子,能逢凶化吉,没有杀头之罪。即使犯了法,如不太严重,判个三五年刑就能出狱。我甚至还帮他设想,如罪不重,不用枪毙,能否运用关系,为他在服刑的监狱中谋一个好的差事。比方说让他为监狱的各个办公室送送报纸、烧烧开水什么的。当然,如果参加劳动改造,凭他的能力,是否能弄个犯人的小队长当当,这样也会多弄几个立功机会,让他能减些刑期,早些放出来,这就更好了。我还想了,如果三年之中能回到家中,在家乡,我们就可统一口径,说他是为我去非洲做工程了,这样对两位老人也好交代。出远门了,钱挣得多,也都是为了全家今后能过上好日子。

到了工地,我旋风一样冲向项目部周永贵的办公室。

这种丑事,我不可能去问税务局的领导,我丢不起这个脸。更没必要去问自己队伍里的人,他们要是能弄明白,还不在电话里马上就把些要紧情况告诉了我? 当下也只有厚着脸皮向周永贵打听消息。他是当地人,又手眼通天,我不仅可以向他打听清楚老二舅子的犯罪情况,还可以请他在处理这些问题时帮上大忙,所以,我也只能求助他。

周永贵的办公室门虚掩着,里面还有人在说着话。我急啊,一把推开那门,大步跨入。然而,就在打开大门的那个瞬间,只听咚的一声,一个脑袋瓜就结结实实将我撞了个满怀,直撞得我胸口隐隐生痛。

"哎哟,走路不用眼睛? 你那两颗眼珠丢掉了啊! 看把老子的头撞的,眼睛都冒金星了! 哎哟。"

"二哥? 怎么是你? 你不是……"

虽还没打照面,可那一头黄毛、加上嘴里不干不净的话以及口音让我马上可以肯定,撞我的人必就是我的老二舅子。

"嘿嘿,嘿嘿,方总来啦,你都知道啦? 嘿嘿,犯了些小错误,嘿嘿,只是些小错误……"

我的老二舅子见撞着了我及见我急急的样子,知道事情瞒不住了,脸上一阵青一阵白,厚着脸皮说完这些话后竟然也会脸红,样子很尴尬。不过,也就几秒钟时间,他马上就恢复过来,大着嗓子,扬着手里的几张纸头朝我挥着:"结账! 施工全部结束,验收是合格的,又一个优质工程在我的领导下诞生了! 所以,可以自豪地说,我们的这支队伍,是久经考验的,是一支具有绝对战斗力的团队,不管条件如何艰难,不管业主要求有多么高,我们都能毫不含糊地坚决完成任务!尊严不是要来的,是用努力挣来的!我现在再去把施工的实际平方米核实一下,方总啊,你们谈吧,你可以一次性把施工费、砂浆费、供瓦及配套的货款全部结算回去了!"

说罢,他以一种胜利者,以一种大功臣般的姿态,大摇大摆,扬长而去。

这一个场面我是真摸不着头脑了,我只能用询问的目光看向周永贵。可他并不看我,而是铁青着脸,望着我的老二舅子远去的背影,气得浑身发抖。手中那只茶杯里的水在不断地晃动出来,溅落在用八五红砖铺就的地面上。他嚅动的嘴唇,有些扭曲,从他的口中断断续续蹦出几个字来:"无赖呐……无赖……流氓!比强盗都歹毒啊……"

看得出,这些话是咬牙切齿的,可见周永贵对我的老二舅子的恨有多深。

"周总啊,我刚到,你是知道的,我可是一头雾水呀,到底发生了什么事,让周总你生那么大的气,能把事情的来龙去脉告诉我吗?"

"唉,也是叫前世与他烧了对头香!刚才的话,也不是我不给你方总面子,我是气疯了啊!我怎么就碰上了这么个混账东西了呢?真是倒了八辈子大霉!不是我咒你,方总,今后你做工程如果再带上这个人,害不了别人,也就只能害你自己了啊!"

"周总,此话怎讲?"我确实摸不着东南西北。

"唉,天底下竟还有这种无耻的人,亏他还能把'尊严'两字说出口!我可是真正体会到了什么叫'既要做婊子,又要立牌坊'的含义了。他娘的,还自封是个'孙指挥',开始还装得挺有模有样,老子还以为是真的,哪知道他竟是这路货色?上次在解决工伤事故时我就一直让着他,总认为他是为自己的手下出头,也是平常心,谁能知道昨夜竟会发生这种丑事,真他娘的活见鬼了!"

我知道,周永贵至此没说出个所以然来,且骂人的粗话不断,必是气疯了,而病根是很明白的,就出在我的老二舅子身上。于是我便没再多问,只是坐在一边的椅子上,等着他把要骂的话慢慢说完,也好让他平静一些。把这口气出了,他必定会把真相告诉我。尤其是我见到我的老二舅子安然无恙,与严九强电话中说他已被"逮捕法办"完全不搭调,至少他没被公安局关押收审,说明连拘留也不用考虑,所以,我已把一路悬着的心放下了些。不过,我的老二舅子说了那么一句"犯了点小错误",再看周永贵的气疯样,这两者是定有必然联系了。

我再没有吱声。我想让周永贵平静一下,凭周永贵的为人应该会把事情的来龙去脉告诉我的。

果然,周永贵稍息之后,喝了口水,便原原本本地把事情讲了出来。不过,待他说完事由,便把我气得快要疯了!

原来,昨晚10点,扬州警方根据群众举报,一下子端掉了一个卖淫老窝。它的所在是个桑拿中心,距工地不足千米。这次共抓获卖淫女3名,嫖客2名。他们5个连同桑拿中心的老板,一起被押进了派出所接受审查。当警察在审讯一个嫖客时,那个小个子男人忽然惊叫起来,说自己是某某工程的现场指挥,自己被抓,该罚就罚没啥关系,但自己的队伍里有个工人有心脏病,每天必须按时服用"救心药"才能保平安。现在自己被抓,今天他为那个工友代买的"救心药",被他放在一个办公室里,必须马上打个电话回去,叫一个在一起办公叫周永贵的同志立即把药送给那个工友,否则十有八九要出人命。两个负责办案的警察,一听这话,人命关天呐,怕耽误大事,便马上押着他到了派出所的办公室,让他向这个叫周永贵的同志拨通了电话。为防止私下串通信息,警察特地在打电话时将话机按了免提,让那个小个子男人立着身子对着话机通话。

那时,周永贵正在朋友家搓麻将,正是顺手的时候,"大哥大"忽然响了起来。他操起了它并按了个接听键,那一边的话便传了过来。

"周总吗?我是工程现场的孙指挥啊!"

周永贵一听这声音就觉讨厌,这个人素质实在太差,半夜来电还能有好事轮着自己?本想关机的,考虑到电话已接了,也叫没办法,如果真有急事,耽误了便就有了责任。于是,他强忍着一股厌恶,耐着性子问道:"嗯,我知道了,讲吧,有什么事?"

电话那头在叫唤着:"周总啊,我在派出所,大概回不去了。你知道吗,从医院里配出来的'救心丸',还有乔丁山的病历单等等都在你的抽屉里,快去送给要用的人,否则便要出大事了啊!"

周永贵蒙了:"什么派出所?什么乔丁山?"

"哎呀!周总啊,申报'省优'不是要乔丁山去申报么?现在我关在派出所,乔丁山的'救心丸'再不送给他还得了么?人命关天啊!你不出手施救,我出来之后,必然不会善罢甘休!到时你还有个屁的'省优'哇,你是聪明人,我在派出所,也就不多说了。"然后,对方就挂机了。

明白了,基本明白了,那个黄毛祖宗不知为了什么事,被弄进去了!什么"救心丸"?不就是指定自己要搭救他嘛!而且这狗日的把话讲绝了,不出手相救,便要把工伤事故捅出来。被他一闹,那个"省优"不就黄了?而这个争奖的事,是总公司今年铁定的指标,自己多年来争公司副总的位子,今年还是比较有希望的,如果这个自己努力了半年几乎就要到手的荣誉,因为这黄毛出来后报复检举而丧失,还会有争副总的筹码?前程不就全丢了?

事关大局啊!周永贵心里掂量着这事的分量。现在可不是保那个黄毛,而是救自己的前途了。

4个人搓麻将的,那3个都是材料供应商,3输1,周永贵的面前已赢有上万元。但现在有要事去办,中途撤兵,还能把赢的钱放进口袋?周永贵只能打落牙齿往肚里吞,看着那厚厚的一沓钞票,假装着大方:"兄弟们呐,有大事了,我要去派出所捞人,这些钱,你们各自归位,我们来日再战吧。抱歉,抱歉。"说吧,他便匆匆忙忙跨出了朋友家的大门。

事情并不简单,周永贵从昨夜一直忙到今天,在1个多小时前才捞出了人。

为了这事,周永贵是使出了浑身解数,送出几份重礼自不必说,还通过特殊关系,搬动了一个市里的分管领导疏通中间环节。从昨夜搓麻将直到现在,实打实忙了十几个小时,连眼睛还没闭一下。这些受罪活也就不说了,关键是派出所也不是好捞人的,放人可以,这嫖娼罚款可是不能少的。

他越说越气愤,直接搬出来所长的话,人家可说了,他抓的嫖客也不是个小数了,但像这个黄毛的德行,还真是没见过。

周永贵是不知道我与老二舅子关系的,所以也是有一说一。而我听得却如坐针毡,犹如他知道我们关系似的,让我羞愧得无地自容。

周永贵见我也激动了起来,又继续对我说道:"方总啊,哪止这些啊,你知道他不要脸到了什么程度?老子思量着派出所领导说的也句句是理,送出的名烟、好酒都是我自己平时积下的,心想,那些烟酒,就算是为自己的升迁铺路用的吧,算没白扔。可这罚款2万元现金,无论如何,黄毛你在场面也总让人叫着'孙指挥''孙指挥'的,总不至于不会认账吧?谁知道我为他在派出所把屁股擦干净回到工地,向他讨要那2万块钱的说法时,你知道他对我怎么说来着?"

周永贵双眼紧盯着我,我心中就如做了贼一般的虚,哪里还敢开口?只能是竖着耳朵听他说了。

"这狗日的,真不要脸!他对我说:'周总啊,我从江南来为你们争优、创优,不说功劳,苦劳总是有的吧?众所周知,优质工程不仅仅是荣誉问题,物质上也一样有奖励。且省里得奖,市里为了鼓励企业,更是再奖!而这些奖金与荣誉,我这个现场指挥提过了什么?做人为什么要那么贪呢?为什么就不会去站在别人的角度上考虑一下问题呢?'"

周永贵双眼圆睁,可见是气到了极点。我听他继续讲下去。

"我当时听了火冒三丈,开始发脾气,问他:'你也叫真不要脸了!你没有钱去嫖什么?'可他竟然无耻到了极点,回我话:'嘿嘿,我不还是为了我们工程即将获奖预先庆祝一下么?公司为我付了这区区2万块还心痛?我不是和你说了,有种的,赶快把事情闹大!老子可是赤着脚的,还怕你们这些穿皮鞋的?'听听!方总啊!你就听听,这2万是他嫖娼的罚款呐!能入账报销?这还不是只能由老子我自掏腰包?这个狗日的东西,心咋就这样歹毒呢!"

周永贵恨自己为什么就白掏了2万块冤枉钱,把我的老二舅子已看成了一摊臭狗屎。他跟我说的这一番话,我大意估摸着,是要我为他主持公道,尽量帮他把这笔钱追回来。但由于在形式上是我的老二舅子与他们签的盖瓦施工合同,且供瓦又是我用"泰东市建筑陶瓷有限公司"和业主签的供货合同,我只是个厂方代表,在场面上我是不能去管我老二舅子的,更不能说自己马上就给他一个说法,只能说要去和"孙指挥"商讨,努力把事情办好,能给他一个满意的交代。

想到这里,我赶紧说道:"周总啊,只能说10个手指伸出来也各有长短。在这个世界里,形形色色的人都有,像'孙指挥'这种极端自私的人,毕竟只是少数。现在事情出了,我总是个厂方代表,先在这里向你表个态,感谢你的大力帮助。我们能把问题大事化小,小事化了,便是最好的结果。我现在就过去协商,我先要去狠狠地批评他一顿,让他知道,在这个问题的处理上,如果没有你周总及时出手,他还能这么逍遥自在?就做他的春秋大梦去吧!我还要努力和他协商,那2万……"

哪知我刚说到钱的事情,话马上就被周永贵打断。

"别、别、别,方总啊,我感谢你这番好意,但钱算什么?人不死,钱就会来。我才多大年纪?32岁呐!如果不出意外,今年能当上个公司副总,今后有的就是发展机会,我还怕挣不到钱?刚才,我也是被这个刁民气昏头了才说了这些话,哪里就是为了这几个钱?是出一股子气呐!我现在别无他求,只求你方总方兄弟行行好,朋友一场,就算是请你为我的前途着想,帮我配合他们,用最快的时间结账、撤走。我只求那个黄毛刁民早一天滚回江南!也只有他滚了,我的眼里净了,我才能心里踏实,半夜里才能睡个安稳觉。否则,我就是眼皮一合上,也马上会做噩梦啊……"

第二十五章　情止于理

　　税务大楼工地的货款、施工费付款的速度之快,大大出乎我的预料。我原本是计划安排1万元做结算费用的,即使在年底能够全部结算到位也很满意。因为我心中有数,暴利生意,你要在结账问题上带一颗平常心去对待,即使对方因各种问题刁难你,扣掉你货款的10%,也应该坦然接受。总之,一定要学会知足。哪曾想在施工结束之后不到10天,所有款子便全部到账了。

　　第一笔到手的是施工费与砂浆材料费。这是由我的老二舅子先行结算,然后在工地上就把现金支票交给我的。我在银行取款之后,立刻在工棚中由我的老二舅子配合,按出门时说好的大、小工各自的用工待遇标准,结合每人的出勤天数,逐个分配,发放了全部工资。

　　而紧接着待我把发票送给业主后,仅过了4天,他们便将剩余的琉璃瓦货款也全部汇进了我公司的账户。

　　也许叫"可恨之人必有可怜之处"吧,我的老二舅子让周永贵对他厌恶至极,就连我对他的所作所为也深恶痛绝。这种人是真正的下三烂角色,有哪一个正人君子愿与他为伍?然而,我心中很明白,如果没有他这么极端的下流,没有他这种卑鄙的言行,施工费是不可能拿得如此顺溜的。

　　就在最后爬在屋面上用尺子丈量实际施工的平方米时,按图纸上测算,整个屋面至多也就 3650 平方米。但我的那个老二舅子,他在盖好的屋面上行走如履平地,而陪同他一起在屋面共同清丈的建筑公司技术员,却患恐高症,在光秃秃的屋面上,每走一步,他都胆战心惊,硬是被我的老二舅子掌握了清丈的主动权,把施工量清丈到了 3855 个平方米。这可硬是比从图纸上算出的数量多出 200 多平方米!仅这一项,便从施工费、砂浆费、琉璃瓦配套材料费上,净增加了近 5 万元。

从屋面丈量下来之后,那个技术员起初对丈量的结果还不服气,但当他被我的老二舅子拉着要再上屋面复丈时,他的腿软了,只好立即在验收单上签了字。

验收结束,周永贵见了我的老二舅子真是活像见了鬼一般,就怕他再在工地坏他的好事,恨不得在一分钟之内就将他打发走。待他见到了验收单上的施工量之后,不满 10 分钟,就在办公室里与我的老二舅子做好了结算手续。当我见到我的老二舅子在拿着建筑公司会计给他的现金支票转交给我的时候,他满脸都显示着一种英雄气概,看那个神气样,只差弄一个样板戏中的英雄造型给我看了。

在把施工队打发回江南之后,我回到三圩公司,把施工费支付后的剩余部分,连同后来又汇过来的货款合在一起,在银行里办了 2 个存折。一张是琉璃瓦的成本,20 多万,这是年底要给刘彼岸村里年终分配的。还有一张,那就是我的积蓄了。

那天夜里,我很久都没睡着。仅仅几个月时间啊,实打实地,挣了将近 55 万元。我当村主任一年才多少钱?折子上的这笔钱,要是还在村里,即使干一辈子也挣不到这个数啊。钱太多了,我总觉有哪里不对劲,总觉这钱来得太快,有些烫手,就怕在这笔钱上倒霉。我真是越想越怕,就把这笔生意从开始至结束的过程又仔仔细细地想了几遍,似乎又没有什么犯法的地方。假如说真要有什么不放心的所在,那就是我用了公司的名义订下了这个供货合同,上交还没给。我想,如果我去把应该交给土管所的上交款全部交掉了,便应该没有什么大碍了。

第二天早上吃过早饭,我趁梁燕还没上班,把她叫进了我的办公室。

"妹子啊,公司我也承包经营快半年了,你在所里是一把手,有的东西也不能为难你。虽然我是经营的新手,还在学着做生意,但兄妹之间,场面上我还是要顾及你的。哪怕是亏了本钱,或多或少,上交土管所的管理费,总还是要交的。关于税收这一块,我开票时已交过了部分,其他还要不要交我尚不明白。对土管所这一块我又该上交多少也不清楚。妹能否给个数我,等我手里宽绰的时候一并去交掉。兄可是不敢给妹你脸上抹黑的。"

我尽量装着认真,话里又透着穷样。出门在外,我的底可是万万不能暴露的。

"哥啊,招商引资,这是镇里给我们所的任务,你的公司名为集体企业,还不都是你自己出的本钱?我们也只是捞一个在场面上光鲜罢了。先说税收,公司注册资金才20万元,又是引资项目,镇里、市里都有规定,优惠政策中也讲得很细,税率都是有优惠的。况且你结算时发票已开过去了,该交的税已交清。至于承包公司经营的上交款,我们所里也商量过,你的公司刚开张,不容易,前三年也就每年上交2万元吧。从公司开办至今,所里也没有为你做些什么服务,收你的这个钱,也只能说是哥你为我们三圩镇的发展做贡献了。方便的时候,麻烦你去所里一趟,补签一个承包合同。这样,除了经营之外,你公司上上下下的麻烦事,所里也就好名正言顺地包了……"

我在那天下午便去了梁燕的办公室,先补签了公司的承包合同,然后又按梁燕说的去财政所交清了当年度上交款。回到公司,我坐在办公椅上又细想了一遍:该我做的都已去做了,看来折子上的钱也应该没什么大的问题了,它是我自己的了,应该是我喜欢怎么花都可以了。想到这些,我心里终于坦然下来。

挣钱了,虽然没人知道,但我的快乐是要让人分享的。有一句话怎么说的?叫"一个人的快乐不叫快乐!"。对,找个人分享,不就叫快乐了?叫谁?喝水不忘挖井人,这生意可是李玲倩给我的,没有她,我能有这张存折?

秋云上街买菜去了。这个时间,我不知道李玲倩有没有上班。我拿起电话,打向了传呼台。李玲倩买了传呼机了,我叫传呼台为我留言:"速回方话。"

才过了几分钟,银铃般的笑声从电话那头传了过来:"呵呵呵……弟呀,款项收到了吧?你们施工完成的那天晚上,我和老张正好与林局一家子在瘦西湖的一家酒楼吃饭,是林局主动告诉我的,说你人好,还说你们的施工真是一流水平,让她满意死了。临分别时,被我拉着咬了一阵耳朵,说我弟的为人确实好,但资金周转非常困难,如果发票到了,还望把货款早些支付掉。她是硬被我逼着了呀!哈、哈、哈……"

听着她电话那端的笑声,我感觉着她的那种快乐,似乎比我这个赚了钱的人还开心。我心中不禁为之一颤——还好,我问心无愧啊!她就是让我心里念着分享这份快乐的人,她就是分享这份快乐的不二人选。

"姐,分享!去'五泰国际',你帮我订房、订餐!11点半怎样?不见不散!"

"嗯。"

她的回答,温顺中也充满期盼。

其实,我们11点不到就在酒店相聚了。

在客房里,见面之后,我做的第一件事情便是给她一个深情的拥抱。相拥时,我们彼此之间没有说一句话。两人心照不宣,因为始终都彼此牵挂着,所以很自然。对我而言,她不仅仅是一个红粉知己,还有一份姐弟之间的亲情。说心里话,我甚至还有把她当作恩人一样看待的感觉。我非常清楚,没有她,不仅那张存折不会存在,还可以说,我连日常的开支都无法保证。没有她为我安排那批茶叶生意,我的开支从哪里来?地面砖虽然也做了些生意,但这是要付成本钱的。而茶叶生意上形成的利润,那才属于自己的钱,可它全是李玲倩为我带来的。

客房的小桌很精致。我们相对而饮。喝过几杯干红之后,她还是始终保持着微笑。她轻轻地诉说以及看我时温柔的眼神,让我的身体禁不住又躁动起来。但我很清醒,今生与她只能做姐弟,如我守不住那道防线,那我们两人之间就什么也不会存在了。

是的,李玲倩说过的,她始终认为自己欠着张天宝的,她也永远是属于张天宝的。她心中有一道坎,一旦碰了它,她便再也不可能像现在这样待我。而我也承认,我虽然这么迷恋她,但我是迷着她对我的好,迷着她的温柔。而如果让我娶她,与她做夫妻,那是我无论如何不会接受的。这不仅仅是因为她如嫁我,便是个三婚女人,就凭我要和她那个小我10多岁的儿子相处,我也是万万不敢接受的。而此刻,这道紧箍咒便始终死死地缠绕在我的头上,我便再也不敢胡思乱想。

李玲倩应该也是这样,她想走近我,又怕走近。从她羞涩的脸容上,从她急促的呼吸中,从她盯着我的眼神里,都似乎是一张纸,写满了矛盾。

两瓶干红喝掉的时候,我已受不了她的深情凝望,受不了她的一声不吭。

"姐。"

"嗯。"她嘴唇轻抿,应我的声音似有若无。

"姐。"我又叫了一声。

我不知道是否是我酒喝多了,有了一种幻觉什么的,我听着这声音,好像是从远处飘来的,它很神,它轻拂了我的内心,让我的灵魂也有一种被鹅羽撩拨的触觉,让人很是舒服,舒服得身子要飞的感觉。我享受其中,我享受极了。

我们就这样又干掉了一瓶。就这样,像两个傻子一样,一个轻轻地叫,一个悄悄地应。

可就在这个时候,我脑海中忽然冒出了一个念头——是否是我正在勾引着她?是否是我正在用青春的热血沸腾着她向往美好的情怀?是否是我正在把多情的种子撒在她的心上,然后期待开满鲜花?而她所期待的,到底是我在梦中想拥有的,还是她在现实中所恐惧触碰的?

我就是在那个时候,停止了再一声一声地叫"姐"。我心中明白了,她之所以看得起我,应该是我的灵魂还是干净的,甚至被她认为干净得珍贵,是她心上一串宝贝着的珍珠,如我再不停止,这珍珠便要散了,散落一地。

她应该是知道我的想法。我停止之后,就见她的脸上有花儿般的微笑,在微笑中泪流满面。我见着了她泪眼中流淌着赞许,流淌着欣慰,流淌着爱怜。这也让我一阵感动,感动自己在关键的时候没有迷失。

……

回来之后,秋云说过我好几次,说我掉了魂似的,说我变样了。

9月了,想不到还会有一场台风从福建沿海登陆。

这台风它横扫着从南方过来,且登陆之后风力依旧没减,台风中心的风力还在

12级。伴随着台风的,还有暴雨、大暴雨。它们扫过浙江,扫过苏南,又向江北袭来。台风扫到三圩的时候,头天早上的前风就在8级左右,雨的等级也属中雨以上了。我的心很乱,外面风雨交加,我忽然有一种想立在野外任风雨吹打的冲动,我想把一腔对李玲倩的杂念全部交给风雨,让它带走,让这个心魔远离我的身躯。于是我借故检查地砖的油布覆盖情况,在狂风中,在暴雨里,不用伞具,围着屋前由地面砖堆砌成的小山转了好几圈。

秋云见状,她说我是疯了。就在我回到屋里,脱下一身湿透的衣服换上干衣时,我见秋云的脸上全是担忧。她始终在担心着我的状态,似乎感到就要发生什么大事。

第二十六章　惊魂之夜

　　那股台风所经之处,造成的经济损失是难以估量的。电视里中央台在反复播放着,这是20多年以来出现的破坏力最大的一次台风。台风所经之处,许多学校、机关都在台风到来之前就下发了紧急通知,放假两至三天。它的前风自早上到达三圩后,便开始逐渐加强。到了天黑的时候,那风大得已经吓死人了,屋外只听到连续不断的"咔嚓"声。这声音巨大、沉闷,我透过窗子向外循声望去,在闪电中,才知道门口公路两旁高大的白杨树纷纷被拦腰折断了!

　　公路上早已不见了车辆通行,就连屋面上的瓦片也有被风吹得飞起来的。瓦片再回落下去时,掉落在屋面"噼里啪啦"的声音,简直就像一群流氓在打砸抢。楼上,不仅梁燕的女儿吓得直哭,连她自己也吓怕了,连同秋云一起都先后下楼来到了我的办公室里。这时,电又忽然间停了。梁燕和秋云在悄悄议论着,应该是哪里的电线让风刮断了。这种天气,就别指望夜里还会来电,她们找来了两根蜡烛点着,干坐在我办公室里,不敢上楼。从窗子的间隙中挤进的风,把烛火也吹得如游丝一般,若明若灭。房间里的每一个人都不再说话。梁燕的女儿大概吓傻了,从到了我的房里便再没出声。

　　一段时间过去,这风就更大了。

　　在江南,平时我们也只是常常听说有12级的风力,可从来没体会过。我的家乡是在江苏与浙江、安徽三省交界的地方。那里山脉绵延,村民的所居之处,不是建在山腰,便是造在山脚。因为有一道道山梁在抵挡着,几乎所有的台风真正到了我们居住的地方,都已精疲力竭,大打折扣了。而扬州是在长江下游的冲积平原上,距大海的直线距离才百十千米,这里是台风的乐园,它们可以肆虐万物,而人类对它们毫无办法。

风越来越大,呼啸声几乎与死神的召唤一样让人听着心惊肉跳。雨也越来越急,老天像是掉了底的水缸,水直泻在屋顶上。闪电一道接着一道,炸雷似乎每一个都落在了屋子周边。将近10点钟的时候,梁燕母女俩与秋云还依旧坐在我办公室的沙发上,听着外面的风雨声、炸雷声,坐在那里发呆、发抖。这也难怪,风雨也实在太大了,梁燕家的房子,不管是木制的门,还是用铝合金材料做的窗,都是有间隙的,那风雨始终在外面使劲地推动它们,发出巨大的"哐哐"声响。有时,偶尔也会缓些,像个小偷,多少有些顾虑似的摇晃着门窗。而大多时候,都像是一群暴徒,凶狠地连连急推、急撞着。这声音和着公路边参天白杨树梢在狂风中的呼啸声,和着电线在风中发出的凄厉呜咽声,和着这倾泻在房顶瓦片上的暴雨声,无不让人毛骨悚然。

别说女人、孩子,其实就连我也怕了。但我怕的不是这房屋会不会倒塌,更不是这声音,我所担心的是一个大祸可能即将来临。我很担心,我不知道自己能不能躲过这一劫。但我知道,期望这股台风会对我格外开恩,希望很渺茫。这个恶魔是很可能不会放过我了,它或许很快便要将我置于死地。

是的,厄运随时将会到来,但就是不知是在哪分哪秒。我的心始终悬挂着,悬在空中。

突然间,一阵地动山摇!

我听着"哗"的一声巨大轰鸣,然后紧跟着便是一阵清脆的"噼里啪啦"声!

来了,终于来了,这个恶魔终究没有把我放过,到底来了!我出于一种本能,忽地从我的办公椅上站立起来。窗外,闪电中,耀如白昼,我见着台风这个恶魔摧毁了我一切的场景!我的心碎了!身子如木偶般伫立在窗前。我的一切希望皆已消失,我的末日将要来临!

就在那个瞬间,秋云一下子扑到了我的怀中,撕心裂肺地哭叫着:"哥啊,完啦,完啦!一切都完蛋了啊……"

第三天早上,台风基本过去了。

从供电系统,到公路管理系统,至各个企业,都在进行灾后的恢复、重建。公司门口的公路上,各个乡镇都在清理自己辖区内公路上折断、倒下的大树。一个上午过去,门口的公路便通了车。

八子兄听说了我的情况,一早便来到了我公司的门口。堆得如小山头般的地面砖,因外包的油布被台风撕毁,纸箱都化成了糨糊,高大的砖堆轰然崩塌。它们一部分倒向了梁燕家的房子,不仅堵住了大门,连办公室的窗户也几乎堵死了。还有一部分倒向了公路一侧。好在路边的那排白杨树,又粗又密,挡住了部分倒塌的地面砖。公路上仅有数十箱散碎于地,我们仅清理了半个多小时,也就基本上结束。

从梁燕家的大门到公路之间,我们也清出了一条可供摩托车进出的小路。

这次遭遇,我损失的不仅仅是地面砖,因为它们堆得实在太高,砖堆崩塌之后,连堆在边上的琉璃瓦也未能幸免,被砸损无数。村上的乡亲听说这台风让江南来的方老板倒了大霉,纷纷过来围观。熟悉的,也说了几句宽我心的话。不认识的,都在议论:"拉倒了,这个方老板倒大霉了,这么多的地面砖啊!摔了,缺角的缺角,开裂的开裂,即使有不受伤的,纸箱都成了泥巴,还有哪一个客人要这种东西?"

我始终没有吱声,自顾干着手中的活,清理道路。八子兄、梁燕、秋云都在帮忙。他们知道我的心情沉重,所以也没有人与我多说话。八子兄在为我清理好该清理的砖、瓦之后,看着这满场数百吨的伤砖、破瓦,也只是轻拍着我的肩膀,长叹了一口气,默默地走了。我遭受了这飞来横祸,在这个时候,他们知道,对我所有的安慰都显得苍白,但他们却又无能为力。

午后,太阳出来了。

午饭我没有吃,我觉得心里闷,吃不进。我在床上躺了一会。我的头脑中一片空白,我想要一个人静一下。

醒来时,已是傍晚了。秋云把晚饭端进办公室,我还是不想吃。我走出门来,用手电照着,在倒塌的砖堆边足足绕着它转了半个多小时,而后,一个人,打着手电从后门的河边圩堤上走向江边。

我坐在江堤的驳岸,看着对岸的万家灯火,看着夜航在大江中亮着信号灯的商船。渡口的渡轮还在载着车辆南岸北岸穿梭来往,汽笛声声,昭示着秩序,也昭示着它们各自的存在。晚风吹拂,9月夜晚的凉,让只穿着短袖衬衣的我,冷着心。

一切都结束了吗?即使周德海给我的地面砖打了两次折扣,即使秋云已为我卖掉了部分,可还有近20多万元本钱啊!到了年底,这货没了,那是要把货款交给别人的。亏,是巨亏了,而现在最大的问题,是这堆砖的后事处理,哪怕是当作垃圾,也要把场地处理干净啊!可我舍得把它当垃圾处理吗?就是把它当垃圾处理,还要再次出人工费、运输费,难道我吃尽千辛万苦从江南运来的货物,不是拿来挣钱的,是用来害自己的,是用来自杀的吗?下力费、场地租用费,还有要付周德海打了折的货款,我为的什么?我即使要寻死,也应该死在江南,我怎么能把朋友也害上了呢?

我脑子里忽然有一种想法,人啊,早知道来到这个世界这么心烦,真没必要来跑这么一趟。出生后的20多年,让父母受累,成家了,自己有孩子了,为了责任,自己又开始受累。就如父母一样,只要还有一口气,就要对儿女牵肠挂肚。父母如此,我不也是如此?世代轮回着,不声不响地来,又空空荡荡地走。其实,仔细想来,父母忙到现在又忙到了什么?我自忖也算是个孝子,可父亲就快走了,我却还待在这里,待在这个地方做着发财的梦。可梦就是梦啊,不是破了么?公司门口,数十万元的货物,顷刻之间成了一堆垃圾,也只有天晓得我该如何是好。人生有意思么?真没意思。

"哥……邱总来电话,要退款……"

秋云应该早就在我身后了。她怕我想不开。其实她的担心是多余的。既然到了这个世界,父亲尚未送走,母亲面前也未尽孝,儿子刚刚才去上学,我被他们绑着,我怎么会走?我只是无助,我只是无奈。我只是在一个人生的十字路口,南去北往,向西向东,一头雾水。

"明天,明天给他。"

我像是告诉她的,又像是自言自语。这台风它就不会晚半个月来,让邱总把货拉过去后再来?可它就是不会啊,如果天能尽如人意多好。如天真能尽如人意,秀芝对我能温柔些,如果我也不和李小兵闹翻,如果我能珍惜好不容易熬到的那个村主任位置,如果我能学会逆来顺受……可是不会啊,我在村里受李小兵的气,在家要受秀芝的气,两头受气的日子好过么?且我在气头上说出要出来创业的话,秀芝居然还会支持,这叫什么?这就叫天意。秀芝真把我放在心上,她不会舍得我走。而我真在意她的话,也不会轻易离开家。命,便是这样,我到现在才真正知道,在这个无助的时刻,我知道,这辈子我与秀芝是没缘的了。

没缘了,拉倒了。以至于在秋云搀着我从江堤走向河堤,又从河堤走向公司的时候,我不说话,秋云也一言不发。

第二天早上我又绕着这砖堆转了至少一个小时。我依旧不言不语,我无须与秋云商量。我也知道,我还有一张50多万的存折在身上放着。门口的这一堆垃圾也不会把我逼进绝处。我忽然想起,如果没有碰上李玲倩,如果没有她为我创造了这么个机会挣得了这张存折,那我现在遇着了这档飞来的祸事,还能有活路么?我还能死里逃生?我欠了朋友们这么多的货款还不上,我还能顾得了人世的其他纠缠?如果真是这样,让大江把我拥进它的怀抱,必是我的不二选择。

我坐在办公椅上,眼望着窗外的乱砖堆,还是无法做出如何处理的决定。难呵,难啊。我如栖息在大江上游漂下来的一截枯枝上的蚂蚁,不知还能不能有触碰到岸的机会。

将近10点钟时,电话铃响,我没精打采地拿起话筒。

我听着听着,渐渐站了起来。放下话机后,我马上打开了保险箱,拿出了1万元现金。我先换了一套干净的衣服,又把一套洗换的放进包中。我在离开公司的时候,对一直在用惊讶的目光看着我利索地打点行装的秋云略微一笑,转身走向公路。我至少给了她一个信号,我并不会想不开。当我步上公路又回头看一下让我伤心的砖堆时,我见秋云正倚在门框,看着我选择走向路的哪个方向。它的一头是去渡口,往那头过去,我必是回江南;另一头,则是去泰东市里、扬州城里。她不知道我去的方向,也没问。可在那一刻,我见她失魂落魄了。

我搭上了去扬州方向的班车。

我虽知此去不是为解决货场的烂摊子而行的,但我见到了一个让我能疗伤的港湾。它在召唤我,它在诱惑我。我相信,在那里我可以笑,也可以哭,可以倾诉,可以倾听。我相信从那里回来之后,应该有一个崭新的我可以对这个残局做个果断的决定。那个港湾父母给不了,兄弟给不了,儿子给不了,秀芝、秋云也都给不了。只有她,也只有她能给予。她有这个世界上唯一能让我依靠的肩膀,让我安逸的怀抱。我奔她而去,即是奔向新生。

我想,是的。

806室,还是这家酒店,还是这个房间。在扬州。

下午,她带我去游了瘦西湖。

"弟,你是做古建园林的,像这样的经典园林不多看看,那不行。姐为你做导游,把一切的烦恼全部抛到九霄云外吧。三天,三天之后,姐保证把一个阳光灿烂的心情送给你。真的。"

她的声音与我梦中的向往无异。

那种温暖,让我很快开始有了一种释放的感觉。我知道,一定是梁燕把一切告诉了她。我知道,她了解了情况就放不下我。我接受她所给我的一切,感觉是如此自然。她的一次笑脸、一个拥抱、一声问候,哪怕是她在游园时,走在前面,偶尔回头向我含笑的一顾,我都会有一种心灵安宁的感觉。两人之间的那种情愫,是亲情,却又不是亲人能给予的。是爱情么?我却又明知这是根本不存在的。如说它是暧昧,我更认为这个词是对我们纯真感情的亵渎。我真不知道这是一种什么样的感情,我也说不了如何去把握,我只知道我乐在其中,乐在一种美好之间。

李玲倩对瘦西湖如数家珍,边走边轻轻告知——瘦西湖其实是扬州城外一条较宽的河道,原名保扬湖。面积 480 多亩,长 4.3 千米。原是唐罗城、宋大城的护城河遗迹,南起北城河,北抵蜀冈脚下。明清时期,许多富甲天下的盐业巨子纷纷在沿河两岸,不惜重金聘请造园名家擘画经营,构筑水上园林。乾隆极盛时期沿湖有二十四景:卷石洞天、西园曲水、虹桥览胜、冶春诗社等,被誉为"两堤花柳全依水,一路楼台直到山"。康熙和乾隆两位皇帝均六次南巡来此,对这里的景色赞赏有加……

在她的轻盈导游中,在她的呓语解说里,我的思绪也似乎见到了唐宋时期这里的风花雪月,见到了明清皇家在这里享受的灯红酒绿。我似乎是个婴儿,在她的庇护中,渐渐开智。

说好了三天的。

第二天的晚上,我们又去了以前去过的那个餐馆,依旧是螺蛳就着啤酒。

6 瓶啤酒喝下,我似乎身子有些发软,对着她喃喃呓语:"姐……姐……"我见着了她对我满眼的怜悯,满眼深情。这个场景刻在了我心上,以至于在多少年之后,我依然记得那么清晰。

第二十七章　意料之外

　　一夜过去。喝了酒的人,好睡啊。

　　我敲隔壁房门,向李玲倩问早安、叫她一起去吃自助早餐的时候,已是8点多钟了。酒店的早餐供应是在7:30至9:00之间,昨天早上我们也是这个时间去用餐的,不过,是她过来叫我一起去的。

　　按了两次门铃,又敲了下门,没人回应。我估摸着是她见我还没起床,先去了餐厅,便乘着电梯来到二楼。餐厅中,客人用餐的高峰已经过去,零零星星的几个客人里,我连她的影子也没见着。

　　她应该也是酒喝多了,好睡。城里的别墅装修也挺花费精力的,她也烦啊。陪我在城里又是玩,又是吃喝,还要开导,辛苦她了,就让她多睡一会儿吧。

　　但当我在将近11点再去看望她时,见服务员正在清理着她的房间。服务员告诉我,虽是长包房,客人走了,一样保洁。

　　我心中一阵疑惑,走了? 能不告诉我一下,怎么连招呼也没打一个?

　　我忽然想起昨晚两人分别时她的表情,是否我有什么举动让她产生了什么想法? 可我没什么过分的,而且看她对我含情脉脉的样子,没见着她有反感呀!

　　我在总台退房卡的时候,服务员也没有告诉我有关她的任何信息。

　　哦,她或许不便多说,不打招呼便走,她应该有她自己的道理。

每个人都有自己的事,就像我常有突发的大事一样。她既是企业的财务主管,又是位母亲,还是一位大企业家的妻子。她走,她不留任何信息,自然有她的想法。我们之间的关系,在当今社会中是无论如何见不得光的,哪怕两人只是单独在一处喝口酒,吃一次饭,一旦让人知道,她也都可能随时遭受身败名裂的恶果。虽然我们至今都很理智,没有去触碰那根红线,但让人见着了我们一次私会,都会是她生活中的一个恶咒,此生便不可能摆脱。而这些顾虑,正是她在与我每次私处时,连吃饭也总是安排在客房的缘由。也只是到了扬州,离开三圩远了些,才会趁夜黑时到小餐馆的角落放松一番的。

这样想来,也能理解了。

第三天了。有她的两天陪伴、开导,我的心情轻松许多。不就是赔了20多万元?那堆地面砖即使全部成为垃圾,保险箱里那张55万元存折上的数额也少不了一半。

知足吧。

知足了。当初,我是被这个如小山包似的地面砖堆崩塌场面吓怕了,而现在,日子还是要过啊。

在回公司的途中,我也细想过,地面砖的包扎除纸箱外,还有两道塑料带扎着,大部分应该可以整理。回去后,纸箱烂的,地面砖的品相不坏的应该还可以卖,哪怕卖个零头价,即使捞一个清场费,也要把它们全部处理掉。日子长着,做生意有赚的时候,便有亏本的时候。毕竟着手经营才第一年,毕竟还有一张存折可以打底,方旭明啊,该知足呐。

下午4点多,在三圩,在公司门面的公路上一下班车,我就被眼前的场景惊得目瞪口呆!

我的地面砖呢?那个遍地狼藉的残忍场面呢?

原来堆放地面砖的场地上已被打扫得一干二净。那个被砖堆重压下陷后,形成的一个深达15公分左右的土坑,就如一枚印章,明明白白,依旧还保留在那里。它的存在,是在诉说着这里曾经发生过的一场灾难,是我生命中的一个厄运印记。

在屋檐下堆放的琉璃瓦,也有整理过的痕迹。应该是有人将破损的部分都清理了。公路一侧,一辆熟悉的手扶拖拉机停歇在那里,车厢中,装着1吨多残损的砖、瓦,还有些破烂的纸箱,一些散乱的塑料包扎带。

知道了,是八子兄又辛苦了,是他带着人为我清理了场地啊。

好呵,好呵! 不破不立,事情出了,总要有个结束的时候。清理结束,清理费是1万元,还是2万元,总也有个底数,我把这钱给了八子兄,也就可以算是与这场灾难道别。一切重新来过。

地面砖的影子再也见不着,我也应该对周德海有个交代了。这次回江南,带上个30万元回去吧,砖清场了,也该把周德海的砖款尽快结清,反正早晚是要给人家的。

旧的一页终于翻了过去,我的心中如门前干干净净的场地一样,亮堂了许多。

我大步跨进了大门。

"兄弟回来了? 哎呀,兄弟,好手段,好手段啊! 全卖出去了,全卖出去了啊! 缺角的,崩口的,被我全装上了车! 大大小小20多辆货车呐,几百吨货,是我从村上喊来了50多个劳力帮忙,弄了整整2天,总算运得干干净净! 这样的地面砖,还能卖了个称心的好价格,兄弟,你牛呐! 哈哈哈……方兄弟你真牛!"

八子兄连珠炮似的话语以及他的兴奋状,让我一头雾水。

"你看,哥,这是张31万5千元的现金支票,是镇上那个叫'扬州三环化工公司'的老板给我们的。另外还有三四个企业,有用现金结算的,也有几个用的是小额支票。一下子来的客户多,销售价格我一视同仁,一律按当初开给邱总的价格结算。他们不把纸箱烂了当回事,只要地砖品相好的,不还价。只是有一部分崩口的,我主动打了个5折处理给了他们。突然而来的这群客户,真让我是丈二和尚摸不着头脑,我还真担心这张大额支票有假,特地去了趟银行验证了一下才放下心来。哥啊,你上午走,客户们下午就都来了,是不是你在外走了关系找来的? 这么大的本事,你真是神仙了啊!"

秋云嬉笑着,在我面前晃动着那张现金支票。脸上一扫台风中受灾时的愁容,如个纯真的孩子,可爱之极。

八子兄与秋云两人的欣喜若狂,先是让我怔了一下。但当我听说了是一个镇上叫"扬州三环化工公司"以及当地的几个企业老板全来提货的时候,我马上想到了前天在扬州李玲倩的那句话:"姐为你做导游,把一切的烦恼全部抛到九霄云外去吧!三天,三天之后,姐保证把一个阳光灿烂的心情送给你。真的。"

是了,到底从中发生了什么,一切内情李玲倩必定是早就知道了。而八子他们还误以为是我在外面跑关系做成了这么多生意。

见此状况,我应该是喜笑颜开,可不知怎的,我却一点也没有开心得起来。不过,见着他们开心的样,见着这两个台风过后也为我门前的惨相心痛不已的人,见着这两个已辛苦了两个整天的人,见着这两个为了我的事,能与我同悲共欢的人,我还是强装欢笑。

"辛苦了,辛苦了!八子兄,我不在家,苦了累了你们。今天我们破个例,不在家中安排,去镇上的'彩云楼'庆贺一番。麻烦你把侄子、嫂子也叫上,还有我与秋云、梁燕母女俩。能够逢凶化吉,过了这个大关,想必我们往后的日子还会一天天好起来的!"

我真诚相邀。

"一定去,我一定把你嫂子和侄子都带去!这样的大喜事,我们如若说不去,要么就不是兄弟,要么就是假客气了!"八子兄声如洪钟,拍着胸脯在保证着。

那天晚上的菜很丰盛,这是我的一片感恩之心。但我并没多喝,只因为心中总觉得还有一个该登台的主角没有来,让人兴奋不起来。

回来的时候已近9点,我正在结算这批地面砖的销售总额以及形成的利润,忽见梁燕走进了我的办公室。

"这阶段不好意思啊,自己心烦,影响了大家的情绪。"我含笑打着她的招呼。

"哥呐,看你吃晚饭时候疑心重重啊!"她是直截了当的,"想知道到底是怎么回事吗?"她微笑着问着。

"虽然具体不知道,但大概明白,是她帮了忙。"我只把话说到这里。与李玲倩在扬州的事,以及她在扬州告诉我的那些话,我是不可能会对梁燕说的。我知道,我说的"她",梁燕知道是谁。

"本不想说的,哥你也是聪明人。但讲了,谜解了,你今后也好一心一意去干大事。"

"嗯,这是真的。省得我半夜翻来覆去猜这个过程。"我笑道。

"台风过后,我去上班的那天早上,别说你失魂落魄,连我也吓坏了。我知道,这个损失,哥你是刚刚创业啊,我怕哥扛不住了,只能去找了华清哥哥。当时我也只想让他帮我来安慰你一下,哪知道我把你的遭遇说给他听后,华清哥哥竟朝我大发雷霆:'小妹啊小妹,你为什么不早些与我汇报这个情况?你忘了他是我们招商引资请过来的创业者,你忘了他的那个公司还是个集体企业,只是让他承包经营,你更忘了方总是个规规矩矩的商人,人家才来半年多,已做了近百万元生意,该交的税一分没少,该上交的已足额上交镇财政。人家待咱镇上可是一片赤诚呐!而我们为他服务了多少?不亏心?招商引资为了什么,不就是为了生我们养我们的这块土地繁荣兴旺?而人家连人带资过来帮助我们搞发展,遭难了,我们就干看着?这从良心上说也过意不去啊,我的梁所!'

"华清哥当天早上便召开了由全镇机关干部及重点企业当家人参加的招商引资扩大会议,把如何加强对引资项目的服务强调了再强调。他说:'招商引资,关键是投资环境,这环境一是交通、道路、水电配套等硬件建设;二是我们当地领导怎么去为投资商做好服务,急他们所急,想他们所想,视他们为亲人,能让他们把投资地当作第二故乡。精神层面之软环境建设同样重要,要真正做到在软硬两个环境上下大功夫,筑巢引凤,才能使我们三圩镇的经济发展掀起一个大高潮!'

"会议的后半阵子,他就把你的遭遇提了出来,让大家出主意,要帮你走出困境。许多正在搞基建的企业纷纷表示,地面砖纸箱烂了并不影响使用,即使有些缺角损伤的,在墙边、墙角需要切割的地方也可使用。从做生意的公平出发,残缺的砖块只要还有利用价值的,打个折扣就好。也就十几分钟时间,各企业报上来的购货量不仅把你的地面砖全订空了,还缺一些数量,要让你回江南再组织一批过来才能解决他们的需求。见此情况,华清哥哥最后还说了那么一些:'泰东建筑陶瓷公司可是咱三圩镇自己的企业,虽然承包给了江南人,别人上交给我们财政的可全都是真金白银,帮他就是帮我们自己啊!我在这里提个倡议:如果我们在座的企业当家人,想为镇党委、镇政府营造良好的招商引资氛围做些事,我们就得从自己做起,从点滴做起,从现在做起。凡在座的各位干企业的,今后如基建过程中需要用到建陶产品的,就请直接与土管所梁所联系。只要价格合理,服务周到,保证质量,我们去哪里买不都是个买?'"

梁燕说完这些,我心中久久没有平静。我看着窗外的暮色,一言不发,沉浸在无限的感慨之中。

无法想象啊!我只是从江南过来承包了一个小公司,是一个独立经营的生意人,而我所受的也只是自然灾害,与人无关,梁书记竟会把它上纲上线,当作政府的一件大事来抓,这里的投资环境与发展前景让我不得不刮目相看了。这里沿江地区大会小会的口号都是"学苏南、赶苏南",而我这个从苏南过来的生意人最有体会,其实苏南的局部地区与他们三圩镇的发展相比,这脸都没法搁了。比如说我们村至今还是贫困村。苏南在发展,苏北在猛赶,仅从梁燕刚说的这番话来看,他们镇已把招商引资工作真正落到了实处。有这样一个坚强的领导班子,有这种积极向上的进取精神,这里便是块投资的热土,是投资人的天堂!而这种现象,它不值得我家乡的乡村两级干部过来学习吗?

我在沉默中思索,在思索中感悟、感恩。我想起了张书记对我的关怀与期望,是他鼓励我走出家门来江北发展的,而今已初有成就,吃水不忘挖井人啊,我能为这个让我敬重的长者做些什么呢?

张书记是一个磊落的领导,从不向村子里伸手要一毛钱好处。初来我村办公时,我去村茶场拿了两斤新茶给他做接待用,他微笑着婉言谢绝:"我是来做扶贫工作的,还敢让村子里破费?我喝白开水习惯了,待客也是如此,别人也会理解。"

他的声音不高,却让我感到了每一个字的分量,也正是如此,我们格外敬重他。即使是李小兵,也对他的正气心生敬畏。

我忽然有个念头——回去之后,我要向张书记好好做个汇报,三圩镇的经济发展如此迅猛,招商引资工作做得如此之好,那是他们这个领导班子的思想跟上了时代的潮流,那是他们作风过硬,那是他们真抓实干了!而反观我们村的情况呢?领导班子精神不振,成员之间闹帮派,不团结,长此以往还能摘掉贫困的帽子?那真是活见鬼了!张书记作为我村的定村扶贫干部,就应该把我们乡村两级之所以成为贫困乡村的根源深挖,对症下药,首先是让干部队伍的思想要有根本性的转变,如果有人思想转变不了,那就必须换人!让干部队伍的精神面貌焕然一新,使领导班子形成战斗力,能拉得出、打得胜,也只有这样,才能真正让我们的父老乡亲过上好日子。现在华清哥在这里做领头羊,榜样放着,这正是他们来学习的大好机会,为何不能建议张书记组织一下我们乡村两级的干部们过来学习取经?也让他们开开眼界,江北的经济发展工作都已远超我们了,我们再不转变思想,转变作风,静下心来谋发展,除此之外还能有其他出路吗?

"哥啊,一声不吭的,我说得这么明白了,还有什么想不通的?"梁燕反倒对我听了她的话所有的反应心生不解了。

我一时醒悟过来,但没有对她说起自己刚才的想法,而是顺着她的话题微笑着说道:"怎么能想通呢?既是兄妹,那天你开完会打个电话回来告诉我一下真实情况不就好了?我不是还能在公司帮一下忙?要弄得八子兄他们这么辛苦?却要合着李姐编那么一套鬼话把我支走,算是什么?"

"你呀,你呀,哥呐,会议上他们企业虽表了态,但在没有把砖卖掉之前我敢说么?一旦情况有变让你空欢喜了呢?我之所以让在扬州的李姐支开你,一是想让姐好好安慰你一下,让你能冷静下来,正确面对事业上所受的挫折失败;二是我真正能把地面砖处理掉了,也算是小妹给你的一个惊喜。而一旦情况真有些变动,我也有时间做回旋余地,省得你还要为此再提心吊胆。嘻嘻嘻……"

梁燕的微笑中有了些难得一见的调皮。这让我释怀。她如此真诚,使我心中满是感动。

第二十八章　西瓜的恩情

这天晚上,我到了12点也没睡着。我感觉有满肚子的话要对人诉说。对谁说呢?经过思索后,我翻身下床伏案疾书。作为一个乡里的老通信员,我知道此时胸中的无限感慨是一个好东西,它极具正能量,也具备重大的新闻价值,写出了它,心中便有了一种释放,也是一种善举,我要报恩三圩这块热情的土地。

对,一点不错,太感动了,文字是喷发出来的了,《三圩,这块热情的土地》这篇3千余字的文章,从写好到润色我也只是用了不到3个小时。我主要着墨在这次风灾后,三圩镇的领导是如何向一个投资者伸出援手的,由此展开对三圩镇招商引资软环境建设的分析、肯定和感谢。第二天一早,我就把此稿投寄给了省报。

或许这次台风造成的影响实在太大了,我的文章有些应景,或许是全省上下正在大力开展宣传经济建设中出现的典型案例,且我的文字由心而发,是从一个遭遇灾难的当事人手中写出的,字字感人,又充满正能量,报社接到稿子过了两天就全文刊发,并且此文还出现在头版头条的位置,尤其让我震惊的是报社总编还在我文章的后边加了一段长评,这使得三圩镇在那几天几乎成了全省的明星。后来据说,全国转载此文的报刊约有数十家。真叫是一石激起千层浪啊,这篇文章引起各地政府领导的高度关注,竟引发了对"招商引资软环境建设"的大讨论。说句实在话,我当初下笔的时候,是万万想不到此文会造成如此轰动的效应的。

确实叫作轰动了,不仅是华清书记,自文章见报后我也因此快成名人。

华清书记是文章见报后跑来向我表示感谢的第一个人。

这天上午也就9点多钟,我正在用电话与江南联系,要他们再发一批地面砖过来,突然间,门前响起一阵汽车喇叭声。秋云眼尖,马上轻声提醒我:"方哥,华清书记来了!别人帮了咱们大忙,你快去迎他们进来喝口茶。"

我自公司开张后就没和华清书记见过面。他是地方政府的一把手,工作忙,况且我过江来开办公司后经营也很正常,没必要去打扰人家,省得欠下人情。倒是这一次他对我伸出的援手,我从心里感到温暖,否则也不会写出这篇感情饱满的文章。

我刚走出大门,还没等我开口,华清书记一下子快步朝我走来,当即握住我的手:"谢谢,谢谢!方总,你是个知道感恩的人,真让我感动。自己人,客套话就不说了,我带着招商引资办的人员一起过来,让他们认识一下你,就是想让他们知道,当我们真正为投资人所想,为投资人所急,把投资人当亲人的时候,我们所做的工作就一定会出成绩,每一滴辛苦汗水都不会白流,它们都会开出成功的花朵!"

华清书记见我一脸的疑惑样,说完这番话,他立刻接过身边一位工作人员递过来的一张报纸,拿给我看:"方总啊,你看,你看,这篇文章不仅仅是让社会、让领导知道了我们在工作上的努力,更是为我们做了次广告啊!说起来也真是惭愧,为什么要等到你出了事情才会想起帮助你呢?为什么平时就不会常常来关心你呢?明显地,是我们平时工作还没做到位,我们回去后必将对此举一反三,努力找出以往工作中的不足,让所有来三圩的投资商真正感受到这里是一块热情的土地,让他们真正能把三圩视为第二故乡。让我们为工作也好,为人也好,做好自己,使三圩成为一块神奇的土地,让它开出繁荣之花,理想之花!"

华清书记是感动了,这番话热情洋溢,别说从随行的3辆小车里过来的十几个人鼓起掌来,我与秋云也感动得拍起了手。

泰东市的葛市长是次日下午由华清书记陪同过来的。

"好啊,好啊,三圩因为有了你这篇文章的宣传,影响极大呐!据刚才华清书记向我汇报,说是温州的两个老板,都是上亿的项目,本来一直为在江南与三圩之间进行投资的决定举棋不定,就是因为他们看到了你的这篇文章,也心生感动呐!今天上午来电话了,三天之后,他们过来举行签约仪式。听到这个消息我也激动啊,便马上到三圩祝贺来了。顺道过来看你一下,感谢话就不说了,在两件事情上表达一下心意吧:一是我市的北京东路改造工程即将开始,主体建筑设计为明清风格,2万多平方米的琉璃瓦使用量,甲方供材。我虽不敢拍板,但建议使用你公司的产品是肯定的,总之,尽量为你撮合这笔业务吧;二是城东正在开建的'八泰新村'小区,苏式园林风格,前后三期,屋面设计也都是使用琉璃瓦。开发公司赵总那里我关照一下,只要价格公道,质量有保证,服务跟得上,有什么不可以和你合作的?放心,泰东市人民是知道感恩的,我们是永远不会忘记曾经帮助过我们的朋友们的……"

行得春风有夏雨呐,我写那篇文章也只是举手之劳,况且这也是我的肺腑之言,不吐不快,可做梦也没想到会收到这么好的效果!而葛市长的一番表态,更标志着我的公司在泰东有了美好的未来。

晚上9点,我还坐在办公椅上体味着白天葛市长对我的关怀。我异常兴奋,沉浸在无边的喜悦之中。

一阵电话铃响。是秀芝打来的。

"回来吧,你知道的,爸爸怕是不行的了。"

她说话的口气很平静。临挂机时,还不忘交代了我一句:"别急,我只是感觉老人家快挺不住了。料理老人自然由我来,但你是儿子,陪他一程,送他上路,今后就不会有遗憾了。"

我突然间由喜入悲。我知道父亲应该要上路了,必须立刻赶回去,送别父亲。

这一次回去不是一天、两天的事了。第二天早上,我在银行办了两个存折,又把该交代的都交代给了秋云:"老父49岁才生我。以前穷,拉扯我们兄弟5个,受够罪了。现在我经济上稍宽了些,他本可以享福的,但却要走了……不说这个了吧。"

再说下去我的泪水就要掉下来了。

"其他几个单位订的地面砖我会马上发来,父亲的事肯定也需要时间……我不在这里的时候,你以守店为主,没有特殊情况,尽量不要打电话过去。秀芝把话说到了这个份上,我估计老父在世的时间也不会太长了……为人之子啊,回去接尿擦屎的,也就让我尽一丁点做儿子的孝心吧……"我说这些话的时候十分心酸。

秋云一一点头应允。她开着摩托车送我去渡口搭上回家的班车时,已是将近中午12点了。

到家时,天快黑了。店门关着,秀芝应该是与儿子一起去父母那里了。我开门把一些带回家的要紧东西放在房里后,急急地赶往父母的住所。

终于又见着父亲了。

什么叫"形容枯槁"?年轻时他也将近一米八的个子,150多斤的人,上一次在我离开时,虽瘦,骨架在那里,至少也有上百斤的,而现在呢,只剩下一副骨头,能有个五六十斤么?

父亲一下子变成了这个形状,我心如刀绞。

我不顾兄弟、嫂子、侄儿们都在房里守着,一下子跪在他的床前。他的身子紧靠着床沿。地面上有一把没了柄的铁锹,锹里装着草木灰,这是母亲让老父吐痰用的。食道癌,晚期,吃什么吐什么,即使不吃好像还要吐,好像总吐不尽似的,所以,老父一直把头靠着床沿。

父亲再也开不了口了。

但他知道他的四儿回来了,努力地睁开眼睛,脸上似乎有了一种安慰的表情。我不敢哭,因为左邻右舍都知道我父亲的病状,一旦听到哭声,便会以为父亲走了。乡下人的规矩,人走,必须以哭相送,这哭几乎就是向外界报丧的信号,所以是随便哭不得的。我很明白这个道理,所以只是跪着,只是用脸紧紧贴着那张仅剩下骨头的脸,轻轻抽泣,任凭泪水淌落在老父的脸上。我用这样的方式,与他相守,我用这样的方式与他告别,我用这样的方式,向这个男人敬上一个重礼,以谢他对我的养育之恩。

父亲知道,父亲比谁都知道我此刻的心情。这个已被土埋到了脖子的男人啊,我见着了,我生生地见着了他的双眼先是迷蒙,继而眼角也滚出了一颗浑浊的泪珠。我见着了一个已让死神拉着将走的男人最后的满足。我就这样跪着,任凭兄弟们劝,任凭嫂子、弟妹、侄儿、侄女们拉,我始终没有起身。我听到秀芝在为我说着话:"就让旭明跪着吧!让他在爸爸面前跪一个安心,让爸爸受一个放心……"

我泪流满面,从口袋中摸出了2万现金。

我把钞票放在父亲已经动弹不得的手中,抹着泪:"爸啊,我知道过日子不易呐,所以,我在江北很努力啊!我不仅要让儿子过上好日子,更要让你和娘过上好日子!爸呵,放心,四儿是不敢偷懒的啊……"

父亲是在当天晚上10点多钟走的。我是跪着看他安详地走的。

办完了父亲的丧事后,我先后去了刘彼岸、周德海那里。把欠人家的本钱给了。不欠别人的,才能睡得着觉。我甚至连堆在货场上的琉璃瓦也付清了货款。按理说这是和他们讲好的,是代销,卖掉了才去付的。但我觉得也可以了,从茶叶上挣的钱保住了经营费用,而地面砖与税务大楼工地上的获利将近75万元,那2小船瓦才8万多元货,付清了,对朋友有了交代,自己也有了个心安。

我让刘彼岸又发过去一船地面砖,这是其他几个企业订购的。

父亲走了,老母孤单了。这天晚上,我去陪老娘坐一会。因为周德海请我吃晚饭,虽没喝酒,但回来晚了些,待我到了老母那里,兄弟们都陆续回去了。娘与我两人在堂屋坐着。

"四儿啊,你知道的,娘一生就不会说话,和别人吵架,还没开口,身子就会发抖,讲话便会结巴。就是平时教育你们5兄弟,也是你老子在前挡着。这下他入了土,看不下的,也只能由我自己说了。"

娘生来就很少说话,平时就像半个哑巴。今天对我这些话,该是有什么大事了。"娘,儿子在你面前,该骂就骂,该打就打。即使我到了80岁,只要娘在,要打要骂,都由着娘啊。"

"唉,我还能骂你?还能打你?四儿啊,你是明白人,娘也只把话点到为止。娘与你说个事,你可要永远记在心上。"

"嗯,娘,四儿一定听你的话。"我轻声宽慰着老母。

"你爸临走前10天左右,已基本不会进食,更别提说话了。那天早上,秀芝过来看你爸,你爸在我的面前没说过,在你的兄弟、嫂子、弟媳面前更没说过,可那天他见了秀芝,竟然向她开口,嘴里含糊地说着两个字'西瓜……西瓜……',你知道的,这个季节,本地田里种的瓜早就落市了,市场上卖的瓜是人家在大棚里种的外地西瓜,可我们小镇上哪有卖瓜的?要买,还得进城才能买到啊,关键是那瓜价格又高得离谱,一个瓜要近20块钱!你说,你爸是不是疯了?他不是在为难秀芝么?可秀芝听了二话没说,身上钱不够,还赶回娘家,向你那个当会计的舅子借了钱,然后踩着自行车进城。一来一去,近、近、近60里路啊……"

娘又开始结巴起来,泪水也开始溢出眼眶。她用手抹了一把泪水之后,继续嚅动嘴唇:"谁知老天也在考着秀芝的孝心呐!到了城里,买了瓜回来,不成想出城10里不到,车链子竟断了!路上有个修车店,偏偏那天又关了门。秀芝这丫头,她硬是一手推着那个破车,一手拎着个10多斤的西瓜,20多里啊……她硬是走回来了……"

娘此时已哽咽得说不出话来。

我心中马上充满羞愧——我在苏北挣了那么多钱,可从来没有向秀芝吐出半点信息。我家本来家底就薄,加上结婚、生孩子、开理发店,至今还欠着别人3千多元。我为什么到现在情愿私下成千地给父母而不去还债?我是早就想过的,我不可能与她白头到老,她也不可能在我成家后真的不去嫁人。而我一旦在外面成了家,这店面还不是双手奉送给她?让她自己挣钱自己还债,我想这是最公平的了。

我不仅不说在外面挣到了钱,还在有意与无意之间,说着外面在经营上资金周转的艰难,而她竟对我的话深信不疑,还总对我说着宽心的话。听老娘说到这里,我忽然间感到了自己是如此卑鄙。

"娘,别说了……我知道了……"我也陪着老母落泪。

我知道了,我必须为秀芝做些事了!不,不光是为她,也是为儿子,为老母,为刚刚入土的父亲,我欠她的!

"怎么能不说呢?西瓜买来后,你老子嘴唇颤动着,'丫头……丫头……丫头……',接连十几声啊!也难怪,那时他已不会进食了,是医生每天来挂葡萄糖药水。可他不想死啊……以为西瓜到了嘴里就能化了,你说可能吗?后来还是秀芝想办法榨了些西瓜的汁水,让他润了下喉咙……那时,你父亲的手还是能动的,他看着秀芝,合着手,朝她作揖。嘴里还始终是'丫头……丫头……',眼角还有泪……"

我再也忍不住了,呜咽着道:"娘啊,你就放心,我欠她的情还她的情,欠她的恩还她的恩!她也是有父母在的,我不会比她兄弟们做得差!"

"唉,四儿呵,你要娘怎么说呢,你以为我们都是瞎子?看不到?她不也就脾气倔了些,还有什么让你不满意的?你的脾气就好吗?待她父母好,那是一回事,待她好,那才是真的。万万千千,一句话,咱们方家要是留不住这丫头,是没福,是造孽了……娘求你,四儿,家不能散啊……"

我不知后来是如何回答娘的,我只知道是哭着走的。我是无论如何不敢违娘的话,但我心里在与娘争着:"娘,什么事都可以听你的,可在这一件事情上,我是万万做不到的啊!"

那晚,我为了娘的这些话,几乎一夜没睡。

那个时期,江南到处都在进行集镇建设。我们乡里也正在建设着新规划的镇区,第一期建设大约有2平方公里。它的一边是紧邻104国道建的,从国道岔下去便是街道。这完全是新建的一个集镇,考虑到区域内农户的购买能力,房子大多是建两至三层。价格也低,每平方米不足400元。如果整幢买的,不仅价格可以优惠,还可以根据订房者的要求,设计上做些调整。目的便是一个,能尽快地聚起人气,能真正像个集镇。

第一批入驻建设的乡政府、信用站、邮电所、工业公司、农业公司、三产办、粮管所、水利站、规划办、乡建所,已成了一条东西向的街道;现在相继在建设的还有幼儿园、中心小学、卫生院、派出所、文化会堂、农贸市场、矿管所、兽医站,这些又将形成一条南北向的街道。围绕着这条十字街,便是建设住宅。乡里打算要把5000左右的人口聚到集镇上来。集镇建设的具体规划负责人是我的好友——建设所的所长张志荣。

为尽快建好并让集镇繁荣起来,各村干部近阶段的重头工作,便是到村中条件稍好一点的农户家中挨户动员,动员他们去集镇买房。在做宣传的时候,他们一再讲着这个政策优惠的程度——从土地到所有集镇配套的生活、交通设施,全部是乡里财政买的单,就是这每平方米将近400元的价格,先期建设资金的利息,还是由政府拿出来的。总之,宣传单上说了,这是次大促销,过了这个村,便没这个店。

我也知道了这个消息。

娘的话始终在我的耳边响着,想到儿子毕竟也一天一天在大起来,如果某一天我不回江南了,我这个做父亲的不为他做些事情,对他也没有交代。我盘算着手中还有近70万元存款,我想要从中抽出一部分,为他们做件事,让自己心安。

第二天早上,我便去了张志荣的办公室。说明了来意后,他欣喜万分,因为他也分配到了推销20套住宅的卖房任务。当他听到我要拿下一个整幢房屋时,心花怒放,马上对着规划图,向我详细地说着就将开建的每幢房屋所处的位置,以及它们今后发展的优劣势。

"旭明啊,我们都是好兄弟,你既然把这个指标给了我,让我完成任务,老子还不为你弄处好房子?看看,这幢房子,9间2层的,距离104国道36米。这么个开阔场地,为后面的国道扩建留下了充分的空间,已没有后患。场面大,停车位置就大,不论今后集镇的发展是死是活,你就有国道做保障,开饭店也好,开旅馆也行,总是门面房子!如果自己不想经营了,哪怕租给人家开个补胎店,啧、啧,兄弟呀,你也是净赚不赔啊!"

9间2层,进深12米,开间4米,近900平方米,这幢房子在集镇上也算是风光无限了。

我与张志荣说好,施工图纸要略做改动。底层一侧其中的两间,要单独开门,两室一厅,用于生活。其余7间,居中开一个大门,连同二楼的9间,约800多个平方米,放着今后发展。这幢房子的最大好处是两端是街道,当面是国道,而张志荣私下还把后边一条5米宽的公共过道给我做了院子,这便是天大的面子了。

一般来订购房子的农户,基本上是自己有一点,亲朋借一点,还要欠一点。当张志荣听我说准备先付10万元定金,交房时再一下子付清余款时,眼睛都红了,便马上同几个领导商量,把整幢房屋的价格优惠了6%,一下又让了我近2万元。我细算了一下,这次购房总共需要支付约33万元左右。中心小学搬过来后,儿子便要过来读书,那两间生活用的房子总要装修一下,连同家具,我预备再花去6万元。这样说来,这次的投资总额大概在40万元上下,资金上我是绰绰有余的。

张志荣为了感谢我对他工作的支持,中午请我在他们所的食堂里吃了饭。手中有粮,心中不慌。在他们下午上班后,我便在乡里签下了购房合同。

施工队也是见钱眼开的。在听说把我订的房造好交付了即能拿到全额款项,施工队便在第二天就先将我订的这幢房子开工了。

造房是万古千年的事,双包工程,价格又被政府一压再压,还要欠账,包工头们也不是傻子,就全在偷工减料上做文章了。张志荣私下告诉我:"兄弟啊,无论如何,这幢房子的主体施工也就个把月时间,你一定要派个懂行的人在现场监督施工啊!从钢材的型号、密度,到水泥的标号、添加量,没有自己的人眼睛盯着,也只有天知道他们是从哪里挣钱。"

我本是想把房子拿到手后再告诉秀芝的,可张志荣把话说到这个份上,也就是挑明了,我必须派人来工地。下午,我用摩托车把秀芝带到了工地,对着竖在路边牌子上的效果图,指着那幢房子:"中心小学就要搬到这里来了,离家近10里,你还能风雨无阻地用自行车接送儿子?这幢房子我买了,学校搬,我们也就搬吧。"

说这话时,我并没什么表情,秀芝还以为我在说笑话。"造理发店还欠着别人的钱呢,买这里的房子钱又从哪里来?你是想把别人的货款先垫上?那是万万使不得的。"

工地边上,那么多人在看着,她又在大呼小叫,我没好气地跟她说:"孙秀芝,你也别小瞧人,有没有钱我不知道么?该付人家的货款,我已全部付清。我为什么买房？还不是为了你和儿子？放心,我方旭明一不偷二不抢,也不想让你去还半分钱债,办房产证时,写上你的名字,总可以了吧?明天就把我们以前的借款还给人家总可以了吧?买这幢房子的钱若真是我偷来的,你也尽管去住,由我去给政府杀头,这总可以了吧!"

话不投机就是这样。她又想为我"上课",可老子永远也不吃她的这一套。

第二十九章　汤书记宴请

我做梦也没想到，仅一次订房便使我成了全乡的新闻人物。

出门时候，我还是个标准的穷光蛋啊，才半年多时间，不仅把周德海、刘彼岸的货款全部付清，而且现在又当场掏出10万元现金订了一套9间的整幢楼房，另外在合同上还注明什么时候交付房子，绝对是一次性付清余款。这是什么概念？这不仅仅证明了我在外面挣了大钱，辞职下海取得了空前成功，关键是还让全乡人知道了我是一个不折不扣的人才，是一块不论走到哪里都会发光的金子。外面还说我就要买"桑塔纳"了，并且要买豪华型的。更说我买"桑塔纳"是为了压李小兵一头，叫这个狗东西再也不敢抖威风。

"家有黄金外有秤。"古人都有这个说法。我在江北这半年多，从地面砖、茶叶到琉璃瓦，毛利确实也有80多万元，即使去了毛剥了皮，净的也有75万元上下，这与外面说我半年挣了100多万元距离不大。我不知道自己的这些信息外面是怎么知道的，但半夜想了一下，千不该，万不该，不应该把周德海、刘彼岸的货款付得那么爽快。尤其是把为他们代销的瓦款也付清了，这不是显示着我的身上太有钱了是什么？要知道，那是集体的钱，即使把货卖掉了，也可以找借口，千年不还，万年不赖。

那几天，我简直不知道该如何应付到我家来做客的朋友。

定村的公安局张书记夫妇俩也来了。

他们是我成功路上的大贵人,吃水不忘挖井人呐!我挣了大钱,是完全沾了他们的光,说他们是我的再生父母,一点不为过。尤其让我感动的是在华清书记面前,张书记竟会说我是他们夫妇俩认的干儿子,要他多关照我!所以,在招待他们的饭桌上,我酒多了,还真叫起了干爸、干妈。万万没有想到的是张书记夫妇俩咬了下耳朵后,竟会当场表态,认可了这件事。他们的社会地位在那里放着,他们认下我这个干儿子图个什么?那是他们人好,也是我命好,真正傍上个大贵人。

不过,饭后张书记拉我到房里说的一番话,让我压在心上很长一段时间。

"旭明啊,既然你们这么看得起我,连干爸都叫了,那么我也不客气,就直呼其名了。"张书记的脸上一如既往地微笑,他也喝了有半斤白酒,面色红润,但说的并不是酒话,依然自然亲切。我看他有心里话要和我说的样子,连忙跟他说:"干爸,直呼其名才好哇,那叫看得起我呀!不过,您毕竟在这里当领导,怕影响您的工作,这称呼只是私下叫,场面上还叫您张书记。"

张书记微微点了下头,而后说道:"你写的登在省报的那篇文章我们都看了,不容易。半年多过去,乡党委对于你辞职的报告为什么至今还没说法?为什么我极力支持你去江北创业?其实是有些原因的,你也应该有数。"

"干爸,快不提不开心的事了。开弓没有回头箭,既然出门了,他们给不给说法关我啥事?要当官不太容易,总不可能有人拦着我做平头老百姓吧?想想我是怎么离开村子的,凭李小兵这样的人把持着书记位子,我还能待在村里与他共事?是受他的伤害还不够,还要自取其辱?"

我酒多些,声音有些高了,弄得秀芝追进房来小声嘀咕:"和干爸说话用这种口气?外面的人还以为你们吵架呢。"

我朝着张书记笑道:"酒多,发言热烈了些。"

"没关系,我也多了。酒多好啊,说话可随便些。旭明呐,你知道,我来定村也一年多了,该熟悉的,该了解的也都心中有了数,现在该是想办法实施脱贫的具体措施了。我一直是搞政治工作的,在经济工作上缺乏经验,但就我个人的观点来说,毫无疑问,胆大敢干是必要的,但绝不是盲目瞎干。你出去快半年了,村子里有的情况你不了解。知道吗,李小兵跟踪的两个项目全黄了。但你知道这一年多下来这个'跟踪服务费'用了多少?近25万元呐!吓死人吧?我是来扶贫的,可就在我的眼皮下让村子钻进债窝里去了……我掌握了一些情况,耐火厂的账目混乱……看来可能真如你所说,杨德新是和李小兵一起在挖村子的墙脚……"

张书记在说出这些问题时眉头紧锁,满腹心事。

"干爸呐,不是我说你,在这个问题上你也确实是有责任的,至少你没尽到监督作用。"我毫不客气,李小兵胆大妄为,张书记你既然知道了这些情况,为什么就无所作为呢?我心里嘀咕着这些,只是没把它说出来。

"放心,我有数。我已向领导做了汇报,具体工作正在进行之中。不过,彻底查清之前,有些东西还需保密的。"张书记说着,话锋一转,微笑着征求我意见,"也算出去见了世面的,旭明啊,依你看,我们村真正要脱下贫困这顶帽子到底该如何下手?帮我参谋参谋。"

我见张书记说出这一番实诚话,一是出于感激,二来这里毕竟是生我养我的土地,我的所有亲人都生活在这里,我巴不得父老乡亲赶快走上致富的道路。也是酒多话多,我便把在三圩创业的过程中所见所闻所思所想一股脑儿全倒了出来。

"干爸呐,说出这些东西我都觉得脸红!别人还在整天叫着'学江南、赶江南'的,其实我们已被别人早就抛在身后了。你知道三圩今年的工业目标是多少?9个亿呐!回头看看我们乡呢?现在还在叫着实现'2亿元乡'的所谓'宏大目标',这真叫是臭不要脸!还有我们村,他娘的,工业产值还不到50万元,却竟然会举债买回辆二手的'桑塔纳',让李小兵享受!你看、你看,这胆大妄为的,穷庙养了个贪和尚啊,真是他娘的活见鬼了!"

说起李小兵,我越说越来气,顿时声音又高了起来。秀芝再次进了房,笑着对张书记说道:"张书记,出去喝茶吧,你看旭明喝成这样,这嗓子大的,邻居都一字不差听得清清楚楚,还能保密吗?"

张书记听她这么一说,也"嘿嘿"地笑出了声。

......

刘彼岸又名刘大嘴,心直口快。从税务大楼的工程用瓦,到让我带去江北的两船代销琉璃瓦,一下子收到了我付的货款几十万元,这对他们村子来说,拿到了国营建陶厂的这么一笔老欠款,简直就是拾了个从天上掉下的金元宝,他不论走到哪里,都要把这件事挂在嘴上死吹一番。

这个阶段,刘彼岸又为村里的泥矿接了一个新的业务单位。

那是个紧邻国营建陶厂的村子。这也是个穷村,扶贫工作是上级安排陶瓷公司对口进行的。为了尽快帮这村脱贫致富,陶瓷公司以自己的技术、资金为他们服务,为这村办起了一家"东南建筑陶瓷厂"。厂里建有一条36米长的"推板窑",专门生产各式琉璃瓦。他们的生产原材料也与国营建陶厂一样,都是从刘彼岸村子里的泥矿购买的。陶瓷公司扶贫,能出资金,能出技术,能为你办起厂,但销售就得靠你自己了。别人为你成了家立了业,这已是天大的恩情,谁还会保证给你生儿子?

琉璃瓦生产企业最大的特点,就是销售上有淡季、旺季之分。国营厂习惯了,淡季就把仓库堆成个山,到了旺季便可坐在办公室数钱。但村办厂吃不消呀,每天产出的货,一要占场地,二要垫本钱,场地还能想些办法解决,可这资金去哪儿找得到?

那天早上,刘彼岸赶到"东南建筑陶瓷厂"去催收货款。

村办工业,不论规模大小,不论有几个厂子,其实当家人只有一个——村书记。"东南建筑陶瓷厂"是汤家村办的,汤家村的书记汤小五一见刘彼岸到了,头就痛了。琉璃瓦厂是个特殊行业,那烧瓦的窑从点火到出货,一般要将近半个月时间,从热窑、拉高温、初装产品到真正产品产出,它有一个循环往复的过程。这个过程一开始便要耗煤,要工人工作,要付工资。说到底,从点火开始便是要烧钱了。而一旦点了火,投产了,就不能轻易停产,否则重新点火,又是要花一笔冤枉钱。汤小五初上生产线,原以为窑里的瓦出来了就能变成钱,哪里知道销售环节中还有个季节问题?眼看着每天从窑里源源不断出来的产品,又看着边上盯着自己要泥料款的、要煤款的、要釉水款的老板,没有一天能睡个安稳觉,心都慌了。现在见刘彼岸来了,汤书记连忙把他请进办公室,坐下来第一句话便是以攻为守:"刘书记,咱可都是当家人,千万先别提到'货款'两个字,先赶紧帮兄弟出个主意,这山头一般高的琉璃瓦堆在仓库,让我怎么能去帮它寻个出路?"

各村的泥矿都在加大生产规模,泥料销售的竞争也相当激烈。刘彼岸过来不仅仅是催收货款,同时还有加强双方合作关系的目的。而帮助业务单位解决难题,是给对方最大的支持,也能赢得合作单位最大的好感。

听了汤小五的求助后,刘彼岸摆出了一副救世主的架子,马上把我吹得神乎其神。大约我的本事大得除了不会卖飞机之外,其他便什么也不在话下了。

最后,他用事实对我做了如下总结:"汤书记,你就想吧,老子全村一年的工业、林副业产值才多少? 去年统共才217万啊! 毛利润呢? 至多也就40多万吧,去掉全年村干部的工资,去掉计划生育、五保老人及村里的日常开支,还能剩下几个子? 就这样,老子这村还算是我们乡里日子好过的了,没有被划入贫困村行列。但看看我的这位好兄弟方旭明,才半年时间啊! 空手出去的,一幢大楼比我的村部还大,就在盖了! '大哥大'就要买了! 豪华型的'桑塔纳'就要开回家过年了! 一天利润将近1万,老天呐,这可比我村的工、副业产值都高出了一大截啊,你说这人厉害不? 你看、你看,老子让他为我代销的琉璃瓦,货还没卖,款就付清了,为人正派不? 他没有落实销售就敢付钱? 那是这家伙胸有成竹啊! 如果由他为你做苏北的销售总代理,还不为你销掉一大半产品?"

汤小五不知道刘彼岸说话是添油加醋了的,他是看销售、盼销售,夜里都梦着销售。现在听说我是这么一个神仙级人物,有着通天的销瓦能力,眼睛红了,恨不能当时就见到我。他要刘彼岸立即带着他来拜访我。

刘彼岸是过足了嘴瘾,但因为话里的水分太大,明知我在家里,在没有与我交代前,是万万不敢带他来的,就怕露出马脚。可他又要显摆出我们之间的友好关系,还要让汤小五感到他的热心肠,所以马上大手一挥:"要见面么? 要我引荐么? 那还不是我一个电话就能解决! 说吧,明天有没有时间接待他? 如果有时间,老子回去马上打电话到江北,命令他明朝一早便乘车回来,我保证在明天下午5点之前把他送到你厂里!"

"刘书记,好兄弟,那还用说么?但明天还能在厂里的食堂接待他?我必须在'玲珑门'酒店摆酒相请!我们真心待他,别人才能真心待我啊!"

汤小五在走投无路之际,听得刘彼岸的一番话后,完全把我当作救命的菩萨了。

下午,我与我的老二舅子在集镇工地的施工现场。

当我向秀芝提出家里要安排一个懂行的人监督现场施工的时候,秀芝说道:"叫谁?除了我二哥,还有哪一个合适呢?"这我知道,凭资格与利落的嘴皮子,我的老二舅子去工地是肯定称职的,不过,我是不会出面去叫他的,以免他在我前面搭一个臭架子。让秀芝请他,既给了她面子,也能让我的老二舅子夹紧尾巴做人。

工地上已在做地基施工,工人们正在铺设钢筋,我的老二舅子正板着脸,在密切注视着钢筋的编排密度。我也在现场看着,交代好工地的现场监督后,我已把家里要处理的事办得差不多,准备要过江去了。

这时,刘彼岸过来了。

在咬了我一会耳朵后,最后他又关照我了几句:"好兄弟,这绝不叫吹牛,知道嘛,客大欺店就是这个道理。现在姓汤的就在油锅里煎熬着,不要说赚不赚钱了,能回笼些资金,盘活生产,就是适当亏些本钱,他也照样会和你合作的!你我都是好兄弟,到了那里尽量把话说大些,你不好意思,就由我说,你能经常点个头,配合一下就可以了!还有一点,就是真正把价格往死里砍了后,即使成交,你与他有业务上的来往了,也要尽量欠账!老子真的很担心,如果到了年关他拿不出货款,我矿山上工人的工资从天上掉下来啊?有兄弟你帮我兜个底,老子才有胆敢和他做生意呐!"

真叫是"无商不奸"了,刘彼岸这个家伙别看他人粗、话粗,可算盘打得比谁都好。不过,对于我来说,在保证质量的情况下,价格能低一些,那是求之不得的。国营厂把价格扳得很死,村办企业就两回事,价格可以由书记随时调整。这次能与汤书记合作,对于我来说,至少多了一条供货渠道,我何乐而不为?

两人约好,第二天下午4点,由刘彼岸用摩托车来接我。他不让我开车,希望我在酒桌上多喝一口,也能把话说大些。

哪知第二天下午才2点多,我正在准备去苏北的行装,就听门口响起了一阵小车喇叭声。我抬头一看,从一台黑色的"普桑"摇下玻璃的窗口处,我看到刘彼岸正在向我招手:"方总,汤书记安排轿车来接你了!来、来、来,快上车、上车,他正在厂里等着你去指导工作呢!"

在后排,刘彼岸咬着我的耳朵:"看看,这狗日的慌了么?他现在把你当作救命的稻草,砍价!死命地砍!你砍便是为我砍的!好兄弟,我们可是'共同致富'啊!"

一路上刘彼岸不停地向我咕哝着。

汤家村离我家约20公里,小车开了不满半个小时就到了。

汤小五村里的这家琉璃瓦厂还真是造得不错,车间整洁,产品质量也不错。但他千不该、万不该,也不知是听了哪个人的主意,把这个厂造在远离公路的一条河边上。可以说,一般客户没有向导,即使打着天灯也不会找到这里。

在参观了他们的生产车间,又在他们的办公室聊了一会儿之后,汤小五便带着我们去他们村部边上的一家酒店。它的招牌上写着"玲珑门大酒店"。

汤小五是真诚的,至少对我。满桌子的菜肴证明了他待我的热情。我没有听刘彼岸的话,我自从出门创业的第一天开始就为自己立下规矩——生意场合上滴酒不沾。我之所以过来的时候没有反对他让我多喝一口的提议,我只是想通过他赶紧见到这家厂,见到这家琉璃瓦厂的当家人,能在今后的经营中,产品上有所选择,价格上能有竞争力,在生产的当口安排上我也会因相互之间的友谊而有话语权。我自小就知道酒多话多,而话多必失的道理。我毫无疑问会对刘彼岸的牵线搭桥心存感激,但也会为了今后自己的生存、改善经营的环境而努力搞好与供货商的关系。

刘彼岸见我坚持着不喝酒,只喝水,不那么舒服。但这让汤小五似乎反又见着了我的稳重。我对酒的拒绝虽然用语很委婉,但话意很决绝。酒桌上,当刘彼岸酒喝到了份上的时候,话便收不住了,对我的介绍、恭维便没了谱。我发育晚,20岁长大成人,本又看着年轻,刘彼岸为了表达我的能干,甚至连我的年纪也故意少报了5岁,这真是让我哭笑不得了。不过,说好的,我不插嘴,以免扫了大家的兴。今后大家合作,有机会我自然会和汤小五说明情况的。生意人可以在价格上讨价还价,但在这些问题上弄虚作假,显然没有任何意义。

"玲珑门大酒店"是汤家村的一个大名人所开,他叫梅青,是我们这个地方上的风云人物,不仅开有汽修厂、铸造厂、化工厂,还有一个紫砂雕塑艺术品公司。这个艺术品公司的产品几乎全部用于出口,一年的创汇都让当地领导刮目相看。梅青的成功,离不开他的爱人余玲珑,这女人也就真如她名字一样,做人百般玲珑。企业多了,活动就多,招待就多,玲珑便又自己上阵,开设了这家酒店。这酒店不仅装修考究,请的厨师厨艺一流,在设施上也与时俱进,酒店楼上还开了歌舞厅。这酒店从人缘、菜味到硬件设施,全是超一流的,方圆二三十里有头面的人,都常常过来用餐,更别说周边做企业的了。当地接待高档的客人,都非"玲珑门"莫属。

书记就是书记啊,晚饭之后,汤小五竟然会把歌舞厅包了场。刘彼岸酒喝多了,拿着个麦克风在手,便一直在唱着"这一张旧船票,何时登上你的客船"。汤小五酒虽多,但好像一直在左顾右盼的,不怎么安心。陪我们一起喝酒的是村里的其他几个主要领导,大家一起在看着刘彼岸表演,出于礼节,还都不时鼓掌。而我喜静,很感厌烦,真想快些离开这个地方,去清静清静。

正在这个时候,老板娘领着5个20岁左右的女孩进来了。汤小五急不可耐地走上前去拉住了其中一个,牵着她的手到了我面前。他是酒喝多了,大厅里又放着音乐,声音杂,所以汤小五对我介绍那姑娘时嗓子很大:"叶纤红,20岁,是这个酒店的当家花旦!她是扬州人,你们可是半个老乡啊!"

大厅里灯光昏暗,我只能大致看到那女孩的脸,她微笑着,迎着我看,但不言语。我也不言语。汤小五这是待客礼节,我不能拒绝,厅里的声音也实在太大了,我也只是含笑点头,算是招呼。

"今夜归你！想跳舞就让她陪你跳,想拥抱你就拥抱!"然后,他把我们推进了一个包厢。正在汤小五朝我大声关照着时,他便被一个女孩撒着娇,牵手到大厅的另一边去了。

包厢的隔音效果不错,空间很小,里面放有一张3人沙发,一张茶几。我打开了所有灯光,坐下。我不想叫汤小五抓着什么,也不想欠他什么。因为他的那句"想拥抱就拥抱"的话,这女孩是什么人,也就再明白不过了。

"是老乡吗？你是哪个县的？"灯光亮了,杂声小了。女孩的笑如此自然,声音柔和。她长发及腰,唇红齿白,并没有化妆,很自然。秋天,衣服还单薄,她的腰身很是纤巧,凹凸有致,这让我马上想起了秋云、李玲倩,难道扬州就专门出产这些"人间精灵"？我不禁有些胡思乱想。

"先跟你说一下,别听汤书记瞎讲。我是不会跳舞的,也不是这里的服务员,只是晚上空些,来帮我阿姨一下忙的。是汤书记白天就过来求着我阿姨,说晚上有一个重要客户、一个大老板要过来,无论如何让我过来倒口水……"姑娘脸红了,不说了。

"那你过来干什么？没听他说么？你可以走呀。"我也微笑着轻声回应。她的声音真好听,让人觉得满是甜味,人听了,不仅仅是舒服,是享受,还有一种说不出的贪恋。我马上又后悔脱口而出让她走的话,这话伤人,起码是对一个女孩不尊重,明白无误地在鄙视人家。

"本来不过来的,汤书记说你帅得不能再帅,人好得不能再好才来的……"她抬头盯着我,像是验证汤书记的话似的。她的神情干净得不能再干净了,那满脸的笑意中写满诚实、可靠、纯洁。瓜子脸上的两个酒窝,好比盛满幸福。我顿感在她身旁也沾染了她的喜气,我享受着。或许真是从来没触及过这样的人和事,我这个见过很多大场面的人,在后来竟开始拘谨,开始木讷,讲话也开始小心翼翼。

"很让你失望吗？"我努力保持着镇静。

"不,第一印象,果真是这样……"她依旧紧盯着我的眼睛,神情好似已等了我很久了……

第三十章　奇怪的信息

到了三圩两天,我的心才勉强平静下来。

与叶纤红邂逅虽然留下了很深的印象,但我再也不敢对年轻女孩想入非非,我怕伤害了别人,也伤害自己。

我是一个有过家室的人,甚至可以说现在还在和秀芝行着夫妻之实。别说我与叶纤红年纪相差着十几岁,就凭她冰清玉洁的灵魂,我就不敢再有这个念想,生怕污了自己的人格。

我也不断地问过自己,为什么就敢对秋云有想法,后来我想到了一个原因——因为秋云是从"那种地方"出来的。而从那种地方出来的人,便干净不到哪里去。我曾经不止一次地想过,常在河边走着,怎能不湿鞋子?我们之间只有年龄差,其他并没有什么。比方说,至少我到现在还没有与秀芝以外的任何女人有过实质性的"那回事",而秋云呢?可能只有老天爷才会知道了。

叶纤红则不同,她是一枝含苞欲放的花朵,连眼神都那么纯洁。她对人生有自己的追求,我不应该对她有任何念头。她不属于我,她只是我生命过程中出现的一道闪电而已,遇见了,留下了美好的感觉,这就够了。

她居然也是泰东的,泰东天星镇的,在3年前投靠了余玲珑家。她们是老亲,叶纤红在他们的铸造厂当出纳。

天星与三圩相距才20多公里,她甚至想在我回江北时,跟我一起回去看望父母,我当时还答应了的,但在那天晚上我便再也不敢有这种想法。秀芝因我帮家里挣了一份大家业而感动,竟破天荒地来"慰问"了。这是她给了我的一个"鼓励奖"。虽然我的内心十分排斥,但年轻身躯里的荷尔蒙,让我的灵魂做了俘虏。不过,那时我再也明白不过——在泰东出生的那个叫叶纤红的女孩,今生与我是无缘了。因为我不配。虽是法律上的单身,但是,我觉得自己不干净。

把一切抛在脑后,开始工作。

公司主项是做琉璃瓦产品,集体工程毕竟少有,而市长许诺帮忙的两个项目,都还在做着施工建设的前期准备,离使用还有些日子。我不可能睁着眼睛干等,必须寻找业务。本地民宅建设上琉璃瓦的使用已开始普及,在这一块业务的开发上我得下大力气。

汤小五的琉璃瓦产品,有一部分是园林用的筒瓦,还有一部分便是民宅用的平瓦。我通过半年多来的观察,发现这里部分先富起来的农户,他们在建房时早已在使用琉璃平瓦了,用户还不在少数,几乎占了新造房屋的一半,而他们的用瓦,都是直接赶到江南厂家提货的。然而,在这个过程中有一个他们无法解决的麻烦——买多了,便是浪费,买少了,更加麻烦,必须再用汽车单跑一趟江南,这就大大增加了用户的建设费用。尤其是这些农户因为只是偶尔去买一次货,国营厂里的销售员也不是活菩萨,基本上是刀刀见血,价格高得离谱,而用户还以为拾了便宜。我经过再三思考,打算从汤小五那里先发一船货来进行试销。我想,只要我能以服务为导向,首先解决好他们多退少补的问题,然后再与国营厂打价格战,挣钱只是多与少的问题,但绝对是不会亏本的。而且汤小五他们厂生产的产品,价格已完全接近了成本价,厂又临河而建,适合船运,运费只有车运的一半,这就大大降低了经营成本。再说产品是厂家给我代销的,既不存在质量风险问题,又不占用我的周转资金,还与国营厂形成了很大的差价,这不就是我眼前的商机么?

我打电话给了刘彼岸,把需要的产品数量、色泽、规格报了过去,让他先发运一批琉璃瓦过来。刘彼岸如得了军令似的,在电话那头只说了一声:"是,立即执行!"我好似看到了这家伙的滑稽状,忍不住也笑了起来。

这天,我买了一个传呼机。我用摩托车跑乡村的生意,秋云在公司有什么事和我联系时,有了它就方便一些。买回的当天,我便把号码用电话告诉了好多朋友,其中也包括梁燕。

深秋到了,雨季也来了。刘彼岸打来电话,告诉我,这几天江南动不动就是大到暴雨,装船很不方便,意思是发货可能要迟个几天。我跟他说,反正也不急,发货的事,等天好了再做安排也不碍事。

其实三圩紧贴着长江,气候与苏南差不多,这些日子也是每天被秋雨泡着。出不了门跑不了生意,我很郁闷。

忙惯了的人,不能太空,一空就会胡思乱想。

也许是觉得欠李玲倩太多,她时常会跑到我眼前晃动。我一直想不明白,不解李玲倩这么倾心帮我是为了啥。常说世上没有无缘无故的爱,她这么帮我,总该有她的目的,她的目的是什么?

她总在我面前说欠了她二婚老公张天宝多少多少,我们之间不能怎样,是不是告诉我,我们之间只能是红颜知己,不能来真的,告诫我不能陷进情网?

我只能说李玲倩是个超强能力的女人。以前,在一般人看来,她也许只是一个被人可怜的离婚女人,带着个孩子,在这个极度现实的社会中,艰难地生活。然而,没有谁会知道,她那敏锐的目光,就如丛林中潜伏着的一只花豹,悄悄注视着眼前世界的一切,一旦出现适合下口的猎物,便会择机而行,一招制胜。不是吗?她用一夜工夫,便将张天宝收在手心,又一棍子将他的原配赶走,带着个"拖油瓶",堂而皇之地做起了夫人,做起了一个集团公司的财务主管,成了社会的名流。那不过是一夜工夫!整个扬州,又有几个女人有这种手段?令人佩服啊!

绵绵的秋雨,屋檐下,滴滴答答响着雨水的溅落声。屋顶上,"哗啦啦,哗啦啦"响着一阵阵洒向屋面的雨点声,偶尔夹杂着外面电线让风刮出的低沉的呜咽,让躺在宽阔的双人床上的我无聊至极,禁不住胡思乱想。

那几天,我心里似乎有一种期待,期待着来自她的消息。

这天,我的传呼机接到一条信息:"再也没有以后。不相识多好。保重。"

这是谁?没留下名与姓。我反复揣摩了半天,我还是想不到这条信息是谁留的。应该是传呼台传错对象了,我想。

这个雨季好长啊。那雨绵绵不断,即使偶尔停个半天、一天,后面还是接着下雨。我和秋云都懒得上街买菜,都是托梁燕带些回来。她是公家人,不是星期天,得每天披着雨衣开着摩托车去上班。为她想想,吃这一碗饭也不容易。

那天,冒雨下班回来,梁燕一边把菜递给我,一边解着雨衣,嘴里告诉着我一个消息:"知道吗,哥,张天宝死了。昨天后半夜死的,明天一早火化。今天去吊丧的人特别多,本镇的大厂小厂,外面的合作厂商,还有镇里的各个大、小机关,都派人去送了花圈。我们所也不例外,我是让周副所长去安排的。镇里通知了,明天下午开追悼会,市里还有不少领导参加呢。"

张天宝死了?这对李玲倩是好事还是坏事?

有一点可以肯定,张天宝这棵大树一倒,李玲倩在企业的位置就难保了。"宁中化工集团"虽是由张天宝白手起家一手打造出来的,但他自己仅有10%的股权,90%是镇里的投资,主体还是镇办企业。尤其是他的大儿子也近40岁了,他一直坐着集团老二的位子,而他始终对父亲离了婚和李玲倩再婚之事心怀不满。他恨父亲吗?恨,但一天是一天,两天归两天,父子之间,感情放着,几天一过,恨便消了。然而他对李玲倩的恨可是两回事了。李玲倩不仅从他母亲的怀里抢走了男人,还从婚前一个小小的现金会计,坐上了集团财务主管的宝座,就连自己平时报销经营费用,也要看她的脸色,这就把对她的恨,全刻在了心上。以前,他还嫩一些,毕竟江山是父亲打下来的,他在父亲手下吃饭,且又知道父亲宠着李玲倩,敢怒不敢言。而现在呢?张天宝一死,这企业大致便是大儿子当家,李玲倩还会有好果子吃?

这些事情,也是梁燕星期天在家没事与我聊天时说起的。这样想来,我感觉这次张天宝的死,对李玲倩的影响还真是不小。不过,从另一方面来说,这对李玲倩并非全是坏事。比方说,她也算是把张天宝养老送终了,从道德角度上说,她已尽了夫妻义务,该享受的,该得到的,想必张天宝不会在临终之前不去考虑。就我所知,扬州的一套已装修结束的高档别墅,不就是张天宝为"拖油瓶"儿子准备的吗?况且现在她单身了,身上又宽绰,只要看开些,今后还会没有好日子过?不过有一点倒是真的,这个阶段,李玲倩在忙张天宝的后事,肯定不会随便出来,即使要约我,估计也必定要忙完这阵子才能做安排。

天渐渐晴好起来,刘彼岸已在帮我发货。

这天下午,我又骑着摩托车"串家走户"去跑销售。刚出门才几分钟,腰里的传呼机在"滴滴"地响。我停车一看,是一条信息:"面朝太湖,真温暖。"

丈二和尚摸不着头啊!什么意思?神经病!又是传呼台的小姑娘拨错号了。怎么这么不敬业呢!我放下机子,继续出发。

我在地面砖这个生意上弄怕之后,对进货更是小心翼翼。吃一堑,长一智,进货,我再也不敢把一个品种往死里进。比方说让刘彼岸为我发的这船货,一是量少,才6000块平瓦。那瓦4公斤一块,加点配套件,罗老大便是一船,货款连同运费也就才2万多元。即使亏本,也有个底,我吃得住。况且这个色泽是三圩镇周边地区最通用的草绿色,我很有把握,亏本不可能,只是赚多赚少的问题。

这天,将近天黑的时候我才往回赶。

运气好的时候,是谁也挡不住的啊。

真高兴。也只是脚头要跑得勤哦,我那天是带着一红一绿两个瓦样出去跑生意的,恰好碰上一对兄弟正在造房。2户,6间,400多平方米。他们要盖的正是琉璃平瓦,且色泽选用的是草绿色。当我坐在他们老房子里谈起生意时,我见着他们已有瓦样放着。我看了下瓦背面的品牌,这是我们那里国营建陶厂的,我不禁心中一阵狂喜,我知道,生意成了!

我拿出汤小五的瓦来与他们比较质量。

兄弟俩一看吓了一跳,汤小五的平瓦,色泽鲜绿,平整度更好得出奇。货就怕当面比,这一比,兄弟俩便马上认准了汤小五的货。在报价时,我吃准他们拿的底价,故只把在国营厂的出厂价上再加上运费报了出来,且又把别的厂家提供不了的

"多退少补"服务讲了几次,这让他们心悦诚服。双方说好了——明天过来公司认一下店门,付了定金,我就发货。

那两户人家的门口就是条河,虽不太大,罗老大的船还是能轻松开行的。说好了,货卸好,货款付至90%,剩下的,屋面盖好总结算。回来的路上我很兴奋,这船瓦,我细算了,利润至少在40%,即使后来的10%我收不回来,这生意我也已经心满意足。当然,这笔生意为什么做得那么好?关键也要谢谢国营建陶厂,他们在生产的产品质量上帮了我的忙。他娘的,他们习惯了,多少年来,从来是皇帝的女儿不愁嫁,所以也从来不把质量放在心上。而汤小五知道,村办企业,质量不行,那只有死路一条,故把产品质量放到生产的首要位置来抓,功夫不负有心人,产品质量优势在竞争比较中就显现出来了。

回来的路上,我从一家熟菜店经过时,顺便买了半个烧鸡、两个猪蹄。人一快乐就想要分享,晚饭时加一个菜,我让秋云也为这喜事饱一下口福。

我真的很庆幸,我要感谢刘彼岸,是他让我认识了汤小五,这一下又让我摸着了一个金矿。当然,我也为汤小五鼓掌,感谢他把厂子办在了一个偏僻的角落。那个地方,也只有那处的土地菩萨晓得有个琉璃瓦厂存在,其他人应该是万万摸不着的。

梁燕早已下班。她在楼上,听见门前的摩托车声响就知道我回来了,便从楼上下来。当我正兴高采烈地想开口邀她在一起吃晚饭时,抬头一看,就见梁燕正泪流满面地看着我。我惊恐万分:"妹子,出了啥事?"

"李玲倩……她自杀了……"梁燕呜咽着。

第三十一章　干净的灵魂

那两天我不知道自己是怎么过的。

梁燕也一直沉浸在悲痛之中。这悲痛应是纯洁友情的表露,也是李玲倩人格魅力的体现。梁燕是感恩李玲倩的,因为自己的职位有她的辅助之功,而更让她悲伤不已的,是失去了一个能讲心里话的人。

梁燕珍惜着这份纯洁的友谊。

梁燕的婚姻完美与否,她自己最明白。有的东西,在常人面前是永远说不出口的。而不说,压在心中,便是与重病无异,但只要一旦说开,也就了了。李玲倩便是梁燕那个可以倾诉的人,是那个能为她治心病的人。而李玲倩呢?现在我才知道,她的人生某些遭遇与梁燕有许多相似之处,甚至还有更多的失落,更多的坎坷。人前的无限风光,都是她在人后用辛酸、泪水、屈辱换来的。如梁燕对她的依恋一样,梁燕的胸怀,梁燕的理解、宽慰与包容,也是她人生路上最好的驿站,是她生命旅途中疲倦时宁静的港湾。连日来梁燕为她流着的泪水,见证着她们之间友情的深厚、纯洁。

李玲倩火化的前夜,梁燕吃过晚饭上楼后,在10点多钟时敲门进了我的房间。她第一次毫无忌讳地抱住我,哭诉着:"哥啊……你明日应该去送送她呵……你懂的……她会在天堂的路口等着你的目光……否则,她在人世间来这一趟,就不值得了啊……"

　　自惊悉李玲倩自杀的噩耗开始,我的灵魂似乎便游离了我的身躯。我能为她去做什么？去看她,我是她的什么人？人走了,还要去给人一个话柄抹黑她？我们的关系不明不白,而我一旦见到了那个灵魂已经升天的躯体,见到了那个有天高之恩于我的人,我能自持？能不失态？

　　人走了,我才明白,我们至今之所以没有发生感情上纠葛,是她的灵魂干净,哪怕如此向往、向往神秘、向往美好,最终还能止步于道德的门槛。是她的不断提醒,我才守住了理智。而我羞愧的是,我把她深情的提醒,误解成伪装、伪贞。我今日才知道,有一种真情,它似乎见不得阳光,如兰花一般,生于幽谷,它只让有缘的人去吻,去闻,去欣赏,去领略它无尽的美。它圣洁得不能让凡人触碰,否则,便会立即化成一道清风,无声无息地走。于转眼之间,它越过万水千山,另觅栖身之处。

　　是的,她走得悄无声息。我的什么人？李玲倩？

　　我心痛。我压抑着自己的哀痛。我在人前不言不语。我不是不想,是不敢,不敢打开感情的闸门。面对梁燕,我只用泪流满面,用悲痛低泣,用紧紧的拥抱,用不断的点头,让她认可我与李玲倩之间的友谊与感情,认可我对李玲倩离去的伤悲,同样,认可她善意的提醒。

　　我要去,在送她队伍的最后,在一个无人注意的角落。在她去天堂的路上,会有我为她送行的目光。

　　平静之后,我问起了有关李玲倩的事。梁燕告诉我,她是吃安眠药走的。大致原因,是由于张天宝遗书中有关遗产的继承问题,与张天宝原配及儿子产生了矛盾。当然,家丑不可外扬,真正的内情无人得知。即使她自杀的事也是保密的,对外界公布的,只是说她因思念张天宝,悲伤过度而离世。然而,明白人都知道是怎么回事。

　　我听过之后,只为李玲倩叹息。都是钱惹的祸。如果早知如此,不去碰那个姓张的,虽是清贫一些,日子不是过不下去。至少你来人世间走这么一遭,才40岁出头呀,就这么没了,真可惜。

然而,火化之后,李玲倩殡葬的事一下子轰动了整个县城,也把我震惊得灵魂出窍。

李玲倩临死之前写有遗书,她再也不想在这块土地上逗留,哪怕灵魂!她在这里受够了诽谤、污蔑、伤害,只想在一个没有人认识她的地方安息。她是有准备的,临死前已买好墓地,那地方是在江南的一个山冈上。遗书是留给她儿子的。

这个事件把所谓的"因思念张天宝,悲伤过度而离世"的说法一下子戳穿,既是思念张天宝而死,两人还能不葬在一起?不过,因为张家的势力大,也没有人敢在场面上说。而对于张天宝的家人来说,这是求老天也办不成的大好事,一了才能百了,现在好事落在头上,那私下真是把丧事当作喜事办了。

当我知道李玲倩所葬之处的时候,已是在她出殡了约半个月之后。

那天,又是个雨天。星期天,梁燕没去上班,孩子在做作业。见我与秋云在办公室闲坐,她也走进来闲聊。这一聊便聊到李玲倩的身上。

"哥啊,你在江南的,知道哪里有个'青腰山公墓'么?听说李玲倩就葬在那里的。好友一场,明年清明,我们也去看她一下。"梁燕说这话时很平静,完全是寻常闲聊,而我听过之后,却顿时如雷击顶,如梦方醒。

我终于知道,"再也没有以后。不相识多好。保重。""面朝太湖,真温暖。"这两条信息来自何处。

我在扬州与李玲倩在一起喝酒闲谈时,不止一次讲到了家乡凰川湾的秀美风光,讲到了它一年四季的变化。那是一个色彩的世界,是阳光的宠儿,是万顷碧波的邻居,是蓝天白云的故乡。这个10多平方公里的山湾,是由两道山梁相夹而成。这山湾面朝太湖,里小外宽。谷底里是绵绵竹林,一年四季,苍翠欲滴。哦,对了,冬季也有时会变成雪花静居的白色世界,偶有黄羊空对群山嘶鸣。而这两道由里而外呈八字状伸进太湖的山梁,一曰兰花岭,一曰青腰冈。那两道山梁伸入太湖的地方,分别叫"兰花渚""青腰渚"。春天时,映山红如火卷过山冈,其势煞是壮观;初夏时分,山梁便如穿了另一件花衣:那一根根紫藤攀爬上数丈高的杉木,花儿串串。远远看去,山湾里如团团紫色的云朵临空飘荡;在山梁的坡面上,野玫瑰白色的花朵铺得厚厚实实;当你登上山冈,又被伴随野玫瑰一起生长的栀子花那种浓郁的香味所迷醉。到了金秋十月,山梁一侧的数千亩蜜橘,便如挂了万千金色小灯笼似的,会迷住你的眼睛。站在山渚,面朝太湖,年年岁岁,波光粼粼的万顷水面,白帆点点,万鸟飞翔。无论晨观日出,还是渔舟唱晚,都是绝世印象……

哦,我知道了,当时她在细听我描述家乡的秀美风光时,就显出无限向往的神态。我从那句"面朝太湖,真温暖"的短信中,就应该知道,那时她已是在绝望之中,已去寻找到了我所说的那个让人有"绝世印象"的地方了。而青腰山公墓,恰好便在此处,在那个伸进太湖,高约百米的山渚之上。那里正是"无论晨观日出,还是渔舟唱晚,都是绝世印象"的地方……

我没有向梁燕说明什么,虽然我见秋云也睁着眼睛向我投来期待答案的目光。我之所以不想回答,因为这是我与李玲倩两人的故事。她要宁静,我便要成全,我感觉我们在议论有关她的一切,都是在打扰她。她虽在天国,依然能够听见,我相信。我不想让大家对她再有所议论。

晚上,在床上,翻来覆去,我睡不着。

"再也没有以后。不相识多好。保重。"这一句留言是什么意思?"保重"一词,那是关爱;"不相识多好",那是深陷其中,还是后悔? 相识,那是天意,我自己也不知道忽然间会有来三圩创业念头的,又怎么会知道与你相遇?"再也没有以后",这话是决绝?

千思万想,有一点是肯定的,至少有一个因素——为情所累,她是为我所累了。她赶至我的家乡去寻一块灵魂栖息之所,这一切,还用讲么?

我庆幸我们保持了姐弟之情,使她最终成为的只是我的姐姐,我的亲人。

姐啊,你如一道流星划过,照亮了我生命的一段旅程。感恩相识,相遇! 欠你的情,欠你的恩,这辈子还不了,下辈子一定还你! 你到我的家乡去定居了,我知道你的心思,也知道你的情谊,但过去了的,永远已成为过去。我相信,你不会打扰我,就像你不愿别人打扰你一样。我祈祷你在那边真正得以宁静。至少,我说过的,也是你肯定了的,我的家乡真的很美,没骗你,你在那边必定安宁。也期望你对我的祝福,让我早日找到属于自己的幸福。

睡得晚了,起得也晚了。梁燕上班,秋云去买菜。我起床时,秋云已买菜回来,又把早上烧的稀饭为我热了一下,端进了办公室。

她知道我有心事,在看着我的目光里,充满着担忧。我感激理解,回报以微笑。

吃过早饭,我依然是开着那辆"雅马哈80"去跑市场。生意是跑出来的,设在乡村的公司,没有知名度,没有品牌效应,坐等生意,总不是事情。

那天回来时,秋云跟我打了个招呼:"哥,明天我请个假,进一趟城。"她说这话时很平静。

秋云从来没请过假,她家中的情况我知道的:独生,母亲出走,还有个不成料的父亲。家对她已没有概念。不,有的,如果还有,那是恨,恨命的阴错阳差,恨天的不公。别人家20岁的姑娘还正在父母身边撒娇,而她早已尝到生活的艰辛,体会了生命之重。可以说她早已把我的公司当成了家,把我视为了亲人。

偶尔请假,必有缘由。想到这些,我忽然对她心生怜悯,心生感激。有的事是错过了就没有后来的。比如李玲倩,我欠了她这么大的情,却再也没机会去还了;比如我的老父亲,生了我、育了我,还没让我尽一下孝,便拍拍身子去了天国。而秋云呢?她为我做的事还少吗?与其说她是把一切都放在公司,还不如说是把一切给了我,或可以说即使还没有给我的,也在给我留着。

我在恍惚之间有一种错觉,似乎秋云也要走了,且再也不回来了,我甚至还生出了一种她要去与李玲倩相伴的猜测,当然,我不会说出来。我有一种急于把她挽留住的冲动。李玲倩因绝望而去,那秋云呢?她的希望又在哪里?她见着了吗?我想挽留,我不忍心花朵般的秋云就这么去。就这么一声轻轻的招呼,一个不经意的请假,而后杳无音信,如在雪花飞舞的夜中,飘然而去,再无踪迹。

我从身上摸出2000块钱放在她手里:"难得去,本答应过你的,陪你进城,却一直没机会。秋装、冬装,都可以买了。"我也很平静,我知道,自己是装着的,怕她察觉我的担心。秋云拿钱时脸上有了一阵红晕,双眼不自然地盯着我,盯着我的身子,还绕着我转了一圈。她在转至我背后时,好像还咕哝了一声,似乎是"好爸爸"

三个字。

秋云在第二天早上进城后,当晚没有回来,第二天也没回来,也没有给我留言。

这是我意料之中的。人生就是如此,时刻充满着不确定因素。其实细细想来,人活在这个世上也别太认真。我想过多次,在李玲倩这个事情上,我是有责任的。我是对有些事太认真了,太当回事了,断了她许多美好念想,这便害了她。我不止一次地想过,我如果与她单独相处时,与她有了鱼水之欢,她就一点都不会留恋?留恋这曾经的美好,留恋人世间让她舍不得离开的东西。所以说,我想,在某种程度上,我也是其中的一个,在置李玲倩于死地的人群之中。

而现在呢?秋云呢?还会回来?还会总喜欢那么情真意切地照应我的生活?还会做那个把我的利益当作自己生命一部分的人?这样的人有过,李玲倩便是,不过,我没珍惜,她走了;这样的人有过,秋云便是,不过,我没珍惜,她也走了。李玲倩是回不来了,她已化成一缕轻风去了天堂。秋云我暂时还不知道,知道她归宿的只有老天。不过,如果一切重新来过,我说是秋云,我想,我会给她所需要的一切。

我是给李玲倩的悲剧吓怕了,我再也不敢粗心。我不能眼看着把我当作亲人的人,都让我目送着,目送着她们走向天堂。

秋云是第三天早上回来的。

梁燕去扬州培训,需要半个月时间,她是在秋云进城那天走的。

一个人的生活,很简单,我只是每天在早上烧一锅稀饭,饿了,也不用热,就去盛一碗,就着几根萝卜干,垫饱肚子就好。我已做好了心理准备,迎接最坏的时刻到来。然而,秋云回来了!

秋云手里拎着大包小包。从衣裤,到鞋袜,从内衣到外衣。两套西装,一套是藏青色,一套是米黄色的。她从进了房就开始叽喳个不歇,一边把衣服一件一件从包中拿出,一边喜不自胜地在说着:"小姐妹开店了,都是成本价。哥你大小也是个老板,出去应该派头一些。反正也没用我的钱,我只是做了个顺水人情。喏,用你的钱,为自己买了两套内衣。其他都是你的。哈哈哈……"

回来了,办公室里便有了生气,有了喜气。我努力用微笑回应,我怕想到这两天对她的担忧会让自己落泪。我只听她说,让她为我试穿衣裤,让她端详,让她肯定,让她开心。

"哥,怎么不说话?怎么不问我,只请假一天,为何到今日才回来?又为什么信息也不发一条给你?"她神秘地笑问,还双手把一只手提袋放在身后。

"下午去为你买一个传呼机。让你能知道,哥时刻在关注着你。让你知道,有一个人始终在牵挂着你……"我觉得自己说话木讷了,而且答非所问。我相信秋云能听懂我话的意思,也知道我之所以说话木讷的原因。我盯着她双眼看的时候,我的目光应该是从她黑黑的双眸中见到了她的心。是的,我见了,她心里有我的存在,而且是那么一清二楚。

"看看,这是市交警大队的办公楼配瓦图纸。抓工程的,是我那个宝贝表兄姜永强的远房亲戚。这生意是姜永强他争来的。他有两个要求:一是要 10% 的业务提成;二是关于这提成的事,千万不能告诉燕嫂。我是把这生意落实好才回来的。我知道,这阶段哥心情不好,想给你一个惊喜……"

她说这话的时候满是自责的样子,自责让我为她担惊受怕了。她像一个做错事的孩子,在我面前,就如站在家长面前,等待发落。

第三十二章　我的新娘

我上街买了6个菜。鱼、肉、排骨、半个鸡,还有两个蔬菜。我把传呼机也带了回来。秋云见了说道:"干什么呢,能赚多少还不知道,何必这么破费?两个人,一菜一汤就行。传呼机么,嘻嘻,这个我喜欢。"

"午饭满足你,一菜一汤。晚上我说了算,小庆一次。"我把传呼机给了秋云,小丫头喜不自胜。

我对照图纸配瓦。

市交警大队的办公楼用的是橘红筒瓦,这产品在汤小五那里属于常规产品,但在泰东市,用的单位很少,属于相对偏了一些的色彩。秋云交图时跟我说了,在第二天下午,要我带着营业执照副本、公章,另带上根据图纸测算好的用瓦平方米、单件数量、配套产品等一一统计好的资料去城中与姜永强会面,然后由他带我去项目部谈细节,签合同。

我不仅把整座建筑的所有用瓦、配套件算了出来,又打电话给了刘彼岸,要他马上赶去汤小五那里落实这批瓦的进货价格。其实,我是完全可以直接与汤小五联系的,但刘彼岸是我的铁哥们,跳过他去做生意,刘彼岸肯定不快,反正只要在汤小五处拿货,也算顾全了两下脸面。

刘彼岸是下午近5点把价格报过来的。

我把国营建陶厂的提货价格表拿出来做了个对照,这一看,还真让我吓出一身冷汗——我的娘啊!国营厂的价格比汤小五那里的报价快高出一半了!细想一下,这也难怪,主要是国营厂的生产成本太高了。他们不但上班的工人资格老,工资要求高,连退休了20多年的老工人也要负担。厂里什么工委、劳资科、保障科、宣传科、计生科、技术科、行政科等等一大摊子,全要凭窑里出来的几张瓦片养活,他们不提高瓦价哪来饭吃?而汤小五的厂里这些负担根本就不存在,加上他在经营决策上是打价格战、争市场,另外还有刘彼岸的三寸不烂之舌在往死里砍价,这价格自然就下来了。

我心中有了数。

报价以国营厂的出厂价报,而从汤小五的厂里提货,这笔生意便跑不出我的手心!总金额在20万元左右,姜永强应该也不会少于2万元好处费。有了个内应在里面,不仅生意好做,货款也好结。

两个人吃晚饭时,我把菜端在办公室里的茶几上,与秋云坐在沙发上用餐。

天黑了,门关了,我把窗帘放了下来。上街时我还买了一瓶红葡萄酒回来的,我把两只酒杯都倒满了。敬秋云酒的时候,我没说一句话,只是微笑着看她,轻轻地碰了一下她手中端着的酒杯,然后喝了一口。

到了这个份上,所有的话都是多余的。李玲倩走了,让我懂得了珍惜。对秀芝,我已不亏心,那栋大楼,全乡是没有一户人家盖得了的。我还打算在她再嫁人的时候送她一笔嫁妆,甚至可以让儿子跟她走,而由我出抚养费。她人好心好,带儿子走,我放心。分手了,我也问心无愧。

闹多少年了,还真的会复婚?我听老娘的话,厚道待人。不仅仅是我净身出户,还把秀芝当作妹妹一样嫁了。不,不对,哪有用这种代价嫁妹子的?这像是嫁女儿一样了!我倾尽全力,只想不亏心,只想让在世的老娘、在天堂的老父亲看看,我们方家人,是对得起她孙秀芝的。

可秋云又是凭什么让我下决心要娶她的?

是的,我想娶她为妻了。

毫无疑问,她的身子是我最动心的原因之一。我想,不仅仅是我,天下所有的男人,哪一个不喜欢这样一个女孩的身子?两人出了门跑生意时,在她开摩托车的时候,她的小腰我不知搂抱过多少次。也许是我的个子大,手臂长,搂着她的小腰,几乎感觉搂着个小孩似的。

还有呢?还有什么?还有什么值得我和她在一起的?

把我的事业当作她的命,这就别说了,没有她,没有李玲倩帮衬,我能过上这么好的日子?而最让我能走近秋云的,是她不时给予我的温顺,这恰恰就是秀芝最欠缺的,也是我最期望的。我期望在漫长的人生路上,有一个能让我心安理得享受的宁静港湾,在我不断地向人生最高目标冲刺的过程中,累了的时候,能歇一下,能踏踏实实睡个觉,养一下神,然后再次出击。而秋云又有一个与李玲倩相同的地方——喜欢倾听。喜欢带着微笑,用欣赏的目光,用似看着英雄的目光,用似看着才子的目光看着我,带着孩子般的纯真倾听。倾听我说的每一句话,甚至一声叹息。

酒瓶见底。肚子被菜塞饱了。我把她按在沙发上,让她歇着,由我去洗刷锅、碗。

我烧了8瓶热水,还把浴盆搬进了我的卧室。而后,又打来冷水,拿着盛满开水的水瓶,放进里间。

秋云一直用双眼紧盯着我,看着我进进出出于房门。脸上的红晕,我猜想不光是酒精的作用,而是知道,我在想着什么。

一切准备好了。

我关了房门,上了保险,坐在自己的办公椅上,等她。我朝沙发上坐着的秋云含笑点了下头。其时,她正用满是羞涩的神态打量着我。她坐着,一动不动,看我的神情,似乎在向我询问。我知道她的意思,轻轻地说道:"是的,今天。"

我说这话时很平静。"来日方长",这是大家约定的。她一直在等,我一直在犹豫,是李玲倩走了的事促成了我今天的决定。拥有时,你不珍惜,失去了,除了遗憾还有什么?我与李玲倩便是如此,我不想让秋云也走上这条路。纵然她的个性也有神经质,也有让我惊恐的时候,而我呢,又能十全十美么?

不等了,就在今晚。

秋云拿了新买的内衣进去了。当她掀着布帘进入卧室的刹那,又回头看了我一眼,似乎在再次向我求证。我依然微笑,点了下头。她应该知道,我点头时的坚定。我点头时便就有了责任感,准备担当。

我们在缠绵的初始,我是想在灯光下欣赏一下她玉雕般的身子的,我期盼已久。多少次梦里见过,想象过,而今能尽意,必然想欣赏了。但她不让。我理解,我知道,她毕竟还是个女孩。或许我这个用词,我是说这"毕竟"两字,应该把一切都包含在其中了。

她不是处女,这是早在我意料之中的。而她温存,她的万般柔情让我是如此意外。我第一次知道原来男人还有这种享受。她给我的,我在秀芝身上从来没有得到过,哪怕是一丁点。

天转凉了,床上垫了布毯,两人盖着薄被。我在天亮后醒来时,她的腿搁在我身上,香香地睡着。第一次在一起,都是渴望已久的。

那几天,早上不下雨,我正好上街买菜,为她做好吃的。松鼠鱼是我的拿手菜,也是她的最爱,于是常做。当然,我也尝试着做些新品菜肴让她一饱口福。比如炖鲫鱼,用一斤以上的大鲫鱼慢火煨白汤,那汤汁煨到后来,就像乳汁一样纯白,很厚,那汤真是鲜美无比。她吃鱼时,总怕刺喉,我便把鱼肚两边的肉夹给她,还帮她把长刺拔掉。我看着她的樱桃小口贪婪地吃下我为她做的可口菜肴时,心中很有成就感。

我因为她的快乐而快乐着。

那几天的天气真的好奇怪,就是早上半晴半阴的,下午开始下雨。没有上门客,下午便是两人世界。我们的大半时间都在床上。她总是喜欢让我躺着,或为我修指甲,或为我抓痒,她甚至还把我为她解闷所买的葵花籽,一颗颗剥好,把仁放进我的嘴里。

梁燕回来时,交警大队的大楼便开始供瓦了。这笔生意,在签约时,我强调这是款异型色彩,根据厂家行规,可以加价20%,因为有姜永强帮衬,居然也获得业主的理解。仅加价部分便超过4万收益。当然,其中的10%要归姜永强,这是双方早就约定的业务提成。

我不知道梁燕是怎么想的,她竟然会有赞成我与秋云交往的意思。按理说,她不应该有这种想法,因为我与秀芝离婚的事也只有秋云知道。也就是说,作为一个有妇之夫,与一个未婚姑娘交往,且还是她的亲戚,她能赞成?这极不正常。后来才知道,是秋云抑制不住喜悦,把我的情况私下告诉了梁燕的。

这样也好,自梁燕回来后,晚上虽然我们不会通宵达旦在一起了,但秋云即使到10点多钟上楼,梁燕也不会忌讳。李玲倩走后,秋云便成了梁燕的闺蜜,相互之间有一说一,什么事情都不保留,甚至秋云还把姜永强安排她监视梁燕的事也说了。不过,有一点我会放心的,秋云绝不会把我们上床的事说给她听。这不仅仅是因为她自己的脸面,还为我的尊严考虑。她是绝不会把我的隐私告诉别人,让人抓我的话柄。

那阶段我们清醒了一些,疯劲过去了。

吃过晚饭,秋云不再去梁燕的房里看电视,而在我卧室看。冬天之后,她总是把我的被窝焐得暖暖的再上楼。即使是性,我们也俨然是一对老夫老妻,配合默契,只是她再不敢放肆呻吟。不过,我有一点感到意外,那便是在我们相处至年底时,两人从没采取什么措施,但还是没听到她怀孕的消息。我与她说过了的,可以随时去领证。当然,成家的地方,也只能选在泰东了。这里房价低,每平方米在800多元,花25万元,一个大套连同装修都已够了。而在江南生活,我的面子上总有些过不去。

交警大队工地的账结得非常顺利。

从围墙,到辅房,整个工程在盖瓦这一块,还是比较拖沓。真正到施工全部结束,可以结算,距年关也只有半个多月了。但结算时,有一个现象我感到不解:姜永强在我的眼里,是个十足的"奸臣",是一肚子坏水。按理说,他见着秋云和我一步不离三寸,加上她看我时的眼神总是充满深情,他应恨之入骨,且不排除对我进行威胁、敲诈。然而,这些都没有发生。且我感觉,他在发现了我们的秘密后,真的对我没有一丝一毫的敌意,反在拿着我给他的近3万元提成时,对秋云与我露出了欣慰的微笑,似乎他也去了一块心病似的,似乎还有祝福似的。我真的好怀疑,这样的恶人还会有善心?要么是见着这提成心花怒放了,要么是想求我们把这提成的事,在梁燕面前,为他保住秘密。要么别有用心。

虽距过年还有半个多月,在江南还要与刘彼岸、汤小五结算,定购的九间大楼就要交付,须验收、付款,还有老二舅子在工地把关的工资发放等,都不能再拖,我要回去了。

秋云本年度为我工作不到9个月。说好的,每月工资2000,一码归一码,我付了1.8万。我另给了她一个1万的红包。她拿着红包的时候没吱声。但我见到她的眼角处有些湿润。我把红包给她的时候,低声微笑着说了声:"给,压岁钱!"她在收下时,把红包压在胸口,就如是我的心交给了她似的,紧紧贴着。

来江北不足一年,租金,我是按一年付的。梁燕收钱的时候怪不好意思,而我坚持付了。这一年,不就全仗她帮忙么?八子兄的年货是两条烟,一箱酒,价值一千多元。我买回来后把这些年货放在办公室里,让秋云在年关前送去。

该料理的,我都料理好了,开年过江来,也应该是正月半左右,这一别便是一个月。天黑后,梁燕上了楼,我和秋云进了被窝。我告诉着她我的打算,包括安家、生子。秋云一如既往,只是笑,只是听。微笑、静听,好似我的话句句是诗,是音乐,让她百听不厌。

那晚,秋云到12点过后才上楼。

回到家的第二天,我跟着我的老二舅子上了集镇工地。

毛坯房是造好了,可屋后造院子、门口浇水泥场地,以及屋里的灯、线、水,这便都是自己的事了,建筑施工队只保证把电线、电话线、自来水管接到你墙边。进户,那还要办手续,该交的交,该开户的要去开户,该付钱的要去付钱。我在当天付清了剩余房款后,把大楼的钥匙拿到了手,又把剩下的活,一一交代给了我的老二舅子。

我站在104国道上,远远端详我的大楼,它气派极了。我真的为自己敢于走出去而感动,也为能帮儿子、秀芝挣这么一份家产而自豪。我在国道上逗留了一会,对我大楼所处的位置十分满意。是的,就如张志荣兄弟说的一样,我这个地段属黄金宝地,太适合搞经营了。我喜不自胜。

小年夜的那天中午,该忙的事都已忙完,我突然之间想到了一件事。我骑上摩托车,向青腰冈开去。那个地方,总让我牵挂着。

青腰山公墓就在青腰冈的山渚之上。从山脚绕着的国道,再向冈上爬过200多米山路即是。公墓是新开发的,才有几百个墓碑竖着。我仅仅找了几分钟,就发现了李玲倩的墓穴。

或许是张家人很庆幸她的离去,也不在乎为她花最后一笔钱。我近前一看,便知这墓穴是由墓地管理处为其特制的。这是用花岗岩精装修的,位置也大。墓碑上刻着她的名字,我似乎见她的人影就在那碑上。一双大眼,正欣喜地望着我,似乎期待我的到来已许久。我的心好像被针猛扎了一下,腿一软,一下子瘫倒在墓碑边。

我不是她的亲人,也不能算是她的情人。不过有一点我知道,她能在临走之前到我的家乡来走一遭,能在这里选一块栖息的地方,是我引着她来的。如果不是把我放在心上,她不可能决定把自己的骨灰安放在这块土地。虽是冬季,墓地四周,漫山的杨梅树依然是一团团苍翠。山渚伸进太湖约有百米,墓地又处在高冈,湖风袭来,让人有一些寒意。好在是正午时分,阳光很好,李玲倩在墓穴里想必不会感到寒冷。我极目远眺,因风不大,湖面上波光粼粼,一眼望不到尽头。上有天堂,下有苏杭。这里是太湖西岸,对面应该就是苏州,那里便是人们传说中的天堂。

我轻轻抚摸着墓碑,心里跟她说:"玲姐啊,我没买鲜花,也没带纸钱,连你爱喝的红酒也没带,别怪我啊。告诉你,其实你走到了今天这一步,也是怪你自己,何必待人太好?就像待我,用情太真了。有人说你是跟张天宝的子女争遗产被气得走上了绝路,也有人说你是念张待你的好,跟他去的。可这些我能信吗?财富在你心目中无足轻重;随张而去之说,那是更加荒唐。财富之争至多也只是根导火线,而让你真正要走的原因,是否是为情所困? 与其遥遥无期地在感情的泥潭中苦苦挣扎,不如来个一了百了?"

"是的,玲姐啊,有些东西是要讲缘分的,勉强不得,就像你永远开不了口,走不出那一步一样,我也永远不会接受。哪怕你待我再好,没用的。可我所感到痛心的,是你一次又一次为我排难解忧,帮了我这么多的忙,对我又这么用情,我却不是感恩,不是珍惜,而在揣测你对我好的动机。为你想想,你真不值得啊……你走了,自己什么好处也没得着,而我现在呢? 知道你是待我真好了,但也晚了! 不珍惜啊! 你没珍惜自己,就像我没珍惜你一样。一切都晚了……

"现在还在这里跟你说这些干什么呢? 有用么?

"玲姐,这里挺安静,也挺干净。用不了两三个月,这里便是映山红的世界。爱花爱美的你,挑着地方了啊! 人早晚要走,你不过是早走一步而已,这地方宁静,祝你在此再无烦恼。今天是空手来的,不过心意你要受了。下次我会在春天再过来看你,我会把一捧最红的映山红放在你面前的。"

回家后,我好像还有些心神不宁。

细想之后,感觉有一笔钱我不该得,那便是乔丁山受伤时,周永贵项目部补给乔丁山的伤残补贴。这钱其实也是我的老二舅子努力争取到的,两人都应该有份,而我现在一分也没给他们,趁在过年前,我应该送去,每人 1 万元。当然,只能讲是慰问。

送去了,我才心安。

第三十三章 享受幸福

年关时,秀芝应该掂出了我方旭明的分量。

一幢9间的大楼在新镇区上立着,况且已付了全款。可以说,这在全乡也不会有第二个人有这么大的气魄。秀芝能不服气么?刘彼岸、汤小五、周德海送烟送酒,来拜早年时,好话说了一大筐。她是有耳朵的,那些人为什么要拍我的马屁?尤其是乔丁山拾到了从天上掉下来的1万元钱,还是有些良心,送过来一条22斤重的青鱼,还有108个鸡蛋、两只草鸡。就是我的老二舅子,这个从来就是张着大嘴吃人家的角色,竟然也会在大年三十扛来一条猪腿。换作平时,这还不要让我认为太阳要从西边出来了?今年他不论是为我外出带队施工,还是在集镇工地为我监理工程,拿的全是别人翻倍的工资,何况我还给了他1万元"奖金",他是恨不得朝我下跪磕头了。

秀芝半夜又向我靠过来时,我没理她。

对不起,晚了。

我把自己该尽的责任尽了,该做的事做好了,老子就是离开江南,也上对得起天,下对得起地,中间对得起良心,也对得起在天堂的父亲。

大年三十夜吃过"守岁酒",我与儿子放了烟花"关门大吉"之后,我又拿出10万元现金交给秀芝作安排:两万块作为开年后大楼前浇筑水泥场、后面建小院所用;2万元作为搬进新居时买家具之用;还有6万,是用于大楼一侧那套两间底层的住宅装修。出去一年不到,不欠一分外债,能做到这样,你孙秀芝如果还不知足,我方旭明还真是不信的了!

不过,我资金情况真正的底,是没有亮给秀芝的,我对她已有了交代。秋云随时都会怀孕,我就一点不去考虑?我才30多岁,后面的路还长着,不留后路还得了?说实在话,我拿出这么大一笔钱为秀芝投资,说到底,是为儿子挣一份产业,即使办房产证,也只能写上儿子的名字。我也怕秀芝今后一旦找了个不成料的男人,万不得已时,他把房子处理掉,那我真是既害了秀芝,又害了儿子。但现在把房子写在儿子的名下,哪怕她与二婚老公住到老死也可以,想处理房子?连门都没有。

年初八,秀芝便开始安排装修,具体工作仍交代给了我的老二舅子。

这天,我被刘彼岸用小车接去吃饭,是他们村里邀请去的。

酒足饭饱之后,刘彼岸把我拉到一边:"兄弟啊,有的事,场面上是讲不得的。坦率地说,你去年就是我们村的'活菩萨',是我们的'银行'。没有你,我们村的年终分配能这么顺利?前前后后,你为我们拿回50多万货款啊!不说了,兄弟我这里问一下,你镇区的那幢大楼是怎么安排使用的?"

"下半年中心小学就要搬到集镇来了,秀芝还能不搬过来住么?我打算先装修两间底层的,其余做经商之用。"我把打算告诉了他。

"这就对了,兄弟,我也为你做了考虑,我们昨天开了个村干部会,对今年的矿山发展,又进行了大胆布局。从2个宕口开采,发展到4个宕口生产。可这陶土的销售怎么办?我们现在敢于和别人竞争的优势就在于有你!有你为我们拿货,这叫'易货贸易',有哪家建陶厂不愿与我们合作?为了对你对我们村里经济工作的支持有所表示,我们打算租下你的那幢大楼,作为村里的产品销售公司使用,并且让出这公司的一个会计名额,给秀芝。这样,她既能得了工资,又能照应孩子,而你,投资的房产也有了收益,没有了后顾之忧。兄弟,怎么样,咱够朋友吗?"

刘彼岸的一席话让我热血沸腾,这哥们,也算是个重情重义的汉子。我什么也没说,当胸便给了他一拳。

刘彼岸一个趔趄叫了起来:"不满意?兄弟你还有什么要求?尽管讲嘛,打我咋说?"

"哥们,你为我想得这么周到,我还有要求?不要太贪。足了!什么也别说,老子只有一句话:做出让你满意的业绩来!"

晚上,我把刘彼岸村里打算为我做的事很平静地告诉了秀芝。告诉她,刘彼岸还说了:大门前的水泥场由他村里来浇,经营的下层7间也由他们来进行简单装修。因为门口的1千多平方米场地位置好,他们村里要把汤小五厂里的货拉一部分到这场地堆着。大楼前104国道南来北往的车辆,多的时候,一天2万辆,这里是著名陶都,建筑陶瓷也是其中的一个重要门类,把货堆在路边,货多成市,还不成了活广告?据说,汤小五听到这个消息更是兴奋。他告诉刘彼岸:如果生意真能好起来,他可以再上两条生产线。这样,刘彼岸村里出宕的陶土还用去推销么?自然是由他包了。

秀芝做梦都没想到,一个理发的,为了儿子读书,眼看生意也做不成了,却还有机会去当别的村里的"脱产干部",坐在家里拿工资、收租金,还能顺带孩子,听我说过,马上喜形于色。晚上,她又有了欲"奖励"的意思,但我说累了,以此婉拒了她。

夜里,我听到了她好几次轻叹。

我是正月十六赶到三圩的。

下午2点多下的车。见到秋云的时候,进了房,她便马上关上了门,一下子迎面窜起,吊在我的脖子上。"想我不?想我不?"连声问着我。

……

才开年,气温不高,有时早上还有些冰冻,一般的农户造房还没开工,要等气温再高些才能动手。梁燕是知道我与秋云关系的了,过江的第二天,我跟梁燕打了招呼,要带秋云去扬州玩两天。梁燕含笑咬了下我的耳朵:"旅行结婚么?祝新婚愉快!"

我含笑不语。

我们是在"京津国际"开的房。我对这里有许多留恋。许多美好的回忆就在这家酒店,就在这个城市发生过。我不会忘记,且时时都会想起。比如在来扬州之前,我便想到,开房,一定要在这里。我祝愿自己,能在这里继续着过往的美好。

下午了,不出去玩了。不过,不是不玩,要玩的,只是在房中。与我的可人儿。让她知道,这世界依然美好;让她知道,她看对了人;让她知道,我是多么珍惜她、在意她;让她知道,她有明天。而她美好的明天,也是我的。我甚至还想让她知道,我事业的远景规划,在它得以实现时,你秋云已是奶奶了。且放心,这情景一点也不遥远,才要20多年。那时,你才40多岁,在我的呵护下,依然十分美丽,与今日无异……

在扬州5天,除了陪伴她欣赏瘦西湖的一个个美景,除了拉着她品味扬州城的一道道美食,除了配合她一场场刻骨铭心的缠绵,我还用心贴着她的心,告诉着她,我对她是如何珍惜。我想,她纵有许多缺失,缺失男人最在意的……

不去想了,昨天已是历史,明天都是未来,我们只珍惜当下。

我想,秋云必定把这5天的分分秒秒也刻在了心上。她回来时,在班车的后排,依偎在我的怀中,竟又冒出了轻微的"好爸爸"三个字。我笑了,这孩子,把我们拉出了大小辈分,还不是巴望我多呵护些?这还用你说?男人疼爱女人,放在嘴上没用,那是要用行动来表达的。小丫头,你就看着我的表现吧!

那个阶段我完会沉进去了,沉浸在无边的甜蜜里。不知怎的,无论我如何卖力地在她的土地上耕犁播种,就是不见长出苗来。不过我不担心,只要勤勉,春种必有秋收。那阶段白天也懒了些,因为晚上她要摆个样子上楼,一般下午我们并不去跑生意。生意相当清淡,这使秋云总有些忧虑。

苏南的春天每年有一个漫长的雨季,扬州也是如此。一江相隔,气候相差不大。当后门河边柳条绽绿轻拂河面时,那雨点便不大不小不停不歇地在天空中洒下来,即使想跑生意,也出不了门。在许多次午后的一场场缠绵之后,我们各自坐在办公椅上,秋云总喜欢独自对着窗外的雨丝发愣,好像她的精神世界,一下子从缠绵时的忘我快乐中跌入了无限的惆怅,脸上无半点笑意,满是伤怀、感慨乃至无助。

常常如此。

我认为根源是她对今后生活的重重顾虑。不错,过日子,没有生意,没有收入,一切都是空的。她是为今后两人的生活着想,是大人了。我既为她的懂事开心,又为她的忧郁而担心。有几天,我看雨并不太大,独自去了泰东。我知道有两个公司正在搞房地产开发,我要找一处适合我们生活的楼盘。房价、位置,都要考虑。在数次往返后,我终于选择了一套,拿着房产公司的说明书回来让她做决定。我甚至把装修、家具以及结婚时的安排都与她商讨过,我还把我存款的老底都让她看了,只是想让她知道我们的日子是有奔头的。我的关怀可以说是无微不至。每当此时,她有一种习惯,先是深情地凝望我,尔后会走到我的一边,坐在我的大腿上,双手搂着我的脖子,一言不发地把头埋在我的胸口。那种楚楚可怜的样子,真让我怜爱,让我生情。我有好几次又听到了她呓语着"好爸爸"三个字,我也几次因为她的这种柔弱可爱生出冲动。

但房子始终没有落实,因为秋云对我选择的每套房子都没热情。婚事,我看她不急。或许她就是担心生意,就是担心我的事业。

她让忧愁贯穿了一个雨季。

雨季过后,我开始认真地跑生意了。

那天,我到临近天黑才回来。我跑了很多路,泰东的县城四周都跑遍了,也已有了几个合作意向。琉璃瓦生意与其他生意不同,作为房屋建筑的一项重要材料,业主在房屋开建时就要有所准备。它的安装要求,是在木工、瓦工施工途中配合进行的,需要卖瓦的进行技术指导,我的上门宣传很受欢迎。

回来时,虽也累了,不过有生意在手,心情很愉快。我常常也劝慰秋云,这生意季节性强,担忧什么? 生意上来时,怕厂里的货都供不上哦。这不,生意就快上手了。

秋云倚门在望,如一只雌鸟在候着公鸟归巢。我刚在门口熄火下车,她便为我把摩托车推进了堂屋,然后急急地为我进厨房准备晚饭。

晚上吃的是面条。

晚了,梁燕母女早已吃过,上楼去了。堂屋的八仙桌上,两人的面碗里各放着一块煎得黄黄的鸡蛋。不过,她的那块小些,明显的,只是一个蛋。而我的这块至少是用了两个蛋摊煎的。饿了,我是狼吞虎咽,很快消灭。而她在吃晚饭时,自始至终,盯着我细看,脸上还有一种掩饰不住的喜悦。

进房了,她的脸上依然如故。

"说,什么事情让你这么开心?是我要当爸了?"我压低声音笑问。

"哪里呀。今天,我的生日。"秋云满脸幸福。

"什么意思?为什么不早点告诉我?即使不在家陪你,我也该为你备份礼物的呀!"我怪怨她。

她小鸟依人般地让我坐上沙发,而后她面向我,如骑马似的,坐在我的一条大腿上,依偎着。"有你就好,你就是老天给我最好的生日礼物。"

"那我今晚为你庆贺。"我刮着她的鼻子。她便害羞地"咿咿呀呀"在我胸口撒起娇来。我紧搂她,向着她的唇、脸亲个不停。

她忽然立起,一下跑向我的卧室。瞬间,她抱出了一沓图纸。"快看看我给你准备的礼物!扬州的,'未名湖'酒店的图纸,用瓦约1.2万平方米!"

什么?我以为听错了,我站了起来,我愣了,1.2万平方米?即使仅为他们供应琉璃瓦这一块,也就将近200多万元生意。

"什么时候的事?"我有些不信。

"早上来的。他们的老总正好开车路过,看到了我们的广告牌,又见了我们堆在门口的翠绿瓦。他们在停车下来咨询时,我也学乖了,说我们是厂家设在这里的联系点,说我们是集团公司,有很多生产线。还说在苏中苏北,仅有我们一家是厂方所驻扎的服务公司。另外,只要是选用我们的产品,我们将免费进行技术指导,也可帮助落实施工队伍。价格以厂内批发价结算,还可以多退少补……无商不奸,你说过的……"

老天啊!这小丫头把我这套"骗人经"可以说是运用自如了啊!我顾不得图

纸,一把抱住她,第一次开口叫了声"宝贝","宝贝,快说,结果呢?结果怎样?"

"那老总听我那么一说,也很开心,但提出了三个条件。"

"哪三个?"

"一是他们拿着图纸摸不着头,一定要请我们去他们工地,对着图纸进行现场配瓦;二是要请我们代为找一支有经验的施工队伍,帮助施工;三是一定要我们安排日子,带着他们去厂里进行实地考察。另外,签合同,要与厂方直接签;资金也要汇进厂方的账户。总之,生意要和厂家直接做,坚决绕过中间商……"

又是一个迷人的夜。

秋云上楼时已是深夜1点多了。她轻手轻脚上楼,又轻手轻脚开门、关门。毕竟是在别人家里,况且还没过门。我常说,我们属于"偷荤",这让秋云羞得一塌糊涂。

第二天去扬州工地实地看工程、交流相关内容,我是带着秋云一起去的。工程上哪一位做主,哪一位负责技术,秋云都认得了,由她为我引荐,我在说话上方便许多。我怕一个下午的时间用于交流不够,便先去酒店订了房间。老地方,"京津国际"。不说那里对我有着强大的吸引力,出门谈大生意的人,住在小旅馆,一旦让对方知道,没有人会说你节约,只会看扁你。

然而工地的交流出奇地顺利。或许我是上过大场面的人,非但不怯场,还似乎是一个职业拳手,好不容易找到一个一展功夫的擂台。从施工技术,到配瓦数据,从服务内容,到以往业绩,把工地上那几个做主的弄得心服口服。

双方约定,5天之后去江南考察。

晚上在被窝里,秋云把我当作神一样赞叹:"哥啊,你怎么就会这么能干呢?看看,这生意完全是应该我们求着他们的,乖乖,看见么?经你一阵演说,他们个个如小学生听着老师上课,看那种认真样,快可以发'三好学生'奖状了哦!哥,我可真是服你了呀。"

"我倒是担心你,那个姓蒋的老总看你时色眯眯的样,一看便不是什么正经东西。"

秋云跟着我过去时,穿的是宽体衬衣,领口又低了些,个子又小些,那个蒋总个头不会比我小,也足有一米八五,近着秋云,居高临下,秋云的胸口基本上让他尽收眼底了。

"是吗?我还真没注意。不过无所谓,今后我又不再去了,他还能吃了我不成?"说完,又"咯咯咯"地笑了起来。

第三十四章　不速之客

这天早上,泰东市建设局打来电话,说是北京路改造工程屋面瓦的铺设有些技术问题要向我咨询一下。我心里乐了,那肯定是市长为我打过招呼了。进城数次,我也见着这个工程已全面开工,怕市长忘了上次对我所说的话,本想要开始找关系公关,现在好了,他们竟主动找上门来,说明市长的话起了作用。眼下"未名湖酒店"工程即将上手,这里又来了一条大鱼,好事连连呐!我不禁欣喜若狂,马上带着资料乘班车进城找他们去了。

这天在城里办好事,已是11点多,刚想找一个小饭店吃一些东西,腰间的传呼机响了起来。"速来办公室一趟,燕。"是梁燕发来的信息。这个"速来"一词让我心慌了,不知道到底发生了什么事,如果是小事,梁燕是不会这么急的。我急忙乘班车到了三圩镇上,下了车到土管所这段距离,我几乎以百米冲刺的速度奔跑过去的。

"妹啊,快说,发生了啥事?"

梁燕微笑着为我冲茶,却又一声不吭。我坐不下来:"还笑?'速来'便是喝茶么?有什么事不能回去后说?"她从来是一个认真的人,我有些莫名其妙了。

"知道吗,哥,刚从江南过来两个男人,有介绍信。他们说是你们村的书记和茶场场长,说是仓库里还有近千斤头一批的春茶放着,要紧赶销售。他们听说了你去年在这里卖了不少茶叶,认为今年必定又赚了不少。这两人是打着贫困村的牌子求助来的,还说是我姑父推荐的,更说我姑父是村里扶贫干部,有责任为村里排忧解难。两人本是找华清哥哥的,但市长突然招呼他进了城,所以他们又找我来了。姑夫事前也没打电话过来跟我说起这回事,应该不一定知道他们过来的具体情况。然而,我不知道他们又为什么对我们兄妹的情况这么熟悉。通过观察,两人虽有介绍信说明身份,但他们总露出有些心虚的样子,偏偏还摆着谱,有些像下达任务似的。我觉得总有些不对劲,所以呼你过来商讨一下。"

梁燕边说边把一杯冲泡好的绿茶放在我前面。

李小兵来江北了?他会帮茶场丁小峰推销茶叶?丁小峰是实诚人,当茶场场长已近10年,制茶技术了得,正是因为这样,他虽没什么活动能力,但只因茶叶质量过硬,又是在价格上让利,销售基本可以。只是他的脾气大些,人也正些,总看不惯李小兵的做派,与李小兵关系不那么融洽,让李小兵一直有将他撤换的想法,两个人可以说是冤家对头,今天还能一起过来?再从另一方面说也不对呀,我在村里是抓农林副业的,有些情况我很清楚,我村茶场统共才60多亩茶地,头一批的茶该是"雨前茶",产量很低,且因为没有保鲜设备,历来是生产多少,当月必须基本卖掉,而现在都什么时候了,何来还有千斤头茶之说?

我疑窦丛生。

梁燕见我没吱声,开了口:"哥,是不是不对劲?所以,我没有答应他们什么。他们开始没有提到你,看到我迟疑了,才说起你,说你们是一起共事过的老搭档。他们可能会去找你。"

找我?李小兵你还有脸找我?狗日的东西,你最擅长的是背后捅刀子,老子不吃你这一套,才辞职来这里的,还想老子帮你?滚一边去吧!老子可以帮全天下人,你这个人渣,还有与你合穿着一条裤子的好亲家杨德新,要我帮忙?除非长江水能倒流了那还差不多!

"妹子啊,鬼话连篇呐!这个狗东西明显又在骗人了,我主管农林副业的不知道?现在茶场还会有千斤头茶?狗屁,不理他!"

"可不管怎么说,来的都是客,况且他们毕竟又是姑夫同事,帮不帮忙是一回事,接待一下还是必要的。哥啊,你暂时忍一忍,万一他们去找你,你应付一下,打发他们走了就是。"梁燕是顾着张书记的面子,我咬着牙点了点头。

梁燕打了个电话,叫了辆化工厂的"丰田"小车把我送到了公司。

"干什么,干什么?过江来看你老同事,没用你拉一个横幅热烈欢迎我们,至少不能皮笑肉不笑地接待我们吧!"

李小兵真是厚颜无耻,他居然真的来找我了。他应该也是刚来,正在门口端详着我公司的牌子,见我下了车,脸色不好看,也真是根"老油条",竟先打起了我的招呼。听他这么一说,毕竟上门是客,我反有些尴尬:"贵客到了,欢迎!"但我说话依然生硬。

当李小兵伸出手正要与我握手时,我突然见着杨德新从屋里钻了出来,"哈哈,兄弟啊,我反客为主了,出来迎接你这个方大老板了!公司好气派哦,仅凭一个美妙的女秘书陪同着一起日夜办公,啧啧,我杨某人做梦也不敢想哦!"

我气愤之极,这个"日夜办公"一词,是对我人格的极大污辱!我知道他敢当面说出这一番话,回到村里还不知他要怎么造谣呢!我已经清楚了他与"九指头"的关系,这个混蛋小舅子跟我作歹就是要帮他这姐夫出气。我横眉冷目,本想反击,李小兵看出了苗头,马上白了一眼杨德新,打起了太平鼓:"别放这种臭屁,玩笑开过头了!"然后他又转向我笑道:"过江来一趟不容易,毕竟在一起共事了几年,我们是重情重义的人,还能不来看一下家乡人就回去?这说得过去吗?"

这种话实在无聊,你李小兵什么货色我不知道?装什么装?你是重情重义的人?太阳要从西边出来了。

我把这些话强压在肚里,"丁小峰呢?三个人来的?"我岔开了他们的话题。冲丁小峰我必须尽一下地主之谊。不去跟他们说业务上的事,先喝茶,晚上为他们去镇上开两个房间,请他们一次晚饭,乃人之常情。

"丁小峰啥时来了?就我们两人呐!哦、哦、哦,你是从张书记的内侄女那里听到的吧?呵呵,你也知道,小峰老实巴交的,他能上得了台面么?我也只是为推销茶叶好说一些才那么讲的。过江销售茶叶,那叫是没办法的事,为了早日丢掉村里的贫困帽子,我可是绞尽脑汁了呐,脱贫那么容易?从什么地方先下手?招商引资,乃是长久之策,而眼前呢,农机添置需要钱,仅仅在计划生育的开支上,全村325个育龄妇女,光人工流产一项就是好几千呐!不当家不知道柴米贵!穷家难当啊,所以,前天早上村里开碰头会,我把村子里的各项要紧开支列了一下,那些育龄妇女的凸肚子问题,那些五保户老人的瘪肚子问题,可都是火烧眉毛的重大问题啊!一分钱逼死英雄汉,否则我还会亲自来江北推销茶叶?厚脸皮的事情谁愿做?可谁叫我端着书记这个饭碗呢?低头求人的事,还有谁愿意干?实在没有办法我才亲自上阵的呐!这不,我怕开车太累,为了安全,不得不把德新带上,做个伴,犯困的时候也可说两句话,提个精神。"

以为我不知道底细,李小兵还在胡吹一气。

我转身轻声问了一下杨德新:"茶叶呢?"

杨德新见我想看一下茶叶,以为李小兵的一番话打动我了,两眼马上放出了欣喜的目光,本就生的是"鼓眼珠子",此时更加凸出,似乎就要掉下地来。

"在'桑塔纳'车上,我去拿,我去拿。"杨德新去了桑塔纳车边。

李小兵见自己的动员工作已打动了我,有了一种成就感。"我们的方大老总啊,你创业成功,这是属于全村人的光荣啊!这次如能为我们帮个忙,搭把手,疏通一下关系,成就这笔茶叶生意,这是为家乡人民造福,是积德,是不忘初心。我也不说'青史留名'这样的虚字眼,至少一点,村上的父老乡亲能不将你永记在心?能不感恩?他们心中必定是为你立下了一块丰碑呐!"

我并没有理睬李小兵的虚情假意,接过杨德新递过来的一袋半斤装绿茶后,我在梁燕家堂屋的茶几上找着一把剪刀,将封了口的彩色塑料茶叶袋剪开一个口子,在八仙桌上倒出了一把茶叶,摊在桌子上细看一下,然后又深吸了一口气,闻了又闻。

"怎样,不错吧?今年的头茶,村子里开年批发价也在每斤120元,到这里来销茶,多少带有让他们支持我们发展的性质,况且又有张书记这张'硬派司',将这些茶叶分摊给三圩镇上的几个大企业做招待使用,他梁书记还不是一句话的事?张书记这层关系,是优质资源呐!我们肯定要最大限度地用好、用足,绝对不能出现一丝一毫的浪费。所以嘛,考虑这生意绝不是一锤子买卖的事,今后还要过来,我们在价格上方方面面要照顾到,每斤定价也就在240元左右,这样对村里的发展有交代,也让梁书记对分摊了茶叶的企业有所交代,让他们感受到物有所值,让他们体会到这是梁书记对下属企业的爱护、关心……"

"总共带来了多少斤?"我打断李小兵的官腔,抬头询问杨德新。

"不多,不多,也就950斤。小车上仅150斤,还有800斤明天由班车托运过来。"杨德新边说边朝李小兵看了下,那神色很兴奋,似乎生意已大功告成,就只等数钱了。

我看过茶叶,再没说什么,只是示意他们在堂屋坐下,然后进了我的办公室,并关上了门。

秋云见我进了房,马上起身,我见她想说些什么,便用眼神制止了。我打了传呼台,把电话号码传给了张书记。才过一会儿,张书记的电话便打过来了。

我把李小兵他们来的目的与实际情况轻声地向张书记做了汇报,张书记听后急了:"小方呐,前天会上他们也装得太像了啊!也怪我,脑子缺了根弦,一听说涉及增收脱贫的大事,马上就为他们做了联系。幸好华清不在,又让你及时发现了他们的真实目的,趁他们还没有给三圩企业造成实际损失,你赶紧制止。我在这边也必须做些行动了!再让这些人无法无天的,我就失职了!"

我挂了电话开了房门再进堂屋时,心中有了底。杨德新嬉皮笑脸地迎着我道:"乖乖,别说还有两个家乡人在此,你就敢关着房门与小秘书'工作'了,要是没有人的时候那还得了?哦、哦,30多岁,虎狼年纪,兄弟,到底是虎狼年纪啊!哈哈哈……"

小人就是小人,杨德新的肆无忌惮,我并不理会,我也在八仙桌边的板凳上坐了下来,指着桌子上的茶叶向他们轻声道:"说实话吧,这茶叶进价每斤有20块钱么?叶片这么薄,能是我们茶场的品种?且是春茶的末季茶,至多泡2开,只适合企业车间工人们夏天防暑用大缸泡着喝,能卖个240元一斤?"

我看了下目瞪口呆的李小兵,朝着满脸不屑的杨德新说道:"别以为旁人都把眼珠子掉了,榆树叶也能来冒充优质茶么?人家用240元一斤的价格来收购你这950斤老茶片?别人的眼睛全瞎了吗?"

"方旭明,你自己怎么发家的?还不全亏着张书记的关系网?打狗也得看主人面,别忘了,我们可是张书记光明正大介绍来的!怎么,就允许你靠他发大财,我们就不能弄几个子儿?价格多少,可以商量嘛,但也不是你说了算的!"李小兵穷凶极恶了。

我并不想跟他叫板,只是始终微笑着说:"别再打张书记的牌子了,没用!我刚才就是与他通了气,他知道了实际情况,让你们别在这里败坏江南人的名誉了。"

"你、你、你,方旭明,你怎么能这么缺德……"

李小兵恼羞成怒,看着我的眼睛快冒烟火了!他终于彻底败下阵来,再不吱声。

杨德新见状仍不肯放弃,他索性破罐子破摔:"方兄弟,这可不是穷疯了吗?实话实说,小兵也是没办法的办法了,招商引资的招待费都欠着,外债是借银行的,公对公,反正可以千年不赖、万年不还,可这'香江大酒店'里欠下吃喝的18万多不付不行了。这老板就像牛皮糖一样粘着小兵,讨厌得很!一是他在法院起诉了,总要给他一个说法;二来是这狗日的每天堵着村办公楼,不让小兵安身。日他娘的,村里和耐火厂在他那里吃喝,还不是让他多挣几个?人呵,真是善心发不得的,为他好才去吃的,现在好了,他倒打一耙,开始整我们了!咋办?都是为工作吃喝的,醉了几次?我们没有功劳也有苦劳吧?有谁理解?现在叫没办法,为了不让乡领导留下不良印象,只能为村里化缘来了。张书记是扶贫来的,他侄子在这三圩是一把手,又是个富裕镇、明星镇,他连你都帮忙发了财,总不至于不帮村里解决实际困难吧?反正钱又不要他侄子自己掏腰包,我们用茶场名义,倒卖些茶叶,每斤弄个百八十块的,多少挣个十万八万,先把饭店打发了也好安心工作。兄弟你是自家人,我们过来也就征求一下你的意见,了解一下行规,问一下张书记的侄子那里要多少回扣,我们也好把它打入成本。当然,你能为我们跑腿的话,好处费要多少也摆在桌面上。总之,合作共赢,共同致富!都是集体企业,这钱谁花不是花?"

此时的李小兵,也在一字不漏地听着杨德新向我宣传。他两眼紧盯着我,期望我能帮他。

李小兵才40岁。我就不知道他为什么会这么显老,抬头纹深得一如老公猪的脸。面孔蜡黄,不见一些血色。眼珠爬满血丝,显得如抽过大烟似的疲惫。他身高才一米七不到,腰自小就驼,不知是对领导养成了低头哈腰的习惯还是什么,总觉得他这半年多又驼了不少。他等我表态,我发觉从他看我的眼神中竟也有一些巴结的味道了。我心里寻思,狗日的,你也有今天?也会来求老子?你去吃啊,你去嫖啊!做了那么多缺德事,你就以为老天爷不会看见?还亏你讲得出吃喝是为了工作,真是把你家祖宗十八代的脸给彻底丢尽了!

大概杨德新从我的眼神中知道了一切,没有希望了,他在安慰着李小兵:"算了,亲家,反正茶叶也是我欠来的,带回去还给人家就是,只当来旅游一次不好吗?"继而竟又会厚颜无耻地朝我开了口:"不论如何,家乡人上门了,你方大老板在接待上总要做些安排吧?"

我忍了再忍,心中鄙视着这两个混账,但硬是没有发作。我不是圣人,应该当时脸色比较难看,但说话还是出奇平静。我对杨德新说:"抱歉,我还要进城签一个合同,今天不会陪家乡人吃晚饭了。"我从包中拿出1000元现金递给杨德新:"杨厂长,开酒店、吃晚饭都算我的,你是三圩的女婿,也算是半个主人,况且还有个手眼通天的舅子在这里,就麻烦你陪着我们的李大书记去享受生活吧。"

杨德新立即接过钱:"可以、可以!只是方总,这里的发廊有小姐么?想必你是知道行情的。出来了嘛,人生就那么回事,就算是放松一下心情吧。"

真是羞与为伍啊!杨德新说这番话时嗓门子挺大,虽在堂屋说的,虽有些家乡土话夹着,可侧面办公室门开着,秋云的耳朵对他说的每一句话都不会漏过,至少也可以听得个七不离八,这不是对秋云的污辱又是什么?我本想发作,李小兵先行开了口:"方总啊,别听他胡说八道,我们即使再穷,吃住就不用你操心啦!"

"哦,对不起,我方旭明可不欠你们什么,嫌钱少可以还给我!"我毫不犹豫地把手伸向杨德新,杨德新连忙把钱塞进裤袋,嬉皮笑脸道:"1000块虽少了些,但也算是你对家乡发展做点小贡献。不说了,不说了,走,亲家,开着'桑塔纳'去我舅子那里!出门在外,锅子又不背着,床又不会带着,不去宾馆干什么!"

杨德新连推带拉把李小兵弄上了"桑塔纳",开车寻他的舅子去了。

"那素质,啧啧,我也真开了眼界,还是干部吗?你们村上的男人就死光了?怎么让这两个下三烂当家?"秋云气得发抖,见这两个人驱车离去恨恨地说着。

我坐在办公椅上叹了口气:"没有背景能轮着他们坐这个位置?看见了吗,我能与这些人共事吗?我不辞职还能干什么?"

秋云站起身转到了我的边上,边抚着我的前额边笑了起来:"从这个角度去看,我也应该付他们1000块钱,让他们可以多享受享受。"

"怎讲?"我疑惑地看着她。

"要没有这样的小人给你小鞋穿,让你受不了,逼着你出来创业,我咋能得着你这个宝贝?"说着,小丫头便抱着我的头,连连亲着不肯放手。

第三十五章　又一个胜仗

国营跃进建陶厂的生存,完全是凭着在国内的知名度,靠吃品牌的老本过日子的。改革开放了,从干部到员工,思想都很浮躁,个个恨不得一夜暴富。高层管理拿奖金,业绩不够做假账;中层管理,从进煤、陶土等原材料上先故意和供应商虚抬价格,然后抽好处费、拿回扣。连工人也动歪念头——你去提货,每人发一包烟,他们就会冠冕堂皇地说补些破损给你,为你补上香烟价格的十倍货给你。反正是从上到下,好比一棵大树,已从树枝烂到了树根。生产的成本高得离谱,瓦的价格成了天价,而质量却一塌糊涂。

可汤小五的"东南建筑陶瓷厂"是两回事了,虽是集体企业,但大家知道,厂垮了,全村人都是要跟着倒霉的。尤其是新办厂,几个骨干都是刚从田里洗了脚进厂当官的,做事相当认真负责。他们厂给我的产品是内部价格,大致也就跃进厂的一半,质量还比他们高一个档次。这笔生意我准备和谁合作,这还用说吗?

我带着"未名湖"工程蒋总一行到江南考察前,早就打定主意——秋云不是说我是集团公司驻苏北销售处总代表么?两个厂都是拿刘彼岸村的矿山泥料,这家伙本与跃进厂的书记、厂长称兄道弟,我预先用电话通知了他,让他要做好迎接考察的充分准备。刘彼岸听说这笔生意近200万,激动得在电话那头直拍胸脯:"兄弟,赶快导演吧,老子一定做好剧务工作!"

我先让刘彼岸去跃进厂做了准备,把销售科科长的办公室钥匙给我备一把。他还聪明地在那科长办公桌的第一个抽屉里,放上了我的一盒名片,另外塞进一盒"中华"香烟。

在汤小五那里就不用说了,听到这个消息,他立即把刘彼岸约到厂里,商量具体对策,下决心要把这笔业务抢到手里。他本是要把厂长室给我演戏用的,我怕弄得过头了,只用他们副厂长的办公室摆下场面。但他考虑得很是周到:一是派人到我家里要了一张我的照片,拿到厂里,让厂里每道工序的负责人认识我,并要求他们在我带着客人参观各道工序时,见了我的面,都要叫我一声"方厂长",这个"副"字就不要放在里面了。当然,称呼时语气要柔和,这样才能让客人体会到我在厂里的权威;二是晚上的用餐,安排在城里的一家星级酒店,另外落实了一家歌厅,包场。

什么叫"不打无把握之仗"?什么又叫"有心人"?正是我和刘彼岸、汤小五3个人协力同心,在蒋总考察结束时,还没进入酒店,生意就基本敲定了!

我最要感谢刘彼岸的是这家伙为了让我能多赚一点,激发我为他多揽业务的积极性,竟然会预先去打印了几张国营跃进厂的销售价格单,又故意把跃进厂的价格往上加了25%,让他们销售科都盖了公章。他还让他的泥矿矿长,坐在跃进厂副厂长的办公室里,趁蒋总一行人经过那门口时,当作介绍,热情洋溢地把那些单子塞给了蒋总的一个个陪员。那是天价啊,这使我后来在报价时心里有了底气。

蒋总他们在第二天早上便回扬州了。走时留下了话:大方向定了,国营厂的价格高得离谱了,用"东南建陶厂"的产品。至于细节问题,回去还要商量,要我在泰东公司等候他的电话。

秀芝早已开始在镇上刘彼岸的销售公司上班了。新装修的房子,油漆味道重,加上儿子的学校也要等过了暑假才搬迁,所以,母子俩晚上还是住在理发店,准备在暑期搬家。她每天骑个自行车上班下班接送孩子,总不是那么方便,我本是让她再买一辆摩托车的,但秀芝心疼钱,"反正这种上班也不花什么力气,况且搬家也快了,还去花这种冤枉钱干什么?你在外面挣钱容易么?能省几个,就省吧。"

听这话,意思是体谅我,但同样一句话,在她的嘴里说出来,便与从别人的嘴里说出来不同。她这话本应叫"客气话",可她的口气生硬,总有教育我的味道。其实我也知道她的原意,可听了之后实在不舒服,我叹了口气,算是回应。这叹息也可以理解为对她的话认可与爱怜,但实际是表达了我对她的不满。夫妻多少年了,她完全明白我的意思,这种说话强硬的口气她是习惯了,想改,谈何容易!也许,这真就叫作"死结"了吧。

白天我在新大楼处看了一下。

水泥场上,各色琉璃瓦堆成了小山。远看过去,不用广告也知道是批发琉璃瓦的。听刘彼岸说过,上门来的客户也有好几批了,几个月下来也做成几笔,大概有20多万生意。不过,是批发的,利润不高。但能这样,刘彼岸已相当满意,万事开头难嘛,相信生意会越来越好的。

吊顶用的三合板、房里铺的木地板、客厅用的花岗岩,材料都在涨价,房子的装修快接近10万了。秀芝有些心疼钱,比如房里,她舍不得用木地板,是我坚持的。帮他们母子两个安好一个舒适的家再与秋云成婚,我就安心多了。

有些事,夫妻之间即使不说,也都心中有数。我怕耽误大事,在把家里的事适当处理一下后,决定在蒋总走后的第二天,也乘班车过江。

秀芝知道了。晚上,儿子睡着了,她叹着气跟我说:"自己看着办吧,真正有了好的,也别错过。天地良心,我也算实心实意待儿子、待你、待方家的了。可我从小就是这个恶脾气,虽坏心没有,但再努力也没用,讨不了你的喜欢。怎么说呢,看看你这一年为家做的事,我始终认为找对人了。但你不开心,那我还拖着你的腿干什么?反正该办的也办了,你想怎么去做,也别考虑太多,去吧。"

我没回应。自从碰了秋云,我就再也没碰过她的身子。什么也不用说了,总有结束,也总有开始。

走的时候,我带上了户口簿、离婚证。

我到了三圩公司,秋云急于知道"未名湖"酒店工程去江南考察的情况。刚进屋,她马上便拉着我的手急切地问着:"怎么样,哥,有几成把握呀,急死我了!"

我微笑着不吱声,先把带过来的户口簿、离婚证放在办公桌上,又把身上的一张存折放在它们一起,然后把两个包送进卧室。

我进入卧室时,秋云跟了进来,我见她泪流满面。她拥着我,抽泣着道:"你知道的,我不是问这个的……我不是问这个的……"

我是个已婚男人,把这几样东西拿了出来,放在她的面前,这便是我的人格。尽管在秋云身上我还有许多未知,甚至不满,但从与她上床的那一刻起,我心里便准备好了。

那晚,我在与秋云温存时,平时的紧张一扫而光。

第二天早上我就接到了蒋总的电话,让我去扬州谈签约细节。不过,他还特地交代我:"方总呐,把你公司那个精灵也带过来,让她与我们的财务人员熟悉一下。今后结算是他们的事,熟悉了,工作也方便些。"

那天谈好了供货,又谈施工事宜,在付款方式上也很快达成了统一意见。在付款问题上,我是做了重大让步的。平时生产企业对外签约,施工完成,验收合格之后,原则上当年度必须付清供货全款。但蒋总这人真是太固执了,他一口同意在验收之后,立即将货款付至总额的90%,但坚持要将10%的保证金在3年之后支付,理由是要看产品的抗冻性。我考虑到方方面面的价格已让我心满意足,心想只把这保证金部分当作他的提成,即使放弃了也无所谓,于是果断拍板,在供货协议上代表供方签了字。而盖瓦这块业务,因为我们不具备施工资质,参照了税务大楼的合作方式,由我的老二舅子带队过来时,再与他们的总包单位另行签约。

那天晚上,蒋总因认为在付款方式上占了便宜,带着个助理,陪我们在城里一家比较上档次的餐馆用餐。酒喝多了,话便多了,但他的话万变不离其宗,都是围绕"泡妞"而展开。说什么做老板的既要能"吸妞""引妞",更要能"惜妞""怜妞"。总之一句话,言外之意是说给我听:能与秋云在一起,能"吸妞""引妞"了,但是不会做到后者,这是应该注意的大问题。当然,这话同时也向秋云传达了一个信息——他是多么地"惜妞""怜妞",是不是可以在适当的时候"转移阵地"。他根本不知道我们马上将成为夫妻,把我与秋云的相处看成了是另一种关系。

蒋总年约40岁,口音是南方人,皮肤为小麦色,脸型清瘦。稀稀落落的头发上,有一层白色的头皮屑翘着,让人看着连吃东西也很不舒服。不知是酒色过度,还是工作压力大,或是熬夜太多,他的精神状态很不好。即使在念着这些"泡妞经"时,眼皮还动不动合上一下。

酒足饭饱,蒋总还想去歌厅唱歌。秋云大概是实在忍不住了,突然之间说肚子痛,看起来且还很难受的样子。这蒋总果真马上体现出"惜妞""怜妞"精神:"快,方总,快送你的秘书去医院检查一下!女孩子,可能是生理上的特殊期,肚子说痛就痛。赶紧去,赶紧去!珍惜啊,珍惜……"

趁他在唠叨不休之际,我赶紧带着秋云"撤兵",回酒店。房间是过来时我们就订好了的。

一路上秋云喋喋不休:"什么老总,什么素质?我看他是变态!亏他在女孩子面前还会说得出这个话,真不要脸!"

"妹子,他是香港那边过来的,习惯了。我们做生意,是求人的活,厅堂走得进,狗洞也要会爬。搞经营的,不得不适应啊。"我叹着气。

秋云忽然停住脚步,拉着我的手:"不是嘛,接这么个大单也很不容易。不过,哥啊,看得出这人的意思吗?那眼神很明显,他是有些动我念头的。我怕到了要紧关头,他会要挟的……"秋云愁容满面。

"果真这样,反正公章还没盖上呢,工程不做算了!"我说的是真心话,我也知道钱是好东西,但要用秋云的身子去换钱,我还能要?况且我们做生意规规矩矩,从价格,到服务,挣的钱都是明明白白。就是利润高一点,也是汤小五的厂里让利给我的,凭他也能拿到底价?

"别别,哥,我也是这么说说。法治社会,他敢硬来?何况签了合同的,该付款时,他也不得不付。接一个大单太难了,都走到这一步,怎好功亏一篑?放心吧,他既然是这种人,我心中有数,防着他就是了。不要说在关键时候不还有我哥你'英雄救美'么?嘻嘻……"秋云又笑了起来,挽着我的手,继续向"京津国际"走去。

秋云讲的话也有道理。对了,按合同办事,老子我怕他个屁啊!又一个胜仗,铁定的了。

我和秋云在第二天早上便赶回了三圩。稍做安排,我又马上登上回江南的班车。

屋面大呀,1万多平方米,仅施工费就70多万元,工期只给了两个多月,要上多少人才能赶得上进度?我初步估算,大、小工不能少于50个人。这个队伍太大了,仅临时组建便是问题,我真担心我的老二舅子能不能凑得出这么多的人数。

果然,回家后,我在向我的老二舅子说明情况时,这个平时嘴里开惯大船的人也不敢说大话了,"妹夫啊,队伍这么大,确是有些难度。从后勤保障,到施工指挥,还要和总包方协调,仅凭我一个人带队,恐怕是不可能完成任务的了。"

他说的我不是不知道,这支队伍快超半个连了,仅"伙头军"就要两个,还要一个懂机电的随队。这么多人站上屋面施工,挤在一起也展不开手脚,必须分至3个班组方能顺妥施工,这就另外需要配上3个带班组长,对施工质量现场把关。

我与我的老二舅子商量到了天黑,总算把大方向定下来了。我给了他10天时间组建队伍。在这段时间,我的主要工作便是落实生产,落实向扬州发货的船只。罗老大的船太小,300多吨货要送过江去,我必须另外落实大一些吨位的船只。

……

汤小五眉开眼笑了。

翠绿瓦作为企业的常规产品,仓库里堆得满满的,至少已有合同上近半的量预备着。这笔业务,一下子清空了库存,把死货变成了活钱,后边还有两个多月的订单跟着,这日子还不让他快乐得要死?我在第二天早上赶到他厂里,把合同拿出让他盖过公章之后,他便死拉着我不放,又打电话把刘彼岸叫来了,吩咐食堂烧了几个菜,就在他的办公室庆贺起来。

有的事情"临时抱佛脚"是没用的。

也是我去年底把好事做到位了,乔丁山、我老二舅子每人拿了我1万块钱,都感动得不行。他们把我的为人在同行中宣传着,让我在外面有了好人缘,那个队伍在第四天基本就落实到位了。江南的事安顿好了,我立即赶到扬州,把盖了章的合同给了蒋总。蒋总为了赶工程,马上安排财务准备汇预付款。但他半开玩笑半认真地对我说道:"方总,这笔业务,合同上说好了的,服务、结算,由企业在苏北驻扬州总代理处操作。君子一言,快让你的那道亮丽风景过来与我的财务办下手续,否则汇款是没门的!"

我也知道他的话带有玩笑性质,拿款毕竟是件愉快的事,我也不想扫他的兴,就在他工地的办公室打了电话,让秋云到扬州来一下。

50万的款进了汤小五的账了。汤小五已在安排发货。

回到了三圩,我就等着苏南来的施工队伍过江了。我交代好的,这次送队伍过来,是租用了客运公司的大巴。

一个人一生能有着几个这样发财的机会?这笔业务,利润率不会比税务大楼的工程低。供货,连同砂浆、施工费,产值超过350万,即使那10%的保证金收不到,我也已心满意足。我算了又算,两个多月后,又将有100多万元打上我的存折。而这生意不是从天上掉下来的,是秋云为我带来的。至少是她接待了来客,至少是她让蒋总他们对我们公司有了初步了解,产生了合作兴趣,也至少是她给了蒋总良好的印象。当然,他对秋云想入非非,那是他的事,我的秋云做好自我保护就是。

第三十六章　允婚的甜蜜

这天上午近11点,大巴车来了。租用客运公司的长途客车载着我们50个人的施工队伍,终于过江来了。

还是去年的老规矩,一菜一汤。桌子上是坐不下了,或是大砂锅,或是面盆打着菜和汤,就在门前的土场地上,每10个人围着两盆菜、汤,站了一圈,站着吃饭。碗、筷等个人用的餐具,都是工人们自己带来的。干活的人饭量好,秋云烧了两大铁锅40多斤米的干饭,转眼之间,吃个精光,甚至连锅巴也铲去让他们嚼了。

垫饱了肚皮,我的老二舅子马上又是召开"战前动员会"。大工挤在堂屋,小工堵满大门,听着我的老二舅子做报告。

"这个、这个,"我的老二舅子先清了清嗓子,"同志们呐,我们的名声可是响彻祖国大地了啊!去年在扬州,我们硬是打造出了一个'省优工程'。这个、这个,我们靠的是什么?我们不就是靠的团结战斗精神么!我们不就是靠的一切服从现场指挥的精神么!出门挣钱,工资高,还管肚皮吃饱,我们都是靠力气吃饭的人,这个、这个,都知道蛇无头而不行的道理。上阵了,开始打仗了,必须是战前再动员!我们的队伍是越来越大了,这次,有了3个小队,老子官升一级,成总指挥了……"

这时,门口一个小工忍不住扑哧笑了一声,偏偏被我的老二舅子听着了:"张小牛,你笑什么?你牛么?好在你还是个小工,你如果是大工还不要翻了天?上阵是真刀真枪干的,没有严肃的纪律约束,没有集体主义观点,这还得了吗?"

那个叫张小牛的小工被当场骂了个狗血喷头。

我的老二舅子发言结束,然后他又让"副总指挥"乔丁山做了发言,还让严九平、严强、刘小虎3个小队长分别表了决心,最后,又请我做一个总结。

"出来了,万事安全第一。正如我二哥刚才所讲,确实是要讲纪律的。比如,工余时间,无论如何不得随便上街,如有要事,一要请假,二要派人陪同。中午用餐,严禁喝酒……"

我也强调了纪律的重要性,去年我的老二舅子嫖娼以及乔丁山掉落脚手架的事故,都是教训,我也是弄怕了。

从下车吃饭,到会议结束,大约用了个把小时,司机已在响着喇叭催着赶路了。这批人自下了车还没离开大门,也都内急,便一下子涌到后门口的河边,站了一大排,解裤方便,也真正是体现出了"团队精神"。

因为涉及临时房的使用,还有项目部的卫生工作问题,这次我们施工队伍的伙食,蒋总指示由工地职工食堂统一供应,我们只是平摊了一部分食堂人员的工资。工人用餐,个人买饭票、菜票。这样也好,既省了人手,又让工人自己点菜、买饭,自由许多。我与我的老二舅子商量,每人每天给他们补贴10元伙食费。这钱,在食堂里基本上也能有菜、有饭,吃饱是没有问题的,要吃好,可以自己掏腰包,加菜。

心平气和地说,我的老二舅子要是不喝酒,也真能办些事。我在他们开工后也去了扬州工地几次,我发觉,我们的工人见着他,有事无事清一色地都在叫着"孙总指挥",而他每一次也都郑重地用点头作为回应。项目部的领导、业主的现场管理,虽都弄不清他是什么来头,但仅此一点,也真见鬼,竟全把他当回事,有的竟然也用"孙总指挥"称呼他,且绝对没有半点讽刺的意思。

有一次,蒋总还为此问过我:"方总啊,你这次推荐给我们的施工队,真的干了60多个国家的工程了?"

我知道这是我的老二舅子又在吹牛,只能含糊答道:"有的国家只是去帮盖了些长廊、亭子的小活,没有什么了不得的。"

"不、不、不容易的,看这个人,是个见过大世面的,抓工程也真有一套!佩服、佩服!"我看蒋总的认真样,还真把他当个人物了,心里也不禁对我的老二舅子佩服起来。

我的货款结算是根据工程进度支付的。这次我们上来的人多,进度也快,一个多月过去,秋云过去又结回了两笔货款。人工工资的支付也很及时,工人都挺有劲头。不过,我总对蒋总不太放心,因为秋云每次去结算,他就要热情地请秋云吃饭。还总说些"优质女人的标配应该是优质男人"的理论给她听,甚至还把动物界公狮为了母狮、公猴为了母猴而决斗的道理向秋云灌输。当然,他也常常说起夫妻长期分居的苦恼,说起他们夫妻感情如何如何不好,说起孤身一人在扬州长夜难熬等等。其实,明摆着的,说一千,道一万,目的就是要让秋云"转移阵地"。

然而经过两三次交往后,秋云回来说起这些时,竟把它当笑话一样说了,并没有半点害怕。她还很轻松地说:蒋总贼心是有的,但绝对没有这个贼胆,不可能会来硬的。更说别看蒋总长得不让人待见,但对女人很有绅士风度等。我听着听着很不舒服,晚上在床上亲热时,我总不忘半真半假地告诉她,"妹子,只有提高警惕,才能保卫祖国啊!"每每此时,她总会嬉笑着说:"放心,哥啊,妹子的每寸山河都是你的!"

说笑归说笑,我心中的担忧越来越重。我初开始向她提出婚事时,她从来只是对我微笑,却永远也不正面回答我。包括说起买房,说起去领证,她也从来不置可否。这天晚上,在一番"急风暴雨"之后,在她娇羞地躺在我的怀中时,我又重新提出这事——待这个工程忙完,两人先把证领了时,我终于见她点了头。我担心是不是看错了,又把这话再说了一遍,见她又连点了两下,然后还咬着我耳朵,轻轻道:"愿意,我一千个愿意……"

第二天早上天刚放亮,秋云便起了床,"让燕嫂知道,不要羞死人哟,我还是要上楼做个样子的。"她悄悄穿上衣服,羞答答地出了房。

工程快要结束,我要把现场到底还缺多少瓦的数量统计出来,也好让汤小五尽快把货发过江来。这天,我在扬州就在刚刚要离开工地准备回来时,乔丁山悄悄跟了出来。

"方总啊,按理说,我是千万不能打小报告的,但你是我的什么人?大恩人呐!有一个重要情况不向你汇报,闹出事来,我们是出门在外的人,弄得过别人么?弄不好,到后来验收过不了关,半分钱工资也结算不了啊!"

我听过此话大惊失色,马上求着他:"兄弟,到底出了什么事?快说,现在还有办法吗?"

"唉,叫我怎么开得了口呢?就是……就是……就是你的老二舅子那把'手枪'乱开火了啊!"乔丁山总算硬着头皮把真相全说了出来。

原来,我的老二舅子又犯作风问题了。但这次的情况与以前的性质不同,他不是去嫖娼,反而是被人勾引去的。这怪就怪在他平时摆的架子太大,连很多领导都被他弄得很服帖,这就别说几个食堂烧饭的中年妇女了。其中有一个叫田小宝的女人,33岁,她是工地上田工程师的姐姐。据说,她老公得了个股骨头坏死的毛病,半夜那事干得很不利索,甚至有人还说她男人的家伙废了。不知怎的,她竟会与现场的"孙总指挥"套上了近乎,两人还会大着胆子出去开房。你开房也就开了,关键是他的嘴巴关不住大门,在一次晚上喝酒之后,竟说是有人倒贴钱让他睡了,还说毫无疑问,像这种艳遇,完全显示了他"孙总指挥"人格上的无穷魅力。

是我的老二舅子自己的一通牛皮,把事情弄得满城风雨了。

"方总啊,你想想,这个女人能碰么?万一让她的弟弟田工程师发觉,那还得了?如果工程结束,田工怀恨在心,他可有的是寻我们麻烦的理由。只要验收单上他不给签字,咱们又怎么能去结算工资、结算货款?"乔丁山一脸焦急。

"这事工地上有多少人知道了?田工有数了吗?"我急切地问道。

"现在我们施工队内部都知道了,不过应该还没传出去。但方总啊,俗话说,'乌龟四脚松,河面起波动。'别人偷情打死也不承认,而你那个老二舅子还把这认为是件光彩的事情,恨不能在工地召开一个'先进表彰会'要奖励他似的,最好还在大会上让他大讲一番轧姘头的心得体会他才开心。方总啊,你说,亏他还是个总指挥,这做派,如何得了,如何得了哦!"

我走不得了,这样的事情如不快刀斩乱麻,必然后患无穷!

我返回工地,找到了我的老二舅子,把他带了出来。在一家小旅馆,我花了30块钱,开了4个小时的钟点房。我不解决好此事,还能回去么?

"说吧,和田小宝到底是哪门子事?"我强按怒火,生怕他让那女人迷住坏了大事。如果吵起来了,翻了脸,丑事闹了出来,连工程也要耽误,所以我只能强忍着。

大概我说话时和颜悦色的,他以为我是想听新闻,本又始终怀疑着我和秋云的事,大家都是半斤八两,似乎在我们之间不存在"隐私"两个字,他马上眉飞色舞,把我找他的谈话,当作了"经验交流会",当作互通心得体会。

"哇,妹夫啊,你知道,作为一个现场总指挥,我对工作真是废寝忘食呀,也正是如此,赢得了工地广大干群的无比热爱!比如业主蒋总对我的尊重,比如总包方,连项目经理见了我老远便叫着'孙总经理'!啧、啧,可见我在工程上的影响好到了什么程度,有目共睹,有目共睹啊!当然,我也没有想到,因为我的努力工作,得到了意外的回报,这个……这个……这个……"

我的老二舅子说到那里,毕竟是在妹夫面前,显得有些尴尬。不过,他见我只是平静地看着他,细听他说,便又来劲了。

"意外,纯属意外。田小宝这女人不简单呐!烧菜有一套,追我也很勇敢,嗯,是个敢爱敢恨的奇女子哟!我很欣赏,很欣赏呐!她先用钱在小旅馆把房间开好,然后请我去谈心,嗯,促膝谈心,谈心里话,谈方方面面……而后,这个、这个……后来便谈到了她老公的毛病,又谈到了她的苦闷,然后……然后么,我还说什么呢?为了搞好团结,为了更好地合作,更为了顾全大局,我除了用实际行动,给她以需要,给她以安慰,我还能干什么?"

他的笑很猥琐,我非常反感,脸便放了下来。我的老二舅子很善于察言观色,见此情况,话便转了方向。

"那天她本是要我再陪她过夜的,我是什么人?现场的孙总指挥呐,脑子始终是保持清醒的!像这种细致的思想工作,我们都是要脸面的,也都是聪明的,点到为止就好!田小宝也识趣,最后还很感谢我。我说,'感谢什么呢?生活都不容易,就像我这个孙总指挥,日理万机,容易么?偶尔为你做下服务,这是本职,常常如此,那叫迷失。仅此一回,下不为例!'妹夫,你说,我这个现场指挥合格吗?"

我只能说我的老二舅子是绝顶聪明的,看他原来的神色,本是想与我"交流心得体会"的,但发现我脸色不对,知道我的目的了,马上表明了今后不会与那女人来往。撕破了脸对谁都不好,我还能捅破这层纸去说他吗?

回来前,我只是向我的老二舅子强调,出门在外,不仅仅是人要脸、树要皮,还要考虑到做事的后果。人在一个地方跌了一跤,没什么的,吸取教训就好,但还要在老地方吃亏,这便是这人不长记性,注定不会有好果子吃了。我见他的脸色一阵红、一阵白,做妹夫的,也只能说到这个分上了。

心里面本不舒服,回来的晚上,又一件事差点让我气疯。

吃过晚饭,我正坐在办公椅上与秋云对面聊天,电话铃响,秋云接了电话。哪知秋云刚问了一句,"您好,哪一位?"接下来她就边看着我,边听着对方的说话,脸色忽然间绯红。我感到费解,便抢过话筒。

电话那头,原来是蒋总在说话:"宝贝啊……好宝贝,从我……第一次见了……见了你,就爱上了……拿最后一笔货款,你要先请我……不醉……没……没门……"

我气得不知如何是好,马上挂了电话。

我知道,那头的蒋总定是醉了,可酒后吐真言,无论如何,他是动着秋云的念头了。我呆呆地站在办公桌前,我真的无语,怎么都会是这种不着调的事呢?我心里真不是滋味。

那晚她知道我很生气,便没有再上楼去,直至第二天一早,起身梳洗、料理早饭。

夜里我是安然地享受了老公的待遇。她完全把我当作了自己的男人。

吃过早饭,我便乘班车回江南。

工地上前后已汇过去 3 笔款,已达到了总额的 60%。我的利润已超过 30 万元,往后汇过去的,也全是我的利润了!汤小五做生意很硬气,要我回去,把该是我得的部分支付给我。这笔生意能赚多少钱我从未告诉过秋云,她也从来没问过我,我想把钱全结算过来后一起交给她,给她一个惊喜,给我的"管家婆"存着。

第三十七章　一声惊雷

从汤小五处拿到的钱,我立刻存进了银行。

刘彼岸也是这个工程的受益者。后续的货,我在回来之后也发过去了,货款都已付清。因为秀芝的工资是刘彼岸开的,在某种程度上,她不仅仅是会计,还成了他销售公司的业务员。她的业务从何而来?明显地,我的功劳都记在了她的头上。因此,刘彼岸在汤小五处供应的陶土款已分文不差。这是在提货前三方早就约定的,我的瓦款,先用刘彼岸村里的陶土款抵扣,不足部分现金支付。所以,扬州方面划款过来后,汤小五属于是"亲兄弟,明算账",已先把刘彼岸的货款结掉。这样对汤小五也好,属易货贸易。对我对他都好,属于三赢。

我们乡里泥矿众多,陶土的推销都成了问题,像刘彼岸这样既销得了陶土,还能在汤小五处立即拿回全部货款的,全乡没有第二家。那晚,刘彼岸用小车接我们到城里的"胜利宫"大酒店聚餐。到场的除了刘彼岸、我们一家,还有他们村的主任、副书记、泥矿的周矿长。酒席上,他们每人说着奉承话,让我听着浑身上下都起鸡皮疙瘩。

"兄弟啊,好男儿志在四方,出去闯好哇!你想想,李小兵这个狗日的,他的眼睛是长在额头上的,把我们这些村书记都不放在眼里,你要是还在村里混,他还不整天给小鞋你穿?你现在多好,是一个堂堂正正的企业家了,一年挣的,快抵老子一生的工资。来、来、来,为兄弟的情谊,为合作的愉快,为你们全家的幸福,干杯!"

那晚我破了例,喝了些红酒。秀芝她竟然也喝了两杯干红。回家后,我发觉她显得有了醉态。

儿子入睡后,我也睡下了。可她却靠在床头,一直在轻轻抽泣。我知道她的意思,但怪谁呢,这就叫"命",命该如此。都是这种脾气,都那么要强,没有谁肯处下风,以致如此。现在离了,她看到了我在各个方面的成绩,看到了别人对我的尊重,也看到了我待她的好,现在的泪水,是她对以往的反思。

但一切都晚了,开弓没有回头箭。秀芝啊,自己保重吧。你是好人,算我害了你好了吧,能补偿你的,我都会去做,不仅仅为了你,也为黄土中我老父亲那双紧盯着我的眼睛。我只要有一口气,能帮你的,我一定帮,但夫妻之事,永不再提了。

其实我本想打地铺的,只是怕让儿子见着生疑。他还小,我不想让他幼小的心灵上蒙上阴影。选择在苏北与秋云成家,且不惊动任何人,最终目的,是保护儿子。待他大一些,懂事了,也就一切都会明白,明白父亲的良苦用心。我只想他能快乐地成长,知道父母都对他好,都爱他就行。

那天下午,乘班车到三圩公司门口下车时,已是下午3点多钟。

过来时我没有打电话给秋云,我要给她个惊喜。幸福总是让人那么陶醉,自从她答应领证后,我见她脸上几乎就没有断过喜气。"一日不见,如隔三秋",我体会到了,秋云也在体会着。我在江南几天,传呼机常常会传来一个"念"字。见了,我总是会心一笑:小丫头,粘人哦。她让人又怜、又爱。

说什么呢,受尽生活磨难的小丫头啊,有我在,在今后相伴的日子里,你一定会快乐地生活的!

是的,因为有我。

下车时,我满心欢笑。

天却在哭。虽一江之隔,江南只是阴天,过了江,天却在下雨,而且还不小,地上坑坑洼洼的地方,都积着水了。

我见公司大门关着,门口的连廊还歇着一辆"幸福250"摩托车。我知道,这车很沉,应该有300多斤,开起来那双排气管发出的声音,不会输于拖拉机柴油机的声音。我不仅见门关着,连窗子也关着。人去哪里了呢?小丫头平时是从不关门的。

  我拿出钥匙准备开门,忽然,从窗口里传出低沉的"啊"的一声。我疑惑了,怎么回事?关门、关窗,门口还歇着这辆明显只有男人开的摩托车,里面还发出着这样的声音,是什么原因?

  我心里有一种不祥的预兆。

  我没开门,只是走向窗口。

  还没走近,我听到里面一个男人在低喝,似乎秋云还在低三下四求着什么。我心中充满不解,我不知道里面到底发生什么,该不该进门。屋里面,靠前窗的位置,我是做办公室用的,卧室在这间屋的后区,我的床紧贴着后窗,里面人说着话,我去后窗边上必定能听得清楚些。

  我绕到屋后。还没近窗,里面还隐约传出了打斗声。近前了,我见窗帘还拉着,里面的声音很清楚了。

  "给你脸还真不要了,不就是个烂货么!正儿八经的一个婊子,真会从良了?自己数过没有,老子在你身上花了多少钱了?你就还在乎今天这一次吗?"一个男人在怒喝着。

  "求求你了,老板,我把钱退给你,好吧?那时我还小,你知道的,我是被逼的,我的裸照在他们手上啊……呜……"

  "你给老子躺下来,跪着屁用!别说老子也不让你白干,300块,天价,这总可以了吧!"

  "我是有男人的人了,别欺负我了好吗?我求求你,我给你钱,就放过我吧……5000块,好吗?"秋云哭求着。

  我的脑子如五雷击顶,一片空白。我没有再听得进任何东西。但有一点我知道,我要立刻解救秋云,然而,又不能道破。

  她还小啊!她还小,她今后还要过日子啊!

我再绕回前门时,用仅剩的一点理智提醒自己,不能冲动,不能说破。方旭明啊,你应该早就有心理准备的,她从"那个地方"出来,能干净么？但我仅仅猜想她只不过是经历过男人罢了,我对此并没有太多顾虑,一切都可以重新来过,谁都有难以启齿的过往。

我强忍着,先敲了敲窗上的玻璃,随即便听到了里面一阵混乱的脚步声。

尔后,我走向大门。

我刚到门前,就见大门"吱嘎"一声打开,有一个约30岁,长得很壮实的男人匆匆忙忙、慌里慌张地从屋里窜了出来。我出于一种本能,从斜侧出脚,使了一个绊儿,那人便立刻一个狗吃屎,脸砸在地面的水洼之中。

我没有半点耽误,快如闪电,就在他倒下的瞬间,飞身而上,单膝压背,先用肘击,然后挥拳猛揍！在擂鼓般的直捣了十几下后,又用双手揪着了他的头发,把他的头从水洼中拉起,再向地面撞去！

雨很大了,那男人嚎叫不断,是一声霹雳才让我停下了手。雨水、惊雷让我清醒了些,我不敢把事情闹大,我不能让秋云知道我已清楚了一切。

那人见我松了手,飞也似的从水洼中爬起,满脸的泥巴,让我已看不清他的脸庞。他在廊下发动了摩托车,就在大雨中,拖着一阵从排气管中发出的巨大声响,飞驰而去。

雨幕里,我也已浑身是水。我向大门走去。倚门看着我的秋云,一言不发,脸色惨白。她应该还没从噩梦中醒来。我虽已浑身湿透,走近她,依然一把将她搂住。秋云的身子颤抖不停,在我怀中,泪如雨下,口中呓语:"好爸爸……好爸爸……"

在我把她扶到沙发上后,我见她完全变了个人,就如木头一样,眼中无神,嘴里还在念叨着什么,只是低头看地,只是依旧在打战。我知道了真相,我不能说,也不能从这方面去劝,而我也气得无所适从。我明白,秋云一旦知道我了解真相了,那她也就彻底毁了。

是的,必然如此,这段往事一经公开,她的精神世界从此便走向毁灭！

梁燕回来时,雨已停了。她见我正在为秋云的样子着急,便准备和我一起把她送去医院。听到要将她送进医院时,秋云终于明白过来了,她抱着梁燕哭喊着:"嫂子,我怕,我要死了……"

梁燕搀扶着秋云上了楼,半个多小时后梁燕才下来。

她忧心忡忡:"哥啊,究竟发生了什么事?"

我能说吗?我什么都说不出口,"我刚过江来,就见她那样。是她想起了什么事吧……"我用这话搪塞,也不管梁燕信与不信。

晚饭是梁燕送上楼的,秋云吃与没吃我不知道。天又见好了,月亮还从东边爬了起来。我心事太重,又从后边的河堤走向江边。习惯了,这一年多来,心事重的时候,我总会在夜光中去江堤上坐上一坐,去放空一下自己。去想一下,遇到了人生的十字路口,我是该向东呢,还是该往西。

江风习习。天热了,这风很是凉爽。我基本上知道了自己的想法:和秋云成家可以,但生孩子的事,那是万万不可能的了。

秋云啊,人生路上,我知道你的万般无奈,可也要知道我的担忧。我可以装聋作哑,永远不说穿这秘密。可有了孩子就不同了啊!

我想着想着,又想到了自己,又想到了那男人赤裸裸的话语。忽然之间,我明明知道秋云是受害者,明明知道我是多么怜爱她,明明知道现在我对她是多么重要,然而,还是忍不住生出一腔怒火——秋云呀秋云,为什么你就做了这种让人世间最最鄙夷的人呢!

算怎么回事?

晚上无法入睡。

我的内心无比纠结。我知道现在是秋云最需要安慰的时候,可我呢?谁来安慰我?眼看扬州施工就要结束,眼看便要结算,那头色狼,那个姓蒋的还在等着秋云过去。

什么"拿最后一笔货款,你要先请我"?他不就是要和秋云上床么?这个女人上惯了别人的床,就让她去上吧!

我就该穿"破鞋"吗？我是废品回收公司？

秋云啊,我知道我不能这么去想,可那时,我就是往那边去想了,不想,我做不到啊!

我六神无主。

早上,梁燕下楼时,我没见秋云下来。也好,我要躲一下,到一个安静的地方,清静一下。我一定要想清楚,这个把心给了我的女孩,这个让我夜夜搂抱着销魂的丫头,这个让我一直时时刻刻怜爱着的女人,此刻,让我不得安宁。

"哥啊,秋云起不了床,你又是怎么啦,嘴唇上这么多水泡？眼睛也通红的,脸色也不好。牛一样结实的人,怎么一下子就成了这病模样？"

梁燕关切地询问我时,我知道,这是急火攻心。

我勉强地笑了笑:"扬州工地要总结算了,整理资料,我熬了个夜。"

梁燕听了我的话,欲言又止,叹了口气,进了厨房。

我出门的时候,没有和梁燕打招呼。只是留了几个字在办公桌上:去扬州结账。

是叫她去？还是告诉秋云我去扬州了？

我不知道。我就是这样走了。

第三十八章　大江东流

最后一批瓦已到了码头。盖瓦的人多,很快就将结束施工。我在"未名湖酒店"的工地,见到我们的施工队伍管理与生产都井井有条,很是宽慰。

"妹夫呐,'火车跑得快,全靠头来带。'在你的正确领导下,在我的英明指挥下,见着了吧,有谁能从我的施工过程中挑出毛病?我的队伍,可以说是打遍天下无敌手!看看,你仔细看看,又一个'省优工程'将要诞生了啊!牛皮不是吹的,火车不是推的……"

我的老二舅子虽嘴上吐着白沫放着大炮吹着牛皮过着嘴瘾,但部分情况也确是事实。我本想夸奖他几句的,然而不知怎,浑身乏力,头还有些发晕。

"妹夫,怎么回事,脸色怎么就会这样黄呢?满嘴生着泡,看你的身体情况,很不妙啊!"

"哥啊,嘴上的泡,应该是火气重,没什么吧,倒是我也不知怎么了,身子没有一丝气力。"

"妹夫啊,有病可要看呐,走!二哥我先陪你去医院看看吧。"

"工地上也忙,二哥,你在,我就放心。看病的事,我自己去医院就是了。"

"这是什么话呢,工地上还有什么可担心的?由我孙总指挥安排的工作,还用你方总操心么?规矩在这里放着,我人在与不在工地,还有哪一个敢不努力的?出门在外,秀芝又不在你身边,我是你二哥,还能放心你妹夫一个人去医院看病?这种事发生了,要是传到了外边,这还不让人怀疑我孙总指挥的人品有问题么?走,不要逗能,二哥就算代秀芝陪你就医好了吧?"

我的老二舅子这番话,放在平时,我很可能会感觉好笑,而此时我听了,顿觉一阵温暖。

从医院出来,我的老二舅子把我送向旅店时,交代着我:"妹夫,医生说了,你的情况应该是体质差了,虽暂时查不出什么大毛病,但需要休息,需要静养。在江北能养么?谁照顾你?今天是来不及了,明天早上,我把你送上班车,回去由秀芝侍候着好好休养。至少有人为你打水洗衣吧?至少有人端汤送饭吧?"

这时,我竟然会浑身乏力,双腿似乎铅一般沉重。我真正体会到了什么叫"将军就怕病来磨"的道理。三圩我还能去吗?我连自己怎么去面对秋云都没想好,能去养病?也好,回江南吧,至少可以让儿子陪一下啊!唉,真想不到,身子怎么就会垮下来了呢!

"妹夫,放心地回去养病。我的能力是十分全面的,工程结束,保证工钱一分不少为你结回去!工程上谁敢扣发?中央有规定,我们打工的属于是弱势群体,老子什么事做不出来?翻脸的时候,大不了打一条横幅,到市政府门口去闹!放心,货款也是少不了!看你那个秘书,要款水平还用说吗?啧、啧……"

第二天,我的老二舅子一边说着宽心话,一边把我送上了回家的班车。

我的毛病在回来十天左右升级了。从面部,到腰上,满是水泡。住在医院里,医生告诉我,这叫"带状疱疹"。还说这病中医称为"缠腰火龙""缠腰火丹",俗称"蜘蛛疮"。还说我的痛叫"神经痛"。另外告诉我:这毛病潜伏期在一至两个星期,病重的,也会送命。

我在医院住了近十天才回去。

孩子放假了,秀芝已搬至集镇来住。集镇靠着刘彼岸的村,刘彼岸安排医务室的医生每天过来一次,需要挂水就挂水,需要配药就配药。我的老二舅子也是每天必打电话过来问候,另外还报告着一个接着一个的好消息。

秀芝自我回来后,一直陪着我。怎么说呢,都说"久病床前无孝子",看她这个阶段对我的心痛、细心照顾,让我对她以前的强硬样也生着了愧疚。她还不止一次在床边与我说过:"旭明,回来吧,门面生意不错,你又是做生意的天才,守着这幢大楼,就是搂着个金饭碗啊。我就不必说了,自作自受,不指望什么……可回来对儿子的成长有好处啊……"

这话她是亮着底了,明显地,是给大家下台。可我还能回来么?

回来近一个月了,我的身体开始慢慢恢复。

这天,接到我的老二舅子一个好消息——"未名湖酒店"工程的盖瓦工资、砂浆款全部结清了,施工队伍回来的车辆已落实。

我的老二舅子还在电话那头神秘兮兮地告诉我:"妹夫,你那个秘书不得了哇!本来我是不想告诉你的,但今天是实在忍不住,不得不全部告诉你了。那天,就在你回去不久,她便来工地了解情况,准备结账。当她向我问起你的情况时,我先把你来的那天病歪歪的样子说给了她听,哪知她当场泪如雨下。后来,她没回去,住在这里的一个小旅店里,每天来向我打听你的病情。我为了让她保证把你的货款全部早点结清,故意把你的病情加大了那么一丁点,这个、这个、这个……"我的老二舅子说话开始结巴起来。

我急了,我不知道他的"这个"是说了些什么,"二哥,你总没吓着她吧?"

"我吓着她?是我被她吓死了哇!我开始只是跟她说,你这个病弄不好是会死人的,仅这一句说过就见她已成了泪人。那天,我知道是她催款最要紧的时候,便适当添了些油,加了些醋,说医生讲你病得太重了,说……弄不好要没希望了……谁知她立即瘫在地上,不省人事……我想她肯定是被我说的吓坏了……便马上又告诉她,说你命大,最终还是转危为安了……妹夫,我……我……我这可都是为你好哇……告诉你啊,据说,你的货款也全额汇过去了!"

我坐不住了。

首先,那施工费是合着砂浆费一起汇在"泰东市建筑陶瓷公司"账上的,工人们回来时,我必须在那里取款,把工资一一发清,让他们各自带着回家;另外,我不知道秋云已被我的毛病吓成了什么样子,更不知道秋云把这批货款要回来经历了什么!那个蒋总,想着他说过的话我心里都发毛。

身体基本痊愈,我决定第二天赶回江北。我不放心啊,我心里放不下那个听了我的病情便吓得倒下去的人啊!

我在第二天下午到了江北公司的时候,见大门锁着。我开门后打电话给我的老二舅子,他只和我说,叫我赶快准备现金,明天工人返回时,在我公司把工资结算给他们。当我问起秋云时,他说自她在几天前把货款结清后,在扬州便再也没有见到她的身影。

我赶至银行,查了下账,款子已经全部进来了。我在向银行报了第二天的提款数后,便赶回公司。我打开保险箱,见印章、票据,包括一些重要账目,还有存折、我的户口本、离婚证,都一一存放着。我虽不知道秋云在哪里,但我想,她晚上总是应该回来住的。

梁燕下班时,见我病愈归来,欣喜若狂:"哥啊!你好了?你可把我们吓死了哇!尤其是秋云这丫头,那几天,可以说每天都是以泪洗面啊!咦,这丫头人呢?见你又生龙活虎的,她可不要开心死了。"

等到半夜,她还是没有回来,直至工人们在第二天结清工资回江南之后,我依然不见她的踪影。我通过传呼台不止百次呼叫过她,向她留言,都如石沉大海。

那晚,我又来到江边,这已成了我的一种习惯。

夏末,又在汛期。

江水好满啊。夜航的巨轮来往于江面,夜光中,只见着它们黑色的身影在不断游动着。闪烁的信号灯,以及从船舱中闪现的昏黄灯光,似乎也是有气无力。这隐隐约约的样子,也如秋云与我的故事,神神秘秘。如果回想起我们在一起的往事,它包裹着无数谜团,但我从来不想解开。我不想见到真相,一如露珠儿不能见到太阳一样,我只把它放在心底。一如一幅美好的画,它挂在一面老墙上,让人愉悦。如想看一下背后的墙面,或许已是千疮百孔,不忍目睹。而一旦看了,看画人的好心境就不复存在了。这结果可是你自己要找的,怪不了人。我也许正是有此顾虑,始终不愿知道真相,从未细问,从不考证。

  从这种地方出来的女孩大多有故事,大多都有不为人知的一面。如果早些去深究,又能得到什么?

  除此之外,她身上还有许许多多的谜,我永远不知道,也从来不想知道。真的,有她待我的好就够了。不是说残缺也是一种美么,我真的不想去探究啊!

  我倒是想探究这小丫头什么时候回来,我想探究她这阶段为我提心吊胆后的容颜,我想探究她近一个月时间来的内心世界;我想探究她的笑,是否还会有初见时的灿烂;我想探究她的哭,是否还是梨花带雨般的让人怜爱;我想探究常常在白天两人对面相坐时,她那一双紧盯着我孩子般调皮的眼睛;我想探究有时她万般惆怅背后的缘由,让我能为她配一把开心的钥匙,打开心门;我想探究她最后一笔货款催要回来的真相,问一声自己,还是不是一个合格的男人……

  其实,我最想探究的是秋云今晚能不能回到我的面前。

  忽听有些声响,我欣喜欲狂,她来了!我面朝江面的,她在我身后了?一定!以前不常常如此?她什么时候放心过我在心事重的时候独赴江边的?

  我一下站起,口中脱口而出一声"我的……"便立马转身。我期望背后是她的微笑相迎,我期望给她一个深情的拥抱,让我对她的爱怜能深入她的骨髓。

  背后空空如也,那声响是江涛拍岸。

  止不住的思念,让我面对大江,没有片语,平生第一次,失声痛哭……

  自此以后,我再也没了笑容。每天一锅稀饭,从早到晚,饿了的时候,便去扒下一口。我再也没有出门跑过一趟生意,我常常独守在门口,眼看着公路发呆。我甚至有时还会走到公路上,抬头时而向北,时而向南,看公路的尽头,有没有那个人的影子。我的眼光是想看到天涯尽头,可天不遂人愿。有时,连我自己都不会知道,我会把头往路边的白杨树干撞去。我期盼头撞昏之后,脑海中会有她的影子掠过——那感觉真好。

  这天晚上,张书记打来了电话,声音一如既往的平静:"他隔离审查了。那辆二手'桑塔纳'上牵出来的事,本是10万块,他串通卖家,村子里作18万块付账。其他是后来查出来的。"

张书记知道我明白他说的是谁。我也早就怀疑过的,李小兵出问题,完全在我意料之中。我听后只是"哦"了一声。

"看看,村子的发展究竟从什么地方入手为好。"张书记似乎与我在商量。换作任何人我不想回答,走了,村里便与我没一毛钱关系。但张书记不同,他把我当作儿子般关怀的,我始终认为自己所有的好日子都是他带给我的。我不得不说了。

"其实,若说起步的话,把耐火厂改造成琉璃瓦厂就可以了。一是厂房、车间、窑和烟囱都是现成的,打窑材料又是可以自己生产,投资少,见效快。二是邻村都有泥矿,原材料充足,生产方便。尤其在技术上不成问题,汤小五厂里的生产厂长见我几乎包销了全厂的产品,一直鼓动我自己办厂,由他来做副手。三是销售,我们耐火厂紧贴104国道,是陶都的南大门,只要我们在路边竖上个大广告牌,便占尽了地理上的先机。况且我在下半年还有泰东市的两个大项目打基础,销售掌握在我的手中,必定是会为自己村子出力的。"

我说完这些,张书记在那头沉默了一下,然后与我继续这个话题:"是个好想法。我了解过,经营正常,一年纯利100万元不成问题。况且产、销都能保证,耐火厂的设施又适合转产琉璃瓦,很好。只是,这个当家人呢?党委让我提建议。你知道我为什么同意你出去闯的,当初党委也有这个意思,所以对你的辞职报告迟迟没有批复。"

张书记说到这里,我始终没有吱声。他也停了下来,过了几分钟后又接着说了几句:"希望你好好考虑一下,我可以告诉你,现在全村的父老乡亲都在盼着你呢!"

张书记说完又停了一下,应该是等我表态,但我仍然没吱声。他挂了电话。

完全明白张书记的意思,但我心里太乱。我得好好静一静,想想我的人生,暂时没心思去考虑张书记的建议。李玲倩走了,秋云突然失踪,她们两个都给过我无私的帮助,尤其秋云,她给我的是真情,她的离开,我没法心安。

八子兄、梁燕都心痛我的样子,总不时开导我。我回报以微笑,声称没事。但我形容枯槁,明眼人看一眼便知道情况了。

一个多月没回江南,儿子每晚都会打电话过来:"爸爸,我想你了啊……"后边便是低泣。

"爸爸马上回去看你……"

放下话机,我泪如雨下。我不知这是对儿子的怜爱,还是对秋云的思念。

但我始终还是没走,生怕我刚一移步,秋云便会过来。我生怕失去这个机会,或许可能这次便是生离死别。

门口的白杨树开始落叶了。一片、一片,半风干了的,轻轻地飘下,然后,掉在地上便一动不动。有时,半夜风起,地上便是厚厚的一层。

我盼望着的那个影子,再没出现在我的视线里。偶然的,也只是在梦里与她相遇过几次。

张书记又来了电话,他的态度很明确:"党委正在调整村的领导班子,我向党委提了建议,想请你回来,请你重新出山。耐火厂转产的事大家讨论了,都说你的意见完全正确,而且你已经打开了苏北市场,要是有你来领导,扭亏转盈是大有希望的。信用社也很支持我们,同意给耐火厂转产贷款……"

张书记看我始终不表态,他更直截了当说:"我相信你这一辈子绝不只是想挣点钱当个富翁,你是有理想、有志向的人,是个敢于奋斗的人。我请你好好想想,不要只想个人的得失,你要想想这块故土,想想村里的父老乡亲……"

我完全明白张书记的意思,不过,我始终没做正面回答,这不是一句话的事,这是我的人生抉择。我已经走出了这一步,要不要收回脚步,还能不能收回脚步?

儿子又打来电话:"爸爸……你不要我了吗?爸爸,你不要妈妈了吗?……妈妈说的,秋天了,你再不回来,我就没有爸爸了哇……"电话那头,儿子撕心裂肺。我再也没有控制住,泪水大颗落地。我已失去很多,那种痛呵,无法言语。我再也不想让儿子失去父爱。虽然他不知父母早就离异,但我不忍心让儿子幼小的心灵再受伤害。尽管命运已让他的父母分离,但给他的爱,我一分也不能少!绝不!

我打点行装,我把保险箱里的东西全部带上了。其他能带的,也都带上。晚上,我把梁燕请进办公室,把本年度的租金、上交款,全给了她。

"妹子啊,身子不行,我还得回去养养。也不知什么时候回来,摊子暂时也只能请你多多关照了。"

梁燕静静地看着我,一动没动。过了许久,她叹了口气,上楼去拿下一封信来。

"哥,秋云留下的。半个月前,她送到我办公室,让我在五天之后交给你。但我心中有数,这信对你会打击很大,所以,迟迟不敢给你……哥,你重情重义,妹子心悦诚服,但你是男人,人生路上,山高水低的,走过去了,就好……"

梁燕上楼陪女儿去了。

我关了房门,打开了信封。从看到第二行开始,泪水便顺着脸颊落下……

看完了,我久久不能平静。

我想,选择离开,也许真的是时候了。

第二天早上,我毅然登上了回江南的班车。我要回去,那儿有我的儿子,还有我的母亲……

又过江了。

渡轮上,司机打开车门,客人们纷纷下车,站在甲板上观看秋汛期那滚滚东流的江面。我也下了车,在渡轮边的一角,看着江水卷着一个个漩涡,带着上游漂下的杂物,如浩浩荡荡的大军,向东奔去。我感叹着自然界的神秘力量,也感叹着人生的无奈。我从口袋里拿出了秋云的那封信,又细细地看了一遍。

不知道怎么开口,不知道怎么称呼,甚至不知道该不该留下这封信。

哦,人啊,不知道有没有来生,如果一切重新来过,如果人真的能有来生,我真想做你的妹妹,在这样一双大手的牵引中,妹子我想必是非常幸福。人生路上,大事、小事能有人商量,有人笑着和我说话,是件多么开心的事啊!如在外面碰上不舒服的事,回来可以发发小脾气,遇上快乐的事回来之后能与你分享,我想这就叫幸福了。想起你我初识之时,一声声"哥哥",一声声"妹妹",那种亲切,便是这么让人心生留恋……如果能有来生,我真想做你的女儿,让我叫着你"好爸爸",叫个不歇。记得心里第一次有这种感觉的时候,是在一个夏夜,也是在我最无助的时候,你背着我回家。宽大的背,有力的手,袭过全身的温暖……我心里想着,"好爸爸"便脱口而出……可真正有来生,我还是想叫你旭明。因为只有这个名字,它体现公平,它能让我在床上心安理得地享受夫妻生活带给我的无限愉悦。能让我为你抓痒、爱抚、尽心侍候时看着你满足的表情……

可是,一切能重新来过么?

世上都说黄连苦,我比黄连苦三分啊……我不知道,我至今不知道那个疯子的娘怎么会进我家门的……我更不知道,我父亲酒后的棍棒怎么会使劲打向她的。可怜我那疯娘,在被他打出家门时,我清楚地记得,她的双眼还在盯着惊恐地躲在桌子底下的我呼喊着:"心肝……宝贝……"

我更无法想象,那个禽兽父亲,又会在多少年后,在一个风雨夜晚,酗酒后爬上我的身子……16岁,家中缺吃少穿,我这个还没发育的身子,便是在那个漆黑的风雨夜晚,冲出了那个所谓的家……

我本不应把这些伤心事说给你听的,那是耻辱!说一次,便是把伤口再扒开一次。然而,心爱的人呐,为了你,为了你今生绝了这个念想,为了你今后的幸福,我还有什么不可以去做的呢?又有什么不可以说的呢?

世界是什么?有善的,有恶的。我冲出了那个魔窟,不久之后,投靠了一个"好姐妹"。她在城里上班,衣着鲜丽。她回来时不止一次跟我说过,要带我去"见世面",要带我去挣大钱。我也向往着美好哇……那个"好姐妹"好啊,在带我去歌厅老板那里面试后,在一个包厢内"庆祝"我的新生活开始时,把我灌醉,拍下裸照……

屈辱从17岁开始。那年,我刚发育,我不懂啊……怀孕了……流产……而后,又有了第二次、第三次……我摆脱不了他们哇……也别说,还是我那个看起来人不像人,鬼不像鬼的表兄姜永强知道了,拼着命,硬是从这些恶棍手里把我救了出来,安排在一个小饭店里端盘子……

你过来了,表兄不放心嫂子,怕你让他戴绿帽,让我过来监督……感谢他啊,让我遇上你了……

当我第一次见到阳光的你,便怦然心动。见到你有一种如见到亲人的感觉。正直、善良、可亲,让我便有了一种温暖,愿在你的身边工作、生活。可当那天卸地面砖时,你见地痞欺负我,敢以孤敌众,冒死挥拳解救,我已无比感动。而在你跳入河中把我救起后,我见你头上插满碎玻璃,满脸鲜血时,我的心震撼了——你……你是一个愿意去为我死的人啊……

如果说是你这个"勇"动了我的心,我受伤后你一日三餐送上楼,每天菜蔬花色不同,精心地侍候,那是你动了我的情啊……

我此生自打娘肚子出来,从来没有受到过这样的关爱,让我说什么呢?我唯一的愿望,那是报恩,再报恩……当地面砖的销售遇上了重大难题时,我自己都不会想到,我竟然会去托人捎信给那个做装修的禽兽父亲……想到你待我的好,我想把这个破身子给你,可又怕污了你的名声……可我怎么会知道,你是离婚了的,还要与我成家……我想不到哇……

所以,你说买房,我能同意吗?你说领证,我能相信吗?我不是不相信你的为人,我是不相信自己,不相信我的命啊……它能有这么好?这是不是梦?是梦,那是随时会醒的啊……

知道我为什么不让你看我的全裸吗?今天告诉你,现在告诉你——那个地方,有用烟蒂烫的18个疤痕……那是我的屈辱史,能给你看吗?……

当我答应了你领证的时候,我以为我的春天到了,我以为从今便将在爱的蜜罐中生活,未来充满幸福。我憧憬着美好,我天真地以为,老天在我未来的路上已铺满了鲜花,只等着我去走了……怎么会想到,那个雨天,那个恶棍,敲响了我爱情的丧钟……

我的天塌了……我虽不清楚你是否听到了我们的全部对话,但从你揍打那个恶棍的愤恨中,我知道,你至少了解了一些……就在你走之后,就在我不知道自己何去何从时,我见到了你留在桌子上的字条。我明白,对我,这也是一道难题,但我决定,无论如何也要做完它之后再来处理我自己的事。可当我在扬州听说了你的情况,我这才知道,这件事对你的伤害,不比我轻……我的好人呐……

我每天在一把把泪水中,面向江南,面向你家的方向,向苍天祈祷着,哪怕是用我的余生,能换得你的安康、幸福……

最后结算时,我知道蒋总的意思。当我在"京津国际"开好房间,打电话约他时,他充满兴奋,过去了。我微笑着,为他泡了一杯茶,然后,请他先听我讲一个故事,关于一个女孩的故事,还有她和一个男人的故事……告诉他,让他听完之后,一切可以由他决定……

我哽咽着,讲着……可他没有听完,便也泪如雨下。连打了自己6个耳光,向我鞠躬之后,退出了房间……

你回来后,我在公司门前的公路上,站在很远的地方,注视着燕嫂家的门口,我的心中无限纠结。传呼机传来你的一条条消息,都像是一根根银针,扎着我的心。我住在镇上小旅店的日子里,不止一次去公路上看公司的大门。当我见你把头撞向白杨树干时,我伤心欲绝……我知道,我只能走了……

我的旭明,你说过的,我是你的。看过之后,求你把这信撕了,扔进大江,连同我的屈辱,连同我们的爱,连同……叫你的名字了,连同我的……求你,成全我……

在你看到这封信的时候,我应该到了母亲的家乡。我要去寻找我的母亲。虽不知能否找到,但只要没有听到她的死讯,总应该有一线希望。即便这个世界上所有的人都会带着鄙夷的目光看我,你不会,还有我那个疯娘也不会。我知道的,我永远是她的心肝,她的宝贝……

南岸快到了,班车在响着喇叭,催促旅客上车。

信纸已被泪水打湿。我遵从秋云的意见,撕碎,把它扔进江中。纸片如雪花飞舞,落入大江,随水东去。

我临上车时,回头再望,只见,扬州在北。

努力真好
——《扬州在北》后记

儿女成家后,生活的节奏很自然地缓了下来,回望过去,每个脚印都盛满辛酸,尤其自1994年春创业开始,我与这个时代的无数创业者一样,初创时期,不知历经了多少坎坷。人说九死一生便是磨难重重,可对于我来说,创业之路上所经历的说是万死一生一点也不为过。

自改革开放以来,苏南就一直是我国经济建设大潮中最具活力的区域,可从这块土地上成长起来的万千优秀企业家,他们今天人生的亮丽风景,莫不是经历了多少场急风暴雨的洗涤后才成就的,是经时代的千锤百炼后所得。他们积累的物质财富造福了社会,而最难能可贵的是他们积下的精神财富。可以说,他们个个都是一本传奇的书,每一个人的精神世界皆光彩万端,这既是他们个人的稀有财富,更是我们民族的宝贵资产。作为这支队伍中的一分子,多年来,我一直有个心愿,想要写下这些,想将这些弥足珍贵的财富予以保留、交给后人,哪怕留下的只是一丁点,我想自己都会因此欣慰。

《扬州在北》取材于我赴苏北创业时期的一段艰辛却又充满感动的生活。故事纯属虚构,但本书中的拼搏、友情、善良等等一切美好皆为实写。

人生的来路是没有办法选择的,感激父母将我带到这个世界,虽是贫寒之家,但庆幸的是从父母身上得到了一颗卑微之心。我想,正是我拥有了卑微,才会在已过去的六十年时间里,夹着尾巴做人,低着头做事,从没忘记努力每一个晨起。我感激老天的平等,它总那么眷顾努力的人,先是让我拥有了一个温暖的有奔头的家,后又让我走上了富裕之路。我更感激这个好时代,它让你只要发奋努力、积极向上,就一定会过上你想要的好日子。

生活告诉我,努力最好,努力真好!

最后,谨用此书向所有的同辈农民企业家致敬!我相信,中国正是因为有我们这一代人的共同努力而大放光彩!

王顺法

写于2019年6月28日凌晨